I.L. Ruff: IMAGO – Die Verwandlung quasi una fantasia

I. L. Ruff

IMAGO

Die Verwandlung

quasi una fantasia

EDITION OCTOPUS

Bibliographische Information der Deutschen Bibliothek
Die Deutsche Bibliothek verzeichnet diese Publikation in
der Deutschen Nationalbibliographie

I.L. Ruff

IMAGO - Die Verwandlung quasi una fantasia

© 2007 der 1. Auflage: Edition Octopus

Die Edition Octopus erscheint im

Verlagshaus Monsenstein und Vannerdat OHG Münster

www.mv.buchhandel.de

© 2007 I.L. Ruff / Alle Rechte vorbehalten

Umschlagentwurf und Illustrationen: I.L. Ruff

www.literatur.i.l.ruff.de.vu

Gedruckt in der EU

ISBN 978-3-86582-453-0

EROS

Masken! Masken! Dass man Eros blende.
Wer erträgt sein strahlendes Gesicht,
wenn er wie die Sommersonnenwende
frühlingliches Vorspiel unterbricht.

Wie es unversehens im Geplauder
anders wird und ernsthaft... Etwas schrie...
Und er wirft den namenlosen Schauder
wie ein Tempelinnres über sie.

Oh verloren, plötzlich, oh verloren!
Göttliche umarmen schnell.
Leben wand sich, Schicksal ward geboren.
Und im Innern weint ein Quell.

Rainer Maria Rilke

Zeit

Der erste Tag	S. 9
Der zweite Tag	S. 15
Der dritte Tag	S. 35
Der vierte Tag	S. 52
Der fünfte Tag	S. 76
Der sechste Tag	S. 134
Der siebente Tag	S. 200
Der achte Tag	S. 224
Der neunte Tag	S. 230
Der zehnte Tag	S. 244
Der elfte Tag	S. 273
Der zwölfte Tag	S. 327
Der dreizehnte Tag	S. 331
Glossar	S. 342

Wer ist diese Frau?

Der erste Tag

Kühle. Ein Hauch, wie von leichter Hand zugefächelt, umweht mein Gesicht. Da ist Kälte, feuchte Kälte – nicht einmal unangenehm, würde sie mich nicht aus dem Schlaf reißen, und schon klopft das Licht an meine geschlossenen Lider, lässt den Tag durchscheinen. Aber nein, es ist nicht das Licht, was da in beständigem Rhythmus klopft, wieder und wieder an meine linke Wange schlägt, oder ist es die rechte, und was überhaupt ist links, was rechts?
Unverständliche Klänge hallen an mein Ohr, Laute verlieren ihre Bedeutung auf dem Weg zu mir. Ich verstehe nichts. Warum lässt man mich nicht schlafen?
Das Klopfen verstärkt sich, als verliere der Urheber die Geduld: kleine, harte Schläge ins Gesicht, gegen die ich mich nicht wehren kann. Schwer und träge liegt die Zunge in der Mundhöhle, unmöglich sie gegen die Wange zu pressen und den Klopfzeichen zu antworten.
Jetzt ordnen sich die unverständlichen Klänge, werden zu Worten:
„Jason, Dr. Jason Brandt, wachen Sie auf!", und wieder: „Wachen Sie auf!"
Ich möchte schlafen, immer weiter schlafen und träumen, wenn sie mich nur ließen. Mein Kopf ist ein schlaffer Ballon, so leicht, und würde davonschweben, unbekannten Träumen nach, wenn sie ihn nicht festgenäht hätten, verbunden und gefesselt an meinen Körper. Mein Körper?
Die Augenlider zittern und flattern unter den fremden Worten. Im leeren Raum dahinter lauert Unbehagen, die Zunge

schmeckt Metall und Bitternis. Wann habe ich das letzte Mal gegessen? Und wer ist dieser Dr. Brandt?
Ich möchte wissen, wer spricht, und öffne die Augen.
Hoch aufragend über mich gebeugt schält sich ein Schemen aus der Helle, klatscht in die Hände, und eine vertraut freundliche Stimme sagt:
„Na, endlich! Da sind Sie, glücklich dem Leben zurückgegeben, mein lieber Jason," und als ich wieder zurücksinken will zu meinen Träumen: „Hier geblieben, Dr. Brandt!" Das ist im Befehlston gesprochen, und ich füge mich, zumal mit diesem Dr. Jason Brandt ich gemeint sein muss.
Das Schemen verdichtet sich zur weiß gekleideten Gestalt eines Mannes, der zwei Schritte von mir zurückweicht und mich von oben herab mit gespannter Miene beäugt. Ein Klinikarzt, genauer, mein Arzt, und wir kennen uns. Fürchtet er darum, dass ich ihm die Schläge auf die Wange nachtragen könnte?
„Sie haben uns allerhand Mühe bereitet."
Demonstratives, lang gezogenes Seufzen.
„Aber es sieht so aus, als wären wir über den Berg!"
Erleichtertes Ausatmen.
„Wir haben ganze Arbeit geleistet. Jetzt sind Sie rundum erneuert." Die linke Hand stößt vor, Zeige- und Mittelfinger gespreizt, die rechte – es muss die Schlaghand sein – tastet unsichtbar für mich nach dem Türgriff, während er mich nicht aus den Augen lässt, den Blick aus der altertümlichen Sehhilfe auf mich gerichtet. Ich fühle mich erschöpft, habe Mühe, die Augen offen zu halten. Trotzdem – wie früher schon würde ich viel dafür geben, den Ausdruck dieses Augenblicks zu erraten – und wie früher spüre ich, dass er hinter den ovalen, spiegelnden Gläsern mehr verbirgt als eine früh erworbene Kurzsichtigkeit, die blassblau getönte Iris, blonde, kurze Wimpern, die Brauen, mit den Jahren buschiger und noch heller geworden. Kein Blick, unsere an

Genstyling gewöhnte Jugend zu bezaubern, im Streitgespräch den eigenen Worten bedeutungsvolle Schwere zu verleihen. Kaum vorstellbar, dass er ein Auditorium bannen kann, kurz, keine Hilfe, wenn es gilt, sich ein Ziel zu setzen, es gegen Widerstände durchzukämpfen. Trotzdem: Ich sehe die gespreizten Finger, das Siegeszeichen, und weiß, dass er wieder einmal einen Sieg errungen hat gegen widerstrebende Kräfte der Materie, des Geistes, ja, des Lebens selbst; die Gesetze sich zurechtgebogen, aufs Streckbett gespannt und seiner Wissgier unterworfen. Nur, dieses Mal bin ich das Material, der Ton, den er formt, und ich kann, ich will nichts tun, als ihn gewähren lassen; denn mich treibt die gleiche Sucht nach Erfolg und Selbstbehauptung, nach Selbstbewahrung.

„Nicht sprechen! Es würde Sie zu sehr anstrengen. Seien Sie versichert. Wir werden Zeit haben für viele interessante Gespräche. Vielleicht morgen schon." Er nimmt die Linke zurück, greift mit Daumen und Zeigefinger den Brillenbügel und zieht die Sehhilfe langsam hinunter bis zu den Nasenflügeln, den blassblauen Blick unverhüllt noch immer auf mich gerichtet. Grau, ich korrigiere mich, graublau. Er schiebt die Brille wieder vor die Augen, als habe er mir ungewollt Einblick in sein Innerstes verschafft, streicht über schütteres Haar, die kahle Stirn. Meine Gedanken fließen mühsam, stockend, unkontrolliert. Warum nutzt er keines der bewährten Implantate? Sein Gesicht ist so glatt, fast alterslos. Es würde ihn verjüngen.

„Heute ruhen Sie sich aus. Ich will Sie doch gesund machen, gesünder als je zuvor!" Er lächelt breit, tritt einen weiteren Schritt zurück, den Oberkörper noch immer leicht vorgebeugt. Die Tür gleitet auf, er strafft sich, und an ihm vorbei blicke ich auf einen hell erleuchteten Gang, die gegenüberliegende Wand, nanoversiegelte Oberflächen in matten Tönen edler Hölzer.

„Ich habe eine kleine Hintergrundmusik für sie abgerufen, nichts Anstrengendes, Sie werden damit besser einschlafen und angenehm träumen. Vor allem nicht zuviel denken, nicht grübeln! Und falls Sie es nicht lassen können, dann denken Sie daran: Wir geben Ihnen Jugend ohne Alter. Ein großes Ziel und jeder Mühe wert!"

Und während sich die Tür lautlos schließt, sehe ich ihn in einer leichten Verbeugung erstarrt, die rechte Hand mit leicht gespreizten Fingern auf der Brust.

„Schlafen Sie gut." Und: „Vergessen Sie nicht: Jugend ohne Alter."

Wie sagte er vor wenigen Augenblicken? Gesund wolle er mich machen, gesünder als je zuvor! Es scheint ihm ernst zu sein, auch wenn er dabei lächelte. Das ist Dr. Servant, mein Arzt seit über dreißig Jahren.

Wessen Diener noch?

Die Tür rastet ein, ich sehe Sensoren kurz aufblinken und höre das schwache Knacken einer automatischen Verriegelung. Ich bin eingeschlossen. Ärger will kurz in mir aufsteigen, zerflattert ebenso schnell, wird erstickt. Nicht denken...

Die Aufforderung amüsiert mich fast. Sie scheint überflüssig.

Schlafen. Einschlafen mit Musik – leise, kaum hörbare Klänge wie aus weiter Ferne... irgendwann Gesang: *forever young,* eine junge Männerstimme, die anzusingen scheint gegen die eigene Vergänglichkeit, schmelzend süffig die Melodie, ein anspruchsloses Lied – und doch...

Forever young. Ich dämmere, zu müde für Worte und ihre Bedeutung, verwehte Botschaft aus einer anderen, längst vergangenen Zeit, gehört und bald vergessen, später wieder gehört und abermals fort: Vergessen. Was vergessen?

Ich erinnere mich nicht. Schwer und träge rollen die Gedanken, herrenlos, ziellos, frei. Frei? Worte hinter Mauern

verschanzt, angekettet an vergrabene, verwundete Gefühle. Welche Wunden?
Was ist mit mir geschehen? Ein Unfall? Krankheit? Gedankenbilder verblassen, Wortfetzen ohne Sinn, und ich sinke, sinke tiefer, tief in die Zeit, durch Jahre hindurch – finde mich wieder in einem Land jenseits der Zeit.
– Jugend ohne Alter – das Schlüsselwort! Schließt auf, deckt auf, was verborgen lag seit Kindertagen, verschüttet unter Dutzenden von Jahren.
‚Jugend ohne Alter' – Sehnsuchtswort. Märchenwort. Ich selbst bin der Prinz, Sohn des Kaisers, der es von seinen Eltern einfordert. Einlösen sollen sie das Versprechen, das sie ihm im Mutterleib gaben: Jugend ohne Alter, Leben ohne Tod. Mich bringt das Zauberpferd durch drei Gefahren, drei Prüfungen in das Land des ewigen Frühlings zur alterslosen, unsterblichen Fee. In der Verbindung mit ihr finde ich eine Jugend, die nicht vergeht, ein Leben, das nicht zu sterben braucht, spüre nichts vom Schreiten der Zeit. Ich träume und weiß, dass ich träume. Die Gerechtigkeit des Märchens kann sich mit diesem Schluss nicht zufrieden geben. Die gleiche Sehnsucht, welche den Prinzen einst in zeitloses Glück führte, bringt ihm schließlich Rastlosigkeit und Tod, und das Kind ahnt: Es gibt keine glückliche Kindheit, keine glückliche Jugend außer der Zeit, nur Augenblicke, unbewusste kindliche Zustände, später Zeitsplitter verwirrter Gefühle, beide, Glück und Lust ohne Dauer, nur das ewige Verlangen danach.
Meine Traumsehnsucht erhascht einen Zeitsplitter des Glücks: zwei strahlende Knabengesichter, schmale Gestalten, Hand in Hand.
‚Sie gleichen sich wie ein Ei dem andern', eine Stimme.
‚Sie sind unzertrennlich', eine andere. Beide Gesichter blicken mich an. Beide? Eines verblasst, verschwindet ganz. Ich bin allein. Ein großes Unglück.

Doch ich fühle nichts, keine Trauer. Da ist kein Schmerz. Nur eine dichte Nebelwand, ein Dunkel, das meine Gedanken aufnimmt, meine Worte, mich selbst.

Der zweite Tag

Diesmal bin ich allein, als ich die Augen öffne, kein Dr. Servant wacht an meinem Bett. Ein diffuses Tageslicht hat die künstliche Beleuchtung abgelöst. Ich fühle mich matt, zwar etwas besser als beim letzten Aufwachen, weniger schwach und müde, aber immer noch leer. Die Leere sitzt nun in der Körpermitte, strahlt aus in Arme und Beine, in den Kopf. Ich bleibe noch eine Weile ruhig liegen und versuche nachzudenken, habe wieder die Vorstellung eines leeren Raumes, in dem verstreut, zerzaust wie verirrte Vögel meine Gedanken flattern. Welch seltsames Bild und meinen Denkprozessen fremd. Ich bin ein rationaler Mensch, denke in Begriffen, nicht in Bildern.

Denken, Dr. Servant hat es mir verboten, mir stattdessen Schlaf und angenehme Träume empfohlen. Ich erinnere mich undeutlich an einen Traum. Da waren Bilder aus früher Kindheit, eine Märchenhandlung, nicht unangenehm, trotzdem, für mich nutzloser Zeitvertreib.

Zufrieden registriere ich, wie sich mein Verstand klärt, Begriffe an Stelle der wirren Bilder treten, das kritische Denken allmählich seinen alten Platz einnimmt, und ich mache eine Bestandsaufnahme meiner Situation. Noch bin ich ungestört. Falls Monitore meine Körperfunktionen überwachen, wird man bald bemerken, dass ich nicht mehr schlafe und mir erneut einen Besuch abstatten.

Ich frage mich: Wer bin ich? Und gebe mir die Antwort – Jason Brandt, Doktor der Rechtswissenschaften, Anwalt für Patentrecht, Begründer der Kanzlei Brandt, Vincent und Nagy, ein Begriff an der ganzen Westküste, seit dem sechzigsten Lebensjahr erfolgreicher Koordinator, ich erinnere mich. Das Denken funktioniert. Da ist noch mehr: Mitgliedschaft in der MENSA, bei verschiedenen Gesellschaften der New Technology, ein Firmenname taucht auf, die GEN-IM-Corporation, und plötzlich zerfasert die Erinnerung, Neuronenverbindungen lösen sich unter meinem suchenden Geist, zerflattern...

Was hat mich in diese Situation gebracht? Ich versuche meine Gedanken erneut zu fassen, Gedächtnislücken zu füllen, vergeblich. Es muss ein Unfall gewesen sein. Teilweise Amnesie durch Unfall. Für den Moment gibt sich mein Gehirn mit der Erklärung zufrieden, eine logische Erklärung. Ich bin Pragmatiker, ein kühler Rechner, der Erfolg gab mir bisher Recht. So widme ich meine Aufmerksamkeit anderen Objekten, analysiere den Zustand meines Körpers und die unmittelbare Umgebung.

Mein Lager, eines der modernen multifunktionalen Krankenhausbetten, Ablageflächen an den Seiten. Ich drehe mich vorsichtig und merke, wie sich die Unterlage anpasst, federleicht, als drücke sie nicht das Gewicht eines menschlichen Körpers, ideal für Komapatienten. Hände, meine Hände tasten nackte Haut, streichen über von Wundspray verschlossene Flächen, berühren Pflaster, unter denen ich winzige Erhebungen spüre, kein Teil von mir, schmerzloser Widerstand. Die rechte Hand ergreift die linke, der Daumen tastet um das Handgelenk, stockt. Der Zeigefinger greift nach, gleitet am Rand einer Manschette entlang, die glatt das Handgelenk umschließt, scheinbar ohne Anfang und Ende. Vorsichtig ziehe ich die Hand unter dem Laken hervor, halte sie dicht vor Augen. Tatsächlich eine Art Manschette, ein weißlich schimmernder Kunststoffreif, so leicht und anschmiegsam, dass ich ihn beim ersten Erwachen nicht gespürt habe. Ein Gerät zur Überwachung der Körperfunktionen? Ich drehe die Hand, betrachte den Reif von allen Seiten, halte dann den Handrücken ans rechte Ohr, sodass er sich an Wange und Kinn schmiegt, und weiß, es ist mehr als ein einfaches Diagnosegerät: Eine sanfte, kaum merkliche Energie geht davon aus, beruhigend streicht sie über mein Gesicht, fließt durch die Poren der Haut, durch Adern und Kapillaren, verliert sich in Nervenzellen, Gefährte der RNS. Alles ist so einfach, so angenehm, und die Dinge? Sie sind, wie sie sind. Basta! Ich lege die Hand zurück auf die Bettdecke, bin zufrieden. Alles wird sich auflösen, mit meiner Hilfe oder ohne mich.

Für kurze Zeit muss ich die Augen geschlossen, mich dem Nichtdenken überlassen haben. Als ich erneut aus der Leere auftauche, auf die gegenüberliegende Wand schaue, sehe ich eine glatte, cremefarbene Fläche, leer bis auf kniehohe, zartgelbe Podeste: Kunststoff. Daneben ein nur wenig höheres Regal, gleichfalls gelber Kunststoff. Es mündet in einen schmalen Eckschrank, der sich zu meiner Rechten in einer geschlossenen Schrankzeile fortsetzt. Irgendwo in dieser Schrankwand befindet sich die Tür, durch die Dr. Servant mich vor einigen Stunden verließ.

Mein Blick kehrt zur gegenüberliegenden Wand zurück. Eine kaum merkliche Wellenbewegung, ein punktuelles Kreisen und Zittern enttarnt die cremefarbene Leere als riesige Bildwand, vielleicht auch eine Reihe unterschiedlicher bildgebender Flächen. Doch kein Zeichen von Bedienungselementen, Verkabelungen und Leitungen.

Mein Interesse ist geweckt, und ich bedauere meinen hilflosen Zustand; denn obwohl ich mich schwach und buchstäblich an mein Lager gefesselt fühle, somit ein Fall für die Intensivmedizin, bemerke ich keine Kabel, die meinen Körper mit den lebenserhaltenden Maschinen verbinden müssten. Auch von diesen und ähnlichen Systemen ist nichts zu sehn. Eine einzige unscheinbare Verbindung zwischen

Bett und Wand, ein dünner Schlauch nur, verschwindet im Regal unter der Bildwand. Vielleicht befindet sich die Technik am oberen Ende meines Bettes?

Ich wende mühsam den Kopf und sehe eine Gebirgslandschaft im ausdrucksstarken, flotten Pinselstrich der Primamalerei, die Farben Grün, Blau und Violett ungemischt leuchtend aufgesetzt: eines der Alpenmotive Ernst Ludwig Kirchners. Ich schätze die alten Expressionisten und hatte vor einigen Jahren zwei Kirchner-Originale der National Gallery geleast. Beim genauen Hinsehn scheinen Farben und Konturen zu verschmelzen. Auch dies eine Illusion!

Schließlich das Fenster. Es nimmt die ganze Seite zu meiner Linken ein, doch außer einem milchig weißen Licht kann ich nichts erkennen, das Material der Scheiben hindert jeden Durchblick. Dabei ahne ich längst, wo ich bin. Die Anwesenheit Dr. Servants ist der Schlüssel.

Der Blick zur Rechten beschert mir eine Überraschung, mehr noch, ich bin für einen Augenblick fassungslos und will es nicht glauben: Im freien Raum, doch nicht weit von der Wand mit der automatischen Essensausgabe dreht sich ein ovaler Gegenstand. Glatt, honiggelb, von Innen leuchtend, birgt er im Innern eine Komposition filigraner Strukturen. Ein langer, dunkel gebänderter Hinterleib; durchscheinend, mikroskopisch fein geädert die Flügel, zwei dornenbewehrte Beinpaare, riesig schillernde Facettenaugen, als wollten sie die Beute vieldutzendfach spiegeln, die mächtigen Zangen der Oberkiefer, bereit, das Opfer zu zerreißen und im Fluge zu verschlingen: eine Großlibelle aus dem Tertiär, 50 Millionen Jahre alt, vielleicht mehr, die Imago in ihrer vollendeten Form und Schönheit, und ihr goldener Sarg ein Bernstein, wie ich ihn größer und klarer noch nicht gesehn habe. „Ein makelloses Stück, finden Sie nicht auch? Und als Holographie kaum zu übertreffen, wenngleich die Aura des Originals für Sie noch fehlen mag. Dazu müssten Sie allerdings nach Europa reisen, in eine kleine Exklave am Baltischen Meer, interessantes Fleckchen mit wechselvoller Geschichte: gehört politisch zur Russischen Republik, wirtschaftlich seit einigen Jahren zur Eurozone, ein heftig umstrittenes Experiment und inzwischen eine Erfolgsstory. Das Original ist in der Museumsabteilung der Kant-Universität zu besichtigen."

Von der gegenüberliegenden Wand grinst Dr. Servant wohlgefällig auf mich herab, hinter ihm das eintönige Flimmern einer leeren, stummen Bildwand, nein, für den aufmerksamen Beobachter nicht ganz leer. Auf einigen Feldern huschen farbige Punkte und Linien, wechseln Zahlenreihen und graphische Darstellungen, dazwischen Aufnahmen aus Zimmern wie dem meinen, mit den zugeordneten Monitoren. Dr. Servant bemerkt meinen Blick, lächelt nicht mehr. Er hebt entschuldigend die Schultern, breitet leicht die Arme aus.

„Ich weiß, dass Sie mich sehn können, so wie ich Sie sehe. Es war nicht meine Absicht, unangemeldet in Ihr Zimmer zu platzen. Aber mit einem Mal spielten Ihre Daten verrückt: Atmung, Blutdruck, Puls und Herzschlag. Wir hätten Ihnen angesichts unserer kleinen Aufmerksamkeit bessere Nerven zugetraut." Er hat seine fröhliche Sicherheit wiedergefunden, zwinkert mir jungenhaft zu.

„Wie ich merke, beschäftigen Sie sich gedanklich bereits mit Ihrer Umgebung." Wie merkt er das?

„Eine wundervolle Gelegenheit, Sie mit den technischen Einrichtungen vertraut zu machen. Passen Sie auf!" Eine unsichtbare Kamera schwenkt von seinem Sitzplatz fort, wandert über eine endlos scheinende Reihe von Monitoren, die meisten verdunkelt. „Glauben Sie nicht, dass die Technik schläft. Alle Lebensregungen der mit ihr verbundenen Personen werden aufgezeichnet, bei Bedarf abrufbar, auch meine. Sehn Sie!" Seine Gestalt taucht wieder auf. Er weist

19

auf ein kleineres Areal in Augenhöhe, wo ich die typischen Zacken der Hirn- und Herzaktivität erkenne, darunter Diagramme und Zahlenreihen, vertieft sich einige Sekunden in das Bild. „Optimale Werte, das System hat sich wieder beruhigt, vorzüglich, nach dem Schrecken, den Sie mir eben eingejagt haben!"
Er wagt es tatsächlich, vorwurfsvoll zu schauen.
„Bei Gefahr, wenn – aus welchem Grund auch immer – die Körperfunktionen den Normbereich verlassen, werden wir gewarnt, und die Monitore leuchten auf. Was Norm ist, bestimmen natürlich wir, von Fall zu Fall. Sie wurden besonders differenziert eingestellt." Er beugt sich vor, riesig, überlebensgroß, und blickt mir tatsächlich tief in die Augen. Auf welchem Bildschirm, welcher Wand, und wie groß mag ich ihm erscheinen?
„Glauben Sie mir, Jason, mir liegt viel an Ihnen." Ich glaube ihm. Alles spricht dafür, meine Unterbringung, die technische Fürsorge, das, was ich noch nicht weiß.
Ich werde es erfahren – und mühsam, noch ohne Stimme, spreche ich, flüstere mein erstes Wort: „Warum?"
„Jason!" Er nennt mich wieder beim Vornamen. Seit wann sind wir so vertraut?
„Seien Sie nicht ungeduldig. Alles braucht seine Zeit, und Sie sind erst vor wenigen Stunden aus dem Koma erwacht. Ich verspreche Ihnen, Sie werden erfahren, was Sie wissen müssen, doch alles zu seiner Zeit."
Das übergroße Bild Dr. Servants schrumpft auf Normalmaße, die bewegten Bilder hinter den Konturen seiner Gestalt verschwinden, stattdessen füllt sich die Wand in ihrer ganzen Breite mit den Apparaturen der Intensivmedizin, ich sehe die Schläuche und Kabel, die mich während der vergangenen Tage, vielleicht Wochen versorgten: weniger als erwartet. Ein Monitor zeigt die Kopfseite meines Bettes. Das Kirchnergemälde, die Holographie, aufgelöst, verschwunden, als

hätten sie nie existiert, an ihrer Stelle weitere Exponate unseres technischen Zeitalters. Dr. Servants Abbild schweigt für einige Sekunden, sieht mich erwartungsvoll an. Offensichtlich wartet er, bis ich mich an mein verändertes Zimmer gewöhnt habe, bevor er weiter spricht.
„Die meisten unserer Klienten schätzen diese Umgebung nicht. Sie wünschen die Annehmlichkeiten der Technik, fürchten oder verachten aber ihren Anblick. Deshalb geben wir ihnen auf Wunsch die Illusion ihrer bevorzugten Umwelt. In Ihrem Fall haben wir uns selbstverständlich auch Ihren Interessen angepasst. Außerdem: Ihre Funktionen sind stabil, die Sensoren auf Ihrer Haut liefern zuverlässige Werte, das heißt, wir können die künstliche Ernährung einstellen. In den nächsten Tagen müssen Sie sich noch beim Essen und den hygienischen Verrichtungen helfen lassen. Wir haben außerdem ein Bewegungsprogramm für Sie ausgearbeitet, und wenn Sie sich unterhalten oder informieren möchten, äußern Sie Ihre Wünsche. Das Programm, ach, was sage ich, die ganze Einrichtung hört auf Ihre Stimme. Versuchen Sie es!"
Diesmal bin ich nicht überrascht. Stimmerkennung ist sozusagen ein alter Hut; ich habe mein Haus, Autos und Flugcar, fast alles, was mich im Alltag umgibt, darauf abgestellt.
„Später. Zeigen Sie mir erst, wo ich mich befinde. Ich möchte außerdem aus dem Fenster sehn."
Lächeln. Die Intensivstation verschwindet, cremefarbene Leere, dann erneut bunte Wirbel, die sich beruhigen, zu einer Komposition von zartfarbenen Flächen und Linien ordnen: Wassily Kandinsky. Nicht weit davon Dr. Servants lächelndes Abbild:
„Wie ich sehe, gefallen Ihnen die Bilder. Wir haben uns den Wünschen Ihres Leasingvertrags angepasst. Sie können die Wanddekoration jederzeit nach Ihrem persönlichen Geschmack verändern. Aber wollten Sie nicht eine Frage

beantwortet haben? Wenn Sie Ihren Aufenthaltsort näher kennenlernen möchten, dann schauen Sie nach oben."
Ich sehe nach oben, zur Zimmerdecke hinauf – und hinab. Weit unter mir das Meer, darin eine Inselgruppe, auf die ich rasend schnell zufalle. Der rasende Sturz verlangsamt sich, wird abgebremst, ich schwebe über einem Plateau; ausgedehntes Busch- und Grasland, junge Bäume, sogar ein kleines Wäldchen sehe ich, ringsum begrenzt von einer felsig zerklüfteten Küstenlinie, winzige Buchten mit weißen Sandstränden dazwischen, davor im Wasser vereinzelte Felsen. Die Luft duftet nach Meer und Wind, nach Pinien, Frühlingsblüten und frischem Gras, ich schmecke Salz, höre den Schrei einer Möwe und über allem den ewig gleichen Rhythmus der Brandung: die See. Bis auf einen Gebäudekomplex mit Tennisplatz und kleiner Rollbahn am Rande des Wäldchens zeigt die Insel keine Spuren einer Besiedlung. Meine Ahnung hat mich nicht getrogen.
Es ist die Insel! Der Campingplatz wurde vor Jahren aufgegeben, wie ich weiß. Wieviel mögen sie den Behörden, den Naturschützern auch dafür gezahlt haben? Und für die Erlaubnis zum Bau der Klinik sowie des Forschungszentrums? Besserer Schutz der Natur, der endemischen Arten; kleine Gruppen von Naturfreunden, die selbstverständlich unter Leitung von Experten für einige Stunden auf ausgesuchten Wegen wandern, die Robbenkolonien besichtigen dürfen. Oh, ich kenne ihre Argumente, habe selbst geholfen, sie zu formulieren.
Ich würde mir die Gebäude gerne näher ansehn, doch abrupt erlischt das Bild. „Genug für heute! Die Vier-Sinne-Fassung strengt an, und sie sind Rekonvaleszent. Wenn Ihnen weiter nach Aussichten zumute ist, blicken Sie aus dem Fenster. Sie können die Durchsicht jederzeit selbst regulieren."
Dr. Servant weist auf die opake Lichtwand zu meiner Linken, und ich folge seinem Fingerzeig: Das diffuse Licht klart auf

und sammelt sich an einigen Stellen, verdunkelt an anderen. Konturen bilden sich, das Geländer eines Balkons, das obere Drittel durchscheinend, und aus der Höhe des zweiten oder dritten Stockwerks streift der Blick hinweg über Bäume des kleinen Wäldchens, über welliges Grasland, den felsigen Steilhang hinaus aufs Meer: Glatt und scheinbar unbewegt bis zum Horizont liegt es unter mir, auch eine Täuschung. Gischtumsprühte Felsen weiter draußen verraten mir, dass es wie überall vor der Küste tief unten seine Kräfte sammelt zum ewigen Ansturm auf das Land.
Der Himmel. Dem aufsteigenden Nebel verschwistert, hinter Wolken zum Horizont rotgoldenes Leuchten, lichtdurchflutete Räume, strahlende Durchbrüche, die Ränder weißgold gezeichnet, und von links nach rechts hinein ins Herz der Sonne zielt mit gleichmäßigem Flügelschlag ein Pfeil großer Zugvögel.
Ich stocke. Was ist mit meinen Gedanken? Die barocken Bilder, der sentimentale Kommentar. Ich pflege die Natur zu analysieren, nicht schwärmerisch zu erhöhen.
Die freundliche Stimme unterbricht meine Überlegungen. „Sie äußern sich ja gar nicht. Dabei haben wir Ihnen eines unserer schönsten Zimmer gegeben. Perfekter Ausblick nach Südwesten, relativ wenig Wind und Nebel. Wenn es Ihnen besser geht, können Sie Ihr Frühstück auf dem Balkon einnehmen, dabei ein Morgenkonzert oder die Weltnachrichten hören oder Ihre Geschäftsbeziehungen pflegen."
Pause. „Na ja, mit Letzterem warten wir besser noch. Sie werden verstehn, dass wir Ihren Geschäftspartnern den elektronischen Zugang vorerst verwehren müssen. Ihre Firma läuft auch ohne Sie, schließlich haben Sie alle Vorgänge perfekt rationalisiert." Das bin ich also, der homo oeconomicus, der sich selbst überflüssig macht...
„Im Vertrauen, für einige Tipps zur besseren Organisation meines Arbeitsplatzes wäre ich Ihnen dankbar." Eine weit

ausholende Geste über Projektionswände und den wohl aufgeräumten Schreibtisch. Er scheint zu scherzen.
„Bei Gelegenheit können Sie die Genesungswünsche sichten – und die Beileidskundgebungen, die in Ihrer Kanzlei eingingen. Sie wussten nicht, wohin sonst damit..."
Ich verhöre mich nicht, er kichert bei diesen Worten.
„Tatsache ist, man hat Sie anfangs für tot gehalten." Wieder ernst: „Ohne uns wären Sie es auch. Aber Sie leben und sind niemand verantwortlich außer uns."
Dr. Servant lächelt erneut, aber es klingt wie eine versteckte Drohung. Er reibt sich die Hände, verschränkt die Finger: „Damit Sie schnell zu Kräften kommen, wird Ihnen gleich Ihre erste Mahlzeit serviert. Meine Assistentin mag Ihnen weitere Auskunft geben. Ich darf mich bis später..."
„Nein!", sage ich und halte ihm die Linke mit dem seltsamen Armreif entgegen: „Was ist das?"
Er scheint für einen Augenblick unangenehm berührt, sekundenlanges Schweigen. Dann: „Gut, ich werde es Ihnen schon jetzt erklären, irgendwann müssten sie es doch erfahren. Dieses Gerät übermittelt nicht nur Ihre Körperfunktionen, es reguliert sie und – worauf wir besonders stolz sind – es wirkt ausgleichend aufs Gemüt, also auf den Hirnstoffwechsel, ganz ohne Medikamente oder Drogen und deren lästige Nebenwirkungen. Wir stimulieren angenehme Erinnerungen und gute Gefühle, eliminieren schlechte Träume und seelischen Schmerz. In den vergangenen Stunden haben wir Ihnen wahrscheinlich freundliche Erinnerungen an Ihre Kindheit verschafft. Habe ich Recht?"
Und wie Recht du hast, Henry. Das Ding funktioniert, wie du es beschreibst. Es beschert angenehme Traumbilder. Aber auch an Abgründe hat es mich geführt, nur mich gehindert hinabzublicken. Mir schaudert, das heißt, ich denke, mich müsste schaudern, wenn, ja, wenn Henry es nicht gut mit mir

meinte. Wie konnte ich ihm nur einen Augenblick misstrauen. Er spricht so überzeugend und interessant.

„Übrigens der Psychoformer funktioniert nach dem Prinzip des Bio-feed-back, einer Methode aus dem letzten Jahrtausend, die wir optimiert haben: Jeder Alptraum, jede ungewollte, unangenehme Vorstellung teilt sich über körperliche Reaktionen mit, und Instrumente zeigen es an. Änderung von Pulsschlag, Hautwiderstand, Schweißabsonderung sind nur die gröbsten. Doch während beim historischen Bio-feed-back der Patient in langer Schulung lernen musste, körperliche Prozesse zu beeinflussen, steuert sich der Psychoformer selbsttätig, wandelt negative Emotionen in positive um, schmerzliche Befindlichkeit in zumindest interessante, wenn nicht lustvolle. Er beherrscht alle denkbaren Zustände, und sollten seine Maßnahmen nicht fruchten, führt er Sie in einen tiefen Schlaf, aus dem Sie in der Regel gutgelaunt und seelisch gestärkt erwachen. Glauben Sie mir: Sie dürfen uns getrost Ihre Sorgen überlassen."

Er grüßt. Das Bild erlischt.

Eine Weile starre ich auf die leere Wand. Ob man mich noch beobachtet? Er verlangt Glauben von mir, doch wenn mich Erinnerung und Überzeugung nicht trügen, bin ich kein gläubiger Mensch, gehöre keiner religiösen Gruppierung an, schon gar nicht den Traditionalisten. Ich betrachte das Leben als ein Rechenexempel, habe stets nur meinen Analysen vertraut. An Wunder, selbst in der alltäglichen Erscheinungsform als Glück habe ich nie geglaubt.

Auch was sich in diesem Moment sportlich schlank auf der Bildwand präsentiert, ist kein Wunder, sondern Dr. Servants Assistentin, eine technisch perfekte Nachahmung der Realität. Auf Figur geschnittener schmaler Hosenanzug, lackschwarzes halblanges Haar, die Gesichtszüge so ebenmäßig, wie es nur die Kunst, nie die Natur vermag. Kurz: Ihr Äußeres verrät einiges über Henry Servants

Einfühlung in meinen Geschmack, und sie erinnert mich plötzlich an Glenn.
„Guten Morgen, Dr. Brandt, ich bin da, Ihre Fragen zu beantworten und Sie in fast jeder Hinsicht zu unterstützen."
Das ‚fast' nehme ich amüsiert zur Kenntnis: differenzierte Programmierung!
„Mein Name ist Vera, aber Sie dürfen mich auch anders nennen."
Vera. Der Name gefällt mir wie die ganze künstliche Person. Ich erwarte, dass sie persönlich wird, mich Jason nennen möchte, doch nichts dergleichen geschieht. Henry Servant weiß, dass mir jede Form eiliger Zutraulichkeit widerstrebt. Er selbst hat es am Anfang unserer Bekanntschaft erfahren, als er mich vorschnell mit Vornamen ansprach, wie in diesem Lande üblich. Für mich galt noch nie das Übliche.
Vera blickt mich erwartungsvoll an, und ich verstehe. Sie erwartet meine Antwort, ob ich sie umbenennen möchte.
„Danke, wir belassen es bei Vera, der Name klingt vielversprechend. Was erwartet mich jetzt?"
„Ihre Mahlzeit ist bereitet. Auf ärztliche Anweisung können wir Ihnen allerdings heute keine Auswahl bieten. Bitte antworten Sie mit ‚Ja', wenn wir servieren dürfen." Ihre Stimme erinnert mich an meine Kindheit: angenehm, gepflegtes Amerikanisch, wie ich es spreche, wie in meiner Geburtsstadt Boston üblich. Sie denken wirklich an alles, und meine Hochachtung für Dr. Servant steigt. Unvermittelt spüre ich Spottlust. Fürchtet er vielleicht, texanischer Slang könnte mir den Appetit verderben?
Vera hat mein rostiges ‚Ja' akzeptiert; denn wenig später öffnet sich die Tür, und eine junge Frau bringt die Suppe für den Rekonvaleszenten, grüßt: „Wie geht es uns denn heute?", stellt das Tablett auf der schwenkbaren Ablagefläche ab, bringt mit einem Knopfdruck mich mit meinem Bett in die gewünschte Position, und mit einem

freundlich energischen „Und jetzt essen wir eine kräftige Gemüsesuppe!", beginnt sie mich zu füttern. Bei aller Technik, allem Komfort moderner Krankenpflege, manche Dinge ändern sich nicht...
Während sie mich füttert, sorgsam und schweigend die Gemüsesuppe Löffel für Löffel in meinem folgsam geöffneten Mund ablädt, ertappe ich mich bei dem Gedanken, wie ihre Brust unter dem hellgrünen Kleid aussehn mag; ich möchte meinen Kopf an sie schmiegen und mit geschlossenen Augen mich der weichen Stütze anvertrauen.
Ungewöhnliches Verlangen für jemand, der Menschenansammlungen meidet, körperliche Berührung scheut, von den Gelegenheiten zum sexuellen Ausleben abgesehn. Ich schüttle den Kopf, und die Suppe fließt statt in den Mund über meine linke Wange.
„Aber wir wollen doch nicht kleckern, oder sind wir schon satt?" Sie wischt mit einer angefeuchteten Serviette mein Gesicht ab. Meine hilflose Lage ist beschämend... oder nur komisch? Der Pragmatiker in mir beschließt anzunehmen, was er nicht ändern kann, vorerst...
Jetzt liege ich wieder flach und frage mich, ob die Leere in meinem Kopf nicht zu einem Gutteil von einem leeren Magen kam, ziehe die Luft ein und meine noch etwas von ihrem Duft zu spüren, junge Weiblichkeit, vermischt mit feiner Seife und einer Spur Desinfektion. Eine insgesamt erfreuliche Erfahrung, zumal ich nicht mit einer realen Pflegerin rechnen konnte.
Ich mustere das Speisenterminal mit der mechanischen Esshilfe neben meinem Bett. Offensichtlich gilt die automatische Essensausgabe nicht für alle Patienten: wieder ein Beweis für die Wertschätzung, die ich genieße, oder sollte ich eher sagen, für den Wert, den ich darstelle? Meine Esshilfe aus Fleisch und Blut – ohne ein weiteres persönliches Wort, ohne Fragen abzuwarten, hat sie mich verlassen, also

frage ich mich: Folgt sie einem Gebot der Klinikleitung? und: Wie erfreulich mag mein Anblick für sie gewesen sein?

„Ein Spiegel!" Ich muss mein Erscheinungsbild kontrollieren. Die Projektionswand zeigt das Zimmer, das Bett, unter dem Laken die Umrisse einer Gestalt, darüber Schultern, Hals und Kopf. Zuerst erkenne ich mich nicht: kahlglatter Schädel, unter dem Wundspray ein roter Strich, die fast verheilte Kopfwunde, das Nasenbein verändert, breiter und leicht gebogen, wie nach einem frischen Bruch, hager die Gesichtszüge, Zweitagesbart. Doch ich bin es, und selbst in diesem Zustand sieht man mir mein Alter nicht an; du wirst einfach nicht älter, sagte sie beim Betrachten einiger Fotos, die mich kurz nach Eröffnung der Kanzlei zeigten. Sie? Wer ist...?

Mein Abbild gefällt mir zusehend besser. Wenn ich es recht bedenke, meinte es die Natur gut, als sie mir ein gewinnendes Äußere verschaffte, keine Notwendigkeit, mich unter das Messer eines Schönheitschirurgen zu begeben; die Haut immer noch gebräunt vom gemeinsamen Urlaub. Ich überlege. Gemeinsam? Wie bin ich hierher gekommen? Waren wir nicht in einer Stadt, lockere Bebauung, zahlreiche Galerien? Dann in einem fremden Wagen? Meine Schläfe pocht. Etwas wie Schmerz will sich melden, sofort überlagert von einem sanften Schleier... Nicht denken! Dr. Servant beugt sich über mich, droht freundlich mit dem Zeigefinger. Der Zeigefinger zuerst, dann sein Gesicht dahinter, alles verschwimmt, zuletzt das Lächeln. Es löst sich auf, und aus einem alten Kinderbuch steigen erheiternde Bilder: Alice im Wunderland – das Grinsen der Tigerkatze – Dr. Servant – die Tigerkatze – Lächeln – Grinsen. Es ist zu komisch: Keine Grübeleien, Wohlbefinden. Und ich döse, nehme undeutlich wahr, wie die Sonne hinter dem Horizont versinkt, der Abend heraufzieht...

Ein Gong ertönt und in den vibrierenden Nachhall Veras perfekte Stimme.
„Dr. Brandt, eine Dame möchte Sie über Visophon sprechen. Sie heißt Glenn und lässt sich nicht abweisen. Darf ich Sie verbinden?"
„Ja!" Natürlich will ich sie sehn, mit ihr sprechen. Etwas in meiner Erinnerung hat sich beim ersten Anblick Veras gelöst, kein Zufall, die Ähnlichkeit muss von Dr. Servant gewollt sein. Die wahre Glenn soll mir helfen, die Dinge zu ordnen.
Und da sitzt sie in einem der bequemen körperplastischen Sessel, sportlich elegant und gleichzeitig lässig wie eine Katze, trägt in der Tat einen Hosenanzug, mauvefarben, fast wie ihre technisch perfektere Nachahmung. Die linke Hand auf der Seitenlehne, die rechte am Stiel eines halbgefüllten Weinglases, schmale, gepflegte Hand auf hellem Damast, silbern lackierte Nägel, am Ringfinger der Smaragd, den ich ihr in Rio kaufte.
Damals begleitete sie mich zu den Verhandlungen. Der Stein war ein angemessener Lohn für ihre Gegenwart, ihre Dienste, selbstverständlich neben der monatlichen Zuwendung und der Miete für ihr Appartement. Ich registriere silbernes Besteck, eine nachlässig gefaltete Stoffserviette, als habe jemand sie für den ersten Gang entfaltet und dann, durch irgendein Ereignis unterbrochen, wieder zurückgelegt, daneben ein zweites Glas mit Wein.
Wir beide blicken in diesem Moment auf das zweite Glas, untrügliches Zeichen, dass sie nicht allein ist. Unwillkürlich greift sie danach, schiebt es von sich fort, als wolle sie es aus dem Blickfeld entfernen. Glenn, Glenn, so klug und schlau, wie du bist, solltest du wissen, dass die Bilderfassung deiner Handbewegung folgen wird, mit dem Glas hin zu der kurzfingrigen, tatkräftigen Männerhand, die sich auch sofort um den Kelch schließt, ihn fortzieht aus meinem Gesichtsfeld. Glenn strahlt mir ein gekonntes Lächeln zu:

„Oh Jason, wie ich mich freue, dich auf dem Wege der Besserung zu sehn. Nur durch Zufall habe ich von deinem schrecklichen Unfall erfahren, nachdem du seit einem halben Jahr nichts mehr von dir hören ließest. Seit über einem halben Jahr!"
Sie schaut mich vorwurfsvoll an, und ich bin geneigt, ihr Recht zu geben, wenn sie sich anderweitig orientiert. Nur so hat unser Verhältnis bisher funktionieren können, wie jede gute Geschäftsverbindung: vertraglich abgesicherte Nutzung mit vollem Finanzausgleich. Sie führt das luxuriöse Leben, das ihrer Intelligenz und Schönheit entspricht und verzichtet dafür, wenn ich es wünsche, auf einen Teil ihrer Freiheit. Ich verfüge bei Bedarf über eine attraktive Begleiterin für gesellschaftliche Veranstaltungen und Reisen, die meinem erotischen Geschmack und meinen sexuellen Bedürfnissen entspricht.
Cybersex, diese elektronische Form der Selbstbefriedigung schätze ich nicht. Erotische Ausflüge mit virtuellen Gespielinnen belustigen inzwischen den Pöbel, sie sind für mich längst keine Alternative mehr, waren es nicht einmal nach dem Tod meiner Frau. Man nenne es nicht Prostitution. Fast jede Partnerschaft, jede Ehe funktioniert unausgesprochen auf dieser Grundlage, und wenn sie scheitert, dann vor allem aufgrund von Heuchelei. Glenn scheint meine Gedanken zu erraten: „Übrigens wohne ich noch im gleichen Appartement, zu gleichen Bedingungen." Ich verstehe, sie will mich informieren, dass sie immer noch von meinen monatlichen Zahlungen profitiert, ohne es offen vor ihrem unsichtbaren Tischnachbarn auszusprechen. Ein verstecktes Angebot, unsere Verbindung wieder aufzunehmen.
„Manchmal fällt mir das Dach auf den Kopf, und ich muss meine gesellschaftlichen Beziehungen pflegen. Heute abend zum Beispiel gehe ich aus, eine Kleinigkeit essen und mich unterhalten." Eine großzügige Handbewegung zur Seite und

nach hinten, dabei habe ich es längst erkannt, die altertümlichen Sitzmöbel, silberne Bestecke, Tischwäsche und Servietten von Damast, die grüne Insel in der Raummitte, schließlich der künstliche Wasserfall neben dem Fenster mit Blick auf den Pazifik. Es kann sich nur um einen sündhaft teuren Club wie den *Old Style* handeln.
„Glenn, was ist passiert? Warum habe ich nichts von mir hören lassen? Erzähl mir alles!" Meine ersten vollständigen Sätze seit... ja, seit ich mich nicht mehr erinnere, eine heisere, flehende Bitte, die sie erfüllen muss. Ich sehe ihr direkt in die Augen, halte ihren Blick fest. Die Augen sind schöner, lebendiger als bei Vera, der perfekten Nachahmung. Doch jetzt verschließt sich etwas hinter den Pupillen, der Blick wird starr, ablehnend.
„Es tut mir leid, ich kann dir nichts sagen, vielleicht später..." Später! Das hat mir Dr. Servant auch versprochen. Und mit einem Male begreife ich. Es ist ein abgekartetes Spiel: Man hat Glenn bewogen, mich anzurufen, aber warum? Nur um eine alte oberflächliche Beziehung wieder anzuknüpfen? Ich verstehe immer weniger.
„Auf Wiedersehn Glenn," sage ich lahm; „es freut mich, dass du mich angerufen hast." Auch Glenn freut sich gekonnt, ehe sie die Verbindung unterbricht. Das Gespräch hat mich erschöpft, und eine Weile liege ich regungslos, will nicht weiter daran denken – vergeblich. Immer wieder taucht ihr Bild aus dem Dunkel auf, schiebt sie das Glas hinüber zu einer kräftigen Männerhand, verschließt sich ihr Blick.
Musik wird mich von unangenehmen Gedanken ablenken und entspannen. Ich wähle auf gut Glück aus dem laufenden Klassikprogramm und schließe die Augen. Kontrapunkt: Geistliche Chormusik des Barock, normalerweise beruhigend auch für Agnostiker. Indes, diese Klänge beruhigen nicht. Mein Interesse ist geweckt, und ich lasse die Daten mit Partitur, Originaltext und englischer Übersetzung abbilden.

Es handelt sich um eine Bachkantate, wie ich richtig vermutete, und während eine drängende Bass-Arie anhebt, lese ich *An irdische Schätze das Herze zu hängen, ist eine Verführung der törichten Welt* und *Ach, wie flüchtig, ach, wie nichtig ist der Menschen Leben.*
Das ist nicht die Botschaft, die ich hören will! Ich beende die Übertragung und liege wieder im Dunkeln, starre durch das Fenster auf den nächtlichen Himmel, sehe einer Wolke zu: Sie schiebt sich vor den Mond, verdeckt ihn für eine Weile und gibt ihn wieder frei. Draußen muss es stark wehen. Langsam wandert der Mond am Fenster entlang, Gefährte der Liebenden. Von fern erinnere ich mich – er schwamm in ihren Augen, damals, als wir beieinander lagen und die Nacht kein Ende nehmen wollte – und rufe mich sofort zur Ordnung. Was ist mit mir und meinen Gedanken? Nie hätte ich früher so über den Mond gesprochen; ich verachte minderwertiges weibliches Denken in diesem Zusammenhang. Der Mond ist ein kaltes, lebloses Gestein, wie oft habe ich es meiner Frau gesagt...

‚Beth, komm herein, du erkältest dich!'
‚Noch nicht, die Nacht ist so schön; sieh nur, wie hell der Mond heute scheint. Vollmond ist für mich jedes Mal ein Wunder.' Sie steht im ärmellosen Nachthemd auf der Terrasse, die weit ausgestreckten Arme zum Himmel erhoben. Es ist in der Tat Vollmond. Ein silberner Schein liegt auf ihrem gelösten Haar, umfließt die weichen Rundungen ihres Körpers. Für meinen Geschmack zu weiche Rundungen, und auch die Oberarme könnten schlanker sein. Aber damit muss ich mich abfinden. – ‚Geld macht schön' – mehr hat Denis nicht gesagt, als ich ihm ihr Bild zeigte. Denis und ich. Wir glichen uns auch im ästhetischen Urteil. Natürlich ist Schönheit eine Geschmacksfrage, und andere mögen sie

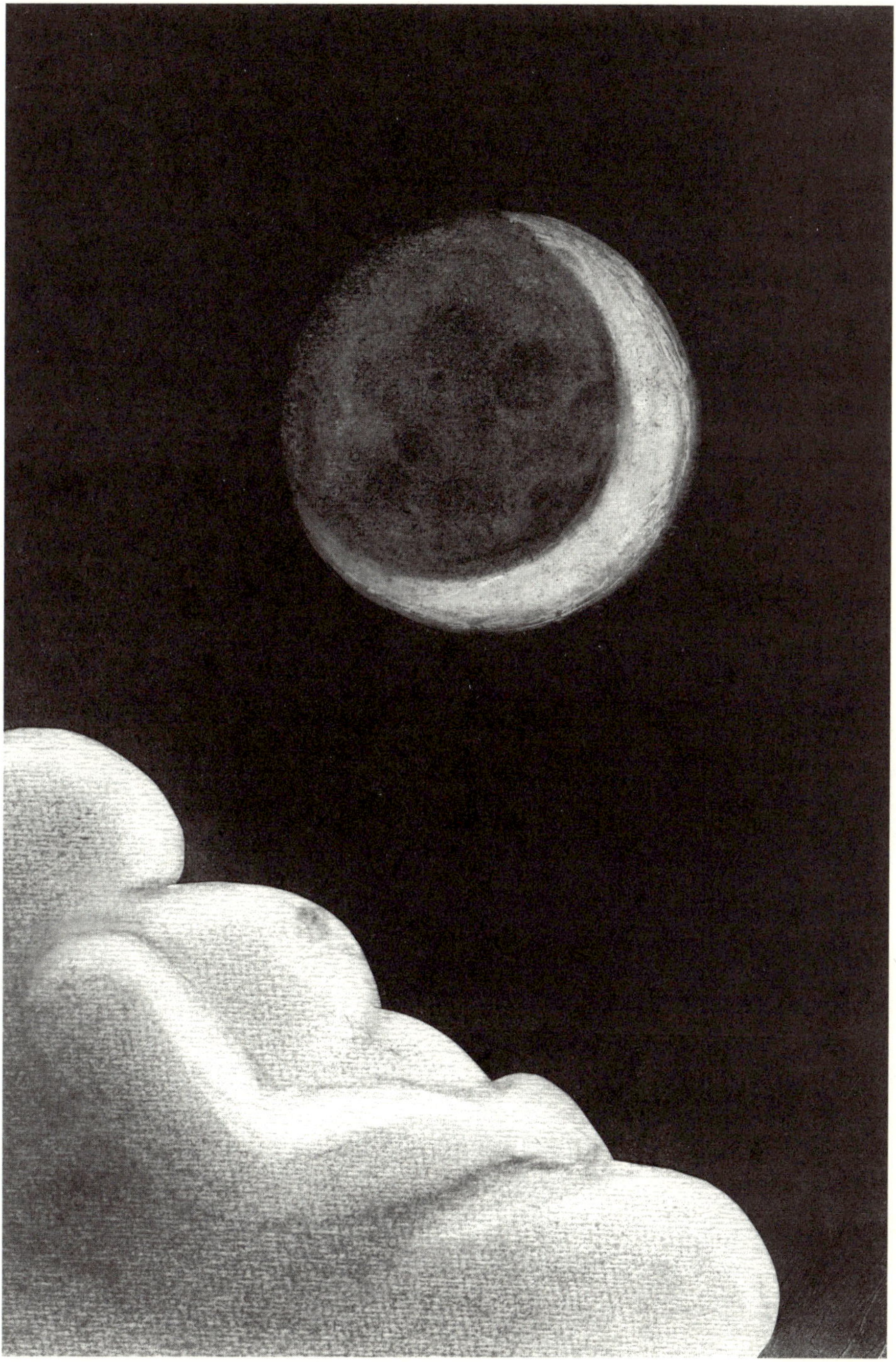

sogar hübsch finden mit ihrem sanften, runden Gesicht, den weichen Formen...
Sie wendet sich um, mustert mich mit traurigem Kuhblick.
‚Ich heiße Elizabeth, E l i z a b e t h; wann wirst du dir das merken!' ‚Lange Namen sind Zeitverschwendung, – und Diskussionen darüber noch mehr!' schneide ich ihre Entgegnung ab. Es hat keinen Sinn, ihr zu erklären, dass der Mond kein eigenes Licht besitzt, dass er ein lebensfeindlicher Gesteinsbrocken ist, dessen Oberfläche von der Sonne über 120 Grad Celsius aufgeheizt wird. Wenn er denn scheint und nicht schwarz in absoluter Weltraumkälte liegt. Unsere Astronauten sind jedes Mal froh, wenn sie nach endlosen Monaten die Station wieder verlassen können. Im Grunde weiß sie es, aber ihre Natur, ihre verdammte sentimentale Natur...
‚Du hast ein hoffnungslos romantisches Gemüt!' sage ich zu ihr. Sie will antworten, hebt dann resignierend die Schultern und folgt mir ins Haus. Während der nächsten Stunden sitze ich an meinem Schreibtisch und arbeite den Vertrag zwischen der Behörde und GEN-IM aus. Eine junge, vielversprechende Firma, die GEN-IM-Corporation. Ich vergleiche die Daten, rechne und lehne mich zufrieden zurück. Meine Beteiligung sollte sich bald amortisieren, mich unabhängig machen. Ich blicke zur Decke, höre für eine Weile das Hin und Her ihrer Füße, dann ist es still. Zeit auch für mich, schlafen zu gehn...

Der dritte Tag

„Guten Morgen, Dr. Brandt, haben Sie gut geschlafen?" Ich blinzle zur Bildwand und sehe Vera im knöchellangen, seidenen Nachthemd, das mit jeder Bewegung ihre Figur durchscheinen lässt, darüber lose drapiert einen passenden Morgenrock. Dr. Servant oder wer auch immer für virtuelle Garderobe zuständig ist, hat sich einiges einfallen lassen.
„Passen Sie auf! Unsere Medizinaldusche säubert und spült ihre Haut vollautomatisch, während Sie entspannt in den Gurten hängen."
Vera zeigt mir die Benutzung der Hygienezelle und welche Hilfe ich während der ersten Tage erwarten kann. Ich habe mich kaum einverstanden erklärt, als die Tür zur Seite gleitet, und eine freundlich energische Stimme sagt:
„Guten Morgen, Dr. Brandt. Haben wir gut geschlafen? Sehr gut. Bevor wir unser Frühstück einnehmen, wollen wir uns gründlich säubern. Sind Sie bereit?"
Ich ergebe mich in mein Schicksal, obwohl aus der versprochenen gemeinsamen Säuberung nichts wird.

Satt und sauber liege ich später auf meinem Lager und höre ein Haydn-Divertimento; es ist ein wesentlicher Vorzug der frühen Wiener Klassik, dass die einzelnen Stücke, selbst die Sinfonien, nicht zu lang sind. Kaum hat man sich ins Allegro eingehört, so ist man schon im Andante – ideal für Ungeduldige und Kranke wie mich – oder Hintergrundmusik für eine verwöhnte Gesellschaft, die Ablenkung sucht: der Eisenstädter, dann der Wiener Hof im 18. Jahrhundert.

In dieser Nacht habe ich wieder geträumt. Eine fast vergessene Szene vor dreißig Jahren, ihre Überempfindlichkeit, Fehlgeburten, Vorwürfe, die Depression; und ich, beschäftigt, häufig auf Reisen. Natürlich hatte ich kein Verständnis, Männer haben es nicht nötig, Frauen zu verstehn. Wie sagte doch ein Dichter des 19.Jahrhunderts? ‚Solang' ein Weib liebt, liebt es in einem fort, – ein Mann hat dazwischen zu tun.' Im übrigen halte ich es eher mit den orthodoxen Juden, die täglich ihrem Gott auf Knien danken, dass sie nicht als Weiber geboren wurden.

Die Protektion ihres Vaters hat mir anfangs sicher geholfen, manche Verbindungen geknüpft, Türen geöffnet, die mir vielleicht heute noch verschlossen wären, doch will ich sie im Rückblick nicht überschätzen. Ich habe alle Chancen wahrgenommen, Jura studiert, anstelle der brotlosen Künste, mich in aussichtsreichen Sparten spezialisiert, mich profiliert, stand kurz vor der zweiten Million, war endlich so weit, meine Frau zu verlassen, – und dann doch noch eine Schwangerschaft!

Verheimlicht. So lange, bis ich fast über ihren Bauch gestolpert wäre. Ohne genetische Kontrolle, zu spät für eine diskrete und schonende Abtreibung, für pränatale Therapie, das Risiko natürlich auch nicht ohne weiteres zu erkennen. Sie verweigerte ja jeden eugenischen Test, stand schon im Lager der Jungen Traditionalisten, lief zu deren Versammlungen und Gottesdiensten. Warum konnte sie sich nicht mit den Tröstungen und Versprechungen der großen Kirchen zufrieden geben, mit deren Irrtümern wir seit Jahrhunderten umzugehn gelernt haben, kalkulierbar und begrenzt zu steuern. Warum das bekannte und gewissermaßen vertraute Un-Heil eintauschen gegen Ungewissheiten und neue Lügen?

Oh, Beth, warum bist du nicht katholisch geblieben?

Beim Pflichtscan vor Daves Einschulung kam es heraus: ALS, fortschreitende Muskelschwäche, außerdem ein neuer, bisher selten aufgetretener Typ. Sicher, meist bricht es erst nach Jahrzehnten aus, aber vorher? Verminderte Berufschancen, von Heiratsaussichten ganz zu schweigen. Wer will in unserer Gesellschaft sich mit einem vorgeburtlich diagnostizierten Krüppel belasten, mit selbst verschuldetem Siechtum? Sicher, es gibt Unfallopfer, bedauerliche Folgen menschlichen Versagens; ihr Schicksal suchen wir selbstverständlich zu erleichtern, falls sie nicht den Tod vorziehen. Aber unverzeihlich, ja, kriminell ist es, unseren Kindern die Segnungen der Wissenschaft vorzuenthalten. Die nächste Generation hat ein Anrecht auf gesunde Gene und optimierte Erbanlagen.

Vor meinem inneren Auge entsteht ein Bild, ein berühmter Fall von ALS um die Jahrtausendwende: das britische Physikgenie Stephen Hawkins, titanischer Geist in einen lächerlich verkrümmten Körper gebannt, an den Rollstuhl gefesselt, ohne eigene Stimme, hilflos. Meinem Sohn wollte ich dieses Schicksal ersparen, habe versucht, zu retten, was zu retten war, Kapazitäten konsultiert, ihn schließlich Dr. Servant vorgestellt.

Servant nahm ihn auf in seine Praxis, dann in die Spezialklinik in Rancho Palos Verdes, später für eingehende Untersuchungen und Experimente hinüber auf die Insel. Ich sah ihn immer seltener zwischen meinen beruflichen Terminen. Und Beth? Statt dankbar zu sein oder wenigstens die Situation zu akzeptieren, sabotierte sie unser Vorgehn. Die relativ kurze Fahrstrecke nach Palos Verdes nahm sie anfangs noch ohne Murren auf sich – mein Anwesen dort ließ ich erst Jahre später errichten, nachdem die letzten Proteste der Landschaftsschützer abgewehrt waren. Sie blieb in jeder freien Minute bei dem Kind, statt an meiner Seite ihre gesellschaftlichen Verpflichtungen wahrzunehmen.

Das medizinische Programm behagte ihr nicht, den Experimenten misstraute sie aus tiefster Seele und machte kein Hehl daraus.

Auch Dave muss es gespürt haben. Ihrem Einfluss schreibe ich es zu, dass er sich später, nach ihrem Tod gegen mich wandte. Die Erinnerung an jene erste längere Diskussion mit Dr. Servant steigt in mir auf, Formulierungen, die sich meinem Gedächtnis eingegraben haben.

‚Ihre Frau verabscheut Experimente? Dann vergisst sie, dass die Medizin wie jede empirische Wissenschaft auf dem Prinzip von Versuch und Irrtum beruht. Ohne Versuche und das unumgängliche Risiko des Scheiterns keine Erfolge, ohne das Experiment keine Fortschritte in Wissenschaft und Technik, keine Evolution. Mit der Entzifferung des Genoms wurde uns erstmalig die Chance gegeben, unheilbare Krankheiten zu heilen, ja ihre Entstehung durch Eingriffe in die Keimbahn zu verhindern. Das haben Sie leider bei Ihrem Sohn versäumt, obwohl wir seit Jahren eindrucksvolle Erfolge erzielen.'

Was sollte ich erwidern? Meine Frau bezichtigen, der ich bis heute Daves Anlage und Entwicklung vorwerfe? Ich sehe Dr. Servant noch vor mir, die gleiche schlanke, nur mittelgroße Gestalt, fast dasselbe alterslose Gesicht, blondes Haar, das sich trotz seiner Jugend schon an den Schläfen zu lichten beginnt; denn sehr jung war er damals, fast zehn Jahre jünger als ich, hatte trotzdem schon als Jahresbester in Berkeley abgeschlossen, in Rekordzeit promoviert und stand kurz vor einer aussichtsreichen Universitätskarriere, als ihn das Institut zu sich holte. Ich grinse im Gedanken.

Inzwischen ist er für alle, die ihn kennen, das Institut!

Meine Frau Beth wurde zum Problem. Zu Beginn schien sie sich noch mit dem Behandlungsprogramm abzufinden. Nach einigen Monaten aber, als das Kind Dr. Servant auf die Insel folgen sollte – an dem Klinikkomplex baute man noch, die

Forschungsanlagen waren bereits vorhanden – als man sie schließlich nur von Zeit zu Zeit zu Tagesbesuchen zulassen wollte und sie keine Unterstützung bei mir fand, widersetzte sie sich, strebte eine Klage an um das alleinige Sorgerecht. Ihr Ziel, das Kind den Krallen der Wissenschaft und pervertierter Ärzte zu entreißen, wie sie ganz offen verkündete. Das brach ihr juristisch den Hals. In einem landesweit beachteten Plädoyer beschwor ich das Recht meines Kindes auf Gesundheit und ein langes Leben und erhielt Recht.

Dave besuchte uns von nun an nur in den Ferien; zusammen mit anderen Kindern erhielt er auf der Insel Schulunterricht. Er wuchs zu einem gutaussehenden, aber schweigsamen jungen Mann heran, und ich beglückwünschte mich zu meiner Härte. Wie Dr. Servant mir versicherte, machte das Projekt Fortschritte, Daves Einsatz würde wahrscheinlich nicht nur ihm, sondern vielen potentiellen Leidensgenossen Siechtum und frühen Tod ersparen. Dafür gelte es Opfer zu bringen. Mein Sohn schien seine Aufgabe inzwischen genau so zu sehn, sein Wunsch, später Mikrobiologie zu studieren, bestätigte mich, wenn er sich auch weiter jedem längeren Gespräch entzog.

Unser Verhältnis blieb höflich distanziert, und wenn es mich auch etwas enttäuschte, so sah ich darin gleichzeitig mein persönliches Erbteil. In meinem Sohn der unkontrollierten Gefühligkeit seiner Mutter wieder zu begegnen, hätte mich abgestoßen. Über die Umstände von Beths Tod sprach er nie mit mir. Die Todesnachricht erreichte ihn binnen Stunden, doch wegen einer Untersuchungsreihe, die nicht abgebrochen werden durfte, traf er erst kurz vor der Trauerfeier ein, blieb danach während der ganzen Zeit der Einäscherung auf seinem Platz sitzen, und erst, als der nächste Sarg herein geschoben wurde, die nächste Trauergemeinde sich vor dem Portal versammelte, stand er auf und ging.

In der letzten Bankreihe hatte ein dunkel gekleideter Mann gewartet, mit dem er den Raum verließ, offenbar ein Mitarbeiter des Instituts.
Er hatte mich nicht ein einziges Mal angesehn. Doch ich sehe ihn noch vor mir, so wie ich ihn heimlich von der Seite beobachtete. Ein gerade fünfzehnjähriges Kind, oder doch nicht mehr Kind? Einsam, mit einer Menschenkenntnis, wie sie nur frühes Wissen vermitteln kann, Erfahrungen auf dem Streckbett der Experimente, die den meisten Gleichaltrigen fremd sind.
An jenem Tag war ich allein zurückgefahren.
Beths Familie hatte unmissverständlich gezeigt, dass sie mir die Schuld an ihrem Tod gab, und Rechtfertigungen widersprechen meiner Natur. Ich sehe meinen Schwager noch vor mir stehn, die massige Gestalt, geballte Fäuste, das schwammige Gesicht, gerötete Augen. Seine Worte klingen mir in den Ohren: ‚Elizabeth war dir immer gleichgültig. Du kannst nur dich selbst lieben. Irgendwann, das schwöre ich. Irgendwann wird dich diese Selbstliebe ins Verderben stürzen.'
Pathetische Gesten, pathetische Worte, die bei mir nur Ablehnung bewirkten. Ich drehte mich um und ging, hörte noch, wie er mir nachrief: ‚Recht hatte sie, deine glatte Fassade sollte man dir aufreißen!'
Die glatte Fassade. Beths Worte. Sie hatte es ihm also erzählt, so wie sie alles weitertrug in ihrer unstillbaren Sucht, sich auszusprechen, wie sie es nannte, erst mit ihrer Familie, später den Traditionalisten, bis ich es ihr verbot. Für einen Moment war ich versucht, mich umzudrehen, ein Werk von Sekundenbruchteilen: ihn an der Gurgel packen und durchschütteln – wie sie damals. Nicht nachlassen, bis sie mit erstickter Stimme um Nachsicht flehte. Es war die erste große Auseinandersetzung nach unserer Verlobung, kurz

bevor... und der erste Streit, den wir handgreiflich ausfochten, das erste und das letzte Mal.
Seltsam, dass ich mich an den Grund unserer Auseinandersetzung nicht mehr erinnern kann. Er war, wie die Anlässe vieler Krisen, wohl nicht der Rede wert.
Die glatte Fassade: „Mein Gesicht."
Unwillkürlich habe ich laut gesprochen, Vera versteht die Worte als Befehl, und prompt wird die Wand zum Spiegel, bildet mein Gesicht überlebensgroß ab. Da es nun einmal geschehen ist, mustere ich das Abbild, stelle mit Genugtuung fest, dass ich mich langsam erhole, das Aussehn wieder fast vertraut, mein jugendliches, glattes Gesicht. Ich erprobe ein kleines überlegenes Lächeln. Es steht mir gut. Zufrieden mit mir schließe ich die Augen.
Da ist sie wieder, Beths Stimme:
‚Du verdammter, selbstverliebter Narziss. Die glatte Fassade sollte man dir aufreißen!'
Und Beth selbst. Zornrot steht sie vor mir, ihre Augen blitzen, sie ballt die Hände zu Fäusten. Meine Hände bleiben in den Taschen, ich mustere Beth von oben herab, zeige ein kleines überlegenes Lächeln. Sie amüsiert mich, und wenn ich ehrlich sein soll, finde ich ihren Zorn reizvoll. Worüber nur streitet sie mit mir? Es interessiert mich nicht sonderlich.
Ihr Angriff trifft mich unvorbereitet, sodass ich meine Hände nicht mehr aus den Hosentaschen ziehen kann. Statt hilflos auf meine Brust zu trommeln, wie man es in manchen Filmen sieht und wie ich es vielleicht erwartet habe, öffnet sie beide Fäuste. Ich sehe das Rosa ihrer gepflegten langen Fingernägel – später wird sie auch diese vernachlässigen – sie fasst mit der Linken mein Hemd über der Brust und zieht blitzschnell die Finger der Rechten durch mein Gesicht. Schreit: ‚Habe ich dir endlich die glatte Fassade aufgerissen!'
Der scharfe Schmerz lähmt mich für einen Augenblick, mehr noch ihr Gesichtsausdruck, der von offenem Triumph,

Staunen über den eigenen unverhofften Mut zu furchtsamem Erschrecken wechselt.
Ich hatte mir in die Zunge gebissen, und mehr als von den blutigroten Striemen auf der Wange floss Blut aus meinem Mund, benetzte mein Hemd und ihre Hand, ehe sie diese zeitlupenhaft zurückzog, die Augen schreckhaft geweitet, den Mund offen in ungläubigem Staunen, was ihr Angriff bewirkt hatte.
Und ich? Meine Linke auf die brennende Wange pressen und sie dann ebenso ungläubig anstarren, jähe Wut in mir aufsteigen fühlen, beide Hände vor an ihren Hals, ihre Kehle, über sie gebeugt, während mein Blut über ihr Gesicht rinnt, sie schütteln, bis sie keuchend um Nachsicht fleht.
Es war das erste und letzte Mal, dass ich ihr gegenüber gewalttätig wurde, ich habe nie eine Frau geschlagen, die hilflose Wut prügelnder Männer verachtet, wenn sie mir in einem Rechtsstreit begegnete. Warum damals, und warum hat sie mich nicht verlassen, damals, als noch Zeit war für sie, für uns beide?
Oder war es nicht so, sondern ganz anders? Meine Linke auf die brennende Wange pressen und sie dann ungläubig anstarren, im Mund warm den süßlichen Geschmack des eigenen Blutes.
Mir wird schwarz vor Augen...
Ich fand mich am Boden liegen, den Kopf von einigen Kissen gestützt, die sie in der Eile zusammengerafft hatte, neben mir eine Schale warmen Wassers, und über mich gebeugt Beth mit gluckenhaft besorgter Miene, wie sie ein Tuch auf Wange und Mund tupfte, es auswusch, wrang, wieder tupfte. Zusehends rötete sich das Wasser. Ich schloss die Augen, fühlte mich schwach, während sie mich umsorgte. Oh, Beth, darum wohl hast du diese einmalige, die letzte Gelegenheit nicht ergriffen, unsere Verbindung zu lösen, die Chance vertan, dich zu retten, solange noch Zeit war.

War es so oder ähnlich, und welche Erinnerung ist die wirkliche? Welche ist mir lieber? Oder sind beide wahr und gleichwertig, nur auf verschiedenen Ebenen?
‚Keiner entkommt der Liebe unversehrt.'
Wieder eine Stimme aus der Vergangenheit. Ich schon, möchte ich antworten, fragen, bist du es, Beth, und ahne bereits, sie ist es nicht, und diesmal bin ich verloren.
Will widersprechen. Wie kann ich verloren sein, wo ich doch lebe?
‚Keiner entkommt der Liebe unversehrt.'
Dieselbe Stimme, so vertraut, schmerzlich vertraut. Doch ich fühle keinen Schmerz. Beruhigend pulst die Manschette an meinem linken Handgelenk. Wieder die Stimme:
‚Du Narr, wie kannst du dich auf die Liebe einlassen und glaubst unversehrt davonzukommen?'
Aber ich bin nicht unversehrt. Mein Aufenthalt in Dr. Servants Klinik beweist es.
Ich sage der Stimme den Kampf an, beginne zu räsonnieren. Nicht nur ich, jeder normale Mann hätte die Fassung verloren, angesichts eines solchen Angriffs. Die Gesichtshaut aufgeschlitzt, auf die Zunge gebissen, das Blut! Das ist es! Mein Blut.
Wie viele Männer kann ich den Anblick des eigenen Blutes nicht ertragen, verabscheue seit meiner Kindheit die üblichen medizinischen Eingriffe zur Blutentnahme. Die Erwartung bereits lässt stets meine Kapillaren zusammenschnurren, die Nackenmuskulatur sich schmerzhaft verhärten, führt fast unausweichlich zu Migräneattacken.
Dr. Servant, der mich seit vielen Jahren kennt, weiß ein Lied davon zu singen.
Wenn mich das Vergießen fremden Blutes stört, dann aus der irrationalen Vorstellung, es könnte mein eigenes sein. Nie habe ich den Jungfrauenkult patriarchaler Kulturen verstanden, die Sucht mancher Männer nach unberührten

Mädchen. Weiße Hochzeit – und die stolze Präsentation blutiger Laken am Morgen danach, für die meisten eine Frage der Ehre, für mich reine Frauensache. Bekanntlich sind es Frauen: Mütter, Schwiegermütter, alte Weiber, welche die idiotischsten, selbstschädigenden Traditionen aufrecht erhalten, sogar die genitale Verstümmelung kleiner Mädchen.
Wozu sich beim Liebesvollzug unbedingt an Verwundung, Blut und Tod erinnern müssen? Es gibt nur eine Erklärung: Frauen sind von Natur aus abgebrühter, wie sie auch die blut- und schmutzbehafteten Seiten von Liebe, Geburt und Tod weniger zu fürchten scheinen...
Mir unbegreiflich und für Männer wie mich nicht lustfördernd. Im Gegenteil.
Ich entsinne mich eines Malheurs mit einer, die offensichtlich nicht bis achtundzwanzig zählen konnte; prompt kühlte meine Hitze ab und ließ sich nicht wieder entfachen.
Für das traditionelle Kriegshandwerk bin ich völlig ungeeignet, obgleich – als Stratege hätte ich sicher Bedeutendes geleistet. Ich frage mich, wie bewältigen Männer mit meiner Sensibilität das Problem direkt am Feind, beim Nahkampf? Wieviel Verführung und Konditionierung sind nötig, um aus friedfertigen Ästheten unbarmherzige Blutsäufer zu machen? Gewiss ein interessanter Forschungsgegenstand, wäre die Aufgabe nicht mit zu vielen unappetitlichen Details verbunden.
Unwillkürlich öffne ich die Augen und begegne meinem Blick im Spiegel.
‚Selbstverliebter Narziss.'
Ich lächle mir zu. Beth hatte Unrecht, zumindest zu jener Zeit; denn damals erkannte ich mich noch im Antlitz meines Bruders ...
Ich lasse den Spiegel verschwinden, schließe die Augen und widme mich wieder dem Divertimento.

Eines verstehe ich bis heute nicht. Wie konnte es meinem Sohn gelingen, mich über seine Absichten zu täuschen? Hatte sein mütterliches Erbteil ihn zu ihrem sentimentalen Weltbild verführt, und gleichzeitig das meine ihm die Fähigkeit der Mimikry verliehen? Vor seinem zwanzigsten Geburtstag musste er über Monate und Jahre Verbindungen geknüpft und sein Verschwinden vorbereitet haben.
‚Sie wollen mich ersetzen.'
Seine letzten, unverständlichen Worte, bevor er ging. Ich habe ihn seitdem nicht wiedergesehn. Eine Spur wies nach Kanada zu einer traditionalistischen Gemeinschaft, die den Amish nahestand. Aber nach zwei Jahren musste die beauftragte Detektei ihr Versagen eingestehn. Man sei wie gegen eine Mauer des Schweigens gerannt.
Seitdem sind fast zwölf Jahre vergangen. Falls er noch lebt, ist die Krankheit sicher ausgebrochen, und er wird die Errungenschaften der experimentellen Wissenschaft brauchen, die er vorher so hochmütig von sich wies. Ich selbst spüre kein Verlangen mehr nach dem Anblick meines einst so gerade gewachsenen, vielversprechenden Sohnes.

Hätten jüngste Entwicklungen auf dem Gebiet der künstlichen Intelligenz das Erziehungsdrama verhindern können? Ich weiß es nicht, obwohl ich bereits vor Einführung der optimierten Kleinkindtrainer die Vertragsverhandlungen mit dem Erziehungsministerium führte, das ihren Einsatz überwacht.
Inzwischen lösen Androidtrainer jeder Altersstufe mehr und mehr die Rollenspiele und Familienaufstellungen ab, mit denen früher Sozialverhalten und Krisenbewältigung eingeübt wurden. Die Programmierung enthält häufig verbreitete Eigenschaften, beim Kleinkindtrainer, dessen erste Prototypen kurz nach der Jahrhundertwende auftauchten, zum

Beispiel Zuwendungsverlangen, Störung von Erwachsenengesprächen, kindliche Fragewut und Neugier, Trotz bis zum Zerstörungsdrang, zeigt also unerfahrenen Eltern Erziehungsfehler und deren Folgen auf, um diese in der Praxis vermeiden zu lernen. Außerdem überzeugt ein bockendes und plärrendes – wenn entsprechend programmiert – auch einnässendes Geschöpf wesentlich eindrucksvoller als jedes virtuelle Programm.

Allerdings zeigten sich im praktischen Einsatz unerwartete Probleme: Die humanoiden Nachschöpfungen gerieten zunehmend zu Objekten ungezügelter Zerstörungslust, was zu heftigen Diskussionen in Psychologenkreisen führte, ob derartige stellvertretend ausgelebte Aggressionen noch als Form moderner Psychohygiene gelten konnten, welche dem Schutz der echten Erziehungsobjekte diente, oder ob sie vielmehr die Gewaltbereitschaft nährten. Das Erziehungsministerium reagierte rechtzeitig, unterband den Verkauf von Erziehungstrainern und wandelte auf meinen Rat hin das Eigentumsrecht in ein Nutzungsrecht um. Seit die humanoiden Imitationen nur geleast werden können und jeder Schadensverursacher zur Kasse gebeten wird, nebst ausführlicher Protokollierung des Tathergangs, fiel die Gewaltrate im experimentellen Erziehungssektor signifikant. Für mich kaum überraschend: die kombinierte Erkenntnis von Psychologen und Marktforschern, dass mancher Familienvater sein geleastes Auto schonender behandelt als das Produkt seiner Gene, hat sich ausgezahlt.

Damals, als Dave heranwuchs, gab es nur besagte primitive Vorläufer solcher Erziehungshilfen, und so sind meine Überlegungen eigentlich überflüssig. Trotzdem lassen sie mich nicht los, denn seit meiner Jugend haben mich die Möglichkeiten und Grenzen künstlicher Intelligenz fasziniert, zumal Menschen meinen Ansprüchen nur selten genügen. Wo ein klares Psychoprofil auf eng begrenzte Anforderungen

antworten soll, wie in der Kranken- und Altenpflege, bieten sich Vorteile. Was sagte Dr. Servant, als ich ihn darauf ansprach?
‚Künstliche Intelligenz bei der Kranken- und Altenpflege hat sich allgemein durchgesetzt. In den oberen Versorgungsklassen bevorzugen wir allerdings nach wie vor menschliche Fachkräfte, die besonders ausgewählt und geschult sind, und falls es an der nötigen Intellektualität fehlt, ergänzen wir sie mit virtuellen Hostessen wie unserer liebreizenden und klugen Vera.'
Recht hat er, wie meine bisherige Erfahrung mit beiden zeigt. Meine Gedanken wandern weiter auf den Bahnen der künstlichen Intelligenz. Das Projekt ‚Schultrainer' wurde noch vor der Praxisreife aufgegeben. Vor allem in höheren Altersstufen erfüllte es die Erwartungen an eine realistische Simulation gruppendynamischer Prozesse und sich selbst organisierender Systeme nicht, zumal menschliche Lehrer nur mehr Koordinator- und Beraterfunktion wahrnehmen.
Seitdem Stoffvermittlung und Bewertung von ihnen abgelöst wurden, ziehen sie kaum noch Schüleraggressionen auf sich, entsprechende Krisenprogrammierungen erübrigen sich also.
Überhaupt kam es anders, als sich frühere Robotiker dachten. Abgesehen davon, dass die humanoide Form nur in den seltensten Fällen zweckmäßig ist, bleiben unsere Forschungsergebnisse weit hinter den hochgespannten Erwartungen des 20.Jahrhunderts zurück. Durch meine berufliche Tätigkeit im internationalen Patentrecht verfüge ich über den nötigen Überblick und genaue Kenntnis der Materie und weiß: Die Fülle einer hochorganisierten Persönlichkeit mit ihren Widersprüchen und schöpferischen Momenten vermag bisher keine Technik zu kopieren. Relativ erfolgreich ist man nur beim Programmieren tierischer Verhaltensmuster, und der Werbeslogan *Treuer als ein Robothund kann niemand sein!* verlockte tatsächlich manch Einsame

zum Kauf, darunter viele ältere Frauen, die ja immer noch dem Vorurteil anhängen, Tiere seien die besseren Menschen. Doch offensichtlich suchten sie etwas, was ihnen die künstlichen Gefährten nicht bieten konnten. Der Umsatz stagniert inzwischen, und die geistig aktiven Alten fangen ihre Einsamkeit lieber in virtuellen Netzen auf, wo sie für jedes Thema Ansprechpartner finden. Was nützt ihnen da ein robotisches Haustier?

Etwas fehlte den optisch perfekten Nachahmungen, und in Gedanken an die teilweise unsinnigen Tests und Verbesserungsvorschläge muss ich unwillkürlich lächeln. Erst ein Fünf-Sinne-Vergleich mit den lebendigen Vorbildern führte auf die richtige Fährte: Es war der Geruch, selbst wenn man ihn bewusst nicht wahrnahm.

Bei den künstlichen Sexpartnern ging man deshalb sorgfältiger vor, setzte organische Duftnoten, vor allem Sexuallockstoffe ein, deren Kompositionen zum Beispiel an ranzenden Katern und läufigen Hündinnen erprobt werden. Während noch vor wenigen Jahrzehnten die Tiere sich naserümpfend von solchen Nachahmungen der Natur abwandten, zeigen sie sich inzwischen zumindest interessiert. Die Produkte führten sich gut am Markt ein, was nicht wundert: Eindimensionale Charaktere wie der des dummen, willigen Blondchens bieten nur Vorzüge.

Außerdem hat man ihnen im sogenannten Pygmalionprogramm einige Lernfunktionen mitgegeben, sodass sich der ‚Galan' überlegen fühlen darf, ja, seine Androidpartnerin nach eigenem Bild zu formen vermag. Missbrauch ist natürlich nicht ausgeschlossen, und ich entsinne mich eines Klienten, der mich nach gewonnenem Prozess in sein Vertrauen einschloss, wohl in der irrtümlichen Annahme, dass meine juristische Zuwendung seiner Person galt. Er hatte seine Robotpartnerin unter anderem mit feministischem Agitprop des letzten Jahrhunderts versehn, wobei das

Gehabe auf entsprechende verbale und manuelle Auslöser in demütig unterwürfiges Verhalten umkippte.
Auf Knien, nackt, mit Spitzenhäubchen und passender Halbschürze putzte seine Jeannie, wie er sie aus unerfindlichen Gründen nannte, alsdann den Fußboden, brachte seine Hausschuhe und begann jede Anrede mit einem schmachtenden: ‚Meister?' Natürlich brach ich den Kontakt sofort ab, derartige Nutzungsmöglichkeiten liegen weit unter meinem Niveau.
Dabei bin ich auf ein interessantes Phänomen gestoßen: Bald nachdem solche mit Pheromonen angereicherte Geschöpfe im Angebot waren, kam es zu unerklärlichen Umtauschaktionen. Einige Kunden, zumeist Männer, die sowieso den Großteil der Klientel bilden, brachten ihre technisch einwandfreien Lustobjekte zurück, unter fadenscheinigen Vorwänden.
Befragungen führten zu einem überraschenden Ergebnis. Nach anfänglicher Begeisterung lehnten die Käufer jene Sexuallockstoffe ab; denn was sie in den intelligenten Puppen suchten, war weniger sexuelle Stimulanz und Verführung, also letzten Endes eine Form der Bindung, wenn nicht Hörigkeit – sondern die Freiheit absoluter Machtausübung über ein Objekt, ohne lästige Kontrollen, die ihnen den Umgang mit den Erziehungstrainern verleidet hatten. Sexualität nicht Ziel und Zweck, sondern austauschbarer und beliebiger Ausdruck von Gewalt, ein Ventil unter anderen für die aggressive menschliche Natur...
Kurz musste ich an den Besitzer der willfährigen Jeannie denken, und auch eine zweite Beobachtung fügte sich nahtlos in das Bild: Die Käufer aus der traditionellen Sado-Masoszene, in der Macht und Ergebung noch untrennbar mit sexuellen Auslösern verknüpft sind, dachten nicht an Umtausch. Im Gegenteil, sie waren hochbeglückt durch den zusätzlichen Reiz, der von ihren olfaktorisch optimierten

Partnern ausging. Leicht irritiert registriere ich, wie meine Überlegungen zu künstlicher Intelligenz und humanoiden Nachahmungen letztlich wieder bei der fehlerhaften Natur des Menschen landen.
Ich öffne kurz die Augen und schließe sie wieder: Das Divertimento ist längst verklungen, die Bildwand leer, und die fruchtlosen Überlegungen ermüden mich. Nach wenigen Stunden wiedererlangter Bewusstheit darf ich mich nicht überfordern, muss meine geistigen Kräfte schonen...

Aber wie soll ich ruhen, wenn sie unablässig über meinem Kopf hinwegtrampelt? Es war ein Fehler, meinen Büroraum unter ihrem Schlafzimmer einzurichten. Das Trampeln dröhnt zunehmend in meinen Ohren, jetzt verstummt es für einen Moment, dann ein Poltern, es klingt, als habe sie einen Stuhl umgeworfen. Endlich Ruhe. Ich werde noch ein wenig weiterarbeiten. Umso mehr Zeit bleibt für das Wochenende mit Helen.
Das gemeinsame Wochenende muss ausfallen, und Helen wartet vergeblich auf mich. Ich habe sie vergessen, muss die Tür zu einem anderen Schlafzimmer aufbrechen, über den umgeworfenen Stuhl hinwegsteigen, dann zu der stillen Gestalt aufsehn und schnell wieder fort, ins Bad laufen, nach einer Schere, einem Messer suchen. Zurück, mit zitternden Fingern die Klinge ansetzen, dabei den Blick in ihr Gesicht vermeiden, die Schnur durchschneiden, sie unabsichtlich am Hals verletzen: Blut, das später die Polizei irritieren wird, mich zu langatmigen, ungeschickten Erklärungen zwingt, ungeschickt, wie mein ganzes Vorgehn.
Man versteht. Die Verwirrung des bedauernswerten Ehemanns, überfordert vom Selbstmord seiner depressiven Ehefrau, eine endogene Depression, seit Jahren in ärztlicher Behandlung, schwer zu behandeln, eine schwierige Patientin, vergisst immer wieder ihre hochwirksamen Medikamente zu

nehmen, oder verweigert sie, vielleicht ein erbliches Leiden. Der Sohn soll auch nicht gesund sein, seit Jahren in einer Spezialklinik, eine sehr reiche Familie, man sieht es an der Einrichtung, den holographischen Kunstwerken, aber arm dran, wirklich arm dran. Man hat selbst einen aufreibenden Job, manchmal Streit mit der Frau, die Schulnoten der Kinder könnten besser sein, doch wenn man das sieht...
Sie schütteln den Kopf, klopfen ihm auf die Schulter, eine private Geste, gegen die er sich diesmal nicht wehrt:
‚Das Leben geht weiter!'
Es geht weiter. Nach einem Jahr stellt er fest, dass ihm der Todesfall nur Vorteile gebracht hat, ein ungeteiltes Erbe, die gewünschte Freiheit. Das Leben geht weiter, nur manchmal blickt er unvermittelt in das Gesicht seiner erhängten Frau...
Ich komme langsam zu mir und staune. Wie einem unbeteiligten Beobachter hat mir mein Gedächtnis eine der unangenehmsten Szenen meines Lebens vorgeführt und mir gleichzeitig die Erinnerung an ihr entstelltes Gesicht erspart. Oder war es gar keine Leistung meines Gedächtnisses? Ich hebe die linke Hand, und anerkennend mustere ich die Manschette. Offensichtlich versteht sie es, mich vor der ästhetischen Zumutung jenes Anblicks zu bewahren, der mir früher so zusetzte, ein negativer Anker, der ihr Bild in den unpassendsten Augenblicken der Verdrängung entriss.
Da ist kein Schmerz beim Gedanken an den Sohn, warum auch? Ein erwachsener Mensch, selbst verantwortlich für seine Entscheidungen, so wie ich für die meinen. Ich bin zufrieden...

Der vierte Tag

Heute ist der vierte Tag in der Klinik, den ich wach und bewusst erlebe. Von meiner freundlich energischen Pflegerin werde ich immer unabhängiger, konnte mein Frühstück bereits ohne ihre Hilfe einnehmen. Auf meine Fragen antwortet sie nur einsilbig, das nährt den Verdacht, sie darf und will sich nicht in ein Gespräch mit mir einlassen. Ich werde sie nicht vermissen. Dafür entwickelt sich Vera zu einer liebenswürdigen und kompetenten Gesprächspartnerin, sichtet mit mir das Kunstprogramm und gibt mir Ratschläge, welches Musikstück meiner augenblicklichen Verfassung am besten entspricht. Kein Wunder, meine vitalen Funktionen werden ihr mit jeder Nanosekunde übermittelt.

Dr. Servant kommt für einige Minuten persönlich vorbei, prüft das Display am Fußende meines Bettes, für mich leider nicht einsehbar – sie lassen sich ihr Herrschaftswissen nicht so leicht entreißen – und nickt mir wohlwollend zu: „Blendende Werte. In einem Monat werden Sie mich beim Wettschwimmen schlagen. Weiter so!", klopft jovial auf mein Bett und meint meine Schulter. Er weiß, dass ich kumpelhaft vertrauliche Berührungen nicht schätze.

Der Blick aus dem Fenster bringt kaum Überraschungen: über der grüngezackten Küstenlinie der Himmel mit Vogelschwärmen, Wolken, Sonne und Nebel. Bei Gelegenheit werde ich mir ein ornithologisches Programm ausdrucken lassen und es mit den vorbeifliegenden Exemplaren vergleichen. Wie Vera mir erklärte, lassen sich Teile der Fensterverglasung fokussieren und in eine Art Fernglas verwandeln, eine interessante Neuerung, die ich sicher aus-

giebig erproben werde. Eben zeigte mir Vera, wie ich das Lesegerät auf der Ablage bediene, den Datenträger einlege und die Texte in gewünschter Größe auf der Projektionswand abbilde. Falls ich es vorziehe, wird sie diese in gepflegtem Bostonstil vortragen, wenigstens für die erste Zeit ein attraktives Angebot. In der Klinikbibliothek lagern die wichtigsten Werke der Weltliteratur, dazu die jährlichen Neuerscheinungen aus den Bestsellerlisten, neben Fachliteratur der unterschiedlichsten Bereiche. Sogar eine Reihe traditionell gebundener Bücher ist verfügbar, wenn auch nicht in den Räumen der bettlägerigen Patienten. Bedauerlich, dass der Sportplatz auf der anderen Seite liegt. Mitarbeiter und Klienten spielen hier fast täglich.
Ich weiß es. Und mehr: Sportliche Betätigung stärkt Reaktionsvermögen, Muskeln und Kreislauf, sie offenbart aber auch erste organische Fehler, eine nachlassende Leistungskraft, meine Herzschwäche...

*

‚Nach einundsechzig Jahren zu spät für eine pränatale Behandlung.'
Der Arzt in meinem Urlaubsort, wo ich zwei ungestörte Wochen mit Glenn verbrachte, scherzt, lacht heppernd über den vermeintlich gelungenen Witz.
‚Sie sollten daheim etwas unternehmen, vielleicht eine Erneuerung. Sonst besteht Gefahr für einen plötzlichen Herztod. Vorerst begnügen Sie sich besser mit virtuellen Sportarten.'
Mir war nicht zum Scherzen zumute. Nach meiner Rückkehr meldete ich mich sofort bei Dr. Servant. Er hat Büro und Praxis in der Innenstadt, ist aber häufig unterwegs, und so traf ich nur auf seine Vertretung, tüchtig und kundig auch sie. Indes spreche ich lieber mit dem Chef persönlich und erhielt einen Termin in seiner Tagesklinik: in Rancho Palos Verdes,

wo auch ich seit fast zwanzig Jahren wohne. Ein exklusives Wohngebiet. Mein Besitz dort eine der großzügig begrünten Villenanlagen, ihr Grün schon längst nicht mehr wilde Vegetation eines unbebauten, frei zugänglichen Küstenstrichs. Dass es so kam, ist nicht zuletzt mein Verdienst. Im Kampf mit den widerstreitenden Interessen von Landschaftsschützern und Bürgerrechtlern mussten beide schließlich aufgeben. Alles eine Frage des Geldes.

‚Außerdem', pflege ich gerne zu argumentieren, ‚bewahrt unsere kleine, ausgesuchte Zahl von Anwohnern die Natur nicht weit besser, als undisziplinierte, lärmende Tagesgäste und Ausflügler es je vermöchten?'

Der Gedanke an jene alte, siegreich bestandene Auseinandersetzung erfüllte mich mit Genugtuung, während ich meinen Wagen vor der Natursteinmauer parkte, die Identitätskontrolle am Eingang passierte und zwischen gepflegten Rasenflächen und Blumenbeeten zum Haupthaus schritt. Bis auf den üppiger erscheinenden Pflanzenwuchs hatte sich seit meinem letzten Besuch wenig geändert.

Den zweistöckigen, ockergelben Bau mit seinen gleichmäßig geordneten, hellen Fensterfriesen und dem säulengeschmückten Portal fand ich zwischen Bäumen und Büschen eines englischen Gartens versteckt. Fast ein Herrenhaus. Eigentümliche Mischung aus prunkendem Hervortun und Verbergen, mehr Sanatorium als Krankenhaus, die Heilung Suchenden eher Gäste als Patienten, freundlich das Personal, die medizinische Technik fast unsichtbar, aber darum nicht weniger effektiv.

Das Modell seiner Klinik auf der Insel, wie mir Dr. Servant einmal erklärte. Der Arzt begrüßte mich aufgeräumt als alten Bekannten; er vertröstete mich nach gründlicher Untersuchung: ‚Wir sollten den Gedanken an ein neues Herz ins Auge fassen, vielleicht in zwei, drei Jahren. Noch besteht

kein akuter Handlungsbedarf, Sie haben Zeit', verschrieb ein Medikament und verpasste mir ein Dauer-EKG.
‚Die Werte werden automatisch übermittelt, so können wir bei Veränderungen sofort reagieren.'
Im Wagen saß ich eine Weile in Gedanken. Wie gut erinnere ich mich noch jetzt daran! Also rückte der Zeitpunkt näher, an dem das Institut seinen Teil des Vertrages erfüllen musste, und obwohl ich immer gewusst hatte, dass dieser Augenblick kommen würde, fühlte ich mich unbehaglich. Ich habe es immer gehasst, von anderen abhängig zu sein, und gibt es eine schlimmere Abhängigkeit als die von der Kunst der Ärzte? Aus meinen eher theoretischen Überlegungen und Gedankenspielen wurde damals im Wagen ein Entschluss – mit weitreichenden Folgen...
Ich sehe mich einige Wochen später wieder ihm gegenüber, diesmal in seiner Stadtpraxis. Die Einrichtung gleicht der im goldfarbenen Herrenhaus. Gleiches Mobiliar, gleiche Anordnung. Zum Verwechseln, wenn nicht der Blick aus dem Fenster wäre.
Dr. Servant prüft gründlich, spricht wenig, bestellt mich zum nächsten body-scan. Sehr bald. Zu bald. Ich werde misstrauisch. Dr. Servant verschweigt mir etwas, und beim nächsten Termin sage ich es ihm auf den Kopf zu.
Wir sitzen uns gegenüber, und er mustert mich nachdenklich durch die ovalen Gläser seiner Sehhilfe. Ich wünsche, er würde sie abnehmen, damit ich erkenne, was er verbirgt.
Endlich gibt er sich einen Ruck.
‚Nun gut, spielen wir mit offenen Karten. Sie wären Kandidat für ein neues Herz, nicht sofort, doch in absehbarer Zeit, aber Ihr Spender ist tot.' Ich verstehe nicht. Der Tod des Spenders ist immer noch die natürliche, die beste Voraussetzung für eine Transplantation, und ein Jahr früher als geplant dürfte keine Rolle spielen. ‚Warum haben Sie mich nicht verständigt? Ich war die ganze Zeit im Lande, und

wie Sie mir beim letzten Termin versicherten, ist in Ihrer Klinik stets ein Bett für mich reserviert.'
‚Die Situation ist nicht so einfach, wie Sie meinen. Er verbrannte, da blieb nichts übrig, um es zu verwerten.'
‚War es ein Unfall?'
‚Wir gehn davon aus. Einzelheiten müssen Sie nicht interessieren.'
Wieder spüre ich, dass er mir etwas verheimlicht; er ist beunruhigt, aber weniger geübt als ich, seine Regungen zu verbergen.
‚Sehn Sie selbst!' Er weist auf den Monitor. Die Photographie eines Mannes erscheint, und ich erblicke mich, so wie ich in jüngeren Jahren ausgesehn haben mag. Dr. Servant wiegt den Kopf. ‚Ein intelligenter, tatkräftiger Mann wie Sie, aber auch stolz und rücksichtslos gegen sich und andere.'
‚War es wirklich ein Unfall?'
‚Es spricht nichts,... kaum etwas dagegen. Ein Selbstmord wäre nach unseren Erfahrungen höchst ungewöhnlich, und mit dieser brutalen Konsequenz?' Er schüttelt den Kopf, eine heftige Geste der Verneinung, legt den Zeigefinger auf die Symbolleiste. Das Bild wechselt, und ich sehe ein Paar Schuhe, sonst nichts.
‚Das ist von ihm übriggeblieben, alles andere' – er macht eine ausholende Geste – ‚pulverisiert! Aber wie gesagt, die Einzelheiten müssen Sie nicht interessieren.'
Pulverisiert! Nur Sprengstoff, eine Bombe konnte so vollständig zerstören. Du wusstest das, Henry, und glaubtest an einen Anschlag der Traditionalisten. Du glaubst es immer noch, und ich schwöre, nie wirst du die Wahrheit erfahren; denn wenn du sie erfährst, wirst du mehr von mir wissen, als ich dir je freiwillig gestehn würde, mehr als gut ist für mich, für dich und das Institut.
Natürlich war es Selbstmord! Weil ich mich kenne und damit ihn, kann ich es offen sagen. Und weil nur ich weiß, was

nach jenem ersten Termin geschah, als ich im Wagen saß und einen Entschluss fasste, jenen folgenreichen, verhängnisvollen Entschluss.

Der Gong. Veras perfekte Erscheinung auf der gegenüberliegenden Wand. Ihr gepflegter Bostonstil:
„Dr. Brandt, die Daten des Psychoformers zeigen leichte Irritationen. Darf ich seine Arbeit mit etwas Musik unterstützen?"
„Oh ja." Gute, vollkommene Vera, für eine Weile nur will ich meine Gedanken ablenken, vergessen, dass ich mich erinnern muss. Was hat sie gewählt, um meine geistige Gesundheit zu stabilisieren? Streicher, ein Basso continuo, die schlichte Melodie im Kanonsatz, sich von Mal zu mal steigernd. Ich erkenne die strenge Konstruktion des Nürnberger Komponisten und erliege mehr und mehr dem suggestiven, einschläfernden Klang...

...Ist es nicht eine wundervolle Musik? Fast wie im Paradies. Wie schade, dass Männer nicht zugelassen waren. Oh Jason, du musst es dir ansehn.'
Meine Verlobte Beth zeigt auf den riesigen Flachbildschirm, und ich sehe sie: An die Hundert Frauen aller Altersstufen und Hautfarben, auf einer von Kerzen beleuchteten Rasenfläche. Sie halten sich an der Hand, haben einen Kreis gebildet und schreiten zur Musik um die flackernden Lichter. Zwei Schritte vor, einen zurück, wiegend, selbstvergessen. Beth schmiegt sich an mich. Ich frage: ‚Was soll das? Eine Vollmondfeier? Ein Menstruationsritual?' Sie rückt von mir ab. Jetzt habe ich sie beleidigt, die sanften Kuhaugen schauen verletzt: ‚Ja, weißt du denn nicht, dass gestern Weltgebetstag der Frauen war?' Natürlich wusste ich es nicht. Ich bin Agnostiker, hatte noch nie Sinn für die unterschiedlichen Formen religiöser Infektion...

„Dr. Brandt, ich stelle fest, die Musik hat Sie entspannt und stabilisiert. Hat Ihnen das Stück gefallen, das ich für Sie auswählte?"
„Vera, Vera, ich habe den Verdacht, du bist, wenn auch virtuell, doch nur ein Weib. Sag mir die Wahrheit: Hat dich eine Frau programmiert?" Während ich mir meiner doppelsinnigen Fragestellung bewusst werde, lächelt mich Vera freundlich an – und schweigt.
„Danke, Vera, ich brauche dich nicht mehr."
Die nächsten Stücke will ich selbst aussuchen, mir die Partitur abbilden lassen und die Komposition studieren, ohne Einflussnahme eines weiblichen Computers. Ich beginne vor mich hin zu räsonnieren: Nur Mathematiker sollten sich mit Musik beschäftigen dürfen, um ihren suggestiven Einflüsterungen nicht zu erliegen. Manchmal frage ich mich zwar, ob mir das angeblich Innerste der Musik verschlossen bleibt, wenn beim Anhören der analytische Verstand selbsttätig die Regie übernimmt. Mein Gebiet ist die wissenschaftliche, nicht die kreative Seite der Kunst. Als junger Mann erkannte ich rechtzeitig, dass mein Klavierspiel immer mittelmäßig bleiben würde, und gab es schließlich ganz auf, zumal mein Beruf mir wenig Zeit ließ. Eine sachgerechte Entscheidung, die ich bis heute nicht bereue. Wie Recht hatte doch Platon mit seinem Misstrauen gegen die schönen Künste! Eine weitere lange Nacht liegt vor mir. Ich strecke mich, bleibe eine Weile mit geschlossenen Augen und lasse die einfache und doch so suggestive Melodie in mir nachklingen...
Es war leichter als gedacht, meinen Entschluss in die Tat umzusetzen. Der Bund der Naturfreunde hält bei seinen Gruppenreisen stets einige Plätze für spät Entschlossene frei, und so fand ich mich schon zwei Tage nach meinem Termin bei Dr. Servant im Fluggleiter, unterwegs zur Insel. Meine Reisegefährten, Lehrer mit ihren Studenten und

Studentinnen, wollten vor allem Seehunde und vorbei ziehende Wale beobachten und nahmen mich kaum zur Kenntnis. So nutzte ich die erste Gelegenheit nach der Landung, mich abzusetzen, spazierte scheinbar absichtslos zum weithin sichtbaren Klinikkomplex.
Der Sportplatz lag auf der vom Meer abgewandten Seite, verfügte über Einrichtungen für verschiedene Sportarten und ein bei Bedarf automatisch schließendes Dach. Eine Gruppe junger Frauen und Männer in Trainingsanzügen stand diskutierend am Spielfeldrand, und ich wollte mich bereits wieder zurückziehen, als aus dem angrenzenden Gebäude ein Gong ertönte. Die Gruppe löste sich in verschiedene Richtungen auf. Plaudernd, ohne mich zu bemerken, schlenderten einige an mir vorbei, und dann, nachdenklich, den Blick auf den Boden geheftet, kam ich auf mich zu. Ich, wie ich vor dreißig Jahren aussah, oder...?
Noch heute spüre ich einen Nachhall jenes heißen Schreckens, mein Herz, das mir bis zum Hals klopft, die plötzliche Schwäche in den Knien. Nicht ich, Denis ist es, der von den Toten auferstandene Denis! Ich rufe mich mühsam zur Ordnung. Nein, er kann es nicht sein, nicht Denis. Niemand steht von den Toten auf. Ein junger Jason Brandt, um die dreißig, derselbe Wuchs, dieselbe Haarfarbe, das schmale, glatte Gesicht, meine grauen Augen, die sich jetzt prüfend auf mich richten. Er ist nicht überrascht, oder er hat sich vollkommen in der Gewalt, so wie ich mich beherrsche.
‚Was suchen Sie hier?' fragt er kühl.
‚Ich wollte Sie kennenlernen, bevor...'
‚...bevor wir unters Messer kommen?', unterbricht er mich. ‚Das ist es doch, was Sie sagen wollten. Warum verstoßen Sie gegen die Bestimmungen?' Ich suche nach Worten: ‚Wissbegier.'
Er verzieht spöttisch den Mund. ‚Und noch?'

‚Ich lebe schon länger allein und wollte einen Menschen kennenlernen, der mir ähnlich ist. Wohlgemerkt, mein Alleinsein ist selbstgewählt. Sie müssten das am besten verstehn.'
‚Und darum durchbrechen Sie meine Prägung, die Ruhe, in der ich mich gut eingerichtet hatte? Ohne Sie, wenn auch im Warten auf Sie. Gehn Sie, alter Mann!'
Das Gespräch lief anders als geplant. Ich schätze es nicht, in die Verteidigungsposition zu geraten, und in meiner Verärgerung redete ich mit ihm, wie ich in so einem Fall mit anderen Menschen spreche: arrogant, von oben herab.
Kalt, wie nur ich es vermag, sagte ich ihm, dass er ohne mich und mein Geld nicht existieren würde, weder Fürsorge noch Ausbildung erhalten hätte, und dass ich es sei, der – falls er dazu nicht in der Lage sein sollte – für seinen künftigen Lebensunterhalt aufkommen würde: ‚Ohne mich sind Sie nichts! Sie gehören dem Institut und mir!'
Sein Gesicht, mein Gesicht, war undurchdringlich geworden, die Augen stumpf und eigentümlich farblos. Ich kannte den Ausdruck: Nur tödlicher Hass bildet bei mir diese Maske aus.
‚Wir werden sehn, alter Mann, wer wen dringender braucht. Wir werden sehn.'
Brüsk, ohne ein weiteres Wort ließ er mich stehn. Das Gespräch hatte nur wenige Minuten gedauert, mein Fernbleiben war nicht aufgefallen; denn als ich zur Gruppe aufschloss, fragte niemand nach.
Oh, Henry Servant, wenn du sein Gesicht, seine Augen gesehn hättest, seine letzten Worte gehört, wenn du von ihm soviel wüsstest, wie ich von mir, dann wüsstest du auch: Es war Selbstmord. Ein perfekter Selbstmord, der kein Organ, kein Blutgefäß unzerstört ließ. Pulverisiert. Vorher meine tiefgefrorenen Stammzellen zerstört, nachdem er sich irgendwie Zugang zu den Laborräumen verschafft hatte. Und ich ohne persönlichen Spender, angewiesen auf die alt-

bekannten unsicheren Verfahren mit ihren lästigen Nebenwirkungen und der verminderten Lebenserwartung. Doch warum tötete er sich und nicht mich?
Ich denke nach und erinnere mich. Ein Lehrbeispiel aus meiner Ausbildung. Der Fall des jungen Mädchens, das für eine geringe Verfehlung von den Eltern gezwungen wurde, seinen Hund zu erschießen, und die Waffe plötzlich gegen sich kehrte. Das geliebte Tier wollte, die in diesem Moment gehassten Eltern durfte sie nicht töten, so erschoss sie sich.
Es bleiben mehrere ungeklärte Fragen: Welche moralische Hemmung hat mein alter ego daran gehindert, mich in die Luft zu sprengen? Über welchen Selbsterhaltungstrieb, welche ethischen Skrupel verfügen Klone? Ich muss es wissen, muss Dr. Servant fragen, wie er dies Problem gelöst hat...
Noch bevor ich die Augen öffne, spüre ich die fremde Gegenwart: Vor meinem Bett steht ein schnurrbärtiger junger Mann im Trainingsanzug, schaut auf mich hinab. „Dave, bist du es?" frage ich und weiß sofort, er kann es nicht sein. Dave ist seit zwölf Jahren verschwunden, müsste älter sein, wenn er noch lebt. Nicht Dave. Wer dann?
Mir ist, als würde ich den Fremden kennen, ihn nicht zum ersten Male sehn. Ich mustere ihn genauer: die Ähnlichkeit trotz Schnurrbart, mit der eigentümlichen, fast mädchenhaften Weichheit um Kinn und Mundwinkel – ein mütterliches Erbteil – kann nicht zufällig sein, und doch, mein verschwundener Sohn ist es nicht. Nicht Dave, sondern der andere, jener Blondbärtige, der mich über Wochen und Monate umschlich und belauerte, sie mir fortnahm...
Trotzdem, so plötzlich aus dem Schlaf gerissen, überrumpelt, wie ich mich fühle, frage ich noch einmal, nur um etwas zu sagen: „Dave, bist du es?" Er antwortet nicht, streckt mir die Faust entgegen, zur Faust geballte Hand meines Sohnes mit einem auffälligen Siegelring.

„Erkennst du es wieder, alter Mann? Sieh genau hin!"
Mein Sohn besaß nie einen solchen Ring. Ich schaue genauer, sehe die strenge Form der Waagerechten und Senkrechten, die sich in der Mitte treffen: ein nachträglich aufgetragenes goldenes Kreuz. Über einem fremdartigen Muster lagert es, verdeckt das ursprüngliche Material, es könnte Platin sein...und plötzlich erkenne ich es wieder, das Muster und sein Material: Nicht Platin, Osmium ist es, ein extrem hartes, schwer zu bearbeitendes Metall, verschlungene Buchstaben um einen Kreis, darauf ein SC und ein M, beide verbunden mit den umgebenden Ornamenten, in ihnen aufgehend.
„Osmium! Sie fertigen die Ringe aus Osmium." Als hätte er meine Gedanken erraten:
„Kaum möglich, die Gravur zu verändern. Aber, sieh selbst, was ich getan habe!" Triumphierend weist er auf die goldenen Geraden. „In diesem Zeichen werden wir siegen. Ich habe das Kreuz darüber gelegt, so wie man in Mexiko und anderswo Kirchen über den heidnischen Pyramiden errichtete und aus den Götzenbildern Altäre geschmiedet hat. Wir werden nicht ruhen, bis der moderne Götze gestürzt und die alte, gerechte Ordnung wieder hergestellt ist. Kehr um, bevor es zu spät ist!"
Ich starre immer noch auf den seltsamen, zwitterhaften Ring, verwundert, dass ich mich so wenig errege über die unhöfliche Anrede, das aggressive Gebaren des Besuchers. Wie ein Echo klingen zwei Worte nach: „Zu spät! Zu spät!"
Und langsam, mit unendlicher Trägheit, scheint sich in meinem Innern etwas zu regen, das zerrissen war, zerteilt und pulverisiert wie mein Ebenbild, für immer verschüttet und verloren. Unauffindbar bis jetzt, steigt es empor, nein, will unter Qualen aufsteigen, als zwei Dinge gleichzeitig geschehen: Nebel umhüllt sanft vertraut das Verschüttete, zieht es wieder zurück, hin ins Vergessen, die Bildwand

erhellt mit einem Alarmsignal, auf dem Gang nähern sich schnelle Schritte.

„Für dich, alter Mann!" Er schiebt hastig einen flachen Gegenstand unter meine Bettdecke, da sind sie schon herein: Zwei kräftige, hellgrün gekleidete Pfleger nehmen ihn zwischen sich:

„Sie haben hier nichts zu suchen!", und ziehen ihn durch die halb geöffnete Tür.

„Erinnere dich, alter Mann!"

Das letzte, was ich von ihm sehe, ist seine drohend gereckte Faust, bevor sich die Tür fast lautlos schließt. Im Gang scheinen noch andere auf ihn zu warten. Ich höre dumpfe Schläge, Ächzen, ein schwerer Fall, dann wieder langsame Schritte, in die sich ein scharrendes Geräusch mischt, wie es entsteht, wenn man einen bewusstlosen oder toten Körper über den Boden schleift.

Was geschieht um mich, und welche Rolle fällt mir in dem unbekannten Spiel zu? Sich erinnern können! Ich bemühe meinen Verstand, martere mein Gedächtnis. Vergeblich. Da ist keine Erinnerung. Ich bin ratlos, hilflos, fühle mich unbekannten Kräften ausgeliefert. Allein im Zentrum eines fremdartigen Puzzles, dessen Teile ich drehe und wende, in Randbereichen bereits zu logischen Strukturen gefügt habe, ohne den Sinn des Ganzen zu erraten.

Die Bildwand hat bisher stumm die technische Zentrale projiziert. Jetzt schiebt sich ein Arztkittel ins Bild, nervöse Hände, feiner goldener Flaum auf dem Handrücken. Sie streichen über Brust und Stirn, das schüttere Haar. Über eine unsichtbare Kamera blickt Dr. Servant mich an und merkt, dass auch ich ihn sehn kann. Er ringt nach Atem, offenbar ist er gerannt.

„Hat er Ihnen etwas getan? Was wollte er?"

„Keine Ahnung, Ihre Leute haben ihn ja gleich rausgeschleppt und zusammengeschlagen." Servants Gesicht

verzieht sich, als leide er persönlich unter den Schlägen. „Einen Augenblick bitte." Sein Gesicht verschwindet, die Fläche verdunkelt, und ich liege allein mit meinen Gedanken. Eine schlimme Ahnung steigt in mir auf. Ehe ich sie kontrollieren kann, erhellt sich die Wand, zeigt erneut Dr. Servant.
„Wir können weiter reden. Ein unbefugter Eindringling vom Festland. Er war bis vor zwei Jahren hier als Patient." Sein Atem geht wieder normal, er scheint Herr der Lage, doch die äußere Ruhe täuscht mich nicht mehr.
„Was ist mit ihm? Haben Ihre Leute ihn umgebracht?"
„Jason, Sie beleidigen uns. Wir sind keine Unmenschen." Er wirkt ehrlich empört, und demonstrativ weist er auf einen Monitor: Zwei Ärzte bemühen sich um eine reglose Gestalt, haben die Trainingsjacke über dem bloßen Oberkörper geöffnet, verschließen eine blutende Kopfwunde mit Spray, klopfen Brustkorb und Rippen ab, wie man es nur mit einem Lebenden tut.
„Er wehrte sich. Da mussten meine Leute ihn etwas härter als üblich anfassen. Sie haben ihm eine Betäubungsspritze verpasst, und jetzt ruht er sicher in Morpheus Armen."
Er grinst, wieder ganz der Alte, und ich nutze die Gelegenheit, – leicht beschämt – an ihm vorbei die Bildwand zu mustern.
Wie beim letzten Mal ist ein Großteil der Fläche unbelebt, nur zwei Ansichten von Krankenzimmern, Betten vor einer elektronischen Datenwand, Kabel und Schläuche: eine Intensivstation mit frisch Operierten, der eine vielleicht in meinem Alter, der andere noch jung. Beide Displays am Fußende der Betten tragen eine grün fluoriszierende Kennzeichnung, gleiche Buchstaben, nein, nicht ganz gleich:
I-TRANS die eine, X-TRANS die andere. Dr. Servant ist meinem Blick gefolgt.

„Zwei gelungene Transplantationen. Es besteht kein Grund zur Sorge."
Ich bin fast beruhigt.
Seit dem seltsamen Besuch sind wenige Minuten vergangen. Mein Zimmer zeigt die übliche Ansicht: helle glatte Wände – ich hatte noch keine Zeit für eine Gemäldeinstallation – durch das Fenster die gezackte Küstenlinie, Frühnebel über dem Meer. Einer plötzlichen Eingebung folgend, aktiviere ich die bewegliche Innensicht, lasse sie an der Bettseite entlangwandern, hin zum Fußende. Jetzt ist das Display im Bild, die grün fluoreszierende Kennzeichnung, und ich lese: I-TRANS. Ein neues Teil im fremdartigen Puzzle; doch wo im allmählich entstehenden Bild soll ich es anlegen? Der schmale Gegenstand! Meine Rechte ertastet ihn unter der Bettdecke, nimmt ihn behutsam zwischen Daumen und Handfläche, lässt die Hand seitlich aus dem Bett gleiten und hebt sie wie zufällig ans Gesicht, die Gabe des rätselhaften Besuchers unmittelbar vor Augen. Ich bin vorsichtig. Jederzeit kann sich die technische Zentrale in mein Zimmer schalten, und ich arbeite daran, Stück für Stück ihren Wissensvorsprung zu verringern. Es ist ein Datenträger, von der Art, wie sie in mein Lesegerät passt, er wird zwischen dem Material aus der Bibliothek nicht auffallen. Mit einem Male habe ich es eilig, meine Finger zittern, als ich die Scheibe einlege und das Startzeichen drücke. Die Übertragung funktioniert problemlos.
Über eng gedrucktem Text eine Photographie: das Gesicht eines ernsten jungen Mannes mit fest geschlossenen dünnen Lippen, schmal, fast mager, die Wangen eingefallen, eine schmale, lange Nase; das Haar, dicht und dunkel, beschreibt einen Halbkreis über der Stirn, dunkel sind auch die Augenbrauen. Darunter ein brennender, selbstversunkener Blick, dunkles Feuer, von dem ich meine Augen endlich löse,

um nach der Botschaft zu forschen; denn einen Hinweis, eine Nachricht für mich muss der Text enthalten.
Nach oberflächlicher Durchsicht der etwa vierzig Seiten kann ich meine Enttäuschung nicht verhehlen. Es handelt sich um einen fiktiven Reisebericht, zweifellos ein literarischer Text, der Titel ist unter dem nachlässig aufkopierten Bild des Autors verschwunden. In meinem Leben habe ich bisher wenig Zeit und Interesse für die sogenannte schöne Literatur gefunden, halte sie eher für ein überflüssiges Relikt vergangener Jahrhunderte.
Den vorliegenden Text jedoch werde ich gründlich lesen, weil ich nicht aufgeben will, sondern weiter nach einer Erklärung suche. Mag sein, dass dies unauffällige, wahrscheinlich kaum gefragte Stück alter Literatur eine verschlüsselte Botschaft für mich enthält. Dafür sprechen die von Hand gemachten Unterstreichungen.
Ich beginne zu lesen: *„Es ist ein eigentümlicher Apparat", sagte der Offizier zu dem Forschungsreisenden..."*
Seltsamer Einstieg in eine Handlung. Ich lese weiter:
Der Reisende soll auf Wunsch des neuen Kommandanten einer Strafkolonie an einer Hinrichtung teilnehmen, für ihn eine grausame, durch nichts zu rechtfertigende Bestrafung für das läppische Vergehn: Der Verurteilte beleidigte einen Vorgesetzten. Ich überfliege die nächsten Zeilen, Gespräche zwischen dem Reisenden und dem prächtig uniformierten Offizier, die minutiöse Beschreibung der Vorbereitungen und der exotischen Tötungsmaschinerie, ein Apparat, der aus einem Bett, einem Zeichner und zwischen beiden einer nadelbewehrten Egge besteht, und der – einmal in Gang gesetzt – selbständig arbeitet, zwölf Stunden, ein Tag, ein Leben lang. *‚Dem Verurteilten wird das Gebot, das er übertreten hat, mit der Egge auf den Leib geschrieben. Diesem Verurteilten zum Beispiel'* – der Offizier zeigte auf

den Mann –, wird auf den Leib geschrieben werden: Ehre deinen Vorgesetzten!'
Der Reisende sah flüchtig auf den Mann hin; er hielt, als der Offizier auf ihn gezeigt hatte, den Kopf gesenkt und schien alle Kraft des Gehörs anzuspannen, um etwas zu erfahren. Aber die Bewegungen seiner wulstig aneinander gedrückten Lippen zeigten offenbar, dass er nichts verstehen konnte. Der Reisende hatte verschiedenes fragen wollen, fragte aber im Anblick des Mannes nur: ‚Kennt er sein Urteil?' ‚Nein', sagte der Offizier und wollte gleich in seinen Erklärungen fortfahren, aber der Reisende unterbrach ihn: ‚Er kennt sein eigenes Urteil nicht?' ‚Nein', sagte der Offizier wieder, stockte dann einen Augenblick, als verlange er vom Reisenden eine nähere Begründung seiner Frage, und sagte dann: ‚Es wäre nutzlos, es ihm zu verkünden. Er erfährt es ja auf seinem Leib.'
Unwillkürlich möchte ich mich vorbeugen wie der Reisende der Erzählung und lese weiter: ‚Aber dass er überhaupt verurteilt wurde, das weiß er doch?' ‚Auch nicht', sagte der Offizier und lächelte den Reisenden an, als erwarte er nun von ihm noch einige sonderbare Eröffnungen. ‚Nein' sagte der Reisende und strich sich über die Stirn hin, ‚dann weiß also der Mann auch jetzt noch nicht, wie seine Verteidigung aufgenommen wurde?' ‚Er hat keine Gelegenheit gehabt, sich zu verteidigen', sagte der Offizier und sah abseits, als rede er zu sich selbst und wolle den Reisenden durch Erzählung dieser ihm selbstverständlichen Dinge nicht beschämen. Ein barbarisches System! Als Jurist fühle ich mich persönlich betroffen und folge widerwillig den weiteren Ausführungen des Offiziers bis zu dem Satz:
‚Der Grundsatz, nach dem ich entscheide, ist: <u>Die Schuld ist immer zweifellos</u>. Welch ungeheuerlicher Ausspruch! Umkehrung der fortschrittlichsten Gesetze unserer Gesellschaft, die aufgrund wissenschaftlicher Erkenntnisse das

Schuldprinzip längst aufgegeben hat, den Menschen von der Erbsünde und verwandten religiösen Phantastereien befreit... Wie sagte Dr. Servant?
‚Seit wir wissen, dass charakterliche Veränderungen auf Entgleisungen des Hirnstoffwechsels beruhen, müssen wir die strafrechtliche Verantwortung in einem anderen Licht sehn, nicht nur abhängig von genetischer Startmasse, sozialem Umfeld und Bildung. Wir greifen in die Hirnphysiologie Verhaltensauffälliger ein, heilen gestörte Funktionen, erhöhen ihre Hemmschwelle für kriminelle Handlungen, löschen problematische Gedächtnisbereiche, kurz machen ihn zu einem zufriedenen Mitbürger, der die Gemeinschaft nicht weiter belastet.'
In meinem Land, den Vereinigten Staaten, ist die Todesstrafe längst abgeschafft, durch effektivere Maßnahmen ersetzt. Mit einiger Verspätung folgte selbst der Bundesstaat Texas.
Ich grüble während der Lektüre über den Delinquenten. Ein tumber Tor, der ohne zu begreifen, nach Einsicht strebt. Neugierig folgt er den Vorbereitungen zu seiner Hinrichtung, sucht schwerfällig die Maschine, der er erliegen wird, zu ergründen. Auch der Reisende scheint nicht zu verstehn:
‚...ich kann es nicht entziffern.', ‚Ja', sagte der Offizier, lachte und steckte die Mappe wieder ein, ‚es ist keine Schönschrift für Schulkinder. Man muss lange darin lesen. Auch Sie würden es schließlich gewiss erkennen. Es darf natürlich keine einfache Schrift sein; sie soll ja nicht sofort töten, sondern durchschnittlich erst in einem Zeitraum von zwölf Stunden; für die sechste Stunde ist der Wendepunkt berechnet. Es müssen also viele, viele Zierarten die eigentliche Schrift umgeben; die wirkliche Schrift umzieht den Leib nur in einem schmalen Gürtel; der übrige Körper ist für Verzierungen bestimmt. Können Sie jetzt die Arbeit der Egge und des ganzen Apparates würdigen?'

Es geht mir wie dem Reisenden der Erzählung, widerwillig und gleichzeitig fasziniert folge ich den Worten.
‚So schreibt sie immer tiefer die zwölf Stunden lang. Die ersten sechs Stunden lebt der Verurteilte fast wie früher, er leidet nur Schmerzen. Nach zwei Stunden wird der Filz entfernt, denn der Mann hat keine Kraft zum Schreien mehr. Hier in diesen elektrisch geheizten Napf am Kopfende wird warmer Reisbrei gelegt, aus dem der Mann, wenn er Lust hat, nehmen kann, was er mit der Zunge erhascht. Keiner versäumt die Gelegenheit. Ich weiß keinen, und meine Erfahrung ist groß. Erst um die sechste Stunde verliert er das Vergnügen am Essen. Ich knie dann gewöhnlich hier nieder und beobachte diese Erscheinung. Der Mann schluckt den letzten Bissen selten, er dreht ihn nur im Mund und speit ihn in die Grube. Ich muss mich dann bücken, sonst fährt er mir ins Gesicht. Wie still wird dann aber der Mann um die sechste Stunde! <u>Verstand geht dem Blödesten auf.</u> Um die Augen beginnt es. Von hier aus verbreitet es sich. Ein Anblick, der einen verführen könnte, sich mit unter die Egge zu legen. Es geschieht ja weiter nichts, der Mann fängt bloß an, die Schrift zu entziffern, er spitzt den Mund, als horche er. Sie haben gesehen, es ist nicht leicht, die Schrift mit den Augen zu entziffern; unser Mann entziffert sie aber mit seinen Wunden. Es ist allerdings viel Arbeit; er braucht sechs Stunden zu ihrer Vollendung. Dann aber spießt ihn die Egge vollständig auf und wirft ihn in die Grube, wo er auf das Blutwasser und die Watte niederklatscht. Dann ist das <u>Gericht</u> zu Ende, und wir, ich und der Soldat scharren ihn ein.' Weiter beklagt der Offizier die neue milde Richtung, preist das <u>alte System als das menschlichste und menschenwürdigste.</u> ‚Kein Misston störte die Arbeit der Maschine. Manche sahen nun gar nicht mehr zu, sondern lagen mit geschlossenen Augen im Sand; alle wussten: <u>Jetzt geschieht Gerechtigkeit.</u> In der Stille hörte man nur das

Seufzen des Verurteilten, gedämpft durch den Filz. Heute gelingt es der Maschine nicht mehr, dem Verurteilten ein stärkeres Seufzen auszupressen, als der Filz noch ersticken kann; damals aber tropften die schreibenden Nadeln eine beizende Flüssigkeit aus, die heute nicht mehr verwendet werden darf. Nun, und dann kam die sechste Stunde! Es war unmöglich, allen die Bitte, aus der Nähe zuschauen zu dürfen, zu gewähren. Der Kommandant in seiner Einsicht ordnete an, dass vor allem die Kinder berücksichtigt werden sollten; ich allerdings durfte kraft meines Berufes immer dabeistehen; oft hockte ich dort, zwei kleine Kinder rechts und links in meinen Armen. Wie nahmen wir alle den Ausdruck der Verklärung von dem gemarterten Gesicht, <u>wie hielten wir unsere Wangen in den Schein dieser endlich erreichten und schon vergehenden Gerechtigkeit! Was für Zeiten</u>, mein Kamerad!'
Welch seltsame, krankhafte Phantasie!
Für einige Minuten unterbreche ich meine Lektüre und denke nach. Der Offizier nennt das Verfahren '<u>*das menschlichste und menschenwürdigste*</u>', auch hier mehrere Worte unterstrichen. Als Anwalt muss ich dem Urteil des Reisenden zustimmen: Die Ungerechtigkeit des Verfahrens und die Unmenschlichkeit der Exekution war zweifellos. Jene öffentlichen Hinrichtungen im Beisein des Volkes und wichtiger Funktionsträger, von denen der Offizier spricht, erinnern mich an die schändlichen Zurschaustellungen des europäischen Mittelalters, selbst der Neuzeit bis ins 19. Jahrhundert, sowie der sogenannten Gottesstaaten des Islam. Und doch – verband das Ritual der Vergeltung nicht den primitivsten Gaffer noch mit ehernen Gesetzen des Alls? Im Blutopfer wurde die gekränkte Gottheit versöhnt, die verletzte Weltordnung geheilt; eine Katharsis, aus der jeder Kraft für weitere Stunden unter der Egge schöpfen konnte,

die Hoffnung, schließlich ihre Schrift – sein Urteil – zu entziffern.

An die schottische Königin denke ich, Mary, im scharlachroten Gewand der Märtyrer auf dem Blutgerüst. Vor den versammelten Würdenträgern der englischen Krone zelebrieren sie das theatralische Spiel. Die Rollen sind verteilt, und die Mitspieler bemühen sich, ihnen gerecht zu werden. Aber die Geschichte berichtet auch von einem Misston am Schluss der heiligen Handlung. Dem Henker, erfüllt von seinem Auftrag, bebend unter der Bedeutung des Augenblicks, zittert die Hand, das Richtbeil trifft unvollkommen. ‚Sweet Jesus' soll sie gestöhnt haben, bevor mit einem zweiten Streich der historische Vorhang fiel. Vielleicht, überlege ich in Erinnerung an einen anderen Bericht, war er auch nur betrunken.

Ich kehre aus meinen Gedanken zurück, lese weiter. Vom ‚Nein' des Reisenden zum Hinrichtungsverfahren, worauf der Offizier sich selbst der Maschine ausliefert, wie diese sich zerstört und ihr Opfer dabei vorzeitig tötet, bis zur Abreise des Reisenden.

Eine Weile sinne ich über die Zeit des alten Kommandanten, Schöpfer jener tropischen Strafkolonie und des Apparates, der Soldat und Richter war, Konstrukteur, Chemiker und Zeichner in einer Person, sinne über ein System, das – in Geist und Technik längst überholt – der neuen, milden Ordnung Platz zu machen hat. Die Zukunft gehört zweifellos dem neuen Kommandanten! Nochmals überlese ich die letzten Zeilen, überdenke den Schluss des seltsamen Reiseberichts: *dumpfige Luft*, die Menschen der neuen, angeblich milden Ordnung ein *‚armes gedemütigtes Volk'*, das uneingestanden von der Auferstehung des alten Kommandanten träumt. Wovon mein Besucher träumt, ist nur allzu klar, und auch, dass er den Text noch weniger als ich verstanden hat. Ein fundamentalistischer Schwärmer,

getragen von apokalyptischen Erlösungsvorstellungen, und wie alle Fundamentalisten nimmt er die Texte wörtlich, statt sie zu interpretieren.
Ich bin müde. Mehr als erwartet, hat mich das Lesen angestrengt. Darum, obwohl ich noch immer nicht erkenne, was mir diese Botschaft zweier Weltsysteme soll, beschließe ich, die Projektion zu unterbrechen und etwas auszuruhen.
Ein Gedanke, kurz vor dem Einschlafen:
Warum fand der Offizier nicht – wie die Delinquenten vor ihm unter der Maschine jene Erlösung, die er so bewegt als ihren eigentlichen Zweck verkündete, und:
Gibt es keinen dritten Weg?...

...‚Was ist es? Ein Leopard? Darf ich ihn streicheln?'
‚Du darfst. Aber es ist ein Jaguar, die größte und stärkste amerikanische Raubkatze.'
‚Du machst mir Angst', scherze ich und streichle vorsichtig über den Raubtierkopf, fühle unter meinen Fingern die typische Fleckenzeichnung als kleine raue Erhebungen, streiche über die Schultern, spüre die Muskeln darunter, weiter bis zu den Schulterblättern, ihren Schulterblättern. Sie wendet mir ihr Gesicht zu, blickt mich über die Schulter an, Menschengesicht über Katzenkopf.
‚Es ist der schönste Jaguar, der mir bisher begegnet ist, ein Prachtwerk von einem Tattoo', sage ich ehrlich überzeugt.
‚Und keiner könnte ihn besser tragen als du.'
Dabei bin ich eigentlich kein Freund von Körperkunst. Tätowierungen gehören zu Südseeinsulanern, Beigabe zur touristischen Kavazeremonie, zu Mannbarkeitsritualen von Naturvölkern, die sowieso bis auf einige unbedeutende Reste verschwunden sind. Primitive, ausgestorben, assimiliert, was geht es mich an. ‚Aber du', führe ich meine Überlegungen laut fort. ‚Warum hast du es machen lassen? Ist es nicht immer noch sehr unangenehm – und genauso schmerzhaft,

wenn du es wieder loswerden willst?' Ich selbst habe mein ganzes Leben lang vermeidbaren Schmerz gemieden, meinen Körper keinen unnötigen Beschädigungen und Risiken ausgesetzt.
Sie lächelt, als hätte sie meine Gedanken erraten. Vielleicht hat sie es... Seit wir uns kennen, bin ich immer wieder überrascht, wie sie meine Gedanken und Reaktionen voraussieht, als seien es die eigenen.
‚Auch Tätowierung ist eine Form der Körperpflege – und Auseinandersetzung, ein spielerischer Kampf mit dem Schmerzempfinden. Die Methode ist inzwischen perfektioniert, keine verpfuschten Bilder, die man lebenslang auf sich herumträgt, Farben, die sich Stimmungen und äußeren Einflüssen anpassen, 3D-Effekte. Schau, wenn ich mich drehe, verfolgt sie dich mit ihrem Blick.'
‚Sie?'
‚Sicher, sie ist meine Schwester im Tierreich.'
Ich glaube zu verstehn, ein schamanisches Krafttier. Nach dem Aussterben der sogenannten Naturvölker haben ihre Bräuche eine unerwartete, quasi großstädtische Renaissance erlebt, beleben die Phantasien von Psychonauten und Feierabendforschern, vor allem Frauen, wenn sie sich auf ihre virtuellen Reisen begeben.
‚Und was den Schmerz betrifft, wir nehmen ihn an, ja, wir wollen ihn. Natürlich gibt es Hautregulatoren für die gereizten Nerven, aber die stehn meist ungenutzt. Begreife es endlich. Wir sind Sparta, Ihr seid Athen!' Sie mustert mich aus grüner Iris, freundlich und ein wenig überlegen. Oh, diese Augen, die ständig die Farbe wechseln! Ich beuge mich vor und küsse den Jaguar auf die Schnauze, meine die Schnurrhaare zu spüren und ziehe durch die Nase tief ihren Geruch ein, wandere mit den Augen zur grünfarbigen Ornamentik der Urwaldpflanzen, aus der sich das Tier erhebt, und sehe, wie sie sich ordnet, sinntragende Strukturen bildet: ein von

Lianen umschlungenes goldenes >I<, das sich jäh wieder auflöst und andere Buchstaben, andere Figuren und Farben formt. Orchideen öffnen ihre Blüten, Schlingpflanzen schlängeln sich herab, dunkelgrünes Blattwerk windet sich um die große Katze, die ihre Krallen gemächlich ausfährt, mit irisierendem Blick mich spöttisch zu mustern scheint.

Ich schrecke zurück und sehe Ann ganz, nackt ausgestreckt auf dem Bett, bedeckt von fremdartigen Linien und Zeichen; über ihr zittert die Egge, darüber der dunkle Schatten des Zeichners mit der Matrix, und zitternd im Rhythmus unbekannter Schriftzüge hebt sich ihr Körper der Egge entgegen, welche ihr mit langen Nadeln das Urteil ihres Lebens in den Körper schreibt. Ich starre verständnislos, sehe Blut, will die Schrift entziffern und spüre, dass ich es nicht vermag. Es ist auch mein Urteil, das Schicksal meines Lebens, dass mir in den Leib geschrieben wird, das ich nur mit meinem Leib entziffern kann. Jetzt weiß ich, warum der Offizier keine Erlösung fand. Weil er – anders als die bisherigen Delinquenten – sein Urteil kannte: ‚Sei gerecht', es selbst auswählte und las, bevor er sich unter die Egge legte. Und auch ich kann nur Erlösung finden, wenn ich es unter Schmerzen mit meinem Leib entziffere, bis in die 12. Stunde...

Es gibt keine Wahl, nur die Illusion davon. Trotzdem, ich spüre keinen Schmerz, fühle mich zunehmend eingehüllt in sanft pulsierenden Nebel. Nur kurz noch mache ich mich frei, suche mit den Augen ihr Gesicht, ihr geliebtes Gesicht! *Es war, wie es im Leben gewesen war; kein Zeichen der versprochenen Erlösung war zu entdecken; ... die Lippen waren fest zusammengedrückt, die Augen waren offen, hatten den Ausdruck des Lebens, der Blick war ruhig und überzeugt, durch die Stirn ging die Spitze des großen eisernen Stachels. Die zwölfte Stunde war längst noch nicht angebrochen...*

Der fünfte Tag

Der Gong. Melodischer Klang zu Veras lächelndem Gesicht. Ihre sanfte, perfekt modulierte Stimme:
„Guten Morgen, Dr. Brandt. Wie fühlen Sie sich? Der Psychoformer zeigte erhöhte Aktivität, und Sie haben im Schlaf gesprochen."
Vera überwacht mich also auch akustisch. Es überrascht mich nicht.
„Was habe ich denn gesagt?"
„Die Schuld ist immer zweifellos. Sie haben es sogar dreimal gesagt, die erste Wiederholung nach 55 Sekunden, dann nach zwei Minuten und drei Sekunden."
Manchmal kann Vera doch nicht verbergen, dass sie nur eine Maschine ist...
Die Schuld ist immer zweifellos.
Ich entsinne mich schwach an einen Traum. Er hatte mit meiner Lektüre zu tun und begann angenehm, aber dann muss mein Armreif eingegriffen haben, und der Schluss ist für mich nicht mehr verfügbar. Schade.
Vera meldet sich erneut:
„Wie wäre es, wenn ich Sie nach Morgenwäsche und Frühstück auf eine Reise begleiten würde. Die Gesellschaft für virtuelles Reisen hat mein Programm um einige interessante Vorschläge ergänzt."
Vera hat nicht übertrieben. Das Programm lässt wirklich kaum Wünsche offen. Nachdem ich zwischen einem Aufenthalt auf der US-Mondbasis und der internationalen Marsstation schwanke, rät mir Vera zu einem Ausflug an ein ruhiges Plätzchen auf unserem Planeten.

„Vielleicht eine Nostalgiereise. Fürs erste sollten Sie sich nicht mit zu viel Sinneseindrücken überladen. Sie müssen lernen, mit den Kopfhörern richtig umzugehn, Kopfhörer, die über spezielle Sensoren durch Kopfhaut und Schädelknochen das Gehirn ‚abhorchen' und die einzelnen Bereiche entsprechend zum Filmgeschehen stimulieren."
Als ob ich diese Technik nicht seit Jahren beherrsche! Anfangs wurden sogar Nachrichtensendungen entsprechend ausgestaltet, bis sich die Meldungen von Nervenzusammenbrüchen und psychosomatischen Überreaktionen häuften, vor allem nach dramatischen Ereignissen, wie Naturkatastrophen, Unglücksfällen, Krieg und Verbrechen.
Man richtete Sicherheitsschaltungen ein, und wer zu häufig diese Art Nachrichten in Multisens-Technik verfolgt, muss mit einem Besuch freundlicher Damen und Herren der Gesundheitsbehörden rechnen, wenn nicht mehr.
Eine erfolgreiche Sonderexistenz führen seit Jahren die Multisensprogramme der Pornokanäle. Da sie einem menschlichen Grundbedürfnis entgegenkommen, werden sie zwar überwacht, doch bisher nicht reglementiert.
Außerdem, nachdem man die gewalttätige Seite der Sexualität gentechnisch immer besser in den Griff bekommt, schlägt sich die Entwicklung auch in diesen Sendungen nieder. Sie bedrohen die Harmonie des gesellschaftlichen Zusammenlebens insgesamt am wenigsten.
Noch während ich mir einige skeptische Überlegungen zu den Nostalgieprogrammen erlaube, mein Blick ist eher auf die Zukunft gerichtet, beginnt die Reise.
Übergangslos befinde ich mich im Zwielicht eines langgestreckten Raumes, eingehüllt in einen Daunenschlafsack, der auf schaumstoffartigem Untergrund liegt, in der Nase den schwachen Geruch von Plastik und Treibstoff. Neben mir nehme ich mehrere dunkle Gestalten wahr, wie ich in Schlafsäcken, lang ausgestreckt die einen, eingerollt die

anderen. Durch die Fenster schimmert die Morgendämmerung; vom Fahrersitz höre ich Geräusche, und aus einem altertümlichen Wiedergabegerät quellen mit einem Male elektronische Klänge: Über einem sich kaum merklich steigernden Rhythmus eine sich verzweigende Melodie, eindringlich und schlicht, begleitet von flirrenden Impulsen, mitreißenden Effekten, die sich zusammenschließen zu einem rauschenden Sog der Harmonien. Wie aus weiten, leeren Räumen.

„Dr. Brandt, kommen Sie mit hinaus!", sagt Veras Stimme; sie hat sich bereits aus ihrem Schlafsack geschält und steht an der offenen Tür, – die Illusion ist perfekt, und ich frage mich: Wozu braucht eine virtuelle Reisebegleiterin einen Schlafsack? Wir verlassen den Bus, ein uraltes, grün gestrichenes Gefährt mit dem Bild einer lachenden Schildkröte, und stehn still, wiegen uns im Rausch der elektronischen Musik, der Blick wandert über eine Mondlandschaft, ruht auf grau und blau gefaltetem Stein, aus engem nächtlichen Schattenraum aufgeworfen. Die Konturen werden weicher, heller, färben sich; ein zartrosa Schleier legt sich über rostrot gebänderte Schichten. Der Blick schweift und verliert sich am Horizont, im Lichtrosa des jungen Tages, in dem Morgenstern und Mond langsam verblassen. Ein leichter Wind streicht über die zerklüftete Ebene, entfernt heult ein Coyote, und ich atme in langen, tiefen Zügen die reine Morgenluft.

„Die Bad Lands", sagt Vera.

Wie kann eine karge, lebensfeindliche Landschaft so schön sein, denke ich und: Wie kann ein kühler Kopf wie ich so sentimental werden? Wir lassen uns nieder, bleiben schweigend im Schneidersitz, bis die Sonne über den Horizont gestiegen ist und der Fahrer das Zeichen zur Weiterfahrt gibt...

„Was war das für eine Musik, und was ist das überhaupt für ein Programm?", frage ich Vera, als ich mich in meinem Bett wiederfinde, den Kopfhörer vor mir auf dem Bettlaken, die Wand wieder hell und leer.

Veras Antwort: „Eine Busfahrt von Küste zu Küste und durch die Nationalparks, begehrt bei vielen Älteren. Man hat die grünen Busse mit dem altertümlichen Dieselantrieb natürlich längst aus dem Verkehr gezogen, auch da sie kein Satellitenleitsystem besaßen. Während der Reise wird populäre Musik aus der zweiten Hälfte des 20.Jahrhunderts gespielt; das meiste würden Sie nicht mehr kennen. Die eben gehörten Instrumentalstücke, *Oxygene* und *Equinoxe*, waren zu ihrer Zeit sehr beliebt und gelten als frühe Beispiele elektronischer Musik.

Auch andere Teile des Nostalgieprogramms werden gerne abgerufen; Renner sind derzeit die europäischen Alpen mit folkloristischem Hüttenabend und Übernachtung auf der Hütte, natürlich Matratzenlager. Die sensorischen Erlebnisse dabei sind von ungeheurer Vielfalt."

Ich erinnere mich einiger Bergwanderungen in meiner Jugendzeit und kann der Vorstellung von nassen Socken über der Ofenbank, animalischen Geräuschen und Gerüchen auf überfüllten Lagern keinen nostalgischen Reiz abgewinnen.

„Danke, Vera, ich benötige dich nicht mehr."

Wen brauche ich überhaupt außer Dr. Servant und seinen Fähigkeiten, für die ich gut bezahle? Meine persönlichen Bindungsversuche seit Denis haben stets mit Enttäuschungen geendet, emotionale Fehlinvestitionen, Beth schon lange tot, mein Sohn verschwunden. Mein Sohn?

Mit einem Male steht sein bärtiges Abbild wieder vor mir und streckt mir die Hand mit dem Ring entgegen. Sein Ring mit der auffälligen Ornamentik rund um ein Monogramm oder was immer es sein mag. Über der verrückten Erzählung

eines verrückten Autors habe ich es tatsächlich vergessen. Und wie gestern ist mir, als würde ich die Zeichen kennen, hätte sie mehrfach gesehn.
Nun gut! Knüpfen wir aus fremdartigen Linien und Bögen ein Seil, an dem wir uns herablassen werden in das verdunkelte Tal, schmieden wir den Ring zum Spaten, den verhärteten Grund aufzubrechen. Und überzeugen wir den Psychoformer an meinem linken Handgelenk, dass es eine interessante Expedition wird, eine hochbefriedigende, ja, lustvolle Aufgabe: Es gilt einen versenkten, tief vergrabenen Schatz dem Vergessen zu entreißen!
Während der folgenden Stunden schule ich meine Gedanken und Gefühle, wähle das Mittagessen mit Bedacht, speise mit Genuss und absolviere gewissenhaft meine gymnastischen Übungen.
Dr. Servant ist zufrieden mit mir und erlaubt mir zum Abendessen ein kleines Glas Wein, einen reichen und tiefgründigen Lafitte 2040, der nicht zu hoch im Alkohol liegt und mir ein idealer Rekonvaleszentenwein scheint.
Er kennt meinen Geschmack. Infolge der Erwärmung beherrscht das alte Europa unangefochten die Weltspitze.
„Weiter so! Das nächste Glas Wein werden wir gemeinsam draußen auf dem Balkon trinken, vielleicht schon morgen!"
Ich lächle freundlich zurück und pflege heitere Gedanken, bis der Schlaf kommt, Gedanken an fein ziselierte Linien und ornamentale Muster um eine Buchstabenkombination:
SCM

‚Lassen Sie das!' Sie versucht meine Hand abzuwehren, glaubt offensichtlich, ich wolle ihr an die Brust greifen. Und wenn? Nach ihrem seltsamen Verhalten dürfte sie sich darüber nicht wundern. So lasse ich mich nicht beirren, fasse zu und wiege den Anhänger in der Hand, knapp zwei Zoll im Durchmesser, fast rund, dem Gewicht und der Farbe nach

aus Platin. Angedeutete Ornamente um drei Buchstaben: SCM. Das gleichfalls metallisch schimmernde Halsband schmiegt sich meiner Hand an: Eine Schlange, deren Kopf und Schwanzende im Rund des Anhängers münden.
‚Ist das ein Monogramm?' frage ich.
‚Nein.', sagt sie, mehr nicht.
Was für ein Tag! Ich schüttele den Kopf. Zuerst die Klage gegen die Shannon Corporation wegen Patentdiebstahl; dann das Postterminal für mehrere Stunden defekt, dafür die folgende Informationsflut kaum zu bewältigen.
Ein regnerischer Märztag, nicht kalt, aber in L.A. sind wir besseres Wetter gewöhnt. Es dämmert bereits, und ich habe die Heimfahrt dem Autopiloten überlassen, die Linke nur lose am Lenkrad. Übliche Vorsichtsmaßnahme: Die Erfahrung hat mich gelehrt, dass Perfektion nicht zur menschlichen Natur gehört. Und was ist Technik anderes als ein spätes Kind seiner Natur, damit letzten Endes auch mit seinen Fehlern behaftet: unvollkommen, solange man nicht das menschliche Element eliminiert.
Die Fremde ist der beste Beweis, so wie sie vor mir sitzt, mit blutender Stirnwunde, den hellen Synprenanzug verschmutzt. Wie konnte es nur dazu kommen? Wie immer hat der Autopilot an der Schranke vor Palos Verdes gebremst, ich habe eine Hand an die Seitenscheibe gelegt, kurz in die optische Erfassung zur Iriskontrolle geblickt. Und im gleichen Augenblick, nein, im Bruchteil eines Augenblickes, als der Autopilot wieder anfährt, ein Schatten, ein Schrei, die Hindernisautomatik reagiert schnell – doch nicht schnell genug – und stoppt den Wagen.
Ich steige aus, und da sitzt sie, mitten in einer Wasserlache, hält sich die blutende Stirn. Sie schaut zu mir hoch, die Miene halb vorwurfsvoll, halb schmerzverzerrt. Eine Lebensmüde? Das fehlte mir noch nach einem solchen Tag. Suizidale sind umgehend den Gesundheitsbehörden zu

melden; ich müsste umkehren, sie in der nächsten Ambulanz abliefern, meine Aussage machen, Protokolle unterzeichnen. Wahrscheinlich würde sie sich wehren, treten, mich beißen. Alles ist möglich.
‚Dies ist kein Fußgängerbereich', sage ich. Die Kontrolle für Fußgänger und Besucher befindet sich auf der anderen Seite. Fremde sind nicht erwünscht, und jeder Versuch eines unzulässigen Zutritts löst sofort Alarm aus. Wir, die Anwohner haben lange genug dafür gestritten, mit meiner maßgeblichen juristischen Unterstützung. Ich mustere sie streng, vielleicht eine Illegale aus dem Süden, wiederhole: ‚Hier ist kein Fußgängerbereich.'
Sie blickt zu Boden; wahrscheinlich wagt sie nicht, mich anzusehn, spricht langsam, stockend: ‚Ich war unaufmerksam, dachte, ich käme noch vorbei. Es war meine Schuld.'
Das Schuldbekenntnis beruhigt mich. Wenigstens würde sie keine größeren Schwierigkeiten machen. Eine Latina scheint sie auch nicht zu sein: Ihrer Aussprache nach ist sie in besseren Kreisen im Raum von L.A. aufgewachsen.
‚Wohnst du hier?'
‚Nein.'
‚Kannst du alleine laufen?'
Natürlich kann sie nicht. Ich versuche vergeblich, sie auf die Beine zu stellen. Jedesmal knickt sie wieder ein, hängt sich schließlich an meine Schulter.
‚Mein rechter Fuß', jammert sie. ‚Ich kann nicht auftreten.' Ich sehe neuen Ärger auf mich zukommen. Allein der Zeitverlust! Wahrscheinlich wird sie der Versuchung nicht widerstehn und auf Schmerzensgeld klagen. Sie stöhnt und verstärkt ihren Druck. Besorgnis gesellt sich zum Ärger, beide mischen sich und bereiten mir ein Gefühl physischen Unbehagens. Meine Gedanken schweifen ab. Körperlicher Schmerz, sowohl eigener als auch fremder, ist mir immer unangenehm gewesen. Bei mir würde allein die Drohung der

Folter reichen, um mich zu jedem Geständnis zu bewegen. Kein Talent zum politischen Widerstand, wogegen auch immer, darin ein Kind meiner Zeit. Ich bin froh, in einer hoch entwickelten, zivilisierten Gesellschaft zu leben, und seit der Entwicklung von Biostimulatoren ist das Schmerzproblem sowieso weitgehend gelöst: das Aus für die meisten traditionellen Schmerzmittel mit all ihren Nebenwirkungen, von Übelkeit und Benommenheit bis zu schweren Organschäden.
Sie stöhnt wieder, klammert sich fester an mich. Plötzlich erscheint ein fremder Gedanke in meinem Traum. Ich weiß instinktiv, er gehört nicht in diese Zeit, stammt vielmehr aus künftigem Wissen: Nie hätte ich vermutet, dass sie freiwillig diesen Schmerz auf sich nehmen, sich in vollem Bewusstsein vor meinen Wagen werfen würde. Ihre Intelligenz hätte ihr unschwer einen leichteren Weg gezeigt, meine Bekanntschaft zu machen. Warum einen schweren Unfall riskieren? Ich kenne die Erklärung, jetzt, nachdem alles vorbei ist, nicht wiederholbar, geschweige denn wieder gutzumachen.
Eine zweite Überlegung aus der Zukunft gesellt sich hinzu: Warum verfallen intelligente Menschen wie ich immer wieder dem Fehler, andere zu unterschätzen? Den Ebenbürtigen, nach dem sie sich insgeheim sehnen, unter ihren Hochmut zu zwingen? Ich sah an jenem Abend nur die junge Fremde, das Haar regennass, die Kleidung verdreckt – obwohl die Flecken auf dem Schmutz abweisenden Synpren bereits zu verblassen begannen – ahnte nicht, dass sie mich seit Tagen beobachtet hatte, sich über die Hindernisautomatik informiert, das Risiko kühl kalkuliert und den Schmerz auf sich genommen. Sicher, sie mochte ihre Hilflosigkeit übertrieben haben, wäre imstande gewesen, ohne Hilfe weiterzulaufen. Aber da war noch ein zweiter Grund, den Schmerz zu riskieren, mehr, ihn zu provozieren: Schmerz, als

Mittel, sich zu spüren, letzter Weg, sich des eigenen unverwechselbaren Lebens zu versichern.
Ich leide, also bin ich! Für mich bisher unvorstellbar...
Meine Gedanken verwirren sich, ich verliere den Traumfaden, verirre mich im neuronalen Netzwerk, versinke in eine kurze Bewusstlosigkeit – und finde mich nur wenig später neben ihr im Wagen sitzend. Wir halten vor meinem Grundstück, der Innenraum ist beleuchtet, ein Blick auf die Uhr zeigt, dass nur wenige Minuten vergangen sind. Ich muss sie auf den Beifahrersitz verfrachtet haben, bevor ich ihre Stirn mit einem Wundspray aus dem Medizinfach verklebte und den Autopiloten zu meinem Haus dirigierte. Kopfverletzungen bluten häufig stark. Was ich nicht verstehen kann: Wieso wurde mir bei dem Anblick der Wunde nicht schlecht?
Mein Blick ruht auf dem ungewöhnlichen Halsschmuck – Medaillon oder Amulett? Ich habe dergleichen noch nie gesehn, greife nochmals danach, betrachte ihn. Diesmal lässt sie es ungerührt geschehen.
‚Woher hast du das?'
‚Das geht Sie nichts an.'
Ich mustere sie genauer und weiß, nichts muss so sein, wie es scheint: Das nasse Haar verändert entsprechend dem Lichteinfall die Farbe; gerade glänzt es fast schwarz, im nächsten Augenblick, als sie den Kopf schüttelt, eher kastanienbraun. Ihre Augen sind leicht mandelförmig, glänzen tiefbraun, doch Haftschalen können jede Iristönung zaubern. Das regenfeuchte Haar enthüllt einen feinen roten Strich am Haaransatz der rechten Schläfe. Ich lasse das Medaillon und fahre mit dem Zeigefinger die Narbe entlang.
‚Eine frische Verletzung?' ‚Nur ein kleiner Unfall, es musste geklebt werden.' Wie zufällig streicht sie einige Strähnen über die linke Schläfe. Ich habe es trotzdem bemerkt: Zwei gleiche Schnitte. Das bedeutet: kein Unfall, sondern eine

frische Gesichtsoperation, welche die Augenpartie verändert. Also doch eine Illegale, die ihr Aussehn verwandeln muss? Aus irgendeinem Grund untergetaucht, auf der Flucht vor den Behörden. Sie sieht nicht aus wie eine Verbrecherin. Nicht ganz so jung, wie ich anfangs dachte, vielleicht Mitte bis Ende zwanzig. Der Synprenanzug ist von bester Qualität, darunter scheint sie gut gewachsen. Schon als ich sie vom Boden hochhob, spürte ich einen durchtrainierten Körper – und ihren Duft. Für mich irritierend.

Und wieder neben ihr, im engen Innenraum meines Wagens scheint mich ihr Duft noch dichter heran zu ziehen: eine exquisite, orientalisch wirkende Komposition, die schwach und doch unwiderstehlich durch Regenfeuchte dünstet, meine Nase verlocken will, sich tief in die zarte Grube ihres Halsansatzes zu versenken, um dem ungewöhnlichen Hauch nachzuforschen.

Ich fasse einen Entschluss und gebe kurze Anweisungen an die Öffnungsautomatik. Das Haupttor bleibt verschlossen, stattdessen leuchtet ein grünes ‚Go' über dem Seiteneingang: die Hausmeisterwohnung und Räumlichkeiten für Besucher. Ich habe Fremde noch nie in meinem privaten Bereich zugelassen, und der Begriff des Fremden reicht für mich sehr weit.

Sie folgt mir, hinkend auf meinen Arm gestützt, mustert den Empfangsraum eingehend, die Sitzmöbel und Schrankwände, das Terminal für unterschiedliche Lieferungen, die Tür zum Sanitärbereich. Vor zwei holographischen Abbildungen bleibt sie stehn.

‚Sie gefallen mir. Hängen die Originale nicht in der National Gallery in Washington?' Sie hat Recht, und wenn ich nicht zu einem Geschäftsessen müsste, könnte mich ein Gespräch mit ihr interessieren. Ich erkläre ihr die Haustechnik: ‚Falls Sie eine Schnellreinigung Ihrer Kleidung wünschen, legen Sie diese in die Service-Box nebenan. In der Küchenzeile

finden Sie einige Fertiggerichte, Kühlfach, Brat- und Kochautomatik, im Wandschrank ein Klappbett und Nachtwäsche.'
Sie hat sich auf der Couch niedergelassen, folgt mit den Augen meinen Handbewegungen und hört mir schweigend zu. Ihr gerader, unverwandter Blick irritiert mich ein wenig, und ich beeile mich, meine Erklärungen abzuschließen:
‚Der Hausmeister wird sich um Sie kümmern und morgen, wenn Sie sich besser fühlen, ein Taxi bestellen. Sie entschuldigen mich, ich habe heute Abend noch einen Termin.'
Ihre Schmerzen und meine Überlegungen dazu hatten für kurze Zeit die Illusion von Nähe geschaffen, jetzt blicken die braunen Augen kühl und beherrscht, sie hat sich voll in der Gewalt. Trotzdem meine ich, etwas wie Enttäuschung in ihrem Gesicht gespürt zu haben, denke im Hinausgehn unwillkürlich: Sie ist kein Typ für braune Augen.

Das Geschäftsessen erfüllte diesmal meine Erwartungen nicht. Während der Vorspeise hatte ich Mühe, meine Gedanken zu sammeln. Als der Fischgang serviert wurde, dozierte Li-Wang über die Vorzüge selbststeuernder Anlagen, und Baker wurde zu einem Visophongespräch gebeten. Beim Hauptgang schwante mir, dass sich die Partner bereits vorher geeinigt hatten, und ich fühlte mich überflüssig. Zu Käse und Obst sprach Bush von organisatorischen Neuerungen, die mein Arbeitsgebiet nur am Rande betrafen. Anschließend wechselten wir zu einem Nachtclub, wo sich Glenn wie verabredet mit zwei Kolleginnen zu uns gesellte. Nach Mitternacht kam ich zurück und wusste, noch während ich den Toröffner betätigte: die Zeit vertan...
Die Besucherräume lagen dunkel und abweisend, und auch in der Hausmeisterwohnung brannte kein Licht. Eigentlich

hatte ich unter einem Vorwand nachsehn wollen, wie es ihr ging, verschob mein Vorhaben nun auf den folgenden Tag. Am nächsten Morgen stand ich früher auf als gewohnt und begab mich noch vor dem Frühstück zur Hausmeisterwohnung. Shultz öffnete.
‚Sie wollte nicht länger bleiben. Nachdem ihre Kleidung gereinigt war, bestellte sie sich ein Taxi. Nur um einen Stockschirm hat sie mich gebeten, wegen des verletzten Beines.' Er machte eine entschuldigende Geste.
Ich beruhigte ihn, gab mich äußerlich gelassen. Wie hätte er sie auch zurückhalten können?
Der Besucherraum wirkte unberührt. Bis auf ein Glas und eine aufgerissene Packung weißer Papierservietten auf dem Tisch wies nichts auf die nächtliche Besucherin hin. Ich öffnete den Vorratsschrank, überprüfte den Inhalt des Kühlfachs. Nichts fehlte außer... *Bitte lassen Sie die Notvorräte an dehydrierter Nahrung wieder auffüllen,* meldete sich der Versorgungsautomat, und im Fach, wo sich normalerweise die Riegel befanden, blinkte die Anzeige. Sie musste alle mitgenommen haben. Für eine Illegale, wahrscheinlich ohne Kreditchip, mit wechselndem Wohnsitz und ständig auf der Hut vor Entdeckung, bedeuteten die Energieriegel eine wertvolle Überlebenshilfe. Sie machen ihren Besitzer sogar unabhängig von Flüssigkeitszufuhr, da sie einmal geöffnet, binnen Minuten das entzogene Wasser aus der Luft filtern. Auf der leeren Fläche lag eine weitere Serviette, leicht zerknüllt und wieder lose von Hand gefaltet, doch äußerlich sauber. Ich wollte das Papier in den Abfallcontainer werfen, doch einer plötzlichen Eingebung folgend, faltete ich es auseinander. Das heißt, ich beabsichtigte es, als mich halb bewusst der flüchtige Hauch ihres Parfums traf. Ein sinnliches Echo.
‚Ist etwas?' fragte Shultz, der mir gefolgt war.

Ich führte meine Bewegung zu Ende, breitete die Serviette auf dem Tisch aus und strich die Falten glatt: ‚Sehn Sie!'
Der erste Eindruck hatte getrogen; denn die Serviette war rot befleckt, wahrscheinlich von der Platzwunde an ihrer Stirn, die wieder zu bluten begonnen hatte. Genau in der Mitte befand sich fast rund und Knapp zwei Zoll groß ein Abdruck roter Linien und Bögen um drei rote, spiegelbildlich abgedruckte Buchstaben: *MJS*

Es war, als hätte sie nie existiert. Ihr Duft war schließlich verflogen, Duft eines exquisiten Parfums, wie ich mir sagte, und in jedem Fall unpassend für eine Illegale. Sie hatte kein weiteres Zeichen, keine Nachricht hinterlassen. Nicht einmal ihren Namen kannte ich, nur ihr Gesicht, und die Erinnerung daran verblasste von Tag zu Tag mehr. Meine Arbeit beanspruchte mich in der folgenden Woche, die Abende verliefen ereignislos bis auf ein entspannendes Zusammensein mit Glenn.
In der zweiten Woche begann ich mich merkwürdig zu verhalten, studierte Meldungen aus dem Raum L.A., schaltete mich öfter in die Nachrichtenprogramme ein. Nichts. Die üblichen Berichte wie seit Jahrzehnten: Krisen, Kriege, Maßnahmen gegen den internationalen Terror, bedrohliche Trinkwasserknappheit in mehreren Weltgegenden, die Welternährungslage. Auch wir in Kalifornien, nach dem letzten großen Beben längst nicht mehr auf einer Insel der Seligen. Unverständlich die jüngsten Übergriffe einiger Traditionalisten. Statt wie die Friedfertigen unter ihnen in ihren Kirchen und Versammlungsorten zu beten, agitierten sie zunehmend gegen Gesetz und Wissenschaft. Notfalls müsse man die uneinsichtige Gesellschaft mit Gewalt bekehren, hatte einer ihrer wirren Anhänger vor laufenden

Kameras erklärt. Dem Menschen sei es nicht erlaubt, die ihm von Gott geschenkte Natur willkürlich zu verändern. Ein Anschlag auf Büros der GEN-IM-Corporation wurde ihnen zugeschrieben, aber auch vor den Einrichtungen konkurrierender Glaubensgemeinschaften machten sie nicht Halt, und mit zunehmender Befremdung beobachte ich die Intoleranz vieler, die unter dem Banner der Gotteskindschaft angetreten sind, die Welt zu gestalten. Islamische, jüdische, evangelikale, dazu Psychosekten mit schwer durchschaubaren Methoden und Zielen.

Was unsere westliche Kultur betrifft: Mir scheint, als würde die geistige Erneuerung der christlichen Kirchen, mit der sie auf die religiöse Herausforderung des Islam reagierten, stagnieren, die Rückbesinnung wieder in eine Phase zielloser Zersplitterung und Selbstzerfleischung münden. Wie die sich immer wieder erneuernde Feindschaft zwischen protestantischen und katholischen Iren – kein Vorbild für fremde Kulturen.

Ein Paradox, das mich seit längerem beschäftigt: Gleichzeitig mit jenen Glaubenslosen, die ihr Heil nur noch in irdischen Paradiesgärten suchen, nimmt die Zahl gebildeter Zweifler und Agnostiker zu, dank deren Solidarität die großen Religionsgemeinschaften Reste ihres einstigen Einflusses wahren können; vielleicht schaudern sie vor dem Leerraum, den ein endgültiges Verschwinden der Kirchen hinterlassen würde...

Und ich? Ließ zerstreut den Sucher weiter wandern zu anderen Nachrichten, kaum erreicht von den Inhalten der unterschiedlichen Meldungen.

Ich befand mich in einer ungewöhnlichen Situation: Je mehr ihr Gesicht verblasste, desto stärker klammerte sich meine Erinnerung an sie. Natürlich weiß ich, dass im Allgemeinen nicht schicksalhafte oder gar göttliche Fügung über die irrationale Anziehung der Geschlechter entscheidet, sondern das komplizierte Gespinst aus Düften, Sexuallockstoffen und unbewussten Signalen. Nicht Liebesschwüre oder ein Gleichklang der Seelen, sondern Pheromone und ihre chemische Verträglichkeit bestimmen den Anfang einer Beziehung. Ich weiß zuviel von der organisch-chemischen Natur der Liebe, um mich in instinktgesteuerten Formen der Verführung zu verlieren. Jene

Zwey Schnee-Balln / so unmöglich schmeltzen können,
*womit das Jungfern-Volk der Männer Seelen schmeis*t

sie treffen mich wohl, ich gebe es zu. Manierismen in bildender Kunst und Literatur bereiten mir zudem intellektuelles Vergnügen, wie dies amüsante Concetto des Barockmeisters Hofmann von Hofmannswaldau, die sprachliche Frucht eines lang zurückliegenden Europaaufenthaltes. Seitdem ich die Mechanismen durchschaue, nutze ich die weibliche Schwäche in Gefühlsfragen, verführe, ohne selbst verführt zu sein, pflege Beziehungen, bis ich ihrer überdrüssig werde, beende sie mit Stil, aber unnachgiebig.
Inzwischen langweilt es mich, Frauen zu verführen. Zu sehr durchschaue ich sie: Die Jungen, ihrer Macht und der Gefahren noch nicht bewusst, wie sie das Spiel mit dem Feuer beginnen, das sie wohl zu schüren, aber noch nicht zu beherrschen verstehn, und die meisten aus diesem Geschlecht lernen es nie.
Die Älteren, sie haben sich den Mühen der Fortpflanzung unterzogen und leiten daraus Rechte ab: jedes Kind eine finanzielle Verpflichtung, jede Fehlgeburt eine mentale Fessel, dem ahnungslosen Erzeuger zugemutet. Und die Alten? Gewiss, die Erneuerungstechniken sind bewundernswert, wer wüsste es besser als ich? Jedoch ich registriere meist ein Zuviel an Farbe, an betonter Aktivität und aufgesetzter

Jugendlichkeit. Rosige, faltenlose Haut, stets lachbereit, lächelnd – lächerlich!

Oh, ich bin gerecht und sehe auch die andere Seite. Der Mann, sonst Herr über sein Geschick, mit Hirn und Hoden – nur noch ein hirnreduziertes Geschöpf, sobald ihn das chemisch induzierte Verhängnis trifft. Einstige Tiger – reiche, alte Böcke nun im Schmuck ihrer jungen Gespielinnen; selbstverständlich genuin erneuert auch sie. Man redet nicht darüber, wie man von einem bestimmten Kontostand an nicht mehr über Geld spricht, im Eigeninteresse. Ich beobachte das Treiben solch trieboptimierter Dummköpfe mit Verachtung.

Und die anderen, deren Verstand noch zu funktionieren scheint? Sie verhalten sich ebenfalls seltsam. Alte Krieger predigen mit einem Mal Versöhnung; friedfertig geworden nicht durch einen Zuwachs von Ethos und Moral, sondern aus Mangel an Testosteron. Oder wie ich aus ästhetischem Überdruss, Ekel vor den üblichen Begleiterscheinungen des Kriegsalltags: Schmutz, Blut und Gestank. Den geschönten Bildern von der Zielerfassung bis zum sauberen chirurgischen Schlag habe ich sowieso nie geglaubt, sowenig wie den harmlosen Bezeichnungen: Schutzhaft, Selektion und Sonderbehandlung, Sicherheitspartnerschaft, begrenzte Missionen, Einsätze zur Befriedung und Sicherung von Rohstoffquellen, des Lebensraums, Vergeltungsschläge, aufgerechnet in Bruttoregistertonnen und Hiroshimaeinheiten. Daisy cutters.

Ich kann's nicht ändern. Will besser nicht daran denken. Besser Vorkehrungen treffen gegen den eigenen normalen Verfall. Das System versorgt schließlich fast alle, wenn auch in unterschiedlicher Qualität, und ich gehöre zu den Bevorzugten, zahle entsprechend dafür. Für die große Masse der Empfänger stehn Xenotransplantate von toten

Spendern oder gentransformierte Tierorgane zur Verfügung, mit den bekannten Nachteilen.

*

Zu Beginn der dritten Woche war in Monterey eine Konferenz des Anwaltsvereins angesetzt, und mit einem Kollegen befand ich mich auf dem Weg vom Flugcar-Landeplatz zum Geschäftsgebäude, als ich sie sah. Sie kam mir entgegen und trug einen dunkelroten Synprenanzug von gleichem Schnitt wie an jenem Abend. Mir fiel ein: Die modernen Synprengewebe verändern durch einfache Manipulationen Farbton- und tiefe. Es war also dasselbe Kleidungsstück, ein weiterer Beweis für ihr materiell eingeschränktes Leben im Untergrund. Sie musste mich schon länger gesehn und erkannt haben; denn sie schaute mir in die Augen, ging, ohne den Schritt zu verlangsamen. Mit unbewegtem Gesichtsausdruck kam sie näher, und während der Kollege auf mich einsprach, während ich bei gleichfalls unbewegten Mienen vorgab, zuzuhören, rasten meine Gedanken ziellos, ohne zu einem Entschluss zu kommen.
‚Wir sind da. Oder wollten Sie weiterlaufen?'
Mit freundlichem Nachdruck schob er mich zum Portal, wies mich durch die sich lautlos öffnende Schwebetür in die Eingangshalle. Ich folgte ihm, erwachte aus der Lähmung und zwang die innere Stimme zurück. Der Sitzungssaal war halb besetzt, und Kollegen grüßten, beglückwünschten mich zur gelungenen Vermittlung zwischen Regierung und Biotech-Energic: ‚Niemand hätte es besser als Sie geschafft, einen tragfähigen Kompromiss auszuhandeln, immer noch der lachende Wolf.' Ich antwortete nicht, zeigte nur ein knappes Lächeln, dahinter verborgen mein Unbehagen, wie immer, wenn ich diese Bezeichnung höre. ‚Lachender Wolf', mein Spitzname in Kollegenkreisen. Er hat seinen Ursprung in einem Photo nach meinem ersten milliardenschweren

Vertrag: beide Partner, sich für die Presse die Hand reichend zu einem festgefrorenen Händedruck, jeder in dem Gefühl, Verlierer zu sein in einem schändlichen Kompromiss. Zwischen ihnen ich mit einem zufriedenen, wahrhaft wölfischen Grinsen. So wurde es gedeutet, und ich habe daraus gelernt, halte meine Gesichtszüge in Zaum, zeige keine Gefühle von Triumph oder Niederlage, verberge sie erfolgreich vor der Welt und vor mir selbst. Darum höre ich den Namen nicht gerne, er schadet meinem Ruf als ehrlicher Makler. Schließlich geht jede Partei aus einem von mir ausgehandelten Vertrag mit dem Gefühl, heimlicher Gewinner zu sein, Sieger auch über mein Verhandlungsgeschick. Zu viel Erleichterung, zu viel Zufriedenheit meinerseits könnte sie in dieser Überzeugung beirren.

Auch diesmal leitete ich die Verhandlungen, erfolgreiche Gespräche, und erst am Ende, als ich meine Unterlagen einpackte, störte mich die innere Stimme. Sie sagte: ‚Die zweite Chance vertan.'

Den Nachmittag verbrachte ich im Club, sichtete einige Gesprächsprotokolle, sprach über Visophon mit Sydow vom Bundesgesundheitsamt. Seit Wochen lag die Gesetzesvorlage zur virtuellen Gesundheitspflege bei den Ausschüssen, GEN-IM und ihre Schwestergesellschaften sahen darin eine bewusste Verzögerung.

Für eine Weile spielte ich mit dem Gedanken, mich mit Glenn zu treffen, unterließ es aber. Glenn war eine anregende Gesellschafterin, doch nicht die Person, ihr meine gedanklichen Verirrungen zu beichten. Dr. Servant, vielbeschäftigter Arzt, höchstwahrscheinlich auf der Insel. Shultz? Mit ihm pflegte ich mich nur über Haus und Garten unterhalten, außerdem ist er homophil, was eine gewisse Distanz bei mir bewirkt. Erstaunlich, dass unsere Genomtechniker das verantwortliche Gen immer noch nicht gefunden haben. Mein Sohn schon lange fort, der einzig Überlebende nach zweimal

Abortus und einer Totgeburt. Es wäre ein Mädchen geworden, eine Tochter. Beth hatte es nie verwunden...
Ich blieb länger als geplant im Club. Dämmerung löste den Nachmittag ab, die Räume füllten sich, und ich saß immer noch an meinem Platz, sah die Sonne im Meer versinken und spielte mit dem Gedanken an eine Tochter. Warum gerade jetzt, nach so vielen einsamen, mir selbst genügenden Jahren? Ungewohnte Gedankenspiele. Mehr noch, sie waren fremd und unpassend für mich, der ich allem Unbekannten seit meiner Jugend misstraue, darin stets unliebsame Überraschungen und Fremdbestimmung vermute.
Abrupt unterbrach ich meine Überlegungen und rief mich zur Ordnung, erhob mich energisch, eine Spur zu energisch, wie ich an den erstaunten Blicken einiger Gäste bemerkte, und wandte mich zum Gehn.
Es war bereits dunkel, als mich das Flugtaxi in Palos Verdes absetzte. Ich ging die letzten fünfhundert yards zu Fuß, vorbei an umgrünten, ummauerten, dann wieder frei liegenden Villengrundstücken, sie alle elektronisch gesichert, ging mit schnellen, weit ausgreifenden Schritten, atmete dabei tief und regelmäßig und horchte nach innen: Mein Herz arbeitete zuverlässig; ich spürte es nicht einmal. So soll es sein. Trotzdem wollte ich den nächsten Termin bei Dr. Servant nicht aufschieben.
Shultz erwartete mich am Seiteneingang, er musste mich auf dem Monitor der Außenbeobachtung erkannt haben.
‚Es ist jemand für Sie da.'
Er näherte seinen Kopf vertraulich: ‚Sie!'
Sie saß im Besucherraum, in einem olivgrünen Synprenanzug, die Augen grün, das schulterlange Haar kastanienrot. Glatt und locker umrahmte es ihr Gesicht. Einen Pagenkopf nannte man das früher. Illusion, sagte ich mir. Täuschung. Gleich werden sich die Haare zu wilden Locken ringeln, die grüne Iris wird sich grau färben, der Anzug gelb

oder blau, ach... diese Metamorphosen des Weiblichen! So oft ich sie ablehne, noch öfter faszinieren sie mich. Und trotzdem spürte ich unter aller Verschiedenheit etwas Verwandtes, tief Vertrautes, eine Gemeinsamkeit, die ich weder bei Glenn noch anderen Geliebten, nie mit Beth und nicht mit meinem Sohn erfahren habe, nur Denis, ja, Denis, aber es ist schon zu lange her, fast vergessen.

Ein Gedanke: Ich muss die Initiative behalten, mein Kopf ruckt energisch hoch, leicht in den Nacken gelegt, um sie überlegen zu mustern. Im gleichen Augenblick die gleiche Geste bei ihr, unwillkürlich oder überlegt? Wir blicken uns an, lächeln, grinsen; sie steht auf, reicht mir ihre Hände, nein, sie ergreift meine Hände mit schmalem, festen Griff. Gleich groß stehn wir uns gegenüber; wieder spüre ich den Hauch ihres Parfums, die fast orientalisch wirkende Komposition, eingebundene Sinnlichkeit, und plötzlich weiß ich: Sie ist es, die dritte Chance! Ohne zu überlegen – denn einen ganzen Nachmittag lang habe ich darüber nachgedacht – möchte ich sagen: Willst du meine Tochter sein?, und ich sage: ‚Möchten Sie für mich arbeiten?'

Ihre Augen werden noch größer, aber keine Freude, fast etwas wie Enttäuschung liegt darin. Sie fasst sich schnell, sagt unbestimmt:

‚Vielleicht...'

‚Wollen Sie mir nicht sagen, wer Sie sind?'

Sie lächelt und schweigt.

‚Nun gut, sagen Sie wenigstens, wie Sie heißen.'

‚Nennen Sie mich Anima.'

Ein ungewöhnlicher Name und natürlich falsch. Ich denke kurz nach und entscheide: ‚Ich werde Sie Ann nennen, das ist kurz und praktisch. Sie müssen wissen, ich schätze keine langen Namen wie Alexandra, Yvonne-Chantal und dergleichen Langatmigkeiten.' Sie schaut mich unergründlich

an, sagt nichts. Also ist sie einverstanden. Wie gut erinnere ich mich an diesen Abend!
Wir unterhielten uns über mehrere Stunden angeregt, aßen und tranken nur eine Kleinigkeit. Über sich und ihr Leben bisher verriet sie wenig. Ihre leiblichen Eltern oder Verwandte habe sie nie gekannt; alles, was sie sei, die Ausbildung, das Studium der Ethnobiologie, ihre künstlerischen Hobbies, verdanke sie der Familie und dem Chef, offensichtlich der Name dieser Organisation oder Sekte und ihres Leiters.
‚Ohne sie wäre ich nicht. Ich bin verpflichtet zur Dankbarkeit.'
Was sie in den Untergrund getrieben habe?
Untergrund? Sie sei vor niemandem geflohen, habe nur eine Art Urlaub genommen. Müsse eine Pflicht erfüllen, falls sich nicht andere Lösungen abzeichneten. Vielleicht kehre sie an ihren bisherigen Arbeitsplatz zurück, vielleicht auch nicht: ‚Wenn ich kann.'
Ich verstand nicht, verwickelte sie lieber in eine Diskussion über Studium und Interessengebiete: Neben der Ethnobiologie waren es bei ihr die schönen Künste.
Ihre Antwort erinnerte mich an meine eigene musische Begabung, die ich seit meiner Jugend zurückgedrängt hatte, aus rationalem Kalkül aufgegeben, zugunsten der Jurisprudenz und der Wirtschaftswissenschaften. Rückzug aus den Fragen in die Gewissheiten, ein wohnlicher, wenn auch sparsam möblierter Raum, in dem ich mich bisher wohl eingerichtet habe.
Biologie und die schönen Künste: Offensichtlich wollte sie die unterschiedlichsten Neigungen verbinden.
‚Sehr verschiedene Vorlieben und kaum vereinbar', kommentierte ich.
‚Im Gegenteil. Es sind Annäherungen, und ich suche den Schnittpunkt.'
‚Annäherungen woran?'

‚Die menschliche Natur.'
Ich sprach sie auf ihr Parfum an, so sehr hatte mich der ungewöhnliche Duft fasziniert. Sie strahlte:
‚Gefällt es Ihnen? Ein Geschenk meines...', sie zögerte einen Augenblick, ‚meines Ziehvaters. Es wird in einer kleinen Manufaktur exklusiv für mich gefertigt. Für den Alltag wäre es viel zu teuer, da trage ich eine eher frische Note.'
Warum dann dies Parfum am Abend unseres ersten Zusammentreffens? Warum jetzt? meldete sich mein kritischer Verstand. Und ist der sparsame Gebrauch nicht nur ein geschickter Schachzug, sinnlicher Köder für meine Nase, sich ihr, dem kostbaren Duft nachspürend, mehr als üblich zu nähern? In jedem Fall klug genutzt.
Nicht dass mir Glenns wechselnde Düfte billig erschienen wären, doch einer durch große Weine geschulten Nase sind Parfums im allgemeinen zuwider, und nicht umsonst habe ich viele Jahre unter der fetten Duftwolke meiner Frau leben müssen.
‚Wie heißt es? Und kennen Sie die Zusammensetzung?', fragte ich, bereitete mich auf eine blumige, aber nichtssagende Beschreibung nach Weiberart vor, ähnlich unpräzise wie die beliebte Bestimmung von Medikamenten als grüne, gelbe, runde oder ovale Kapseln, kein Markenname, geschweige denn der Wirkstoff erinnerlich.
Diesmal sollte ich mich irren.
‚Es heißt *Veena* nach dem südindischen Saiteninstrument. Über den Aufbau habe ich mich informiert.' Ann dozierte: ‚Animalische Komponenten bilden mit Harzen und edlen Hölzern die Basis, im Herzen überwiegen balsamische und würzige Akkorde. Florale Nuancen sind nur zurückhaltend eingebunden, und die ganze Komposition wäre orientalisch, wenn ihre Schwere nicht von den kühlen und grünen Facetten der Kopfnote aufgefangen würde, wahrhaft genial.

Sie entsprechen den hellen und klaren Obertönen der Veena.'

Ich setzte nach: ‚Und wie verhält es sich mit den animalischen Bestandteilen? Echt oder imitiert?'

‚Sie sind echt: Moschus und als größere Kostbarkeit Ambra.' Wie ich wusste, war das frei lebende Moschustier, aus dessen Drüsensekret man den kostbaren Stoff gewann, wie so vieles andere längst der traditionellen chinesischen „Medizin" zum Opfer gefallen. Immerhin wird es inzwischen gezüchtet und darf, wie die Zibetkatze, das Leben behalten, wenngleich nach der „Ernte" arg mitgenommen. Aus Preisgründen verwendet die Parfumindustrie weiterhin Substitute.

‚Müssen die bedrohten Pottwale für das Ambra sterben? Meines Wissens besteht sonst kein Bedürfnis mehr nach Walprodukten, und den Japanern hat man mit den letzten Schutzabkommen ziemlich in den Miso gespuckt.'

‚Biber lassen für die Parfumindustrie noch das Leben, aber nicht die Pottwale. Außerdem: Ambra riecht zwar erotisierend, aber es wird im Magen der Tiere gebildet, die anscheinend eine Art Gastritis haben.'

‚Vielleicht von der nervenaufreibenden Jagd nach den Riesenkraken der Tiefsee?'

‚Mag sein. Irgendwann würgen sie die Brocken ganz von selbst aus, mit denen man übrigens zunächst nichts anfangen kann. Sie müssen erst zwei Jahre im Meer treiben oder in Meerwasser gelagert werden, bis sie ihren unvergleichlichen Duft freisetzen. Es verhält sich damit also ähnlich wie mit Moschus, der frisch bestialisch stinkt und weit länger reifen muss.' Sie schloss ihren Vortrag: ‚Wie Sie sehn, je mehr magenkranke Wale herumschwimmen, desto mehr Ambra gibt es. Inzwischen ist Ambra um ein Vielfaches teurer als Gold.' Das Letztere wusste ich bereits, doch bereitete es mir aus unerfindlichen Gründen Vergnügen,

meiner jungen Besucherin zuzuhören. Ich entsann mich, dass man forschte, die ambraverursachenden Gene zu finden. Wenn dies glücken sollte, wer weiß, womöglich wird es dann in Luxusrestaurants zum Dessert wieder die gerühmten ambrierten Früchte des Barock geben.
Wie auch immer, sie duftete unwiderstehlich, und ich ertappte mich dabei, dass ich begann, freundliche Gefühle für Moschustiere und besonders Pottwale zu hegen...
Später kam ich doch noch auf meinen Einfall zurück, sie als meine Tochter anzunehmen.
Sie reagierte anders als erwartet, antwortete nicht, setzte vielmehr das Trinkglas, das sie eben zum Mund führen wollte, hart ab, erhob sich und wandte mir den Rücken zu. Offensichtlich hatte mein Vorschlag sie aus der Fassung gebracht, obwohl Adoptionen im Erwachsenenalter durchaus nichts Außergewöhnliches sind, wenn es gilt Namen, Titel und Vermögen zu erhalten: Man vererbt sie an eine genehme Person, die man vorher mittels Adoption an sich gebunden hat.
Verwundert und ein wenig irritiert starrte ich auf ihren Rücken, sah zu, wie sie die Hände vors Gesicht schlug und ihre Schultern zuckten, hörte kleine sinnlose, verirrte Laute aus ihrem Mund und fühlte mich zunehmend unwohl.
Ausgerechnet Tränen, das, was ich schon bei Beth verabscheut hatte.
Warum weinte sie? Etwa, wie manche über ein unverhofftes Glück weinen, das ihre Leidenszeit beendet? Aus Rührung über mein großherziges Angebot? Sie war eine Fremde, und es gab keinerlei Beziehung zwischen uns. Vielleicht hätte ich mit meinem Vorschlag warten, sie erst besser kennenlernen, überprüfen lassen sollen. War ich denn von allen guten Geistern verlassen? Und wo, um der Gerechtigkeit willen, war das blütenweiße Taschentuch, nach dem sie bestimmt

gleich verlangen würde, wenn sie ihre Tränen trocknen, sich schneuzen wollte.
‚Ann?', eine vorsichtige Frage, und nochmal:
‚Ann, was ist mit Ihnen?'
Ihre Rechte tastete nach der Sessellehne, während die Schultern noch heftiger zuckten. Langsam drehte sie sich um, ließ sich in die Polster sinken und nahm auch die andere Hand vom Gesicht. Ich starrte sie an, nun selbst sprachlos. Was ich sah, waren Lachtränen, was ich hörte, ihr girrendes Gelächter, übermütige, in Tränen badende, glucksende Laute, die erst allmählich verebbten.
‚Nein', sie schüttelte den Kopf, wollte sich nicht beruhigen.
‚Nein, dass ich nicht selbst darauf gekommen bin. Es ist nur logisch.'
Ich verstand gar nichts mehr:
‚Wenn Sie nicht wollen, wenn es Ihnen unangenehm ist, ...'
‚Aber ja, gern will ich Ihre Tochter sein. Ich bin und will es.'
Eigenwillige Antwort. Ihr Blick dabei war unergründlich, und mir fiel keine rechte Erwiderung ein.
‚Darf ich Ihnen die Vorteile einer Adoption erklären?' fragte ich steif und begann meinen Fachvortrag, ohne ihr Einverständnis abzuwarten. Schloss nach einigen Minuten, in denen sie mir aufmerksam gefolgt war: ‚Natürlich nur, falls Sie es wünschen und die Bedingungen akzeptieren.'
Sie nickte schweigend; also nahm sie die Vorteile und Bedingungen einer Adoption an, auch die damit verbundene Namensänderung. Das Angebot, ihr ein Jurastudium zu finanzieren, meine Vorstellung, dass sie Teil meiner Firma und begrenzt Teil meines Lebensstiles werden könne, später vielleicht Mitinhaberin und nach meinem Tode Erbin, hatte sie lächelnd zur Kenntnis genommen. Es schien sie nicht sonderlich zu beeindrucken.
Gegen Mitternacht verabschiedete ich mich, stellte ihr die Gasträume für die nächsten Tage zur Verfügung und ver-

sprach, ihr ein Appartement in der Nähe zu mieten. Wieder wirkte sie enttäuscht, gab sich aber mit dem Angebot zufrieden. Welche Wahl wäre ihr auch sonst geblieben? Ich war jedenfalls befriedigt, saß in meinem Haus noch eine Weile untätig, in Gedanken an eine gemeinsame berufliche Zukunft: Im Streitgespräch war mir ihre Überzeugungskraft aufgefallen, das Geschick, andere mit Charme und Sachverstand für ihre Position zu gewinnen. Sie würde schnell lernen, kein Zweifel bei ihrer Intelligenz, ihrer logischen Begabung. Außerdem: frisches Blut für die Firma! Für den nächsten Tag hatte ich mir zwei Termine vorgemerkt, den überfälligen body-scan bei Dr. Servant und ein Gespräch mit meiner Vertragsdetektei. Da ich nur einige Bilder der optischen Überwachung vorweisen konnte, würde man Ann vorerst traditionell observieren müssen, sobald sie mein Grundstück verließ. Bei der Selbstverwaltung unseres Wohngebietes war sie inzwischen als Besucherin registriert, so dass sie sich ungehindert in Rancho Palos Verdes bewegen konnte. Was sie mir nicht sagen wollte, würde ich somit früher oder später erfahren...

Dr. Servant empfing mich aufgeräumt:
‚Vorerst müssen wir uns keine Sorgen machen. Ihre Werte sind stabil: perfekt medikamentös eingestellt. Bedauerlich, dass der vorgesehene Spender nicht nur sich selbst, sondern auch die alten Zellkulturen zerstört hat,' er hielt einen Augenblick inne, ‚was natürlich gegen unsere Unfalltheorie spricht.' Für Augenblicke schien er in tiefes Nachdenken zu versinken, bevor er sich zu weiteren Erklärungen aufraffte: Neue Kulturen von aktuellem Zellmaterial sind bereits angelegt, aber Sie kennen ja das Problem: Die Lebensdauer ist verkürzt. Zur Zeit können wir Ersatzorgane aus neueren Kulturen züchten oder auf tierischen oder humanoiden Ersatz zurückgreifen. Wir verfügen auch über bewährte künstliche

Organe. Abstoßungsreaktionen oder Thrombosengefahr müssten in jedem Fall medikamentös unterdrückt werden. Unvermeidliche Nachteile.'

Ich ließ meinem Unwillen freien Lauf:

‚Seit über dreißig Jahren habe ich beträchtliche Summen investiert. Gab es denn keine Vorplanungen, keinen Ersatz für diesen Fall?'

Er lehnte sich zurück, blickte unbehaglich:

‚Wir konnten nicht damit rechnen. Sie sind ein Sonderfall, wie er in den letzten vierzig Jahren noch nicht aufgetaucht ist. Ich habe die Akten studiert. Sie müssen wissen, er war die Nummer zwei. Vor ihm gab es schon einen potentiellen Spender.'

‚Und?'

‚Bei der genetischen Optimierung muss uns ein Fehler unterlaufen sein. Das Transportvirus für ein eingeschleustes Ersatzgen führte zu einer bisher unbekannten Stoffwechselkrankheit. Er fiel als Spender aus.'

‚Was geschah mit ihm?'

‚Er lebt noch. Glücklicherweise ist die Krankheit nicht ansteckend, das heißt nicht direkt, sofern es nicht zu einem Austausch von Blut und anderen Körperflüssigkeiten kommt. Wir kennen dies Problem bereits von anderen Krankheiten.'

Mir fallen die großen Seuchen des letzten Jahrhunderts ein: Aids und die zahlreichen Formen ansteckender Hepatitis, für die es erst seit wenigen Jahren Heilungschancen gibt. Sie haben das Gesicht Asiens und Afrikas verändert.

‚Kann ich ihn sehn?' Damit hatte er nicht gerechnet.

‚Seien Sie versichert, es geht ihm den Umständen entsprechend gut, und der gleiche Fehler wird uns nicht mehr unterlaufen. Außerdem', er hob bedeutungsvoll den linken Zeigefinger, pausierte einen Augenblick, bevor er mit erhobener Stimme weiter sprach: ‚Wir konnten unsterbliche

Experimente miteinander machen. Schließlich war sein Fall wertvoll für die Forschung, hat uns enorm weitergebracht.'
Er ließ die Hand sinken, sprach in normalem Ton weiter: ‚Zurück zu Ihrem Fall! Es gibt bisher nichts Besseres als den genuinen Spender, das Wort Klon vermeiden wir, es wurde während der letzten Jahrzehnte in viele unsachliche Auseinandersetzungen gezogen. Lassen Sie mich kurz einige Probleme darlegen. Wie Sie wissen, lieferten Unfallopfer in den ersten Jahren das organische Material; Maschinen für Niere und Herz stellten nur eine Überbrückungsmaßnahme bis zur Verpflanzung dar. Einige Nachteile erwähnte ich bereits. Außerdem verweigerten viele aus religiösen Bedenken oder einfacher Bequemlichkeit ihr Einverständnis. Folge: Die Zahl der benötigten Organe überstieg bei weitem die der vorhandenen; ein lukratives Feld für kriminelle Organisationen, Chirurgen, die für einige Euro oder Dollar den Armen ihre entbehrlichen Organe entnahmen oder sie gleich umbrachten, beziehungsweise ursprünglich gesunde Körper im Hirnkoma zu menschlichen Ersatzteillagern umfunktionierten, Händler, die zwischen Kunden und Lieferanten vermittelten. Lebendspenden unter Blutsverwandten können nur einen kleinen Teil des Bedarfs sichern, abgesehn von der Nötigung des potentiellen Spenders...
Kurz, wir mussten eine andere Lösung finden. Natürlich gab es zu Beginn Irrwege, Sackgassen. Sie wissen wahrscheinlich, dass manchmal Menschen ohne Großhirn geboren werden, zufällige Ergebnisse einer genetischen Fehlsteuerung. Wohlgemerkt, das geschieht nur, wenn unsere Pränataldiagnostik versäumt wird. Nehmen Sie es als Webfehler im Muster des Lebens, bedauernswerte Wesen, eigentlich keine Menschen mehr; schließlich ist die Großhirnrinde Sitz der menschlichen Intelligenz. Sie vegetieren ohne Hilfe kurze Zeit oder werden stillschweigend

euthanasiert. Nun gut – oder auch schlecht – man schuf gezielt solche hirnlosen Wesen.'
‚Also biologische Ersatzteillager und sicher in aller Heimlichkeit?'
Er schüttelte missbilligend den Kopf:
‚Solche Ausdrücke meiden wir. Sei's drum. Die Idee war verführerisch, die Praxis desillusionierend: Erstens teuer, zweitens entsprach die Qualität der Organe nicht unseren Anforderungen. Wenig überraschend bei der Vorbereitung der Objekte, liegend intravenös ernährt mit allen Komplikationen der Intensivmedizin behaftet: ein Flop.
Ein Kollege forschte kurze Zeit mit intelligenzreduzierten Geschöpfen.'
‚Aha! Alpha-, Beta-, Gamma-Menschen,' warf ich ein, ‚Aldous Huxleys *Schöne neue Welt* lässt grüßen!' und er nickte, ohne auf meinen Einwurf weiter einzugehn.
‚Klingt einleuchtend, hat sich aber in der Praxis nicht bewährt. Um es kurz zu machen: Ein öffentlicher Proteststurm erhob sich, der Kollege bekam Skrupel und brach die Versuchsreihe ab.'
‚Ich habe auch protestiert. Intelligenz ist unser höchstes Gut; es gilt sie zu mehren, nicht zu mindern.'
Wieder nickte er mir zu.
‚Ich stimme voll mit Ihnen überein. Vergessen Sie nicht, Schutz und Erhaltung des intelligenten Lebens ist unser Ziel. Schon im zwanzigsten Jahrhundert belieferten prominente Wissenschaftler Samenbänke mit ihrem Sperma. Wir gingen nur einen logischen Schritt weiter, und merken Sie sich: Wir klonen keine Dummköpfe!'
Während der letzten Worte war seine Stimme lauter geworden. Jetzt erhob er sich, und während er zunehmend leidenschaftlicher sprach, mir nur von Zeit zu Zeit einen prüfenden Blick zuwarf, als wolle er meine Reaktionen kontrollieren, durchmaß er das Sprechzimmer mit großen

Schritten, immer zwischen Fenster und gegenüberliegender Wand, verhielt jedesmal kurz vor dem Fenster, ohne hinauszusehn, bevor er sich umwandte, mit weitausgreifenden Schritten hin zur Wand, wo sich das gleiche Schauspiel wiederholte. Und ich folgte ihm mit den Augen, hörte ihn weiter sprechen:
‚Fälle um die Jahrtausendwende, wie jenes erbkranke Kind, das nur durch Lebendspende genetisch veränderter Geschwister zu heilen war, wiesen uns den Weg. Eingriffe in die Keimbahn eines Ungeborenen also, wenige Tage nach der Zeugung, und – um es deutlich zu sagen – Zeugung eines Menschen zu diesem Zweck.'
‚Man tötete den Embryo?'
‚Nein, in diesem Falle selbstverständlich nicht. Er wurde normal ausgetragen und geboren wie jedes andere Kind, mit dem Unterschied, dass ihm bis zur Heilung des Bruders regelmäßig Rückenmark entnommen wurde. Keine angenehme Prozedur, doch als man ihn Jahre später dazu befragte, gab er sein Einverständnis. Er hatte mehr als die meisten Kritiker begriffen, dass er, ähnlich dem Bruder, sein Leben neben der leiblichen Mutter einer zweiten verdankte: der Wissenschaft! Vergessen Sie es nie! Wissenschaft ist per se wertfrei, für welche Zwecke man ihre Ergebnisse später auch einsetzen mag.
Und: Dem menschlichen Erkenntnisdrang sind keine Grenzen gesetzt. Was gemacht werden kann, wird eines Tages auch getan, wenn nicht in meinem Land, dann in einem anderen, das mir bessere Arbeitsbedingungen bietet. Die Europäer mit ihren moralischen Skrupeln mussten dies auch noch lernen. Ihre restriktiven und klerikalen Gesetze führten prompt zum Exodus einer Anzahl tüchtiger Wissenschaftler. Mein Großvater gehörte zu ihnen.'
‚Doch wie gingen Sie auf dem einmal eingeschlagenen Weg weiter?'

‚Bevor ich darauf eingehe, lassen Sie mich meinen Vortrag zu den alternativen Methoden ergänzen. Zellkulturen aus entsprechend präparierten Stammzellen mögen zur Not ein genießbares Steak liefern, mit Elektrostimulation der Muskulatur lässt sich da einiges ausrichten. Leider können wir Organe am Fließband – und ebenso langlebige dazu – immer noch nicht zuverlässig produzieren, da hat die anfängliche Euphorie getrogen. Wie Sie wissen, sind Stammzellen theoretisch in der Lage, wohlgemerkt, theoretisch, nach entsprechender Stimulation jedes gewünschte Organ nachzubilden. Nun, es klappt nicht immer.
Manchmal verwandelt sich die ganze Geschichte, und wir wissen nicht warum. Denken Sie an die Sache mit den Zähnen! Oder sollten Sie noch nicht von dem Patienten gehört haben, der nach erfolgreicher Operation von seinem zweiten Magen gebissen wurde?
Oder die haarsträubende Geschichte einer Vagina dentata, eine äußerst unangenehme Vorstellung für uns Männer, berührt Urängste. Der Fall wurde über Jahre zum unerschöpflichen Witzthema in Mediziner- und Psychologenkreisen...' Er grinste breit:
‚Seitdem empfehlen wir unseren Patientinnen mit Kinderwunsch nach Gebärmutterentnahme die Anmietung einer Leihmutter.'
Ich erinnerte mich dunkel: Auch die Boulevardsender hatten die Geschichte genüsslich ausgebreitet.
‚Damit sind wir beim geklonten Spender, der Imago, es gibt bisher nichts Besseres, natürlich kein Angebot für jedermann. Schließlich gäbe es, wie in Ihrem Fall, zwei Operationen zu finanzieren.' Er blieb vor mir stehn, blickte auf den Zeitmesser: ‚Entschuldigen Sie, wenn ich Ihnen die genauen Zusammenhänge später erkläre. Eines sollten Sie sich merken: Unsere Spender werden nicht gezwungen und nach der Operation bestens versorgt. Wir lassen ihnen viel

Freiheit, zum Beispiel bringt sie ein spezieller Hubgleiter alle zwei Wochen zu einem Tagesausflug aufs Festland. Fast alle nutzen das Angebot, und Ihre Imago war keine Ausnahme. Darum verstehn wir nicht, weshalb er sich hätte umbringen sollen. Wie er war?'
Er sah mich schräg von der Seite an:
‚Ein starker Charakter. Ungewöhnliches Durchsetzungsvermögen, gepaart mit scharfem Verstand und Lebenswillen, dabei von liebenswürdiger Unnahbarkeit, Gefühlsleben unterkühlt. Außerdem stolz, sehr stolz. Sie sollten es doch am besten wissen.'
Natürlich. Ich musste vor mir gestehn, dass meine letzte Frage überflüssig war. Überhaupt fühlte ich mich kaum schlauer als vor unserem Gespräch. Dr. Servant hatte mir viel erzählt, doch nichts, was ich nicht schon gewusst hätte, und ich hegte wieder den Verdacht, dass er mir Wesentliches verschwieg.
Gedankenverloren nahm ich die Stufen hinunter zur Eingangshalle, lehnte das Angebot eines Flugtaxis ab und befand mich nach wenigen Schritten auf der belebten Straße. Wie jedes Mal fragte ich mich unwillkürlich, warum Servant seine Stadtpraxis ausgerechnet hier, nicht weit von Downtown eingerichtet hatte, und sagte mir anschließend, dass er den Kontrast zur Ruhe auf der Insel brauchte. Außerdem lag Beverly Hills mit seiner zahlungskräftigen Klientel nicht weit.
Umweltfreundliche, brennzellenbetriebene Autos und Elektrocars füllten die Straßen, die Luft duftete frühlingshaft. Über dem U-Bahnzugang leuchtete der grüne Doppelkreis der ‚walk and bike' Bewegung, die sich dem zukunftsträchtigen Slogan *everybody walks in L.A.* verschrieben hat, und ich beschloss, mir ebenfalls die Füße zu vertreten.
Ich war erst wenige Minuten gelaufen, atmete tief durch und erinnerte mich gerade schaudernd an das smoggeplagte Los

Angeles meiner Jugend, als unmittelbar hinter mir ein leichter Schritt erklang, synchron zu meinem. Eine Hand tastete nach meiner Linken und ließ einen Zettel hineingleiten, und eine männliche Stimme flüsterte: ‚Wir erwarten dich!'
Vielleicht hätte ich den Fremden noch gefasst, wenn ich mich sofort umgedreht und nach ihm gegriffen hätte. So aber, weil mich der Kontakt unvorbereitet traf, reagierte ich zu langsam, schloss die Finger um das Papier und hielt es mir vor Augen, las eine Adresse und drehte dann erst den Kopf. Er musste sofort umgekehrt sein; denn ich erhaschte nur noch den flüchtigen Eindruck der Gestalt: ein heller Windbreaker, der hinter einem Portal verschwand.
Vielleicht war es auch gar nicht der Fremde mit der seltsamen Einladung, und dieser hatte sich unauffällig wieder in den Strom der Passanten eingereiht.
Links und rechts fluteten sie an mir vorbei, ohne mich zu beachten. Ich las die Adresse nochmals, dazu eine Uhrzeit. Wenn ich mich beeilte, würde ich rechtzeitig zu Beginn der Veranstaltung da sein, um etwas anderes konnte es sich nicht handeln. Mein Weg führte über zwei Straßenkreuzungen, dann an einer eingezäunten Grünanlage vorbei, einem parkartigen Garten mit verschiedenen Baumarten, die mich fast an einen Botanischen Garten erinnerten. Am Ende der Anlage öffnete sich ein Tor in der Einzäunung, und hindurch strömten Gruppen von Menschen zu einem runden Kuppelbau. Plötzlich wusste ich, es konnte sich nur um den Tempel der wahren Tradition handeln, in dem sich seit einigen Jahren Anhänger unterschiedlicher religiöser Gruppierungen trafen, vielmehr Abtrünnige, Bekehrte, welche den Weg in die höllische Verdammnis aufhalten wollten, auf dem sie die Gesellschaft, ja selbst ihre frühere Glaubensgemeinschaft sahen. Sie verbanden urchristliches Ideengut mit strengen Ernährungsvorschriften und Anleihen bei verschiedenen, auch asiatischen Sekten.

Bis zu den jüngsten Anschlägen hatte man sie gewähren lassen. Doch wie ein Vertreter des Innenministeriums erklärte: Das war nun vorbei! Auf dem Weg zum Tempel überzeugte ich mich, dass die Behörden Ernst machten. Um die Anlage lungerten die unauffälligen Kräfte der zivilen Kontrolle, und am Straßenrand parkten in gleichen Abständen einige Wagen desselben Typs.

Hinter zwei jungen Frauen, die einheitliche Kappen über streng geflochtenen Zöpfen trugen, dazu lange, blaugemusterte Baumwollkleider von altmodischem Schnitt, durchschritt ich das Tor und gelangte über einen fein geharkten Weg zum Eingang des Kuppelbaus.

Drinnen war es fast dunkel, das heißt, meine Augen mussten sich erst an das schwächere Kerzenlicht gewöhnen, das die Mitte des arenaartigen Innenraums erhellte. Auf dem Boden, inmitten des Kerzenscheins lag ein gedrungenes Kreuz von undefinierbarem Material. Ich wunderte mich: Die Menge im Arenarund verhielt sich still, als erwarte sie ein außergewöhnliches Ereignis. Die letzten flüsternden Stimmen verstummten, in das Schweigen wehte ein Hauch, ausgeatmet aus Hunderten von Kehlen, ein Seufzen, und dann geschah es.

Aus der Mitte, dort wo sich die Balken trafen, wuchs mit einem Male eine Lichtsäule: die vielleicht dreißig Fuß hohe holographische Projektion einer goldenen Fackel, die sich zu elektronischen Klängen langsam drehte und dabei zusätzlich Form und Farbe zu verändern schien. Der Gegenstand war schön, schöner als alles, was ich bisher gesehn und erlebt hatte, ja, er war heilig, und wie die Gläubigen um mich herum, wollte ich niederknien, mich zumindest tief verneigen. Ich schloss die Augen, um den fremdartigen Harmonien intensiver zu lauschen. Sie erinnerten mich an die Orgeln der europäischen Tradition, dann wieder an altindische Musik, Sitar und Tambura, und waren doch anders. Während ich mit immer noch geschlossenen Augen ihre Struktur zu analysieren suchte, fiel etwas wie ein Schleier von meinem Bewusstsein ab, und ich verstand. Die Besucher dieses religiösen Tempels – und für eine kurze Weile auch ich – unterlagen einer leichten suggestiven Beeinflussung. Sie rührte zweifellos von der bewegten Holographie, die von unsichtbaren Maschinen in der Kuppel gesteuert wurde.

Ich konnte mir eine sarkastische Anerkennung nicht verkneifen. Vernebelung des Geistes war schon immer ihre Methode, ob durch heilige Räucherei der eleusinischen Mysterien, monotone Trommelbegleitung auf schamanischen Reisen oder Weihrauchschwenken zu den festlichen Ritualen der una sancta. Ich widerstehe seit meiner Jugend der Täuschung, seit ich ihrem obersten Befehlshaber die Gefolgschaft verweigerte. Genauer: Ich kümmere mich nicht mehr um ihn. Nicht wie Buddha aus Einsicht in die Grenzen menschlicher Erkenntnis, obwohl ich wie er mich sinnlosen Fragestellungen verweigere. Ich gehe darüber hinaus. Nicht die Weisheit Buddhas, die den unheilbar Glaubensinfizierten noch ein Schlupfloch bietet, ist mein Weg; nicht die sittliche Empörung jenes französischen Literaten des 20. Jahrhunderts, sein *Trotzdem*, das er den Göttern entgegenschleuderte.

Nein, sie interessieren mich nicht. Ich lasse andere den Stein wälzen und richte mein Handeln allein nach der Vernunft, analysiere, extrapoliere, funktionalisiere und bewerte. Die Gewinn- und Verlustrechnung des Lebens hat mich letztlich immer auf der Gewinnerseite gesehn. Für mich sollte es auch leicht sein, den Verlockungen dieses religiösen Spektakels zu widerstehn.

Vorerst empfahl es sich jedenfalls, den Blick vom verführerischen Feuer abzuwenden, ihn zur seitlichen Rundung des eigentümlichen Sakralbaus zu schicken. Ich tat es und war erneut beeindruckt. Ringsum, bis zum Ansatz des Kuppeldaches, zog sich ein buntgläsernes Fensterbild, nur von schmalen Stützpfeilern unterbrochen. Es zeigte paradiesische Bilder vom Einklang des Menschen mit der Natur, reiche Ernten der Früchte von Feld und Wald, inmitten der Mensch, mal friedlich zwischen Wolf und Löwe ruhend, mal mit Pflug und Spaten die Erde aufbrechend, archaische Bilder, welche der Wirklichkeit auf unserem Planeten nicht standhalten.

Neuartige Techniken zur Sauerstofferzeugung müssen die auf winzige Reste geschrumpften tropischen Wälder ersetzen, Wolf und Löwe sind in freier Wildbahn fast ausgerottet, mit ihnen die anderen großen Tierarten. Ihre Nachkommen fristen eine ruhige Existenz in unseren Tiergärten – satt, sicher, sauber – wie die Alten und Pflegebedürftigen in unseren wohlorganisierten Heimen.

Ich kehrte zu dem farbigen Band zurück. Tageslicht durchleuchtete Menschen, Tiere und Pflanzen, durchstrahlte über üppigem Blattwerk den Himmel und seine gefiederten Bewohner. Jetzt verstand ich, warum diese religiöse Feier am Tag stattfand, wo doch immer mehr Gemeinschaften dazu übergegangen waren, ihre Versammlungen auf die frühen Abendstunden zu verlegen; denn nur im Widerschein des Taglichts lebten die buntgläsernen Bilder. Über die ganze Weite der Kuppel setzte sich das Himmelsblau fort, von Sternen übersät, gleich einem riesigen Observatorium, in dessen Zenit die goldene Flamme mündete.

Es fiel mir schwer, mich dem überwältigenden Eindruck zu entziehen, und so sollte es wohl auch sein. Von der erleuchteten Arena bis zur erhöhten Galerie am Fensterband gruppierten sich vollbesetzte Stuhlreihen; und während ich noch die Anzahl der hier versammelten Menschen abzuschätzen suchte, pflanzte sich von einer Reihe zur nächsten ein Murmeln fort, das in einem melodischen, langsam anschwellenden Summen mündete. Von der mir

gegenüber liegenden Seite schritten, nein, schwebten Dutzende weiß gekleideter Gestalten zur Mitte, offensichtlich auf einem Förderband, wie es sich bereits seit langem in den großen Wallfahrtzentren der Welt bewährt, um die Massen der herbeiströmenden Gläubigen zu bewältigen.
Sie hoben die Arme, und singend gruppierten sie sich um das Kreuz mit der flammenden Projektion. Der melodische Singsang der Menge verstummte allmählich, und aller Augen richteten sich wieder auf das Fließband, auf dem eine einzelne Gestalt hin zur Mitte schwebte, ein älterer, eher kleinwüchsiger Mann, weiß sein Haupthaar und Bart, weiß das Gewand. Ein Stöhnen pflanzte sich durch die Reihen.
‚Der Prophet, oh, sehn Sie nur, der Prophet', flüsterte mein Nachbar zur Linken, und ich sah Tränen in seinen Augen.
Der Prophet sprach zu uns. Es war die übliche Kritik der Erweckungsbewegungen, Kritik an der kranken Gesellschaft, an den Auswüchsen der neuen Zeit, gipfelnd im Ruf zur Umkehr, und immer aus dem gleichen Grund: Angst vor dem unvermeidlichen Fortschritt.
Das alles kannte ich zur Genüge: So hielten sie es seit Jahrtausenden: falsche Antworten auf richtige Fragen! Ich hörte Schluchzen, sah selbstvergessene Gesichter, die Züge weich zerfließend, aufnahmebereit, – und andere, in denen sich die Linien im Reifen eines Entschlusses festigten, bis hin zu fanatischer Bereitschaft härteten. Der Prophet beendete seine Predigt mit einem letzten: ‚Kehrt um!', bevor er sich der goldwabernden Projektion zuwandte.
Und dann griff er hinein, fasste mit beiden Händen etwas im Inneren der Flamme, zog es heraus und hielt es der Menge entgegen. Es war ein großformatiges Buch, dessen Gewicht ihn sichtlich beschwerte und das er vorsichtig auf einem Podest aus durchsichtigem Material ablegte. Er senkte den Kopf und verharrte so eine Weile, die Stirn auf das Buch gepresst.

Um mich herrschte Stille. Ehrfürchtiges Schweigen pflegt man diese Stille ja zu nennen, auch der weiß gekleidete Chor schwieg. Als der Alte den Kopf wieder hob, geschah etwas für mich Überraschendes, aber offenbar erwartet von der Menge und dem Chor. Das Buch begann von Innen zu leuchten, der Chor hub erneut an zu singen, und je stärker es leuchtete, desto lauter schwoll der Gesang an, in den nun auch die Gemeinde einfiel. Eine Welle lief durch die Stuhlreihen, die Menschen standen auf und dann – in einer einzigen, mitreißenden und gleichzeitig disziplinierten Woge strömten sie nach vorn und schwemmten mich mit, warteten geduldig am Zugang der Arena, vor dem Propheten mit seiner heiligen Schrift. Einer nach dem anderen ging vor und tauchte ein in den Schein des Buches, senkte die Stirn herab zu einer ehrfürchtigen Berührung. Der Prophet selbst schien sich in einer Art Trance zu befinden, er hielt die Augen halb geschlossen und wiegte leicht den Oberkörper im Rhythmus des Gesangs und der dröhnenden Orgelklänge.

Von Zeit zu Zeit legte er seine Hände auf eines der gebeugten Häupter und sagte etwas. Ich senkte mein Haupt nicht, als ich vor ihm stand, und suchte seinen Blick, doch er schaute durch mich hindurch. Schon wollte ich weitergehn, das Relikt einer abergläubischen Verehrung zu küssen, lag mir nicht, da legte er mir die Hände auf die Schultern, und mit zitternder Greisenstimme sagte er:

‚Blick in dich‘, und nochmals: ‚Blick in dich‘, murmelte danach unverständliche Worte. Ich suchte mich zu entziehen. Für einen Moment klärte sich sein Blick, er sah mich an und sagte mit veränderter Stimme: ‚Bleiben Sie bei uns. Wir erwarten Sie schon lange.‘ Die Nachfolgenden schoben mich weiter, und ich hatte es mit einem Male eilig, den Ausgang zu erreichen, vorbei an den Spendenbehältern, die nach jedem Obolus in farbigen Lichtreflexen erstrahlten. Natürlich, das war der einzige Zweck der Veranstaltung und eine besonders geschickte Form der Mitgliederwerbung dazu!

Wahrscheinlich sagte er jedem der gutgläubigen Tröpfe die gleichen Worte, banale Selbstverständlichkeiten, wie das *Erkenne dich selbst* des Apollon von Delphi, Gott der Ratio – übrigens der einzige Gott, dem ich mich unterwerfen würde.

‚Erkenne dich selbst!' Ihre endlose Wiederholung über die Jahrtausende hat selbst dieser aufklärerischen Formel geschadet.

Außerdem, ich kannte mich bereits.

Wozu mochte er die Gläubigen benutzen? Kurz flackerte die Erinnerung an die mittelalterlichen Assassinen auf, jenen orientalischen Geheimbund, der seine Helfer betäubte und in Paradiesgärten aufwachen ließ, bevor er sie mit einem Mordauftrag aussandte, verband sich mit dem Bild des ins Mythische eingegangenen saudischen Millionärs und seiner Organisation Al Qaida. Sein mörderisches Charisma, das Abscheu und Entsetzen auf der einen Seite, fanatische Begeisterung auf der anderen auslöste.

‚Er ist ein Seher, ein vom Himmel Herabgesandter', sagte ein Mann, der neben mir den sakralen Bau verlassen hatte.

‚Er ist verrückt.' entgegnete ich.

Mir reichte es. Menschen und Verkehr der Innenstadt gingen mir zunehmend auf die Nerven, und ich bestellte ein Flugtaxi, das mich geradewegs zu meinem Haus und meinem ungewöhnlichen Gast bringen sollte. Unterwegs ertappte ich meine Gedanken mehrmals beim Propheten und dem heiligen Buch, ja, ich glaubte die bewegte Lichtsäule über dem Kreuz zu sehn, einmal die elektronische Orgel, einmal indische Sitarklänge zu hören. Zugegebenermaßen eine ästhetisch äußerst befriedigende Inszenierung...

Ann war nicht da, doch eine Videokontrolle der Besucherräume beruhigte mich. Alle Anzeichen deuteten daraufhin, dass sie bald zurückkehren würde, und ich wartete. Die

Stunden vergingen, eine 4D-Reise nach Hawaii entspannte mich kaum; ich wartete immer noch und wurde allmählich müde. Gegen Mitternacht zeigte die Warnanlage ihre Rückkehr an, und ich meldete mich unter einem Vorwand. Sie war ebenfalls müde und sagte mir dies unverblümt. So verabredeten wir uns für den nächsten Abend, und ich lag wenige Minuten später in meinem Bett.
Ein Gedanke musste die ganze Zeit unterschwellig gelauert haben. Ich war fast eingeschlafen, da meldete er sich, ein Satz, nein, es waren zwei kurze Sätze, für mich, nur für mich gesprochen: ‚Bleiben Sie bei uns. Wir erwarten Sie schon lange.' Wer steckte hinter dem anonymen ‚Wir'? Missionierende Eiferer oder pragmatische Seelenfänger, die einflussreiche Mitglieder unserer Gesellschaft zu bekehren suchten? Oder gar Freunde meines verschollenen Sohnes? Wollte ein Rest schlechten Gewissens – davon leben diese Religionen ja – mir etwa einreden, ich hätte eine Chance vertan wie damals mit meinem Sohn?
‚Nicht mit mir!', sagte ich laut, drehte mich um und schlief wenig später.
Am Morgen kündigte mir der Leasing-Vertreter des Cleveland Museums of Art die beiden O'Keefe-Originale an, die ich für acht Wochen bestellt hatte. Außerdem könne man mir für eine Sondergebühr den Hildesheimer Silberschatz bieten, ein Relikt aus den Kriegswirren des 20.Jahrhunderts, natürlich nur, falls ich über entsprechend gesicherte Ausstellungsvitrinen verfüge. Die derzeitigen Leasingobjekte würde man bei der Gelegenheit wieder mitnehmen.
So setzte ich mich für eine Stunde vor die Picassozeichnungen und nahm Abschied. Keine Kopie kann die Aura des Originals ersetzen, und wie viele Wohlhabende lasse ich mich diesen Genuss einiges kosten. Kunstleasing erspart das ermüdende Warten vor Museumskassen, danach den unqualifizierten Kommentaren anderer Besucher zuhören zu

müssen, ganz zu schweigen von der Zumutung lärmender Schulklassen, und die Museen finanzieren sich damit selbst. Am Nachmittag meldete sich die Ansage des Visophons und mein Adlatus Shriner übermittelte eine Einladung des Europäischen Patentamts. Für die kommende Woche schon! Ich dachte sofort an Ann, der ich München zeigen würde und vielleicht einige Schlösser des Bayerischen Märchenkönigs. Europa mag zwar technisch hinter Amerika rangieren, dafür bietet es dem Historiker und Kunstfreund eine Fülle interessanter Entdeckungen. Noch; denn die Islamisierung Europas schreitet voran, mehr als der Fundamentalismus in christlichen Kirchen und Sekten, und neue Bilderstürme, vor allem aus den ethnisch selbst verwalteten Gebieten sind zu befürchten. Seit ich mich vor Abschluss meines ersten Leasingvertrages einem speziellen Persönlichkeitstest unterziehen musste, weiß ich Bescheid. Meist unbemerkt von der Öffentlichkeit wandern gefährdete Kunstwerke, vor allem solche, die Verletzungen des religiösen Empfindens provozieren könnten, in die Depots der großen Museen, zu betrachten nur für Sachverständige und unsere eingeschworene Gemeinschaft der Kunstleaser. Amerika, noch hast du es besser! Doch selbst wir sind nicht vor Argwohn der Behörden und fundamentalistischer Infiltration geschützt. Ann reagierte auf meine Einladung anders als erwartet. Sie blickte mich starr an, und kein Muskel zuckte im Gesicht, schüttelte dann langsam den Kopf. Nein. Ein unumstößliches Nein, das weder Vorhaltungen, noch das verlockende Angebot, mit ihr anschließend für einige Tage nach Paris zu fliegen, ändern konnten. Im Grunde wusste ich warum. Sie fürchtete die strengen Identitätskontrollen an den Grenzen der Europäischen Union. Nicht ganz zu Unrecht. Schließlich verschwieg sie mir weiterhin ihren Namen, und die Detektei war noch nicht fündig geworden. Einmal hatte ich Gelegenheit, einen Blick in ihren Varioträger zu tun, den sie vom schmalen Handtaschenformat zur voluminösen Umhängetasche verwandeln konnte. Er war leer bis auf einen ungesicherten Synprenbeutel. Das wunderte mich, und deshalb irritierte mich dessen Inhalt umso mehr: ein medizinisches Besteck mit Spritze, Kanüle und zwei Einwegfläschchen, deren Etiketten oberflächlich entfernt waren. Auf einem meinte ich noch die Umrisse eines Totenschädels zu erkennen.

In einer Klarsichthülle steckte ein Zehn-Dollarschein, daneben der Kreditnutzungschip über fünftausend Dollar, den ich ihr ausgestellt hatte. Eine kleine mesoamerikanische Plastik hätte ich fast übersehn: Sie zeigte das zartgeschnittene Gesicht eines Mädchens oder einer jungen Frau, die Augen geschlossen, den Mund leicht geöffnet, eine Art Band über der Stirn. Bis auf die ornamental gestalteten Ohren ein realistisches Abbild.

Doch Abbild wovon? Mir war, als wüsste ich um das Original, hätte es in irgendeiner Ausstellung, einem Museum entdeckt; seither mochten mehrere Jahre vergangen sein. Die Rückseite war hohl, wie bei einem Abguss üblich. Dort, wo das Stirnband – oder war es eine Krone? – über dem rechten Ohr verlief, trug der Gegenstand Reste eines Stempels. Mühsam entzifferte ich *Jalapa*, den Namen einer mexikanischen Stadt, und ergänzte für mich ‚Museo de Jalapa'. Es konnte sich nur um das Abbild eines Exponates handeln, wie sie in den Museen der ganzen Welt an Besucher verkauft werden. Erinnerung an ein Original, das vielleicht besonders beeindruckte, ein sehr sorgfältig gearbeitetes Abbild außerdem, – und ein zusätzliches Rätsel, das es zu lösen gab.

So versuchte ich, an den folgenden Tagen mehr über sie zu erfahren. Wir unterhielten uns, diskutierten Fragen zu Wissenschaft, Kunst und Zeitgeschichte, ich führte sie einmal zum Essen aus – und wurde nicht schlau aus ihr. Sie schien ähnliche Vorbehalte oder Unsicherheiten mir gegen-

über zu hegen. Es geschah, dass wir uns wachsam umkreisten wie zwei Hunde, die eine Schwäche des anderen abwarten, um ihren ersten Biss anzubringen. Ach, es wären Liebesbisse gewesen, und doch vergiftet durch unser gemeinsames Schicksal...
Nachdem sie bei ihrem Nein blieb, bat ich zwei Tage vor dem Abflug nach München Glenn um ihre Begleitung. Gegen ein fürstliches Honorar. Sie sagte sofort zu...

*

Während des Rückfluges rekapitulierte ich die vergangene Woche. Die Verhandlungen in München waren ein voller Erfolg gewesen. Die europäischen Gesprächspartner ließen sich von meinen Argumenten und der Sicht meiner Regierung überzeugen. Beim abschließenden Dinner in einem Münchner Viersterne-Restaurant glänzte Glenn durch ihre äußere Erscheinung, Witz und Schlagfertigkeit, sodass Herr Breuning, der Leiter der deutschen Delegation, sie unbeirrt als Mrs. Brandt ansprach und sie über den kalifornischen Kunstmarkt, kalifornische Weine, selbst über das letzte kalifornische Erdbeben befragte.
Ich muss zugestehn, meine Edelkurtisane schlug sich prächtig, und ich war zufrieden mit ihr, obgleich wir in jener Woche nur einmal miteinander schliefen. Die Ansprüche an unsere Partnerschaft schienen sich allmählich zu verschieben. Wie überhaupt mit fortschreitendem Alter die Knechtschaft des Sexualtriebes nachlässt, zugunsten größerer Freiheit; ausgesuchte Genüsse ersetzen das triebhafte Verlangen nach Sättigung.
Für einen Tag konnte ich meinen paläontologischen Interessen frönen und fuhr, nachdem ich Glenn zum shopping ins derzeit ruhige Paris verabschiedet hatte, ins Oberjuragebiet nördlich von München. In Solnhofen mietete ich einen sachverständigen Führer, und mit Hammer und Meißel

durchstreiften wir für einen Tag die Steinbrüche: Plattenkalke in warmen Gelb- und Ockertönen mit roten Einfärbungen und immer wieder feinen schwarzädrigen Einschlüssen von Pflanzen und Insekten.

Über Jahrhunderte wurden die Platten verbaut in den zahlreichen bayerischen Schlössern, zu Fußböden herrschaftlicher Säle, in denen einst der Hochadel seine Feste feierte, und wo seit dem Ende des Königtums Touristen in übergroßen Filzpantoffeln ihr ungelenkes Ballett aufführen. Nach dem Zweiten Weltkrieg, als die alten Eliten verarmt, die Usurpatoren entmachtet waren, hatte man den edlen Stein sogar in Mietkasernen verlegt, später in den Häusern des zu Wohlstand gekommenen Bürgertums und schließlich im renovierten Reichstag des demokratischen Berlin. Über 150 Millionen Jahre Geschichte eines Steins...

Gegen Abend kehrte ich zurück, zufrieden mit der Ausbeute: einigen Mollusken- und Farneinschlüssen und einem vor Ort gekauften, handgroßen Stück für meine Sammlung, das einen der seltenen Insektenabdrücke enthielt. Die ganze Woche ein voller Erfolg!

Und gelegentlich ein Gedanke an Ann: Nur zweimal hatten wir kurze Botschaften gewechselt, und ich hatte sie, weniger als erwartet, vermisst.

Der Rückflug im Jet verlief ohne Zwischenfall. Anfangs folgte ich noch den Empfehlungen des Flugkapitäns, aus dem Fenster zu blicken, und sah unter uns die typischen, malerisch ausgebreiteten Ortschaften mit ihren Kirchtürmen und Minaretten, auch den einen oder anderen der behäbigen Zeppeline, wie sie moderne Luftschifffahrtgesellschaften verwenden: Komfortkreuzflüge mit ihrem Wechsel von längeren Flugphasen und kurzen, wohl überwachten Landgängen. Den Ozean und große Teile der amerikanischen Landmasse verschlief ich in meinem zum Bett umgewandelten Sitz.

Am Flughafen empfing mich Shultz mit bedrückter Miene: ‚Sie ist wieder fort, seit gestern schon. Und nicht nur das, heute Nacht wurde eingebrochen.'

Die Türschlösser zum Besuchertrakt waren manipuliert worden, die Sicherheitsanlagen überlistet. Schränke und Fächer waren durchsucht. Als ich eine Schranktür öffnete, forderte der Haushaltsautomat dazu auf, die ursprüngliche Ordnung wieder herzustellen; ich meinte fast, etwas wie Kränkung in seiner Stimme zu bemerken. In der Tat hatte der ungebetene Besucher die untersuchten Fächer recht oberflächlich wieder eingeräumt, und falls er nach persönlichen Spuren ihres Aufenthaltes suchte, musste er eine Enttäuschung erlebt haben. Im Türrahmen sah ich mich nochmals um: Die Räume lagen, als hätte es Ann nie gegeben...

Erleichtert nahm ich zur Kenntnis, dass der Eindringling das Hauptgebäude verschont hatte. Wenigstens war mein innerster Bereich unversehrt geblieben – unerträgliche Vorstellung, ein Unberufener wäre hier eingedrungen. Gerade wer wie ich in der Öffentlichkeit steht, muss auf Unantastbarkeit im Innersten halten.

So konnte ich mich auf dem Sofa ausstrecken, betätigte die Fernbedienung zu einem Nachrichtenkanal – und saß kerzengrade. Eben verblasste ein Gesicht auf der Bildwand, und die Ansagerin verlas das Ende der Durchsage. Von lebenserhaltenden Medikamenten war die Rede, dann die Bitte um Meldung an alle, die Auskunft geben konnten. Es folgten die Chiffren einiger Behörden, die ich unwillkürlich abspeicherte. Obwohl ich das Bild nur kurz gesehn hatte, das Antlitz einer jungen Frau, nicht ganz deutlich, wie im Vorbeigehn aufgenommen, erkannte ich sie: Es war Ann, ihr wachsamer Blick über die linke Schulter zurück ins Auge des Beobachters, nein, ich korrigierte mich: des Verfolgers. Und sie wusste, dass sie verfolgt wurde, hatte darum, kurz vor

dem unangemeldeten Besucher, die Gästewohnung verlassen, ihre Spuren verwischt.
Wer verbarg sich hinter der Suchmeldung? Natürlich hatte ich nicht die Absicht, sie zu verraten, und auf Shultzens Diskretion konnte ich mich verlassen, er ist mir seit Jahren verpflichtet: Seine Veranlagung bringt ihn leicht in Situationen, wo er meine Hilfe braucht. Außerdem, Misstrauen gegenüber Behörden, staatlichen Funktionsträgern und ihren Anordnungen ist mir zur zweiten Natur geworden. Schließlich bin ich maßgeblich an der juristischen Absicherung gesellschaftlicher Strukturen beteiligt.
An diesem Punkte meiner Überlegungen angelangt, forderte ich eine Verbindung zur Detektei, ehe mir bewusst wurde, dass zur späten Stunde niemand mehr greifbar wäre. So war es auch, und ich sprach meine Nachricht auf Memochip. Das Warten begann. Und meine Versuche, die Rätsel um ihr erneutes Verschwinden zu lösen. Ich setzte meinen Verstand ein, knüpfte logische Verbindungen aus Bekanntem, während ich bei einer Tasse Tee einige Papiere ordnete, überbrückte vor dem Badezimmerspiegel die Leerstellen mit Hypothesen und grübelte im Bett über Widersprüchen, bis die Müdigkeit mich innezuhalten zwang. Ich war zu keinem brauchbaren Ergebnis gelangt
Ann blieb während der nächsten Tage unauffindbar. Alles schien sich wie beim ersten Verschwinden zu gestalten, doch inzwischen wusste ich mehr über sie. Genug um mir in der arbeitsfreien Zeit Gedanken zu machen. Die Suchmeldung hatte mehr Fragen aufgeworfen als beantwortet. Vor allem zweifelte ich am Argument der lebensnotwendigen Medikamente, die sie angeblich benötigte. Sie war eine durchtrainierte junge Frau, keine chronisch Kranke. Zu gut erinnerte ich mich an die Muskeln ihrer Oberarme, als ich ihr an jenem ersten Abend aufstehn half, an einen späteren festen Händedruck. Dann fiel mir das Spritzbesteck in ihrer

Tasche ein, mit den beiden Ampullen, und meine Gewissheit geriet ins Wanken.
Nur eines war sicher: Sie wurde verfolgt, zweifelsfrei der Grund, ihre Identität nicht zu verraten, den Aufenthaltsort häufig zu wechseln, bis sie mir zufällig vor die Räder gelaufen war. Damit stimmte auch meine erste Vermutung. Sie war eine Illegale, vielleicht eine Terroristin. Nachrichtenfetzen, Bilder und Begriffe verknüpften sich zum Verdacht: die Traditionalisten! Zwischen ihr und der Gruppe musste es eine Verbindung geben. Zwar hatte sie nicht den Eindruck einer fundamentalreligiös Infizierten gemacht, doch mochte sie eine Abtrünnige sein, nun gejagt von beiden Seiten.
Das Problem interessierte mich mehr und mehr als intellektuelle Herausforderung, zumal Shultz mir von einer ungewöhnlichen Beobachtung berichtete. Die Videoüberwachung vor meinem Grundstück zeichnete an drei aufeinanderfolgenden Abenden dieselbe Person auf: einen blonden, jüngeren Mann in weißer Freizeitkleidung; die Hände in den Hosentaschen, schlenderte er an meinem Grundstück vorbei, verhielt kurz vor dem Seiteneingang zu Hausmeisterwohnung und Gästetrakt und setzte seinen Weg fort. Nur einmal erfasste die Optik der Videoüberwachung vollständig sein Gesicht mit Oberlippen- und Kinnbart. Er kam mir bekannt vor, und während der Fahrt zu meinem Büro ließ ich die Gesichter mehrerer Bekannter vor meinem inneren Auge Revue passieren. Erfolglos.
Der Autopilot stoppte vor der Parkbucht, und ich grübelte immer noch ohne Ergebnis über die Erscheinung des Fremden. Mir blieb keine Wahl, als weiter zu warten.
Später meldete sich die Detektei mit einem vorläufigen, mageren Ergebnis: Jene Fernsehsuchmeldung war ohne Namensnennung erfolgt, was nur bedeuten konnte, dass sie unter einem oder mehreren falschen Namen lebte. Man

vermutete eine Verbindung zu den Traditionalisten. Schon wollte ich mich mit einer Höflichkeitsfloskel verabschieden, da erschien ein Photo auf dem Monitor, und der Angestellte informierte mich, dass man es kurz vor ihrem Verschwinden aufgenommen habe. Es zeigte Ann neben einem blonden, bärtigen Mann, dem Fremden, der dreimal an meiner Überwachungskamera vorbeigeschlendert war. Je mehr Teile ich zusammentrug, um das seltsame Puzzle zu ergänzen, desto wirrer erschien es mir.
So lag ich denn noch längere Zeit wach, träumte danach unruhig. Einmal kehrte Anns Bild aus der Suchmeldung zurück, und ich sah sie deutlich vor mir: ihr Antlitz, wachsamer Blick über die linke Schulter unverwandt ins Auge des Beobachters.
Ein anderes Bild schob sich davor, verdrängte das erste, vielmehr verschmolz mit ihm: das Bild einer jungen Frau im hellen Mantel, von einem unbekannten Photographen mitten in der Bewegung gebannt. Vor Gleisen wie auf der Durchreise – und doch schon an der Endstation angekommen. Dunkles Haar, die hohe Stirn frei, ein klares, kluges Gesicht, aber nicht Ann. Nur schwach die Ähnlichkeit der Gesichtszüge, doch der gleiche wachsam sichernde Ausdruck: Blick über die linke Schulter ins Auge des Verfolgers. Uniformen. Dahinter, über die Gleise hinweg eine Menschenschlange...

Am nächsten Abend fand ich auf Memochip eine persönliche Nachricht gespeichert. Ich öffnete sie und blickte leicht enttäuscht auf eine Landkarte des Staates Utah. Zwischen Hurricane und La Verkin war ein Ort mit Datum markiert, es mochten zwanzig Meilen südlich des Zion National Park sein, nicht weit also von Brian Head Alpine, wo ich ein Haus besaß. Ich vergrößerte den Ausschnitt und las die Zeitangabe: Es war der Sonnabend des kommenden

Wochenendes um 21.00 Uhr. Den Ort, zu dem ich offensichtlich eingeladen wurde, kannte ich von sporadischen Kurzaufenthalten: ein alter Heilungsplatz der Paiute-Indianer, als Erholungsort später von den Mormonen benutzt, und, wie ich hörte, dank der heißen Quellen auch bei anderen Gruppierungen beliebt. Wer mochte hinter der knappen Einladung stecken? Sowohl für Ann als auch die Anhänger der wahren Tradition sprachen gute Gründe. Ich buchte kurzentschlossen zwei Nächte im Hotel.

*

Es dunkelte bereits, als ich am Abend des kommenden Samstags vor der Hotelanlage eintraf. Ab Cedar City hatte ich mich nicht mehr auf das Satellitenleitsystem verlassen wollen, den Autopiloten auf *warn und stop* geschaltet und war entsprechend vorsichtig gefahren. Die Fahrt machte mir wider Erwarten Spaß. Manchmal hilft der vorübergehende Verzicht auf unsere technischen Ergänzungen, uns unserer angeborenen Fähigkeiten wieder bewusst zu werden.
Mr. Anderson, dessen Familie seit Generationen diesen erholsamen Platz betreut, begrüßte mich persönlich.
‚Alle meine Gäste sind hier gespeichert. Auch, wenn sie selten kommen.' Er deutete vielsagend auf seinen Kopf, dem er in dieser Hinsicht mehr zuzutrauen schien als dem Hauscomputer.
Die Zimmereinrichtung glich derjenigen, wie ich sie bei meinem ersten Aufenthalt vor vierzig Jahren kennengelernt hatte – vielleicht war sie noch die gleiche. Ich streckte mich für einige Minuten auf dem Bett aus. Immerhin, die Matratzen entsprachen zeitgemäßen Ansprüchen, wie ich zufrieden feststellte, und das Kommunikationscenter war auf dem neuesten Stand. Wahrscheinlich hatte Anderson hier meine Daten abgerufen, bevor er mich persönlich empfing. Er konnte ja nicht wissen, dass mir an solchen Erinnerungen

nichts lag; vielmehr gedachte ich, neue zu begründen. Trotzdem, eine sympathische Geste – und im Interesse des Geschäfts.

Beim vegetarischen Abendessen, vorzüglich zubereitet und gewürzt, musterte ich die übrigen Gäste: einige nicht mehr ganz junge Paare, ein paar Wanderfreunde, kein weißbärtiger Prophet, keine Ann im Synprenanzug.

Nun gut, es war noch nicht 21.00 Uhr. Ich entschied, in den Gartenanlagen spazieren zu gehn. Falls bis zur angesagten Zeit niemand käme, würde ich anschließend ein Bad in den heißen Quellen nehmen.

Niemand kam. Es wurde neun, es wurde halb zehn. Im Speisesaal saßen neue Gäste, andere spazierten in den Anlagen. Ich kannte keinen von ihnen. Ein Gefühl, das ich nicht für möglich gehalten hätte, schwere Enttäuschung stieg in mir auf. Ich ging auf mein Zimmer und kehrte in Badehose und Frotteemantel zurück, begab mich zu einem der Pools. Im warmen Mineralwasser tummelte sich ein Dutzend Gäste, zu viele für meinen Geschmack, und ich ging weiter zu den nur spärlich beleuchteten heißen Quellen. Auch dort war es nicht gerade still. Mitglieder einer Reisegruppe, deren Bus vor dem angeschlossenen Campingplatz parkte, planschten im warmen Wasser und unterhielten sich laut.

Etwa 300 Fuß weiter oben im Gelände gab es noch eine einzelne Quelle, welche die meisten Kurzzeiturlauber nicht kannten, und richtig, sie lag verlassen und still, nur beschienen vom Licht des Vollmondes. Tatsächlich, der volle Mond, was mir bisher nicht aufgefallen war! Wenn ich ehrlich sein soll, es fällt mir so gut wie nie auf, weil ich Wichtigeres zu tun habe, als in den Himmel zu schauen. Ich ließ den Bademantel zusammengefaltet auf der Ablage zurück, fröstelte einige Augenblicke in der Aprilkälte und tauchte ein ins wohlig warme Wasser der Quelle, die eher die Ausmaße eines bequemen Pools hatte. So lag ich einige Zeit ausgestreckt, blickte hinauf zum Mond und versuchte den Standort der internationalen Station im Mare Tranquilitatis zu bestimmen, hörte das monotone Plätschern des Wassers und entfernt die schwächer werdenden Stimmen aus der Reisegruppe...

‚Jason', und noch einmal: ‚Jason.'
Eine leise Stimme, sanft und weiblich, ein schöner, sinnlich duftender Traum, aus dem ich nicht erwachen will. Unter Tausenden würde ich Klang und Duft erkennen. Ich spüre die leichte Bewegung im Wasser, ein Körper neben mir, ein Mund an meinem Ohr, der flüstert: ‚Mr. Brandt, wachen Sie endlich auf! Oder soll ich Vater sagen?'
Sie ist es wirklich. Ich muss eingenickt sein, glaubte sie nur zu träumen.
Nun öffne ich die Augen und sehe Ann: Umflossen von Mondlicht sitzt sie neben mir, die Arme unter Wasser um die Knie geschlungen, allein die Kniescheiben blicken heraus. Sie trägt einen Badeanzug mit schmalen Trägern, von denen einer über die linke Schulter verrutscht ist. Darunter zeichnen sich ihre Brüste ab, voll und fest, wie ich sie schätze, und ich ergänze für mich: nicht zu wenig, aber auch nicht zu viel.
Ich rufe meine Gedanken zur Ordnung, bedauere trotzdem für einen Moment, dass wegen der zahlreichen konservativen Gäste in den Pools Bekleidungszwang herrscht.
‚Jason, verzeih, dass ich unpünktlich bin, aber es war mir nicht möglich, eher zu kommen.'
Jason? Nicht Mr. Brandt? Wir hatten uns bisher förmlich angeredet, trotz des Adoptionsvorhabens. Jetzt spricht sie meinen Vornamen aus, und es ist mir recht, nur zu recht!
Vorsichtig berühre ich mit den Lippen ihre Stirn:
‚Ich habe mich für zwei Tage hier eingemietet, kann den Aufenthalt aber auch verlängern. Kommst du danach zurück mit mir nach L. A.?'

‚Noch nicht, ich bin dabei, eine falsche Spur zu legen. Später vielleicht.' Kluges Mädchen, du brauchst keine neugierigen Fragen zu fürchten. Ich weiß fast alles über die Traditionalisten und dass du sie abschütteln wirst. Nicht einmal mir ist es gelungen, dich zu finden.
‚Brauchst du Geld?'
‚Du bist ein praktischer Mensch', sagt sie nüchtern, ‚immer das rechte Gespür für das Wesentliche in jedem Augenblick. Ja, ich brauche Geld.'

Sie wohnte nicht wie ich im Hotel, sondern in einer der rustikalen Hütten auf dem Campingplatz.
‚Für meine Bedürfnisse reicht es vollkommen aus', entgegnete sie auf meinen Vorschlag, ihr ebenfalls ein Zimmer im Hotel zu mieten.
‚Außerdem ist es sicherer, wenn wir nicht als zusammengehörig gelten.' Ich war verdutzt. Seit wir uns kannten, prägte eine eigentümliche Mischung aus Misstrauen und unerklärlicher Anziehung unser Verhältnis, versuchten wir unsere wahren Motive voreinander zu verbergen und gleichzeitig die des anderen zu erfahren. Zum ersten Mal sprach sie aus, was mich unterschwellig bewegte, dass wir vielleicht zusammengehörten, über den eher geschäftlich inspirierten Plan einer Adoption hinaus. Ich fragte mich: War es ein lapsus linguae, oder meinte sie es ernst? Gelassen gab sie meinen fragenden Blick zurück: ‚Der Campingplatz grenzt an eine Pferdekoppel mit Stallungen an, und ich beschäftige mich gern mit Pferden.' Eine kurze Pause, dann: ‚Wir sollten morgen ausreiten.'
Es war weniger Vorschlag als Aufforderung, und ich reagierte überrumpelt. Meine Einwände von fehlender Praxis bis zur mangelnden Ausrüstung fruchteten nicht. Was freundliche Überredungsgabe betraf, schien sie mir tatsächlich überlegen zu sein.

Zum gemeinsamen Frühstück trat sie bereits gestiefelt an, in enganliegenden Reithosen und kariertem Hemd, unterm Arm ein Textilbündel. Meinen anerkennenden Blicken begegnete sie mit undurchdringlichem Lächeln:
‚Die Hosen habe ich für dich aufgetrieben. Sie dürften passen.'
Ein Textilbündel landete auf dem Stuhl zu meiner Seite, fast neue, saubere Reithosen, offenbar aus dem Verleih der Reitschule. Damit war der letzte Weg zu einem ehrenvollen Rückzug abgeschnitten, und ich ergab mich in mein Schicksal. Die Hosen saßen bequem, eher ein wenig zu weit als angegossen, was sich als fataler Nachteil erweisen sollte. Ann schien bereits mit einem Araberhengst vertraut zu sein. Sie strich über seine Mähne, klopfte gleichmäßig über Hals und Rücken und lehnte ihr Gesicht an seinen Hals. Das Tier hob den Kopf, schüttelte wiehernd die Mähne und senkte dann sanft prustend seine Nüstern in ihre Handflächen, ließ sie ruhig und geübt den Sattel richten, bevor sie ohne sichtbare Anstrengung aufsaß. Wie eine Katze, dachte ich. Mir hatte sie einen hohen, aber nach Auskunft des Besitzers sanftmütigen Wallach zugedacht, und mit leichter Hilfestellung saß auch ich im Sattel. Mit einem Handzettel der markierten Wege trabten wir los, das heißt, mein schwarzer Wallach, der auf den schönen Namen Romeo hörte, war nicht nur ruhig, sondern bequem; wie ich bald feststellen sollte, eine Trägheit, die sich mit tückischer Intelligenz paarte. Trotz anfeuernder Rufe blieb er immer weiter zurück, zupfte hier ein Kräutchen, dort ein Blatt, versuchte gar, sich an einem Baum zu scheuern, was ich nur mit heftigem Gegendruck verhindern konnte. Unerwartet, ich begann bereits, mir Sorgen zu machen, ob wir Ann je wieder einholen würden, startete der schwarze Teufel unter mir zum Galopp. Den Hals schräg gelegt, weit ausgreifend zwischen tief hängenden Zweigen, und ohne jede Rücksicht auf mich,

preschte er vor, sodass ich gegen alle Regeln der Reitkunst seinen Hals umklammert hielt, um nur nicht herabzufallen. Mit triumphierendem Schnauben schloss er zu dem Araber auf, und unter Anns ironisch prüfendem Blick verfiel er prompt wieder in seine gemächliche Gangart.

‚Du bist etwas aus der Übung', bemerkte sie mit leicht sarkastischem Unterton: ‚Sprich mit ihm, zeig ihm, wer der Herr ist.' Während der folgenden zwei Stunden unseres Ausritts sprach ich mit ihm und zeigte ihm, wer der Herr war, vielmehr, wir versuchten, es uns gegenseitig zu zeigen. Es war ein Kampf unter Gleichwertigen, denn tierquälerische Attribute vergangener Jahrhunderte wie Trensen und Sporen fehlten. Sie sind seit Jahrzehnten verboten. Nur kraft meines überlegenen Geistes konnte ich den Willen dieses widerspenstigen Gaules brechen. Ich sprach mit ihm, mal sanft, mal im Befehlston, klopfte seinen Hals, drückte ihm die Fersen in die Flanken, um ihn zu schneller Gangart anzuspornen, vergeblich.

Das Machtspiel wiederholte sich. Wieder und wieder. Ungeübt, wie ich war, gelang es mir nur unvollkommen, mich dem rhythmischen Auf und Ab anzupassen, das unbarmherzig auf mein Gesäß traf, ungeschützt durch die zu weiten, Falten schlagenden Hosen, welche die zarte Haut darunter erst rotwund scheuerten, dann Blasen verursachten, die sich nach und nach öffneten. Bereits lange vor Ende des Ausritts stand das Ergebnis fest... Romeo siegte nach Punkten, und die Schmerzen zwangen mich schließlich abzusteigen. Die letzte Viertelmeile führte ich das nun lammfromme Tier am Zügel zurück, verkniff mir dabei mühsam ein Hinken.

Meine Niederlage bereitete mir Kopfzerbrechen. Zweifellos hatte sich der Gaul durch meinen überlegenen Geist und den Befehlston nicht beeindrucken lassen, auch die Beschimpfung ‚Abaelard' ignoriert und instinktiv die mangelnde Übung erfasst. Zwischen uns hatte Kampf, nicht

Kommunikation geherrscht, ein Ungeschick, das ich bei Vertragsverhandlungen stets zu vermeiden wusste. Mir fehlte eindeutig die nötige Erfahrung im Umgang mit Tieren, vielleicht, weil sie neben ihren praktischen Funktionen keinen Wert für mich besitzen.

Als Kind war ich meist zufrieden ohne Haustier; später, als das Hundevirus auch auf Menschen übergriff und es zu Massentötungen kam, bis viele Städte buchstäblich hunderein waren, als viele Überängstliche auch ihre Katzen einschläfern ließen, erübrigte sich der Wunsch, wenn er denn je bestanden hatte. Aufgrund ihres fehlenden Verstandes waren sie außerdem uninteressant für mich, wenn ich auch begrüße, dass Experimente an Zellkulturen und künstlichen Organen inzwischen die meisten Tierversuche abgelöst haben.

Wir sind eine humane Gesellschaft.

Bevor ich Romeo ablieferte, wandte er seinen Kopf unvermittelt um und prustete mir ins Gesicht, ein warmfeuchter, nicht einmal unangenehmer Pferdeatem.

‚Er mag dich', sagte Ann. Ich verstand nichts mehr; besaß der Gaul etwa Humor?

Die nächsten Stunden verbrachte ich bäuchlings, nachdem ich die offenen Blasen mühsam mit Wundspray versorgt hatte. Ich war schlecht gelaunt, dachte nicht mehr an eine Verlängerung des Urlaubs und spürte kein Verlangen nach Anns Gegenwart. Sie schien über einen robusten Egoismus zu verfügen, verließ mich nach einigen freundlichen Beileidskundgebungen und blieb den ganzen Nachmittag verschwunden, zum Wandern, wie mir der Hotelmanager verriet.

Aufgeräumt betrat sie am Spätnachmittag den Wintergarten, wo sie mich hingegossen auf einer Wasserliege fand. Sie steckte die Nase kurz in eine tropische Blüte, beugte sich

dann über mich und das Display, auf dem ich die Strategie für die nächste Konferenz ausarbeitete, und fragte:
‚Wie geht es dir?' Unwillkürlich atmete ich sie ein, spürte den fast verwehten Hauch ihres Parfums, verwoben mit dem Geruch gesunder Körpersäfte, schmeckte den frischen Duft von Luft, Sonne und Wald. Die Strategien zerflatterten und ohne nachzudenken, antwortete ich:
‚Wenn du bei mir bist, geht es mir gut.' Es war gewiss nicht die seit Stunden vorbereitete Antwort. Sie zog eines der Sitzpolster heran und ließ sich an meiner Seite nieder, legte einen Arm lose um mich und sagte:
‚Nicht wahr, Romeo hat dir eine Lektion erteilt.'
Wie konnte sie meine Gedanken nach dem verlorenen Machtkampf erraten, wenn nicht aufgrund einer inneren Verwandtschaft? Sie schien keine Antwort zu erwarten, drehte mir vielmehr den Rücken zu und beobachtete einen Monarch, der sich auf der Blüte niedergelassen hatte. Ich wollte eine Bemerkung zur Imago der Schmetterlingsarten machen, zu den Imagines der Insekten allgemein. In meinem Haus ist eine ganze Wand von den schönsten Exemplaren meiner Sammlung bedeckt. Doch mein Blick blieb an ihrer linken Schulter haften.
‚Was ist das? Ein Leopard? Darf ich ihn streicheln?'
‚Du darfst. Aber es ist ein Jaguar, die größte und stärkste amerikanische Raubkatze.'
‚Du machst mir Angst', scherze ich, stütze mich auf und lege eine Hand vorsichtig auf den Raubtierkopf, fühle unter meinen Fingern als kleine raue Erhebungen die typische Fleckenzeichnung, streiche über die Schultern, spüre die Muskeln ihres trainierten Körpers, weiter bis zu den Schulterblättern, ihren Schulterblättern.
‚Es ist der schönste Jaguar, der mir bisher begegnet ist, ein Prachtwerk von einem Tattoo,' sage ich ehrlich überzeugt.
‚Und keiner könnte ihn besser tragen als du.'

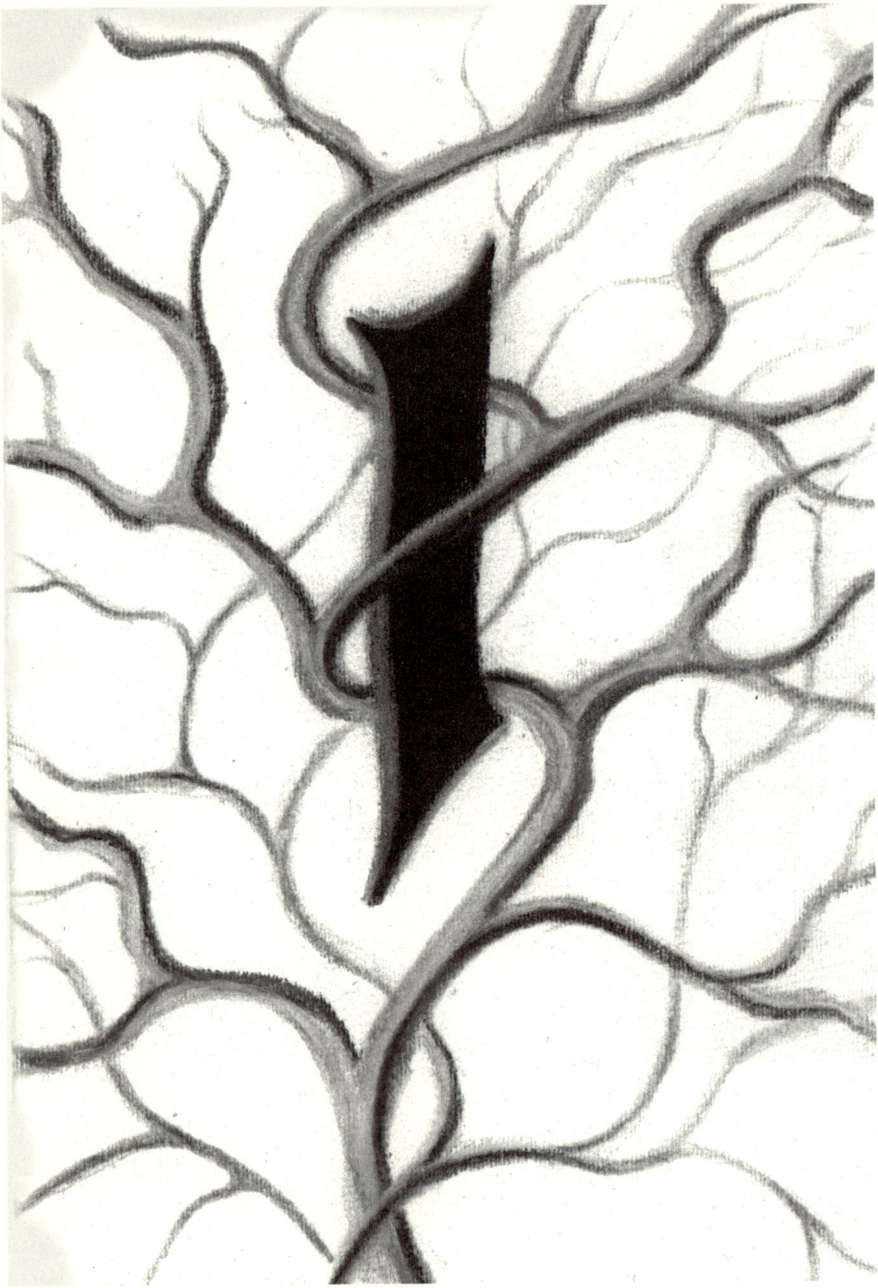

Wirre Gedanken an schmerzhafte Rituale schießen durch meinen Kopf, an meine Fragen, ihre Antworten, die um den Schmerz, die freiwillige Auslieferung an ihn kreisen,
und immer wieder der Gedanke, dass ich die Bilder bereits kenne, dass sich alles wiederholt und ich mich heillos in einer Zeitschleife endloser Wiederkehr verfangen habe. Ich sehe mich den Jaguar auf ihrer Schulter küssen, sehe, wie die Ornamente um die große Katze eigenes Leben gewinnen, mit den Lianen des Wintergartens zu einem reich verzierten, grellen >I< verschmelzen, ehe sie sich enger um mich, um meinen Hals legen und mich ersticken. Mein letzter Blick fasst ihr Gesicht: die Lippen fest zusammengedrückt, die Augen offen mit dem Ausdruck des Lebens, *durch die Stirn ging die Spitze des großen eisernen Stachels.*

Der sechste Tag

„Dr. Brandt, Dr. Jason Brandt, wachen Sie auf!"
Veras perfektes Gesicht schaut von der Bildwand auf mich herab, und ich möchte schwören, es liegt ein Ausdruck von Besorgnis darin. Mein Herz schlägt für eine Weile deutlich schneller. Mein Herz? Ich versuche vergeblich, mich an den Alptraum zu erinnern, der meine Werte so durcheinandergebracht hat, und spüre, wie sie sich unter dem regulierenden Einfluss des Armbandes wieder beruhigen.
Unerwartet taucht die Erinnerung an eine Photographie auf, die mich vor Jahren beschäftigte, damals als ich noch den Verhängnissen der Geschichte nachspürte, mich persönlich verantwortlich fühlen wollte für den Lauf der Welt. Naiver junger Mann, der ich war! Warum kehrt sie jetzt zu mir zurück, die Reisende im hellen Mantel, nachdem ich ihr Bild fast vergessen hatte? Die Photographie einer jungen Frau an historischem Ort – wie auf der Durchreise und doch bereits angekommen. Menschenmaterial.
„Sie haben 9 Stunden und 47 Minuten geschlafen. Bitte vergessen Sie nicht Ihre Morgentoilette", meldet sich Vera erneut, und seufzend mache ich meinen Geist frei.
Welchen Ballast von Bildern und Erinnerungen wir doch mit uns herumtragen...
Die Morgentoilette nicht vergessen! Ich widme ihr meine ungeteilte Aufmerksamkeit, hänge eines nach dem anderen meine Beine aus dem Bett, lege meine Arme in die Schlaufen der Gehhilfe, die mich sicher in die Hygienezelle geleitet, und finde mich eine halbe Stunde später, erleichtert und geduscht, im sauberen Nachthemd auf frischen Laken.

Das Frühstück mit einem Vitamintrunk, Cornflakes und Blaubeerpfannkuchen lasse ich mir zu Händels Wassermusik munden.
Ein guter Tag. Die Morgennebel über dem Meer lösen sich auf, und ich nehme mir vor, nach der Mittagsgymnastik werde ich in den Rollstuhl überwechseln, mich warm in Decken einhüllen und den Nachmittag auf dem Balkon verbringen. Dr. Servant wird sein Versprechen, mit mir einen guten Wein zu trinken, bald einlösen können. An der linken Fensterseite gelangt ein kleiner Schatten in mein Gesichtsfeld, verharrt für einen Moment still und bewegt sich weiter. Offenbar ein Insekt oder ein anderes kleines Tier, kaum vier Zoll lang.
Ich steuere die Zimmeroptik mit halblauten Befehlen, fokussiere und vergrößere: Es ist eine kleine Eidechse, die nach Art der Kaltblüter ihre Lebensenergie aus der Sonne zieht. Ich vergrößere weiter, sehe deutlich den weißgelben, glatten Bauch, der sich schnell pulsierend hebt und senkt, die seitlich flach aufliegenden Beine, Füße mit je fünf Zehen: magische Zahl, die so viele Geschöpfe verbindet. Ich stutze. Nie wäre mir früher beim Anblick einer kleinen Echse der Gedanke an Verwandtschaft gekommen. Ihr Kopf pendelt suchend hin und her, wache schwarze Äuglein mustern den Untergrund; fast zu schnell für meine Augen fährt die dunkle, gespaltene Zunge hervor und züngelt über das Glas. Die geschuppten Seiten verraten etwas von der Farbe des Rückens, die fast übergangslos mit der hellen Bauchseite verschmilzt: eine Smaragdeidechse. Der Schwanz ist nicht mehr vollständig, wohl, weil sie ein Stück opfern musste, um nicht ganz gefressen zu werden. Minutenlang bleibt sie fast regungslos unter meinem Blick, und ich wundere mich über mein Interesse. Unzählige kleine Arten habe ich in den letzten Jahren studiert, die Histologie der Insekten zumeist, vom Ei, über die Larve zur Puppe, der Nymphe und endlich

zur kurzlebigen Imago – allerdings erst, nachdem ich sie gefangen, achtsam mit Äther in fest verschließbaren Gläsern getötet, den Verdauungstrakt sorgsam entfernt und sie mit Nadeln auf den Präparierblock gespannt hatte. Indes, nie mehr seit meinen Kindertagen habe ich so lange und intensiv ein lebendiges kleines Geschöpf beobachtet.

Ich würde noch länger zusehn, wenn nicht ein Schatten meine Aufmerksamkeit weckte. Er fliegt an der vergrößerten Eidechse vorbei und entpuppt sich in der Normaloptik als gelber Hubgleiter, der ein grell beschriftetes Band hinter sich herzieht.

MEA CULPA entziffere ich und *MEA MAXIMA CULPA.* Ehe ich die folgenden, kleineren Lettern lesen kann, geschweige denn mir einen Reim auf das Geschehene machen, verschwimmen die Buchstaben, Band und Hubgleiter lösen sich in weißlichen Schlieren auf. Der Vorgang erreicht die Echse auf dem Fensterglas. Auch ihr Bild wird undeutlich und schemenhaft, schließlich weiß opak: Das Fenster hat seine Struktur geändert.

Ich überlege: Welche Schuld? Und: Warum hat die Zentrale mein Fenster, wahrscheinlich alle Fenster der Klinik dichtgeschaltet?

Seit Stunden grüble ich über der Frage, unterbreche darüber immer wieder meine Lektüre, halte inne während der Mittagsgymnastik und des sich anschließenden Mahles – und finde keine Lösung. Es wird Nachmittag und Abend. Der Flugkörper mit seinem Spruchband ist längst verschwunden, mein Fenster wieder klar wie frisch geputzt. Ich sitze auf dem Balkon vor meinem halben Hummer im Salat- und Gemüsebett und genieße neben dem versprochenen Wein die Aussicht. Ein tiefer Wein, von paradox cremigem Eindruck, wiewohl vollkommen trocken, der allmählich seinen Aromenstrauß freisetzt: ein 51-er Chevalier-Montrachet. Nur Servant hält seine Versprechen nicht, beziehungsweise unvollständig. Schlingt seine Hummerhälfte hinunter, trinkt viel zu schnell – ein Jammer um den teuren Wein, den ich bezahle – ist unaufmerksam und antwortet nur zerstreut auf meine Fragen.

„Welche Schuld? Wessen Schuld? Überhaupt: Schuld, Verantwortung und Strafe, überholte, leere Worte, wie ich Ihnen unlängst erklärte. Wir haben sie durch die Begriffe der Sozialschädlichkeit und Schadensbereinigung oder Löschung ersetzt. Als Wissenschaftler stellen wir Vergleichsrechnungen auf, je größer der erzielbare Gewinn, auch der ethisch-moralische, desto höher der vertretbare Einsatz, das Opfer. Und merken Sie sich! Die Regierung ist auf unserer Seite. Nie ging es den Menschen der westlichen Hemisphäre so gut: Synthofleisch und -gemüse für die breiten Schichten lösen das Nahrungsproblem; die Masse zieht 4D-Programme und virtuelle Reisen immer mehr den Risiken von schlechtem Service, Terror, Naturkatastrophen und Unfällen vor. Ferner kann man virtuellen Sport betreiben, der durch Nervenimpulse auf die Muskeln einwirkt und so einen gewissen Trainingseffekt erzielt.

Den denkenden Eliten bieten wir ein perfektes Angebot für Kunst und Bildung, bis zu bibliophilen Buchausgaben und Leasing originaler Kunstwerke. Sie selbst sind seit Jahren Nutznießer. Natürlich leben wir in einer Klassengesellschaft: eine ausreichende Versorgung, Brot und Spiele für die Massen, anspruchsvolle Unterhaltung und entsprechende Versorgung für die besser Verdienenden, die es besser Verdienenden! Im übrigen war es immer so, nur wagte man nicht, es offen zu sagen."

„Aber der Mensch lebt nicht vom Brot allein", wende ich ein, wiewohl ich ihm innerlich zustimme. Es ist die Erinnerung an Elizabeths unheilbare Religiosität, die mir zu schaffen macht.

„Sehn Sie, auch daran hat man gedacht. Es herrscht vollkommene Religionsfreiheit, sofern die Gruppen gewaltfrei

bleiben und sich nicht in außerreligiöse Belange einmischen, das heißt strikte Trennung von Religion und Staat. Solange sie sich daran halten, dürfen spirituelle Spinner bei uns den größten Unsinn verkünden, man lässt die Schwärmer gewähren, beobachtet sie lediglich. Sie wissen ja, der Seufzer der bedrängten Kreatur, Religion als Opium des Volkes, geeignet, die unerfüllten Sehnsüchte in sozial verträglicher Weise zu kanalisieren."
Ich bin nicht zufrieden: „Was, wenn sich die Bereiche überschneiden? Was, wenn unsere und die staatlichen Vorstellungen von Gerechtigkeit und Moral nicht übereinstimmen mit den religiösen Gesetzen von Gruppen, die sich im Besitz der göttlichen Wahrheit wähnen? Göttliche Wahrheit kennt keine Toleranz. Unsere bürgerliche Verfassung, die sogenannten Menschenrechte, das Toleranzgebot gegenüber Andersdenkenden wären somit nicht nur eine Form von Arroganz von Seiten der Mächtigen und Ungläubigen, vielmehr ein Verstoß gegen ewiges Gottesgesetz. So sagten jedenfalls islamische Terroristen zur Jahrtausendwende. So oder ähnlich lautet der Vorwurf von Fundamentalisten aller Zeiten. Lieber Doktor, ich frage Sie: Müssen wohlmeinende Traditionalisten und alle fanatisch Gläubigen mit ihnen, wenn sie sich denn im Besitz der Wahrheit wähnen, nicht unser System und mit ihm alle Andersdenkenden mit allen Mitteln bekämpfen, um unsere Seelen zu retten? Der ewige Schlachtruf von Kreuzfahrt und Dschihad *Gott will es* oder *Insch'Allah,* --- was können Sie dem entgegen setzen?"
Ich fühle mich nicht wohl in meiner Haut, während ich als advocatus Dei argumentiere, aber Servant nickt bedächtig: „Vielleicht einen Versuch starten, den Kreis zu quadrieren, eigentlich eine unlösbare Aufgabe. Wie ich schon sagte: Zuerst ließ man sie gewähren, ihre Reden verbreiten, machte scheinbare Zugeständnisse, schleuste Agenten in ihre

Versammlungen, ja, selbst in ihre Familien ein; denn die meisten unter ihnen leben noch in traditionellen Familienverbänden. Sie entziehen sich den staatlichen Erziehungs- und Bildungseinrichtungen, wo sie nur können, entwickeln sogar ein eigenes mittelalterliches Gesundheitssystem."
Eine verächtliche Geste unterstreicht die letzten Worte. Ich kann es mir schon denken, habe selbst darüber reden gehört: Pflanzenheilkunde, Geistheilen, menschliche Chirurgen, und Schmerzbehandlung, die sich im Ertragen des Gottgewollten übt.
Servant spricht unbeirrt weiter: „Wie Sie wissen, kommt es auch in den Staaten zu Übergriffen und Gewalttaten der Frommen, wenngleich sie anfangs weniger auf staatliche Organisationen als die eigenen Mitglieder zielten: solche, die gegen die strengen Gesetze des Zusammenlebens verstießen. Inzwischen formen die Traditionalisten eine Gegengesellschaft und werden zur öffentlichen Gefahr; sie pflegen abstruse Vorstellungen von Schuld und moralischer Verantwortung, führen heimliche Gerichtsverfahren und verhängen drakonische Strafen, sogar von Todesurteilen wird berichtet."
„Verbrecher aus moralischer Verantwortung, in der Tat abstrus."
„Und ein Angriff auf das staatliche Gewaltmonopol, den sich keine Regierung bieten lassen kann! Überhaupt, wer und was entscheidet über Recht und Unrecht einer Handlung? Was ist Verbrechen? Ein leerer Begriff in einer Zeit, der verbindliche Maßstäbe fehlen, wo nur eine Minderheit sich ernsthaft zum Gott der Bibel bekennt und die zehn Gebote den meisten nur als Relikt christlich-jüdischer Geschichte gelten. Ersparen Sie mir, sie alle zehn mit Ihnen durchzugehn, keines, ich wiederhole, keines, das nicht tagtäglich millionenfach gebrochen würde, wo selbst die Gläubigen kaum friedlicher leben als der gleichgültige Rest

der Gesellschaft, zumal im Wettstreit der Wahrheiten. Natürlich haben wir staatliche Gesetze; Gesetze, die möglichst viele Interessen unter einen Hut bringen sollen, das natürliche Chaos eindämmen. Aber Interessenlagen und damit leider verknüpft, moralische Überzeugungen ändern sich: Was hier und heute noch Verbrechen ist, wird morgen an anderem Ort normales Verhalten, wenn nicht gar vorbildhaft – oder umgekehrt. Und virtuelle Realitäten beschleunigen den Wandel, – nicht selten manipulativ. Sie als Anwalt sollten es am besten wissen!"
„Und die heutige Aktion?"
Er winkt ab: „Sie meinen den Rundflug vom Vormittag? Oh, der gehört eher zu den harmlosen Veranstaltungen. Sie wollen uns ein schlechtes Gewissen einreden."
Dr. Servant fährt mit der Serviette über den Mund, wringt sie kurz zwischen den Händen und wirft sie auf den Teller. „Genug für heute. Wir sollten uns noch etwas Gesprächsstoff für die nächsten Tage aufheben. Mein lieber Dr. Brandt, für Sie wird es Zeit, sich auf die kommende Nacht einzustimmen, und ich bin ein hart arbeitender Mann."
Erhebt sich, gähnt demonstrativ hinter vorgehaltener Hand und steht bereits zwischen Balkon und Krankenzimmer. „Hier draußen wird es für Sie zu kühl. Wenn Sie sich etwas gedulden, schicke ich Ihnen den Zimmerdienst vorbei. Gute Nacht und angenehme Träume!" Er erteilt Vera einige Anweisungen und entschwindet: Dr. Servant.
Und wieder liege ich in meinem Krankenzimmer. Habe Vera für heute entlassen, das Unterhaltungsprogramm gesichtet, mich für eine Dokumentation entschieden, danach Beethovens Violinsonate D-Dur, bis zusammen mit dem Mond die Müdigkeit aufsteigt. Liege nun und knüpfe an zerrissenen Erinnerungen: Das erste gemeinsame Wochenende im verzauberten Land der heißen Quellen, wie sie es nennen. Ich war dankbar gewesen, Ann wieder zu treffen, die

ich zu meiner Adoptivtochter machen wollte, und gleichzeitig ein wenig verunsichert, als habe etwas meine Erwartungen getäuscht, als sei mein eigentliches Ziel ein ganz anderes und ich noch nicht bereit. Ann schien ähnlich zu empfinden. Keine Rede mehr davon, den Aufenthalt über das Wochenende hinaus zu verlängern.
Sie begleitete mich am späten Nachmittag zum Parkplatz, wartete, bis ich im Fahrersitz Platz genommen hatte, und beugte sich zu mir herab, bevor ich die Wagentür schloss. Ihr Atem strich warm über mein Gesicht, und es störte mich nicht. Mehr noch, ich sog ihn ein und mit ihm einen Hauch jenes Parfums, das sie an diesem Wochenende begleitet hatte.
„Ich werde dir eine Nachricht schicken, auch wenn es etwas dauert. Sei gewiss, wir sehn uns wieder."
Sie hauchte einen Kuss auf meine rechte Wange, und ich küsste sie auf die Stirn. Keine weiteren Worte, keine Berührungen. Vater und Tochter.

Die letzten Maitage verstrichen ereignislos.
Zweimal täglich sichtete ich die Post, anfangs mit einer gewissen Spannung, später gewissenhaft, schließlich nur noch automatisch. So kam der Alltag zurück, mit kleineren Dienstbesprechungen, internationalen Konferenzen im TechNetWork, meine persönliche Anwesenheit bei der Verbandstagung in Seattle, einige entspannende Wochenenden mit Glenn.
Es wurde Juli, bis die nächste Einladung eintraf: Auf einem Ausschnitt des nordöstlichen Yosemite Tals bis zur Grenze von Nevada war das Gebiet des früheren Lake Mono markiert, dort wo die Tioga-Pass-Straße auf die Staatsstraße trifft und wo sich seit einigen Jahren ein modernes Besucherzentrum befindet. Hier erfahren interessierte Touristen in einer eindrucksvollen Vier-Sinne-Schau die

Geschichte des Lake Mono von seinen Anfängen, seiner Bedeutung als Wasserreservoir bis zum endgültigen Austrocknen in unserem Jahrhundert. Der Platz war nicht schlecht gewählt, wenn mir der Termin inmitten der Woche auch nicht behagte, zumal Ann davon ausging, ich sei jederzeit für sie frei.

Der gewählte Mittwoch begann als ungewöhnlich heißer Tag, und die Einwohner von L.A. verbrachten ihre Zeit entweder im Schutz der Air Condition oder am Strand. Jedenfalls erschienen mir die Straßen leerer als sonst und die Fußgängerzonen fast verwaist, als der Autopilot den Flugcar Richtung Norden lenkte. Ich flog über die San-Gabriel-Mountains, entlang der 99 über Bakersfield und Fresno hinweg, bog dann zum Inyo National Forest ab. Am Mono-Landeplatz herrschte unerwarteter Hochbetrieb, und ich verstand, warum mich Ann an einen Wochentag bestellt hatte. Wie mochte es hier erst an Feiertagen zugehen? Ich schaltete den Autopiloten aus und lenkte den Wagen zur 120, wo im Lake-Mono-Resort-Hotel mein Appartement auf mich wartete, nahm eine erfrischende Dusche und wählte die Kleidung für einen ersten Erkundungsgang: Shorts, Synprenoberhemd, feste Schuhe und gegen das grelle Licht Sonnengläser.

Bis zur verabredeten Zeit blieben mir noch zwei Stunden, und ich beschloss zum neuen Besucherzentrum zu fahren, das sich inmitten des markierten Feldes befand. Es heißt allgemein *Das neue Zentrum*, obwohl es vor über zehn Jahren gebaut wurde, als sich mehr und mehr Menschen für den toten See interessierten. Für unsere schnelllebige Gesellschaft sind zehn Jahre eine lange Zeit...

Aus der Ferne unterscheidet sich das Zentrum kaum von den berühmten Sinterablagerungen des Sees, so gut haben es die Architekten verstanden, das Gebäude in die Landschaft zu integrieren. Böse Zungen behaupten sogar, dass ein

Großteil der bizarren Sinterterrassen und -säulen auf dem Grund des Sees von eben dem gleichen Architekturbüro geplant und gebaut wurde. Wie dem auch sei, sie steigern den Effekt der allabendlichen Vorführung.
Ich fand einen Parkplatz in der Nähe des Campingplatzes, der von Wohnwagen aller Größenordnung fast vollgestellt war: moderne Zugvögel und seit über hundert Jahren ureigener Bestandteil unserer amerikanischen Gesellschaft.
Am Eingang drängten sich die Tagesgäste. Die meisten Besucher nahmen an Gruppenprogrammen teil, die eine Rundreise in großen Hubcars, Besichtigungen und komfortable Unterbringung bieten, die weniger Wohlhabenden waren in bequemen Überlandbussen angereist. Während ich mich in die Schlange der Wartenden reihte, studierte ich die großformatigen Ankündigungen: stündliche Vier-Sinne-Shows im riesigen Kinosaal, nach Anbruch der Dunkelheit das Licht- und Tonspektakel *Auf dem Grund des Sees*. Vor mir diskutierten vier Jugendliche die jüngste Holovision des L.A.-Super-Drive-In.
Grellfarbige Kleidung und raumgreifende Gesten, die Stimmen zu laut, als wären sie allein. Jugend!
Weiter vor ihnen eine Frau im sommerlich knappen weißen Neoprenanzug, schlanke, braungebrannte Beine, über dem gelockten Blondhaar ein farbiges Stirnband. Sie erreichte den Eingang, nahm im Durchschreiten die Sonnenbrille ab und schaute sich um. Es war Ann, unverkennbar Ann, trotz der veränderten Haarfarbe, der blonden Locken. Sie erkannte mich ebenfalls, trat lächelnd zur Seite und wartete, bis ich zu ihr aufgeschlossen hatte.
Wie sollte ich sie begrüßen? Sie nahm mir die Entscheidung ab, hängte sich ein und gab mir links und rechts einen Kuß auf die Wangen. Wieder war ich versucht, tief Luft zu holen, wollte den Duft ihres Körpers und den leisen Hauch des Parfums in mich aufnehmen, in mir bewahren und nicht mehr

143

hergeben. Sie ließ mir keine Zeit, mich meinen Gedanken zu überlassen, wedelte mit einer Informationsbroschüre, die sie offensichtlich genau studiert hatte, und erklärte mir, was uns erwartete, eine Show im Auftrag der staatlichen Naturschutzbehörde, und nicht weniger als ein erdgeschichtlicher Rückblick. Im Zentrum das Gebiet des ehemaligen Lake Mono, geboren vor Jahrzehntausenden, gestorben vor Jahrzehnten für den Wasserbedarf von Millionen Städtern.
‚Inzwischen haben sich neue, rentable Verfahren der Meerwasserentsalzung durchgesetzt.', beendete Ann ihren Vortrag.
‚Zu spät für den Lake Mono', sagte ich.
‚Für alles ist es irgendwann zu spät.' Mehr sagte sie nicht, schien für einen Augenblick in Gedanken woanders.
Vierzig Minuten später standen wir wieder im Freien, noch leicht mitgenommen von den Spezialeffekten des Vier-Sinne-Spektakels.
‚Als Requiem für einen toten See recht eindrucksvoll', versuchte ich zu scherzen. Ann musterte den Himmel durch ihre Sonnenbrille und meinte trocken:
‚Bis zur Abendvorstellung bleiben uns noch einige Stunden. Wir sollten uns am Pool erholen.'
Die Effekte der Abendvorstellung übertrafen das nachmittägliche Spektakel bei weitem. Unsichtbare Projektoren tauchten die gesamte Fläche des ehemaligen Sees in farblich wechselnde Lichtfluten, aus denen sich die Kalksintergebilde hoben: ein bizarrer Geister- und Totenwald. Aus unsichtbaren Lautsprechern, wie von überall und nirgends klangen im Wechsel Naturgeräusche, Musik und menschliche Stimmen, Gesang, Poesie und Prosa in Auszügen, zu den künstlerischen Fragmenten ein sonorer Kommentar, der technische Meisterleistungen im Zusammenhang der Aufführung pries. Die meisten Touristen

schienen beeindruckt. Ich hörte begeisterte Urteile, und man bedauerte nur, dass an diesem Abend kein Feuerwerk die Aufführung beschloss.

‚Bestimmt schöner, als der echte See jemals war‘, bemerkte eine Dame zu Ann. Ann antwortete nicht.

‚Hat es dir gefallen?‘, fragte sie später und nippte an ihrem Wein; wir saßen im Restaurant meines Hotels, obwohl Ann mich ursprünglich in ihren Wohnwagen einladen wollte. Mein Gegenangebot: Komfort und ein erstklassiges Menü, hatte sie allerdings schnell für das Hotelrestaurant gewonnen.

Ich wog das Für und Wider der Argumente ab, bevor ich auf ihre Frage antwortete:

‚Gefallen? Es war zumindest technisch perfekt, das, was den Massen der Antike Brot und Spiele bedeuteten. Du darfst nicht vergessen, jede touristische Attraktion auf dem Globus hat inzwischen ihre Tonbildshow mit Laser- und Vier-Sinne-Technik. Die Konkurrenz der virtuellen Reisen macht es nötig.

Vor einigen Jahren war ich in St. Emilion, in der europäischen Provinz Frankreich. Es gibt dort hervorragende Rotweine, die ich seit meiner Jugend schätze, und interessante Weinkeller. Sie liegen in ausgedehnten Tunnelanlagen mit Gerippen aus der Zeit des Hundertjährigen Krieges zwischen Frankreich und England. Ich besichtigte einen davon. Nach der Weinprobe folgte eine virtuell gestützte Führung, und wir erlebten das Schlachtengetümmel hautnah. An den unterirdischen Wegkreuzungen lagern die Gerippe aus diesem Krieg: neonbeleuchtet und farbig. Du siehst, Europa hat uns an echten Kriegstoten immer noch einiges voraus, und Geschmack ist häufig eine Frage des Zufalls.‘ Für mich überraschend gab Ann sich mit der Erklärung zufrieden, sie blieb auch während der folgenden Stunde einsilbig, aß wenig und wirkte müde. So verabredeten wir uns zum Frühstück des nächsten Tages, und sie ließ sich vom Hotelshuttle zurück zum Campingplatz bringen.

Der nächste Tag versprach ähnlich heiß zu werden, und Ann erschien ausgeruht und strahlend im schmutzabweisenden Shortanzug, ihren Varioträger, vermutlich mit einigen Konzentratriegeln und Obst über der Schulter.

Sie wischte meinen Vorschlag, zum Valley Visitor Center zu fahren, beiseite: ‚Zu viele Touristen. Ich kenne einen besseren Platz.'

Der Ort, zu dem sie mich führte, war ein See, nicht weit von den Tuolumne-Wiesen, wohin uns das Hotelshuttle gebracht hatte. Nach wenigen Minuten lagen Asphalt und Touristenlärm hinter uns, und mit jeder weiteren Minute war mir, als würden sie sich um Stunden entfernen. Der Wald ruhte im Mittagschlaf, nur einmal hörten wir einen Vogel anschlagen und blieben kurz stehn. Mehrmals zweigten Wege ab, und Ann entschied sich jedes Mal ohne Zögern. Sie kannte das Ziel, und ich folgte ihr. Der Waldweg mündete unmittelbar am Wasser in einen schmalen Fußpfad, der rings um den See führte. Wir sahen ihn erst, als wir an seinem Rand standen und über die undurchsichtige dunkle Fläche schauten. Das gegenüberliegende Ufer lag flach, einige Hundert yards dahinter begann der Wald.

‚Als ich das letzte Mal hier war, wehte es, aber die Oberfläche des Sees blieb glatt und ruhig, so wie heute. Unberührt von den Stürmen des Lebens, das imponierte mir.' Ich muss über ihre poetische Erklärung etwas verblüfft gewirkt haben, denn sie gab mir einen freundlichen Klaps auf die Schulter.

‚Wir haben bis zum Nachmittag Zeit, also nutzen wir sie und umrunden den See!'

Wir blieben fast den ganzen Tag am Wasser, unterbrachen den Rundgang unter einer Baumgruppe am gegenüberliegenden Ufer, saßen im Gras, verspeisten unsere Vorräte und genossen die Ruhe...

Die Libellen. Eine Stunde mochte vergangen sein, als sie unvermittelt erschienen. Glänzend blau mit großen Facettenaugen auf beweglichen Köpfen, der Flügelschlag ein Flimmern beidseitig des Körpers. Wie zierliche Nadeln standen sie unbeweglich über dem Schilfgras, schossen davon, um Sekunden später zurückzukehren. Männchen der pacific forktail, jener häufigsten unserer heimischen Libellenarten, dazwischen auch einige grünlich gefärbte Weibchen. Uns beachteten sie nicht.

Mein Interesse war geweckt. Zwar besitze ich fast alle Arten daheim, sorgfältig genadelt und katalogisiert; doch als Libellenkenner halte ich immer Ausschau nach perfekten Exemplaren, um sie gegebenenfalls meiner Sammlung einzuverleiben. Ann beobachtete aufmerksam den Flug der eleganten Räuber.

‚Du weißt, was eine Imago ist?', fragte ich sie.

‚Oh ja, ein Begriff ursprünglich aus der Metamorphose der Insekten.' Warum ursprünglich? Sie ließ mir keine Zeit, den Gedanken zu verfolgen, und sprach schnell weiter:

‚Ihr wesentlicher Daseinszweck ist die Erhaltung der Art, Weitergabe des Lebens; denn Leben ist der höchste Wert.'

Es klang fast wie auswendig gelernt.

‚So kann man es auch sagen', stimmte ich ihr, wenn auch zögernd zu:

‚Die Metamorphose der Insekten ist eine der erstaunlichsten Erfindungen der Natur; vom Larvenstadium, das ein bis im Extremfall siebzehn Jahre dauert, über die Nymphe, aus der ein fertiges Insekt schlüpft, die kurzlebige Imago.

‚Siebzehn Jahre? Machst du Scherze mit Primzahlen?'

‚Keineswegs. Tatsächlich organisieren sich die Lebenszyklen von Insekten häufig nach Primzahlen, und in Südamerika gibt es wirklich die 17-Jahreszikade, und dieser lange Zeitraum gewährleistet einen gewaltigen

Überlebensvorteil: Ihre Fressfeinde mit zweijährigem Zyklus finden an ihr nur alle 34 Jahre, solche mit dreijähriger Entwicklung gar erst alle 51 Jahre eine reich gedeckte Tafel und müssen zusehn, nicht vorher zu verhungern. Die Zikade lebt nur kurz, und manche Schmetterlingsarten nehmen für die Dauer ihrer Existenz nicht einmal Nahrung zu sich. Einziger Zweck allen Aufwandes ist die Fortpflanzung; das Individuum kümmert wenig, wie bei allen Strategien der Natur.'

‚Warum hat sie dann eine Fülle von Individuen geschaffen?'

‚Die Natur? Weil sie keine Moral besitzt, sonst müsste sie jedes Einzelschicksal bekümmern', versuchte ich zu scherzen. Ann war mit meiner Antwort sichtlich unzufrieden und wandte sich ab, dem Wasser zu:

‚Da, sieh nur, die Königslibelle!'

Leuchtend blau und tiefbraun gebändert flog ein riesiges Exemplar der anax junius die Uferlinie entlang, verharrte einen Augenblick auf der Stelle. Schoss wieder voran und ergriff einen kleinen weißen Falter, zerriss ihn in der Luft und verschlang ihn, dabei das Opfer fest mit den vorderen Beinpaaren umschlingend.

‚Das Gesetz des Stärkeren im Tierreich,' sagte ich.

‚Das Gesetz von Macht und Geld beim Menschen,' antwortete sie, stand auf, streckte die Arme hoch und dehnte sich. Geschmeidig ließ sie den Oberkörper mit hängenden Armen nach vorn gleiten und zog mit einer zweiten Dehnung das Oberteil ihres Neoprenanzugs aus, verkündete: ‚Ich gehe schwimmen', streifte auch Shorts und Schuhe ab, tat zwei, drei Schritte zum Ufer und sprang in das dunkle Wasser. Sie tauchte unter und blieb unsichtbar, verschwunden, bis ich aufstand und anfing, die Sekunden zu zählen. Schon wollte ich mir Sorgen machen, als ihr Kopf nicht weit vor mir unter der Oberfläche erschien und sie mit einem tiefen, seligen Atemzug wieder auftauchte:

‚Dies ist der tiefste Uferbereich, ein paar yards rechts und links kann man bequem hineinwaten, vor allem, wenn man wasserscheu ist.'
Und in der nächsten Sekunde stand ich durchnässt von einer Gischtwolke, die sie mit geschicktem Handschlag über mir abregnen ließ. Sie fuhr sich mit beiden Händen durch die nassen Locken und wartete geduldig, bis ich begann, mich ebenfalls meiner Kleidung zu entledigen, warf sich plötzlich herum, noch ehe ich ihr folgen konnte, und kraulte zur Mitte des Sees. Bedächtiger als sie ließ ich mich ins dunkle Nass gleiten und nahm verblüfft wahr, welch angenehme Empfindung es bei mir auslöste. Es musste Jahre her sein, seit ich in einem naturbelassenen See geschwommen war. Das Wasser floss weich und schmeichelnd über meine nackte Haut, schien ihr keinen Widerstand entgegen zu setzen, als ich einige Schwimmzüge in Anns Richtung probte. Sie schwamm weiter zur Seemitte, dann zu einem abseits gelegenen Abschnitt, wo sie für mich einige Minuten unsichtbar blieb, und ich hatte längst wieder das Ufer erklommen und mich angekleidet, bevor sie zu unserem Picknickplatz zurückkehrte.
Von weitem schon sah ich den fremdartigen Kranz aus Blüten und Blättern auf ihrem Kopf; und wie sie mit langsam gemessenen Bewegungen dem nassen Element entstieg, verschlug es mir die Sprache. Sie hatte an jenem Uferabschnitt einige Seerosen mit den Stengeln herausgerissen und sie um ihren Körper drapiert, trug eine der weißen Blüten über der Stirn, während Stengel und Blattwerk ihr über Brust und Schulter hingen, mit den Ornamenten der Tätowierung verschmolzen: eine Nymphe, fremdartig und bezaubernd, so dass ihr niemand widerstehn konnte.
Ich wollte meinen Blick nicht wenden, suchte nach Worten: ‚Undine, unter welchem Zeichen bist du geboren, wenn du überhaupt als Mensch entstanden bist?'

Eben noch hatte sie gelächelt. Jetzt war das Lächeln ausgelöscht. Sie blickte mich ernst an. Ernst und undurchdringlich.
‚Ich bin ein Fisch, wenn du das meinst, gezogen aus Fischlaich.' Sie streifte die Pflanzen ab, schlüpfte in Shorts und Oberteil und setzte sich neben mich.
Der Zauber des kurzen Augenblicks war schon wieder verflogen, aber von diesem Tag an wusste ich: Ich würde sie zu meiner Geliebten machen. Nicht jetzt, an diesem späten Nachmittag, nicht hier auf dem harten Gras des Uferstreifens. Natur- und Liebeserlebnisse solcher Art sind etwas für Unerfahrene, die nicht bedenken, wie schnell feuchte Abendnebel, Ungeziefer und harte Gräser die Leidenschaft irritieren und die notwendige romantische Stimmung töten. Wie Gesäß und Rücken über mehrere Tage von Kratzern, Ameisenbissen und dem Abdruck scharfkantiger Kiesel gezeichnet sein würden. Ich habe andere Vorstellungen von einem befriedigenden Liebesleben. Nicht unter den Bedingungen der unzuverlässigen Natur, sondern in einem komfortablen Appartement oder Ferienhaus, inmitten einer human gebändigten, ästhetisch befriedigenden Pflanzenwelt. Mein Talent für geschäftliche Organisation ist allgemein anerkannt. Von jetzt an wollte ich es für meine privaten Ziele einsetzen, für Ann und mich planen, Ort und Stunde unserer Vereinigung optimal vorbereiten.
Schweigend setzten wir den Rundweg fort; beide in Gedanken. Am Waldrand wandten wir uns um. Immer noch lag der See unverändert still, war die Landschaft menschenleer. Eine leichte Färbung am Horizont kündete vorschnell den Abend an – Abglanz eines himmlischen Licht- und Tonspektakels in der Ferne, das uns in wenigen Stunden erreichen würde. Ann stützte die Hände auf den Hüften ab: ‚Erstaunlich, wie viele Menschen gestern Abend zur Lake-

Mono-show kamen. Niemand außer uns scheint an einem lebendigen See interessiert.' Ich zuckte die Schultern: ‚So ist die Welt' – ein Ausspruch so richtig wie banal. ‚Was weiter will man von der Masse verlangen, wenn selbst der Erzromantiker Schumann ein Gedicht schöner fand als die schönste Rose?'
Ann summte den Beginn seines Eichendorffliedes *Es war, als hätt' der Himmel die Erde still geküßt*, sagte ‚Heilige Hochzeit', und dann herausfordernd:
‚Zwischen einem Kunstwerk und einer Show liegt doch wohl ein Unterschied.'
Ich konnte nur hoffen, dass ihr die Ursache meiner logischen Unschärfe verborgen blieb.
Sie nahm die rechte Hand von der Hüfte, ließ sie lose herabhängen, und für einen kurzen Moment gewahrte ich den Blutfleck, ehe das schmutzabweisende Material ihres Neoprenanzuges ihn auslöschte.
Wortlos griff ich nach ihrer Rechten und drehte die Handfläche zu mir: Neben rotblauen Verfärbungen lief eine Schnittwunde, wie sie entstehn mag, wenn man mit bloßen Händen an scharfkantigen Stielen und Blättern von Seerosen zerrt. Sie presste die Lippen zusammen und entwand mir die verletzte Hand, lief mit einigen schnellen Schritten auf dem Waldweg voraus, so dass mir nichts übrig blieb, als ihr zu folgen.
Unter tief hängenden Wolken erreichten wir das shuttle, beide schweigend. Der Himmel hatte sich inzwischen gelbschwarz verfärbt. Am Lake Mono prasselte der Regen in einer dichten Wand herab; strömte in breiten Bächen über die Straße, sodass der Bus für einige Minuten hielt, und sammelte sich in großen Lachen zwischen den Kalksintersäulen. Im grellweißen Schein der Blitze leuchtete das Gestein, warf für Sekundenbruchteile bizarre Schatten und

schien unter jedem krachenden Donnerschlag zu erbeben. Das himmlische Licht- und Tonspektakel...
Im Hotel wartete ein reiches Buffet, an dem wir beide uns nur mäßig bedienten.
Wer wie ich seit Jahren jeden erdenklichen Luxus gewöhnt ist, empfindet solche Verweigerung nicht als Verzicht. Für Anns Zurückhaltung mussten andere Gründe gelten; denn ich war überzeugt, dass sie wohl nicht in Armut, aber auch nicht im Überfluss aufgewachsen war.
Bevor wir uns verabschiedeten, lud ich Ann zu einem mehrtägigen Flug nach Mexiko ein. Nur wir beide. Mit meinem Flugcar. Sie sagte sofort zu.
Später, allein auf meinem Zimmer, ließ ich kurz die Ereignisse des Tages passieren und bewertete sie, während ich mein Gepäck verstaute; denn ich wollte in aller Frühe abreisen. Ich widmete mich ausgiebig der Abendtoilette und musterte vor dem Spiegel kritisch meine Erscheinung: das dichte blonde Haar; fast faltenlos, jugendlich das Gesicht, Bauch und Hüften ohne Fettansatz, der ganze Körper gut proportioniert, leicht gebräunt wie von einem lebenslangen Urlaub. Das Ergebnis bewusster Pflege und wohldosierter sportlicher Übungen. Ich gratulierte mir zu meiner Lebensplanung, die mich schon früh zum Institut geführt hatte. Niemand, ich wiederholte für mich, niemand würde mir mein wahres Alter ansehen. Auch Glenn hatte sich mehrfach anerkennend geäußert. So war unser Verhältnis, nicht nur wegen der finanziellen Zuwendungen, für sie mit Sicherheit befriedigend.
In den Minuten vor dem Einschlafen überdachte ich nochmals meine Entscheidung. Das Reiseziel Mexiko erschien mir passend: luxuriöse Ferienquartiere, dazu die unvergleichlichen Zeugnisse der vorkolumbianischen Epoche. Außerdem hatte ich seit längerem einen Besuch im anthropologischen Museum der Hauptstadt geplant, um dort einige

neue Exponate zu begutachten, aber die Öffnung des Spezialflugfeldes im Norden abwarten wollen. Nur Ahnungs- und Mittellose würden sich den üblichen Verkehrswegen der 70-Millionen-Metropole anvertrauen, und weil der mexikanische Staat unter ständigen Geldnöten litt, war man auf das amerikanische Angebot eingegangen: das Flugfeld für betuchte ausländische, vor allem amerikanische Touristen mit vereinfachten Pass- und Zollbestimmungen und Shuttleverbindung zu den touristischen Zentren. Böse Zungen behaupten sogar, für entsprechende Summen würde überhaupt nicht kontrolliert. Wenn ich Anns immer noch unklare Identität berücksichtigte, ihre möglichen Kontakte zur Terrorszene, so konnte es keine sachgerechte Alternative geben.

Und noch etwas bestärkte meine Wahl: eine kleine Metallplastik zwischen Kreditkarte und Dollarnote; das zarte Abbild eines Mädchens oder einer sehr jungen Frau, die Augen geschlossen, den Mund halb geöffnet. Unverkennbar entstammte das Stück einer der indianischen Hochkulturen, und ich würde in Mexiko herausfinden, warum Ann es zusammen mit ihrem geringen persönlichen Besitz hütete, welche Beziehung zwischen ihr und dem seltsam anrührenden Bildnis bestand.

Langsam fühlte ich mich in den Schlaf hinübergleiten, und dann, kurz bevor ich im Unbewussten versank, ein anderes, weit beunruhigenderes Bild: Anns Haupt, aus dem Wasser auftauchend, das vorher gelockte Haar nass und glatt um ihren Kopf gelegt, die Augen hinter einer riesigen Sonnenbrille verschwunden. Eine Hand bedeckt den Mund. Sie nimmt die Sonnenbrille ab. Darunter anstelle des nackten, kaum geschminkten Gesichts, den leicht schräg stehenden Augen mit der wechselfarbigen Iris ein leerer Fleck. Sie lässt die Hand sinken. Wo sich ihre Lippen befunden haben, ebenmäßig geformt und voll: Leere.

Da ist nichts mehr, kein Mund, keine Augen, nichts. Ich starre auf den weißen Fleck, nehme undeutlich die Umgebung des Waldsees wahr, und spüre den Zwang, die Leere auszumalen, will, nein, muss das Verschwundene ersetzen und fürchte mich gleichzeitig davor. Fühle mich innerlich versteinern, als gelte es einen Blick ins furchtbare Antlitz der Medusa.

Ich zermartere mein Gedächtnis. Schwache, verwehte Erinnerung an ein anderes Gesicht: meine Mutter, von der ich kaum etwas weiß. Ihr Gesicht ähnlich leer, außerdem längst vergangen. Doch habe ich nie das Bedürfnis verspürt, das leere Antlitz meiner Mutter zu ergänzen, wie jetzt vor dem weißen Fleck, hinter dem sich Anns wahre Erscheinung verbirgt. Es ist wichtig, dass ich es wieder fülle, mit dem, was ich gesehn, aber nicht erkannt habe, woran ich mich einfach nicht mehr erinnere. Gleichzeitig ängstige ich mich tief vor dem Ergebnis, zittere in furchtsamer Erwartung vor dem, was kommen würde...

Es kam nicht dazu. Ehe das beunruhigende Gefühl sich zu einer Gewissheit verdichten konnte, schlief ich ein.

Am nächsten Morgen war mit dem Bild die Erinnerung daran verschwunden. Und heute, auf der Insel in einem Krankenbett? Ich selbst, schläfrig, aber nicht schlafend.

Warum erinnere ich mich jetzt an jenes längst vergangene Traumbild? Sollte es sein, weil die damalige Aufgabe immer noch unverstanden, immer noch nicht gelöst ist?

*

Incan ahmicohua, incan ontepetihua, in ma oncan niauh: maca aic nimiqui, maca aic nipolihui!
Dorthin, wo man nicht stirbt, wo ich hoch erhoben werde, dorthin gehe ich. Wollte Gott, dass ich nicht sterben müsste, ach, man dürfte nie vergehn!

Mexiko. Der Motor des Flugcars summte gleichmäßig. Vor Antritt der Reise hatte ich ihn samt Druckausgleich und Rotorsystem sowie Propellern inspizieren lassen und die Alkoholfüllung persönlich überwacht. War verabredungsgemäß bei Chula Vista gelandet, um Ann aufzunehmen, die mich mit Umhängetasche und Köfferchen am Flugfeld erwartete. Gleich mir organisierte sie ihre Reisevorbereitungen, sortierte überflüssige Artikel rechtzeitig aus und beschränkte ihr Gepäck, was sie wohltuend von den meisten Frauen unterschied, Glenn nicht ausgenommen.
Seit einer halben Stunde waren wir wieder in der Luft, flogen in über 6000 Fuß Höhe, während der Autopilot uns in die für Flugcars vorgesehene Schneise nach Süden dirigierte.
Ann saß zu meiner Rechten und schaute aus dem Fenster, auf die Baja California unter uns. Ich schaute auf sie. Sie trug ihr Haar im Afrolook, die Farbe wechselte mit dem Lichteinfall zwischen rot und braun, und auch der Synprenanzug schimmerte einmal weiß, einmal gelb. Je länger ich sie ansah, desto sicherer wurde ich mir: Sie war das reizvollste und rätselhafteste, kurz das begehrenswerteste Geschöpf, das ich kannte, und ich wollte sie für mich.
‚Warst du bereits in Mexiko?'
‚Ja, aber es ist schon lange her.' Sie löste den Blick vom Fenster.
‚Allein?'
‚Nein, mit einer Gruppe, eine vierzehntägige Rundreise.'
Ich verstand: eine Pilgerfahrt der Traditionalisten ins katholische Mexiko: kniefällige Anbetung der Madonna von Gua-

delupe, Andacht in den Kathedralen von Puebla und Cholula, vor Fassaden im churrigueresken Stil, und überall das gestohlene Gold der Indianer, blutüberströmte, gemarterte Christusfiguren, wie man sie in ähnlich abstoßender Realistik nur am Nordrand der europäischen Alpen vorfand, vielleicht als Trost gedacht für eine ähnlich geknechtete Bevölkerung?... Nur gut, dass die religiöse Erziehung bei Ann kaum Spuren hinterlassen hatte.

Da war zwar ein Widerspruch, aber ich verdrängte ihn, erläuterte die Flugroute: zuerst die Küste entlang, dann über Guadalajara ins Inland Richtung Tula, nördlich der Hauptstadt, wo sich der neue internationale Landeplatz befindet. Dort würden wir die nahegelegenen Toltekenheiligtümer besichtigen, sowie südlich davon Teotihuácan, die alte Stadt der Götter, danach mit dem Spezialservice für ausländische Touristen direkt ins Zentrum Mexiko Citys gelangen, wo ich für uns ein Appartement in bester Lage gemietet hatte. Für die zweite Woche plante ich einige historische Plätze bei Cuernavaca ein und, falls sie es wünschte, einige Tage am Meer.

‚Interessierst du dich für die präkolumbianische Epoche?', schloss ich meinen Vortrag.

‚Sie ist Teil meiner Ausbildung... meines Lebens.', ergänzte sie nach kurzem Zögern.

‚Ich freue mich, einige der indianischen Heiligtümer nochmals zu sehn.'

Also war meine Vermutung einer fundamentalistisch religiösen Jugendwallfahrt falsch. Natürlich, für Ann als Ethnobiologin lag ein Besuch in Mexiko nahe, vermutlich im Rahmen ihres Studiums. Ich dachte an die winzige Plastik eines Frauenkopfes, die sie mit sich herumtrug. Hier ruhte vielleicht die Lösung des Rätsels, das mir ihre Person aufgab und die ich aus irgendeinem Grund von Mexiko erhoffte.

Wir waren fast vier Stunden unterwegs, überholten andere Hubcars und sogar einige reine Luftfahrzeuge; mit Wasserstoff- oder Alkoholantrieb auch sie, doch nicht für die Straße geeignet. Über die Sierra Madre und die Fünf-Millionenstadt Guadalajara flogen wir weiter, über subtropische Gärten und bewaldetes Bergland, sahen aber auch erodierte Hänge und nackte Flächen: Folgen landschaftlicher Übernutzung, und diese wiederum eine Folge von Bevölkerungszuwachs und unersättlichem menschlichen Hunger nach Fleisch. Synthosteaks setzen sich in Mexiko erst allmählich durch, nicht zuletzt wegen der teuren Patentrechte.

‚Was der Mensch der Erde antut, tut er sich an', sagte Ann, als wir über rostrote, kahle Flächen hinwegflogen. Der Text kam mir bekannt vor. Möglicherweise zitierte sie aus der Rede des legendären Indianerhäuptlings Seattle, seit mehr als hundert Jahren Pflichtprosa der internationalen Ökogemeinde. Aufgrund analytischer Beobachtung war ich längst zu einem ähnlichen Ergebnis gekommen, sah aber keinen Handlungsbedarf, solange die Veränderungen mich nicht betrafen. Ich bin Pragmatiker. So pflichtete ich ihr bei, um meine Zustimmung gleich wieder einzuschränken:

‚Eine banale Wahrheit, und wie alle banalen Wahrheiten wird sie von vielen nicht mehr ernst genommen. Seit der Mensch existiert, stört er das Gleichgewicht der Erde; trotzdem, ich halte nichts von romantischer Überhöhung der Natur: Auch sogenannte Naturvölker trieben schon Raubbau und rotteten Arten aus, einziger Vorzug neben ihren geringeren technischen Möglichkeiten war ihre kleine Zahl.' Ann setzte zu einer Entgegnung an; wie die meisten Frauen pflegte sie wahrscheinlich ein eher sentimentales Verhältnis zur Natur. Doch ich war nicht gewillt, mich unterbrechen zu lassen: ‚Warnende Stimmen gab es bereits im Altertum, als Griechen und Römer die Wälder rund ums Mittelmeer abholzten, und zuletzt vor der Vernichtung des brasilianischen Regen-

waldes. Hat es etwas genützt? Nein!', beantwortete ich selbst meine rhetorische Frage.
‚Außerdem wurde aus den Sauerstoff produzierenden Anlagen ein blühender Industriezweig. Warum also das Steuer herumreißen, wenn es auch so funktioniert? Auf die meisten Urwaldbewohner kann man sowieso verzichten.'
Ich lehnte mich zurück und wartete auf ihre Entgegnung, bereit, falls notwendig, sie mit weiteren Argumenten zu widerlegen.
Doch Ann musste es sich anders überlegt haben. Eine Weile saß sie schweigend und blickte mit gekrauster Stirn auf die unter uns dahineilende Landschaft; dann, als sie sprach, mit leiser Stimme, sodass ich mich vorbeugen musste, um sie besser zu verstehn, fragte sie:
‚Hast du nie das Gefühl eines unwiederbringlichen Verlustes empfunden?'
‚Botanik und Zoologie sind nicht meine Fachgebiete. Bis auf die Libellenkunde;' schränkte ich ein, ‚meiner Meinung nach sollte man den Menschen verändern. Solange man das nicht schafft, wird es weiter solche Fehlentwicklungen geben.'
Ann nickte stumm, und wir betrachteten die zerstörte Landschaft unter uns bis zum internationalen Landeplatz bei Tula. Nach der Landung und den tatsächlich lockeren Einreiseformalitäten buchten wir ein shuttle zu den Ruinen von Tollán und Teotihuácan.

Ann und ich wandelten zwischen den fast zwanzig Fuß hohen Kolossalstatuen von Tollán.
‚Meinst du, das Zeitalter der ‚Fünften Sonne', in dem wir uns befinden, wird bald enden?'
‚Nach toltekischer Auffassung durch ein Erdbeben, wenn wir die Katastrophe nicht durch unsere Opfer verhindern.' Sie nickte ernst, und ihre nächste Frage klang eher, als prüfe sie

mein Wissen ab: ‚Welches Opfer kann den Tod der Sonne abwenden?' Ich tat ihr den Gefallen und antwortete: ‚Nur ein Opfer, das dem Leben spendenden und erhaltenden Wert der Sonne angemessen ist. Und was könnte wertvoller sein als unser eigenes Leben, das menschliche Herz. Stimmt's?'
‚Richtig,', bestätigte sie ernsthaft, ohne auf meinen scherzhaften Ton einzugehn, ‚mit den Tolteken begann die Epoche der rituellen Menschenopfer, die im aztekischen Tenochtitlan ihren Höhepunkt fand. Die spanischen Eroberer sahen entsetzt die Spuren der Schlächtereien...',
‚...um selbst noch schlimmer unter der indianischen Bevölkerung zu wüten.', ergänzte ich aus meinem Schulwissen.
‚Eine Frage an die Historikerin: Ist diese Pyramide nicht dem toltekischen Gottkönig Quetzalcóatl geweiht?' Nun prüfte ich Anns Wissen ab.
Sie nickte: ‚Er wurde mit seinem Gefolge gestürzt und ging nach Osten, weil er die Menschenopfer ablehnte. Der Sage nach hat er sich selbst geopfert, trug sogar den Beinamen *der Geschundene*.' Sie wies auf den Mittelfries der Schlangenmauer, der den Gottmenschen zeigte, wie er von der Federschlange verschlungen wurde: ‚Schließlich ist er nach dem Volksglauben auferstanden und lebt weiter als Morgenstern, Zeichen der Wiedergeburt, und von allen mittelamerikanischen Indianern verehrt. Über Jahrhunderte haben seine Anhänger die Wiederkehr Quetzalcóatls erhofft, nun selbst die gefiederte Schlange. Ich frage mich: Ließ sich das Opfer überhaupt umgehn?'
Sie hatte sich zweifellos eingehend mit der indianischen Mythologie beschäftigt. Aus reiner Wissbegier, als Teilbereich ihrer historischen Studien? Mir schien dahinter ein anderes, weit wichtigeres Motiv verborgen, doch welches?
Ich setzte zu einer Erklärung an: ‚Menschenopfer gab es in allen frühen Kulturen, die sich den Naturgewalten mehr oder

weniger hilflos ausgeliefert fühlten. Die Azteken fanden sogar einen unerwarteten Fürsprecher: Bartholomé de las Casas.'
‚Ich weiß,' fiel sie mir ins Wort: ‚Er argumentierte in seiner berühmten Verteidigung des indianisch heidnischen *Götzendienstes* mit der tiefen Religiosität der Indianer, die ihnen keine andere Wahl ließ, als den verehrten und gefürchteten Göttern das Wertvollste zu opfern, was sie besaßen.'
‚Stimmt, Las Casas war ein großer Freund der Indianer. Als er anstelle der indianischen Arbeiter Negersklaven aus Afrika für Bergwerke und Plantagen forderte, zeigte er allerdings weniger Einfühlung.', bemerkte ich trocken.
‚Und vergiss nicht das heilige Buch der Juden: Abraham war bereit, seinen eigenen Sohn zu töten, auch wenn das Opfer nicht angenommen wurde, abgelehnt werden musste; denn ihr Gott, der Gott des alten Bundes, hätte sich darin selbst aufgehoben.
Die Indianer hingegen fanden sich in einer wesentlich schlimmeren, weil ausweglosen Lage: Kein Gott erließ ihnen das Opfer. Er hätte sich dadurch vernichtet, und so gewährleistete ihr Opfer paradoxerweise das Fortbestehn der Welt wie das ihrer Götter.'
Ann nickte: ‚Die Schuld ist immer zweifellos.'
Sie wirkte betrübt, gleichsam niedergedrückt durch die massigen Figuren und Säulen, die einst das Dach des Quetzalcóatltempels trugen. Wir warteten nicht einmal den Sonnenuntergang mit der anschließenden Show ab, sondern fuhren zu unserem Hotel bei Teotihuacán, einem nüchtern eingerichteten Bau, dem man seinen Zweck, in kurzer Zeit so viele Touristen wie möglich hindurchzuschleusen, nur allzu deutlich anmerkte. Kein Ort für den Beginn einer besonderen Beziehung.
Eigentlich ist Tragik nicht meine Sache, nicht mein Thema, dennoch hinderte sie mich als faszinierendes Gedankenspiel

von Paradoxie und Ausweglosigkeit längere Zeit am Einschlafen. Schier unbegreiflich schneiden sich der sonst so unvereinbare griechische und indianische Geist im tragischen Weltbild, während es semitischem Empfinden fremd scheint: Gilgamesch ist keine tragische Figur, und die babylonische Todesverfallenheit hat nichts mit der indianischen gemein. Der Opfertod Jesu musste zwar ans Innerste der indianischen Seele rühren, nicht aber dessen jüdisch-optimistische Rücknahme in der Auferstehung, die erst das Christentum begründete. Dieser Widerruf nahm ihnen die Tragik und damit den tiefsten Sinn ihrer Existenz.

Am nächsten Tag waren wir bald nach Sonnenaufgang auf den Beinen, beide ausgeruht und aufnahmebereit für die größte der altmexikanischen Kultstätten.
Teotihuacán – Priesterstaat, Zeremonialzentrum, Tempelstadt. Pyramiden und Paläste, stuckverziert, bunt bemalt, ein tausendjähriges Reich ohne Befestigungsmauern, grenzenlos. Und dann doch von nomadisierenden Völkern mehrfach verwüstet, verbrannt, zerstört, um 650 endgültig verlassen – Stadt der Götter, wie sie die Azteken nannten, nun seit über hundert Jahren ein Tummelplatz der Touristen.
Ann und ich hockten auf den Stufen des Quetzalcóatltempels, bewunderten auf den seitlichen Begrenzungsmauern die vollplastischen Köpfe der Federschlange, zwölf an der Zahl. Wir hatten die Pyramide bereits umschritten, die Reste einst prächtig strahlender Stuck- und Mosaikverzierungen gesehn, begonnen, die Reliefs des Regengottes Tlaloc und des Drachen im Flammenkreis zu zählen, die auf allen sechs Ebenen der Pyramide im Wechsel dargestellt sind. Ihre Zahl ist allgemein bekannt: insgesamt 365 für alle Tage des Sonnenjahres. Metamorphosen eines Gottes – Windgott, Wassergott, Morgenstern der ewigen Wiederkehr – Quetzalcóatl, die gefiederte Schlange...

Die Mittagssonne brannte erbarmungslos, und mir war nicht ganz wohl.
‚Vielleicht eine Magenverstimmung infolge des ungewohnten Essens.', sagte ich zu Ann, der meine plötzliche Schweigsamkeit auffiel.
‚Da habe ich etwas für dich. Es wird deinen Magen ausputzen!' Sie nestelte eine kleine Flasche Mezcal aus dem Vorratsbeutel:
‚Trink ein paar Schlucke!', ermunterte sie mich. Ich setzte die Flasche an und trank. Der Agavenschnaps rann heiß durch meine Kehle, und ich hatte das deutliche Gefühl, er würde mir guttun. Ich setzte die Flasche nochmals an und nahm einige kleine Schlucke. Ein drittes Mal: Plötzlich befand sich eine weiche, schwach aromatische Masse zwischen Zunge und Gaumen, rutschte zu meiner Kehle hinab, und ich schluckte sie unwillkürlich hinunter.
‚Der Wurm', stellte Ann zufrieden fest, die mich beobachtet hatte: ‚Du solltest noch ein Weilchen sitzenbleiben und dich ausruhen.'
Ein vernünftiger Vorschlag, den ich gerne befolgte. Ich rollte meine Jacke zusammen, stopfte sie mir in den Nacken und schloss die Augen. Die leichte Übelkeit war bald verflogen, vielmehr, sie hatte sich in ein Schwindelgefühl verwandelt, eine goldene Spirale, die mich mit sich zog, beschleunigte und hinriss zu einer unsichtbaren Mitte.
Die Bewegung kam zu vorläufiger Ruhe, und ich sah mich an zwei, drei Orten gleichzeitig: an diesem heißen Augusttag hier in der verlassenen mesoamerikanischen Metropole, gleichzeitig an anderem Ort zu anderer Zeit. Fort vom heimatlichen Boston an die Westküste, zusammen mit Denis irgendwo an einem kalifornischen Strand hockend. Spätnachmittag. Wir waren jung, hatten noch nicht mit dem Studium begonnen, wollten einen freien Tag nutzen. Wir warteten bereits seit fünfzehn, zwanzig Minuten, hatten beide

vom Fleisch der Götter gekostet, Teonanacatl, heiliger Pilz der mexikanischen Indianer. Er wuchs auch auf einigen Wiesen Kaliforniens.

Eine halbe Stunde mochte vergangen sein, als sich die Wolken zu verändern begannen, intensiver strahlten, grell leuchtende Konturen ausbildeten und dabei in unablässig wabernde Bewegung gerieten. Es machte mir Angst, und ich heftete meinen Blick auf Denis und die unmittelbare Umgebung. Doch auch da war kein Halten, kein Ruhepunkt für meine ziellos suchenden Augen. Der Strand wogte in allen Farben des Spektrums, Felsen schienen sich in einem unbekannten Rhythmus zu verbreitern und zu schrumpfen, von einer tiefgrünen Pflanzengruppe schlängelten Lianen heran, und Blüten erstrahlten in nie gesehenen Farbtönen. Meine Füße, obwohl fest mit mir verwachsen, schienen weit vom restlichen Körper entfernt, um sich dort in bräunlich wucherndes Wurzelwerk zu verästeln. Ich blickte zu Denis, der eine Armlänge entfernt von mir saß, und streckte eine zerfließende Hand aus, um mich an ihm festzuhalten.

Doch das war nicht mehr Denis, sondern die Fratze eines Dämons, die sich mir zuwandte, die Augen grellrot unterlaufen, mit tellergroßen Pupillen, das Gesicht von tiefen Falten durchzogen, und mit einem grimassenhaften Grinsen öffnete sich der Mund, aus dem statt der Eckzähne scharfe Fangzähne fuhren. Meine Hand musste Unendlichkeiten überbrücken, bevor sie den Bruder erreichte, oder das, was aus ihm geworden war. Denis ergriff sie mit langen spitzen Krallen, und ich spürte, dass er Ähnliches erlebte.

Minutenlang klammerten wir uns aneinander, wagten dabei nicht, uns anzusehn, bis mir ein alter Text zur Geisterbeschwörung einfiel. Dort wurde behauptet, Dämonen seien Schöpfungen der eigenen Seele und könnten nur aus ihr heraus besiegt werden. Es gelte ihnen in ihrer Scheinhaftigkeit furchtlos zu begegnen. Also blickte ich furchtlos in Denis' Dämonengesicht, so wie er in meines, und wirklich schmolzen die schrecklichen Hauer auf das Maß normaler Eckzähne, die scharfen Züge glätteten sich, aus dem Schlangenhaar der Erynnien wurden die etwas ungebärdigen Strähnen zweier siebzehnjähriger Knaben. Schon wollte ich erleichtert aufatmen, als wieder farbige Verschlingungen im Gesicht des Bruders ausgriffen: Das unheimliche Treiben begann von neuem. Da warf ich mich in den Sand und schloss die Augen. Jedoch auch hier kein Entkommen: Das dämonische Spiel setzte sich hinter geschlossenen Lidern verstärkt fort, und kein Ende war abzusehn. Die Flammen eines gigantisch kreisenden Feuers rissen mich mit sich, und ich glaubte zu sterben. Dann starb ich wirklich. Der Strudel sog in eine Art hohler Wurzel ein, deren Dunkelheit von düster glosenden Metalladern durchzogen schien; gefangen in erdgrünen und braunen Vernetzungen grinsten Dämonenfratzen, bedrängten mein vergehendes Ich.

Todesangst – und ausgespien in die gleißende Sonnenhelle und unbeschreibliche Euphorie einer anderen Zeit.

Umgeben von Farben und Formen, prächtigen Zeremonialgewändern, Federschmuck allenorts, selbst von Blumen bekränzt und festlich gekleidet, schritt zum Klang von Flöten und Trommeln, stieg schließlich erhobenen Hauptes die steilen Stufen empor. Sorgsam geleiteten Priester zu beiden Seiten bis zur obersten Plattform. Dort die Arme ausbreitend über den Großen Platz und Zehntausende festlich geschmückte Gläubige. Gewänder glitten herab, der Leib gebettet auf sanfter Erdung; leise pulsierend der heilige Stein, duftendes Räucherwerk. Der Kreis unbewegter Gestalten vor tiefem Blau. Als sich die Pyramide umkehrt und sich vom Altar Sitzreihen festlich Gekleideter in den unendlichen Himmel erweitern, wird das Glücksgefühl grenzenlos: das heiligste der Opfer.

Riesenhaft aufgerichtet der Oberpriester, sein Gesicht maskenhaft starr, einer Gottheit gleich.
Schimmernder Obsidian, er funkelt in erhobenen Händen, stützt zugleich die strahlende Sonnenscheibe, ihr entgegen fiebert das Herz, und herab fährt der Blitz. Schmerzlose Erfüllung des Lebens. Unermesslich aufflammende Sonne, ein verwehender Schrei aus tausend Kehlen – dann abgrundtiefe Schwärze...

Denis hatte mich damals gerüttelt, als ich längere Zeit bewegungslos am Strand lag, und auch diesmal schüttelte mich jemand.
‚Jason, du warst nicht ansprechbar, wie abwesend. Was ist mit dir?' Anns besorgtes Gesicht über mir, kleine Schläge auf die Wangen. Für Augenblicke war ich verwirrt. Sollte mir der Mezcal zu Kopf gestiegen sein oder gar sein umstrittenes Geheimnis, der Wurm? Allmählich ordneten sich die Gedanken, und ich suchte nach Worten. Suchte Erinnern und Erklärung. Verstehn.
‚Tot war ich. Oder im Nirvana, da wo das Individuum verschwindet. Und es war gut so.' Sie ließ nicht nach, und so berichtete ich vom Erlebnis jener längst vergangenen Tage.
‚Faszinierend,' sagte Ann, ‚gerade weil dies mit allem übereinstimmt, was ich weiß. Unverständlich bleibt mir aber dieses Umkippen der Pyramide, handelte es sich da um eine Art Spiegelung, und du befandest dich gleichsam im Schnittpunkt beider Körper?'
‚Niemand kann das verstehn, nicht einmal wer solche Erfahrungen macht. Nein. Die Pyramide stülpte sich schlagartig um,– sie war plötzlich ein vierwandiger Steintrichter mit regelmäßigen Sitzreihen. Mein Selbst, denn von Ich kann man nicht mehr sprechen, war unvermittelt *unten*, doch ohne irgendeinen Fall oder überhaupt spürbare Veränderung. Außerdem waren die Trapezflächen der Trichterwände in

allen Himmelsrichtungen vollständig und in aller Schärfe zu sehn, was mit gewöhnlichen Augen unmöglich wäre.'
Sie krauste die Stirn:
‚Für mich gibt dieses *unten* schon Sinn, du warst im Zentrum der indianischen Welt, sozusagen in den Armen von Coatlícue, der Erdmutter, und wurdest auf ihrem Steinaltar im Pyramidengrund der Sonne dargeboten.'
‚Vielleicht. In meiner Brust mündeten jedenfalls die Schnittpunkte, und ich hatte das sichere Gefühl, obgleich kein Ich mehr da war: In mir ruhte in diesem Moment das Zentrum der Welt, von meinem Herzen gingen Anfang und Ende aus, ich war der Erwählte; kein Gefangener, sondern selbst Azteke. Aus der Wahrnehmung wuchs tiefstes Glücksgefühl. Trotzdem bleibt unbegreiflich, wie man angesichts des Todes, ja im Tode selbst überglücklich sein kann. Aber da war nichts bedrohlich, und als der Priester die Klinge erhob, reckten sich aller Arme zum Himmel, ein Augenblick höchster, feierlicher Bedeutung. Im Moment des Zustoßens verzerrte sich sein Gesicht zu einer schrecklichen Göttermaske,– und sie schreckte mich nicht. Es war kein Schmerz zu spüren, nur ein kreisender Druck, und von dem, was folgte, weiß ich nur, dass da weder Angst noch Gewalt war, nur Bejahung. Ich bin mir nicht einmal sicher, ob mein Körper fremde Hände spürte. Der Sturz in die Schwärze erfolgte übergangslos; ich muss wohl ohnmächtig geworden sein, und dabei hätte ich gedacht, eine Art von Bewusstheit reiche noch kurz über den Herztod hinaus.'
Ann nickte: ‚Ich glaube, dass es oft so war. Immerhin haben wir fast ausschließlich Berichte der Spanier, und die sind kaum wissenschaftlich im modernen Sinn, wohl eher Propaganda und Rechtfertigung der eigenen Zerstörungslust. Außerdem hatte die aztekische Kultur ihren inneren Zenith längst überschritten und war wohl rituell erstarrt in ihrer furchtbaren Todesbesessenheit.

Nur eines bleibt mir unklar: Woher konnte jemand wie du das so genau erfahren?'
‚Eine vernünftige Erklärung gibt es nicht. Esoteriker behaupten, der Mensch wisse im Grunde alles Erfahrbare, nur der Zugang sei verschüttet, doch mich überzeugt es nicht. Wenn ich recht bedenke, haben solche Erlebnisse mich nie freigegeben, und ich musste sie wegdrängen, weil sie nichts mit meinem Alltag zu schaffen haben. Vielleicht liegt hier der Grund für den überraschenden Rücksturz nach so langer Zeit, und auch die Umgebung mag das fördern. Man nennt es wohl flash back...'
‚Die meisten Verdrängungen wirken nicht auf Dauer.'
In Anns Stimme schwang Skepsis, und ich stimmte zu:
‚Damals begann ich mich für psychische Mechanismen zu interessieren und für Methoden, sie zu beeinflussen, eine wichtige Voraussetzung in meinem Beruf.'
Ich spann den Faden der Erinnerung weiter, zumal Ann mir gebannt zuhörte: ‚Eine Ergänzung zur aztekischen Erdmutter Coatlicue – oder war es die Große Mutter der indo-arischen Tradition, die mich damals aufnahm? Ihr Bild habe ich Jahre später wiedergefunden in der Kapelle von Chapingo, die erbaut wurde über einem zerstörten aztekischen Tempel. Zu Beginn des 20.Jahrhunderts profanierte man sie zu einem Versammlungsraum, den mehrere Künstler zum säkularen Heiligtum gestalteten. Ich sehe sie noch vor mir, wie an jenem Tag. Die Mutter Erde, eine riesenhafte Frauengestalt, liegt lässig im Erdengrund ausgestreckt, umgeben von den Elementen Wasser, Feuer und Wind; eine Hand zum Friedensgruß erhoben, in der anderen ein junges Pflänzchen bergend. Aufblickend zu ihr der Mensch. Der ganze Raum war ein Lobpreis der Erde, damit erneut magisch aufgeladen und gleichsam zurückgeführt zu den aztekischen Wurzeln des Pyramidengrundes. Ein Kreis hatte sich geschlossen. Und noch etwas. Als ich wenig später zum ersten Male nach

Mexiko-City reiste und vor der ersten Stufe der Großen Pyramide stand, erlebte ich eine zweite, freilich geringere Erschütterung. Dort wie hier', ich wies auf die Masken und Schlangenköpfe des Quetzalcóatl, ‚überall in Mexiko begegnete ich den Bildern jenes Rausches. Seitdem bin ich überzeugt, dass die mesoamerikanischen Kulturen wesentlich aus dem rituellen Gebrauch des Teonanacatl erwuchsen.'

‚Vielleicht', gab sie zögernd zu: ‚Für mich ist dein erster Gedanke ebenso wichtig: dass die Dämonen und Fratzen in uns selbst existieren, lange ehe sie von äußeren Ereignissen, Krankheiten, einer Droge oder überhaupt nicht an die Oberfläche des Bewusstseins gezerrt werden. Was ist nun besser, die trügerische Ruhe über den Seeungeheuern oder ihr provoziertes Auftauchen?'

‚Geschadet hat es mir nicht. Und missen möchte ich solche Erfahrungen um keinen Preis der Welt. Allein die Aufhebung der Zeit ist etwas tief Erschütterndes. Einerseits drängt sich eine Abfolge auf, doch eben nicht in der Zeit, wirklich unbegreiflich.'

Sie blickte verwundert – offenbar überraschte sie dieses Eingeständnis von einem Verstandesmenschen – versuchte auch einige Erklärungen.

Da wir uns nicht einigen konnten – Frauen fürchten sich bekanntlich vor Kontrollverlust – setzten wir unseren Rundgang durch die Ruinenstadt fort, schritten vorbei am Säulenplatz hinüber zur dominierenden Sonnenpyramide.

‚Weißt du, dass für die 195 Fuß Höhe dreitausend Arbeiter dreißig Jahre schuften mussten?', fragte Ann, während sie leichtfüßig eine Stufe nach der anderen nahm.

‚Ich weiß.' Zu mehr reichte mein Atem nicht, wenn ich nicht zu weit hinter ihr zurückbleiben wollte, und auf der dritten umlaufenden Plattform musste ich einige Minuten pausieren. Mein Herz schlug heftig, und ich bildete mir ein, auch unregelmäßig. Ich machte mir Sorgen. Nach der Rückkehr

würde sich ein Termin bei Dr. Servant nicht vermeiden lassen.
Indes: Die Aussicht von der obersten Plattform vergalt alle Mühe. Wir genossen den Lohn der Anstrengung über eine Stunde, bevor wir uns an den steilen Abstieg machten zu unserem letzten Ziel, der ‚nur' 126 Fuß hohen Mondpyramide.
‚Geh du voran!', ermunterte ich Ann eine knappe Stunde später. ‚Von der zweiten Plattform lässt sich die sogenannte Totenstraße ebenso gut überblicken. Ich warte hier auf dich.' Sie stieg weiter, und ich lehnte mich erleichtert an die Rückwand der Plattform, zog das von Dr. Servant verschriebene Herzspray hervor und nahm einen tiefen Atemzug. Augenblicklich fühlte ich mich besser. Dann fischte ich einen Riegel mit Faltbecher aus der Tasche und öffnete die Packung. Binnen Minuten hatte der Konzentratriegel der Luft das nötige Wasser entzogen, und ich verzehrte die kleine Mahlzeit. Junge Frauen können manchmal anstrengend sein...
Ich beobachtete die Menschen auf der Großen Straße.
Nur wenige hatten den Ehrgeiz, bis zur obersten Plattform der Sonnenpyramide zu gelangen, sie kehrten bereits nach der ersten oder zweiten Stufe um, falls sie überhaupt den Versuch einer Besteigung unternahmen. So fiel eine Gruppe von etwa zehn jungen Leuten umso mehr auf, die in beachtlichem Tempo sämtliche Treppen nach oben nahmen, sich dort um einen Führer scharten. Mein Taschenfernglas zeigte vorwiegend weiße Gesichter, mehr männliche als weibliche, einige von asiatischem Schnitt, und ich war mir sicher, eine amerikanische Reisegruppe vor mir zu haben, vielleicht eine Highschoolklasse; denn älter als sechzehn schien keiner. Hinter mir hörte ich schnelle Schritte. Ann kam bereits zurück, und sie hatte es eilig. Ja, sie war nicht nur in Eile, sie wirkte gehetzt, als verfolge sie jemand.

Während wir gemeinsam die Treppe hinabstiegen, beobachtete ich sie heimlich. Mein Verdacht bestätigte sich. Immer wieder warf sie verstohlene Blicke hinauf zur Sonnenpyramide, wo die amerikanische Reisegruppe um ihre Leitung geschart stand. Es konnte nicht lange dauern, bis sie wie wir umkehren und hinüber zur Mondpyramide gehn würden.

‚Kanntest du jemand aus der Gruppe dort drüben?', fragte ich sie unumwunden.

‚Nein.'

Und dabei blieb es. Auf dem Weg zum Hotel. Während des mexikanischen Buffets. In der Nacht. Ann wollte nicht darüber sprechen, wovor sie Angst hatte, und ich fragte nicht nach.

*

In Mexico City regnete es, und wir nutzten dankbar den hoteleigenen Shuttledienst, denn Smog lag schwer über der Stadt. Anders als in L.A. ist nur ein Teil der mexikanischen Autos auf Alkohol oder Wasserstoff umgerüstet, was an den Erdölvorkommen im Golf liegen mag, und die wuchernden Siedlungen der Armen tragen das Ihre bei. Fahrverbote sind an der Tagesordnung, weshalb die shuttles der besseren Hotels neben Brennzellenantrieb eine eigene Sauerstoffversorgung besitzen und unabhängig von der Wetterlage Stadtrundfahrten anbieten.

Das Hotel im Stil der mexikanischen Herrenhäuser lag am Rande des Chapultepec-Hügels, wo der letzte Herrscher der Azteken sich eine Sommerresidenz erbauen ließ. Es verband diskret Tradition und Luxus, bot also die ideale Umgebung für meinen erotischen Neubeginn. Ann ging mehrmals zwischen dem Salon und beiden Schlafzimmern hin und her, öffnete einige Schränke, inspizierte die Bäder und erklärte

offen: ‚Es gefällt mir, obwohl ich diesen Luxus nicht brauche.'
Immerhin lehnte sie nicht ab.
Im Palast der Schönen Künste besuchten wir am gleichen Abend die Aufführung einer Oper, die der Komponist Rihm zum 500. Jahrestag der Entdeckung Amerikas geschaffen hatte und welche den Untergang des Aztekenreiches behandelt: *Die Eroberung von Mexico*.
Zu meiner Überraschung barg Anns winziger Koffer die passende Garderobe, ein federleichtes Seidenkleid, wahrscheinlich von gentechnisch veränderten Raupen. Sie sah entzückend aus.
In der Pause fragte sie: ‚Dieser Wolfgang Rihm ist offenbar kein Mexikaner? Für mich klingt seine Musik nicht lateinamerikanisch.'
‚Er ist Deutscher, ein Sensualist, doch mit bemerkenswertem Formgefühl.'
‚Mich wundert, dass kein hiesiger Komponist oder meinetwegen ein Spanier dies urmexikanische Thema bearbeitet.'
‚Liebste Ann, du wirst mir sicher zustimmen, dass es sich sehr gut anhört, ohne sich irgend gemein zu machen. Auch dass sich die Hauptfigur auffächert, ist bemerkenswert, phantastische Regie und Umsetzung sowieso.
Die Eroberung Mexicos hat sich hier gut eingeführt – man mag von Chávez und anderen halten, was man will – es gibt hierzulande nichts wirklich Repräsentatives, wie überhaupt in den beiden Amerika. Kein Wunder also, dass ich vorhin auf dem Spielplan sogar Grauns *Montezuma* fand: deutsche Vorklassik.'
‚Und wie kannst du behaupten, es gebe keine anständige amerikanische Musik?"
„Gut, Barber und Ives schon, sonst alles Kleinmeister, dazu eine Handvoll radikaler Experimentatoren wie Cage, Feldman und andere. Meist ist ihre Theorie interessanter als die

Praxis. Und der Minimalismus markierte ja wohl einen Tiefpunkt!'
Ann war mit meiner Antwort nicht zufrieden.
‚Wie wär's mit weiteren Namen, die ich nie gehört habe? Und das Musical?'
‚Ich denke, das gehört in den populären Bereich und ist wirklich nicht mein Fall. Freilich, wenn ich's recht bedenke, dann kommt alles Amerikanische aus den einfachen, oft schwarzen Schichten: Blues, Jazz, Tango, Samba, Salsa sind also sozusagen Volkskunst...' ‚und zumeist in den Großstädten groß herausgekommen.', fiel sie mir ins Wort.
‚Siehst du, da liegt das Problem. Auf Amerika passt einfach kein traditioneller Kulturbegriff.'
‚Ich weiß, schließlich werfen uns manche Europäer vor, wir hätten überhaupt keine Kultur.'
‚Das Selbstbewusstsein eines Volkes speist sich aus vielen Quellen...', brummte ich. Ich war leicht ungehalten, gleichzeitig froh, die Sandbänke und Klippen musikalischer Untiefen einigermaßen umschifft zu haben, und sah mich wieder in meiner Überzeugung bestärkt, dass man mit Frauen nicht über Musik diskutieren sollte. Dabei war Ann offenkundig musikalisch, freilich in völlig unsystematischer, ja, undisziplinierter Weise.
Im Theaterrestaurant blieben wir länger als geplant, weil sich mit einigen Tischnachbarn eine heftige Diskussion entspann: Zumal die Mexikaner ereiferten sich, dass ihr Land und Moctezuma für das weibliche Prinzip herhalten mussten und nannten den französischen Librettisten Artaud einen üblen Geschichtsklitterer. Ann verteidigte das weibliche Prinzip, weil naturverbunden, als das eigentlich Schöpferische und schalt das männliche als zerstörerisch. Natürlich hatten beide Teile Unrecht, denn historisch waren hier zwei Kriegerkulturen aufeinandergestoßen, und weiblich konnte an den

Azteken allenfalls ihr religiöses Beharren auf Hergebrachtem sein.
Wir kehrten weit nach Mitternacht zurück, beide noch innerlich angeregt von der Unterhaltung und gleichzeitig müde nach einem langen Tag. So geschah es, dass wir in dieser ersten Nacht in getrennten Schlafzimmern und Betten ruhten.

Das Museo Nacional de Antropología ist meines Wissens über hundert Jahre alt und enthält die bedeutendste Sammlung mesoamerikanischer Kunst. Seit viele alte Gebäude der mexikanischen Hauptstadt der Umgestaltung des Zentrums geopfert werden, gelangen immer mehr Funde aus aztekischer Zeit an die Oberfläche. Um sie alle aufzunehmen, wurde ein großzügiger Anbau geschaffen, und jeder Besuch beschert dem interessierten Touristen neue Entdeckungen.
Ann und ich standen an diesem Morgen vor der riesigen Brunnenskulptur im Eingangsbereich, Pilzhut, Pilzstrunk aus Beton hinter einer ständig rieselnden Wasserwand: Erinnerung an fast vergessenes Erleben und an ein Gespräch vom Vortag.
‚Sie wissen es doch!', sagte Ann, die meine Gedanken erriet. Sie studierte die Inschrift über dem Portal:
‚Warum heißt es nicht Museo de Antropologia y Arte? Wird die Kunst der ehemaligen Herren des Landes nicht als solche anerkannt?' ‚Alle Kunst ist letzten Endes anthropologisch.', antwortete ich salomonisch.
Trotzdem musste ich ihr Recht geben. Über dem Sammeln, Analysieren und Katalogisieren des historischen Materials mochte das Gefühl für seine künstlerische Aussage und Ästhetik verloren gehn. Wir waren uns einig, zwei, wenn nicht drei Tage würden vergehn, wenn wir die wichtigsten Ausstellungsstücke angemessen würdigen wollten, mehr Zeit, als uns zur Verfügung stand. Wir sahen den teilweise

rekonstruierten Quetzalcóatltempel in der ursprünglichen Bemalung und den riesigen Kalenderstein der Azteken, bei dessen Anblick Ann sich einen der federleichten Teppiche wünschte, die in Originalgröße den Zeitstein abbilden. Wandgemälde, Skulpturen und Figurinen bewunderten wir, Statuen und Stelen,– und immer wieder in einer Faszination des Grauens, Skelette und Totenschädel, Opferszenen und herausgerissene Herzen: Bilder des Todes, der wie ein Verhängnis über jenen Völkern lag. Und hier, wo Tod, Opfer und Schmerz so untrennbar verwoben waren, fand ich neben dem furchterrregenden Bildnis der chthonischen Göttin der im Kindbett Gestorbenen, Cihuatéotl Ce Cuauhtli, plötzlich die Lösung eines Rätsels, jenes Rätsels, das mich seit Wochen beschäftigte. Vielmehr, ich glaubte das entscheidende Ende in Händen zu halten, um von hier aus den Moirenfaden zurück zu verfolgen bis zu den Anfängen.

Die kleine Terrakottafigur stand im Saal der Kulturen der Golfküste: die Augen in dem jungen Gesicht geschlossen, der Mund leicht geöffnet, reich geschmückt ihr Körper, der Kopfschmuck eine Totenkrone. Ich las: Bildnis einer Frau, die im Kindbett starb, darunter einige Zeilen über die Verehrung der indianischen Gesellschaft für jene im Dienst des Lebens sich Opfernden. Die Figur trug dieselben Züge wie die kleine Plastik in Anns Besitz. Teile des Puzzles bildeten ein verständliches Muster, und ich verstand. Seit Jahren adoptierten die Traditionalisten Kinder, um sie, wie sie stets betonten, dem verderblichen Einfluss der modernen Hure Babylon zu entziehen und zu den alten Werten zurückzuführen. Sollte Ann auch eine dieser Waisen sein? Ihre Mutter bei der Geburt gestorben, sie selbst elternlos aufgewachsen, aber auch mit der Adoptivfamilie und ihrer fundamentalistisch religiösen Gemeinschaft zerfallen, denen sie jetzt zu entkommen suchte?

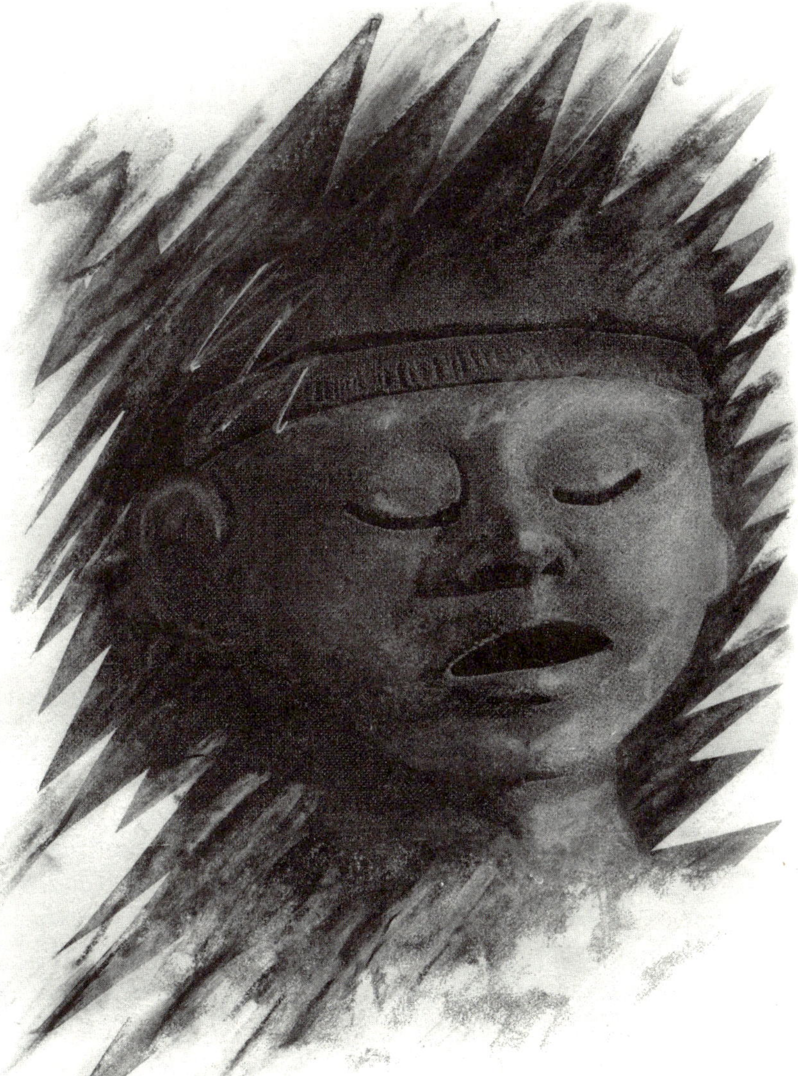

Wenn ich ihr half, ihre Kindheitstraumata zu überwinden, so konnte sich dies nur nützlich auf unser beider Beziehung auswirken.
Ich traf sie im Freigelände, wo sie vor einer Rekonstruktion des Tempels von Bonampak hockte.
‚Was ich dich schon immer fragen wollte, leben deine leiblichen Eltern noch?'
‚Meine leiblichen Eltern?' Sie zuckte unbestimmt die Schultern: ‚Ich bin allein.'
Also hatte ich mit meinen Überlegungen Recht. Die Mutter wahrscheinlich bei der Geburt gestorben, der Vater an dem Produkt seiner Gene uninteressiert. Obwohl die Beziehung zwischen meinem Sohn und mir eher kühl gewesen war und ich mich kaum an herzliche Gesten der eigenen Familie erinnere, spürte ich fast etwas wie Mitgefühl für diese einsame junge Frau. Ich legte den Arm um sie:
‚Auch ich lebe allein.' Glenn kam mir in diesem Augenblick nicht in den Sinn.
‚Was spricht dagegen, dass wir uns zusammentun, geschäftlich und privat?'
‚Eigentlich nichts. So wie die Dinge liegen, ist es sowieso egal.' Wieder eine ihrer rätselhaften Antworten. Sie hielt meinem Blick stand. Verschlossen hinter unergründlich schillernder Iris. Ich gab auf, weiter in sie zu dringen, und behandelte sie mit aller mir zur Verfügung stehenden Liebenswürdigkeit, diskutierte mit ihr die mittelamerikanische Geschichte, kaufte im Museumsladen den federleichten Teppich mit dem Abbild des Kalendersteins, dazu eine Orchideenblüte, die ich ihr mit Grandezza überreichte, kurz: konzentrierte meine Energie darauf, sie für die kommende Nacht emotional einzustimmen.
Es funktionierte.
Sie taute zusehends auf, sprach lebhaft, trug lächelnd die Blüte an der Schulter und hängte sich in meinen Arm, als wir

im Fahrstuhl des Hotels standen, wo ich den Knopf für die zweite Etage drückte. Die Kabine beschleunigte lautlos, doch kurz vor dem Ziel geschah es: Wir wurden jäh gestoppt, das Licht fiel aus, und ich hatte die seltsame Empfindung, auf einem riesigen, weichen Pudding zu schwimmen, bewegt von einer unbekannten Kraft. Das Ganze dauerte nur wenige Sekunden, zuerst schaltete sich die Notbeleuchtung ein, kurz danach das gewohnte Licht, und dann setzte sich der Fahrstuhl, wenn auch wesentlich langsamer, wieder in Bewegung.

‚Ein Erdbeben,' stellte Ann lapidar fest. ‚Sehn wir zu, dass wir aus dem Kasten herauskommen, bevor es einen zweiten Erdstoß gibt.' Vorerst blieb es ruhig, der Flur vor unseren Zimmern lag unverändert; es schien, als sei die kleine Erschütterung glimpflich für uns und das Hotel abgelaufen. Erst als wir den Öffnungsmechanismus zum Appartement betätigt hatten, sahen wir das Unglück: Der prächtige Lüster im Salon war herabgestürzt und in viele Hundert Scherben am Boden zerschellt. Quer durch den Stuck der ursprünglichen Deckenbefestigung verlief ein Riss, auf dem orientalischen Teppich lagen Kalkbrocken zwischen frisch aufgewirbeltem Staub. Die ganze Bescherung war sichtlich nur wenige Minuten alt, und mein nächtliches Vorhaben hatte sich buchstäblich in Staub aufgelöst. Hustend ergriffen wir die Flucht und verständigten die Hotelleitung.

Wie sich herausstellte, war nur unser Appartement derart massiv betroffen, und man versprach, uns sofort ein Ersatzquartier zur Verfügung zu stellen, zwar nicht im gleichen Gebäude wegen der nach jedem Schadensfall vorgeschriebenen Statikkontrolle, aber auch sehr schön und günstig gelegen...

Die Innenstadt zeigte keine Spuren der kleinen Erschütterung vom Vortag. Diesmal hatte man Glück gehabt, im Gegensatz zum letzten großen Beben vor zwölf Jahren, bei

dem im Nationalpalast ein Teil der Wand einstürzte und *Die große Stadt Tenochtitlan* zum zweiten Mal unter sich begrub. In dreijähriger Arbeit war es gelungen, zusammen mit dem Gemäuer wenigstens das berühmte Fresko Diego Riveras zu rekonstruieren. Sein Vorbild, die prächtige alte Hauptstadt selbst, bleibt für immer verloren: Sic transit gloria mundi...
Während Ann und ich die Arbeit der Restauratoren bewunderten, verloren wir uns in einem Gespräch über diesen Künstler des 20. Jahrhunderts und sein Werk.
Riveras idealkommunistischen Überzeugungen kann ich zwar nicht folgen, doch bin ich bereit, einem schöpferischen Genie Irrtümer in anderen Lebensbereichen zuzugestehn; und es mag besser sein, mit seinen Utopien zu scheitern, als nie welche gekannt zu haben. Mein Respekt vor der Kunst geht soweit, dass ich selbst Riveras antikapitalistische Fresken verteidigen würde, wie jenes, das sein Auftraggeber Rockefeller prompt übermalen ließ.
Im Nationalpalast interessierte uns natürlich seine Sicht der mexikanischen Geschichte, und ich war beeindruckt, obwohl mir der friedliche Alltag der indianischen Völker am Vorabend der Conquista zu idyllisch dargestellt schien. Als hätte sich ihr Leben nur zwischen Markt und Handel abgespielt, von einigen schwer arbeitenden Lastenträgern einmal abgesehn!
In den Bildern von Gefolterten und Gehenkten nach der Landung der Spanier bei Santa Cruz fand ich sein Engagement für die Entrechten wieder und – was ich mit Genugtuung vermerkte – seine Kritik an der missionierenden Kirche, Komplizin der spanischen Eroberer.
‚Sieh nur! Welch seltsame Braut!' Ann hatte sich vorgebeugt und musterte das Abbild einer jungen Frau: Weiß mit farbigen Borten das tunikaartige Gewand. Weiß die Flut kunstvoll gesteckter Blüten über langem, schwarzem Haar...
‚Weiße Calla – Brautblume, Totenblume', dachte ich bei mir und sagte laut: ‚Die Frau des Künstlers, du kennst sie bereits

von einem anderen Wandbild. Allerdings will mir die herausfordernde Haltung nicht recht zu einer Braut passen, so wie sie das Kleid rafft und auf ihre tätowierten Beine weist.'
Ann ließ sich nicht provozieren:
‚War sie nicht zeitlebens krank und von Schmerzen gezeichnet? Könnten ihr Stolz und die Tätowierungen nicht für diesen Schmerz stehn? Allerdings gefiele mir ihr Bild besser ohne das makabre Brautgeschenk.' Anns Blick ruhte auf dem abgeschlagenen Arm eines Geopferten, den ein federgeschmückter Priester überreichte.
‚Wie konnte der Maler Schönes derart mit Schrecklichem verbinden?' Und schaudernd, als wolle sie eine unangenehme Erinnerung abschütteln:
‚Lass uns weitergehn!'
‚Das ist Mexiko! Vielleicht ein Hinweis auf die Grundidee des Opfers, das im Tod noch das Leben feierte.'
‚Du weißt nicht, wie Recht du hast.'
Sie sagte es leise, während sie mich fortzog. Ich ließ mich in meinem Vortrag nicht beirren: ‚Erinnere dich an ein anderes seiner Gemälde, die *Sonntagsträumerei im Alamedapark*. Da grinst der Tod mit riesigem Federhut und gefiederter Schlange als Stola aus dem Bild und führt den Maler wie eine Gouvernante an der Hand, während seine Frau ihm eine Hand auf die Schultern legt und in der anderen das Yin-Yang-Zeichen hält. Wie du sicher weißt, das Symbol für die männlichen und weiblichen, sich gegenseitig durchdringenden und harmonisierenden Kräfte des Universums.'
‚Mir fiel auf, dass unter den vielen historischen Persönlichkeiten nur Tod und Frau den Betrachter direkt anblicken, der Tod heiter, die Frau ernst.' Sie sah mich für einige Sekunden an, gleichfalls ernst. Dann schien ihr Blick durch mich hindurchzugehn, als suche sie die Personen nochmals zu vergegenwärtigen.

‚Bei einem Künstler, der seine Bilder so überlegt komponiert und mit Bedeutung auflädt, ist das kein Zufall. Sollte das weibliche Element das Wichtigste sein, was der Mensch dem Tod entgegenzusetzen hat?'
Mir erschien ihre Antwort von weiblicher Unlogik, zumindest gefühlsgesteuert, und ich wies sie zurecht:
‚Vergiss nicht, auch der Tod ist in Riveras *Träumerei* weiblich!'
‚Wie wahr', entgegnete sie heftig: ‚Der Tod ein volkstümliches Weib, und ein indianischer Mythos zum Halsschmuck herabgewürdigt. Was mag der Maler sich dabei gedacht haben?'
Ann ärgerte sich sichtlich, und die optimistische Utopie des modernen Mexiko mit ihren vielfältigen Aktionen von Mensch und Maschine verbesserte ihre Stimmung nicht.
‚Die Utopie hat mich am wenigsten angesprochen', verkündete sie im Hinausgehn: ‚Zu sehr den Ideologien des 20.Jahrhunderts verhaftet.'
‚Du hast Recht. Riveras politische Utopien sind von der Zeit überholt. Alles entweder bereits vergangen oder nie dagewesen.'
‚Und sein Glaube an den technischen Fortschritt? Auch ein Irrtum?'
‚Nicht unbedingt. Nimm seine gemalten Maschinen: sämtlich machtvolle Instrumente menschlicher Vernunft.'
‚Von den Waffen einmal abgesehn.'
Ann beabsichtigte offenbar, das letzte Wort zu behalten:
‚Außerdem hat er vergessen, die Abhängigkeiten zu erwähnen, die sie schaffen, egal in welcher Gesellschaftsordnung. Da scheinen mir selbst die dämonischen Maschinenwesen Gigers ehrlicher.'
Ich staunte, dass Ann jenen phantastischen Realisten des 20. Jahrhunderts kannte. Wie immer, wenn ich meinte, sie durchschaut zu haben, überraschte sie mich mit unbekann-

ten Seiten ihrer Persönlichkeit, fest geglaubte Konturen verschwammen und bildeten sich unerwartet neu, eindeutige Färbungen verloren sich in unbestimmtem Glanz, so wie die wechselnde Iris ihrer Augen. Es lohnte, ihr weiter zuzuhören.

‚Viele der gemalten Personen und Ereignisse sagen mir nichts,' stellte sie fest, ‚falls sie eine Botschaft enthalten, so erreicht sie mich nicht.'

‚Nicht mehr!' berichtigte ich sie: ‚Es geht uns damit wie mit der esoterischen Bildsprache Hieronymus Boschs. Wenn der Zeitschlüssel verloren geht, sprechen uns nur noch die zeitenthobenen Archetypen an, ohne dass wir sie rational erklären könnten. Zumindest die Fresken des indianischen Erbes besitzen eine unterschwellige, für mich beklemmende Aktualität, vielleicht, weil ich auch sie nicht rational auflösen kann.'

‚Weil sie uns an jahrhundertealtes Versagen gemahnen und an alle damit verbundenen, noch nicht eingelösten Versprechen.'

Sie hatte ihr Urteil gefällt und wandte sich zum Ausgang.

Die Sonne stand fast im Zenith; geblendet blieb ich für einen Augenblick unter dem hohen Eingangsportal des Nationalpalastes stehn, suchte meine Augen an das grelle Mittagslicht zu gewöhnen und überblickte dann blinzelnd den belebten großen Platz. Ich fragte mich, ob kommende Zeiten wieder ihre Augen zum wiedererstanden Haupttempel der Azteken erheben würden, so wie die Vorstellung des Künstlers ihn sah.

Ann lief vor mir zum Aufgang des Templo Mayor, von dessen ursprünglich 180 Fuß Höhe fast 30 rekonstruiert waren. Die Entscheidung war nach heftigen Disputen zwischen Christen und Heiden gefallen, wie die Parteien der Archäologen und Tourismusmanager auf der einen Seite, des Episkopats und der traditionellen Stadtverwaltung auf der anderen Seite genannt wurden. Wider Erwarten wurde sie durch das große

Erdbeben erleichtert, das mehrere Gebäude über dem ehemaligen Haupttempel stark beschädigt hatte.
Um die streitenden Parteien zu versöhnen, wollte man innerhalb der alten aztekischen Opferstätten auf der obersten Plattform ein kleines Museum und eine Gedenk- und Sühnekapelle einrichten, mit einem Kreuz über dem höchsten Punkt des heidnischen Schlachthauses.
Das alte Tenochtitlan war seit 1521 unwiderruflich verschwunden, trotzdem begleiteten Proteste weiterhin den Versuch, wenigstens diesen einen seiner Tempel vollständig zu rekonstruieren: die Doppelpyramide, auf der den Göttern der Sonne und des Wassers, Huitzilopochtli und Tlaloc, gehuldigt wurde. Unerwartete Hilfe war von den Ökologen gekommen. In einer Denkschrift warnten sie vor weiterer Zerstörung der natürlichen Grundlagen des Landes und betonten die fortbestehende Abhängigkeit von Sonne und Wasser, an welche der Tempel gemahnte.
Ann wartete auf mich vor einer Schautafel, die den Baufortgang illustrierte. An der Rückseite hing ein Manifest der Baugegner, das in pathetischen Worten davor warnte, jenes Höllentor erneut zu öffnen, und den Frevlern mit Sintflut und Erdbeben drohte. Neben dem Manifest hatte jemand ein weiteres, eng beschriebenes Blatt befestigt. Ich sah Strophen und Verse eines Gedichtes, geschrieben auf einer Kopie jenes aztekischen Wandgemäldes, welches das Paradies von Tlaloc darstellte, mit seinen heiteren, zwischen Blumen und Schmetterlingen tanzenden Menschen. Ann las den Text laut vor:

Leben wir wahrhaft auf Erden?
Nicht für ewig auf Erden, nur ein wenig
solange wir hier sind
Träumen wir nur?
Alles ist wie im Traum

Wo gibt es etwas Dauerhaftes,
wo Beständiges?

Unser Priester, ich frage Dich:
woher kommen die Blumen, die
uns Menschen erfreuen?
Woher Gesänge, die uns berauschen,
die lieblichen Gesänge?

Werden wir ein zweites Mal leben?
Mein Herz jedoch weiß:
Unser Leben ist einmalig!

Nicht wahr ist es, dass wir leben
Nicht wahr, dass wir dauern
auf dieser Erde.
Ich muss das Rätsel ergründen!
Nur für kurze Zeit
machen wir unsere schönen Gesänge.

Wahr ist es, wahr muss es sein,
wir sind auf Erden
Nicht für alle Zeiten hier, nur
für einen Moment auf Erden
Der harte Jade springt
Das helle Gold glänzt nicht mehr
Die Pfauenfeder reißt
Nicht immer hier
Nur einen Augenblick lang.

Wohin gehen wir? Wohin gehen wir?
Werden wir im Jenseits Tod oder
Leben finden?

Ist da etwas, was Dauer hat?
Auf Erden allein
Der süße Gesang, die schöne Blume.

Darunter hingekritzelt in roter Schrift: Auch sie waren Azteken.
‚Von wem mögen die Verse stammen?' überlegte ich laut.
‚Von Menschen, die zur selben Zeit lebten wie die blutrünstige Krieger- und Priesterkaste und die ebenfalls nach dem Sinn des Lebens fragten. Ihr Motto lautete: *Schönheit ist Wahrheit*. Blumen statt Blut. Ich frage mich, wer die Verse abgeschrieben hat?'
‚Vielleicht handelt es sich um den Diskussionsbeitrag eines Archäologen?' schlug ich vor.
‚Dann war es ein utopisch gesinnter Archäologe, und er musste einen weiten Bogen durch die Zeit spannen.'
‚Also doch ein Sozialist und Künstler wie Rivera! Wer sonst folgt heute noch Utopien?'
Ann scannte das Blatt: ‚Ich werde es aufbewahren. Die Zeiten ändern sich, aber nicht die wesentlichen Fragen.'
Sie streckte die Arme über den Kopf, dehnte sich: ‚Mexico City ist eine interessante Stadt, aber auch sehr anstrengend. Ich hätte nichts gegen einen Ortswechsel einzuwenden.'

*

Tenancingo: ein verschlafenes Städtchen abseits der großen Straßen, vielfarbige Bougainvillas an den Hauswänden, der Innenhof unseres Hotels ein subtropisches Paradies.
‚So habe ich mir unser Quartier für die nächsten Tage vorgestellt.' Anerkennend klatschte Ann in die Hände, und auch ich war zufrieden mit meiner Wahl.
Vier Tage in der Riesenmetropole waren genug gewesen, trotz komfortabler Unterkunft, Klimaanlagen mit frischem Sauerstoff in den Räumen und shuttles der Hotelgesell-

schaften. Der Flugdienst des Hotels hatte uns nach Toluca gebracht, inzwischen ein Vorort Mexiko Citys mit ähnlichen Umweltproblemen. Allein der historische Stadtkern und der Freitagsmarkt mit Töpferwaren und Agrarerzeugnissen erinnerten noch an die alte Selbständigkeit. So waren wir bereits am folgenden Tag weitergefahren, hierher nach Tenancingo. In diesem Hotel, inmitten eines blühenden Gartens, wollten wir zwei, drei Tage bleiben, und hier würde ich Ann zu meiner Geliebten machen. Ich überprüfte meine Planung. Sie war perfekt: ein leichtes, exquisites Abendessen, etwas Wein, einen Merlot aus San Luis Potosi – die meisten Frauen lieben Merlot – zum Nachtisch ein Tässchen Mocca, kein weiterer Alkohol. Am Übermaß des Alkohols ist schon manche Verführung in der Endphase gescheitert.

‚Sagtest du perfekt?' Ann war von hinten an mich herangetreten und schlang ihre Arme um mich. Sie wusste, was geschehen würde, und ihr Verhalten signalisierte inneres Einverständnis.

‚Du bist perfekt', sagte ich überzeugt, wenn auch nicht ganz ehrlich. Wir standen auf dem Balkon und lehnten über das von Blumen überwucherte Geländer. Die Sonne verschwand feuersprühend hinter den Dächern, einige Singvögel begannen ihr Abendkonzert, Blumen verbreiteten einen betäubenden Duft; die Luft war angenehm warm, nicht schwül, nicht drückend. Alles fügte sich glänzend zu meinen Vorbereitungen. Ich selbst fühlte mich ausgeglichen, stark und siegesgewiss.

Der Abend entwickelte sich nach meinen Vorstellungen. Als der Zimmerkellner den Tisch für uns deckte und zu echtem Damast, Porzellan und Kristallgläsern das Menü servierte, trug Ann ein schmales, weiß-gelbes Seidenkleid, zwei Stunden später, als die halbe Flasche Wein geleert, das Menü samt Nachtisch verspeist, der Mocca getrunken war, trug sie nichts mehr. Das Kleid hing nachlässig über einer

Stuhllehne, wie sie es aus dem Bad mitgebracht hatte. Sie lag ausgestreckt auf meinem Bett, den Kopf leicht in der rechten Hand aufgestützt. Das von mir sorgfältig heruntergeregelte Schlafzimmerlicht umspielte sanft Brüste und Bauch, vertiefte die Schatten und verlor sich im Dunkel zwischen ihren Oberschenkeln.
Mit einem unwillkürlichen Seufzer beugte ich mich über sie, und während ich Wange und Mund an ihre Brust schmiegte, eine Brustwarze sanft zu umfassen suchte, strich ich ihr mit der Rechten über Schultern und Rücken, spürte den Jaguarkopf unter meinen Fingerkuppen, ihre glatte, eigentümlich kühle Haut, die kaum merkliche Feuchte zwischen ihren Schenkeln, spürte mein eigenes Glied. Eine Erektion bei entsprechendem Anreiz hatte mir noch nie Schwierigkeiten bereitet. Sie hielt die Augen geschlossen, seufzte tief auf und legte sich auf den Rücken, mir leicht den Bauch entgegen wölbend. Sie hob die Arme hinter den Kopf, fuhr mit beiden Händen durch ihr Haar und strich die Locken glatt.
In diesem Augenblick begann das Unbegreifliche: Wie am Abend nach ihrem Bad im Waldsee schienen ihre Gesichtszüge zu verblassen. Unter meinen Augen verschwammen Lider, Mund und Nase zu einem hellen Fleck, und wieder spürte ich den zwanghaften Wunsch, ihn zu füllen, begleitet von der Angst, dabei zu versagen, der Furcht vor dem vollständigen Bild. Versagen! Nur nicht versagen! Doch es war bereits geschehen, wie mir ein vorsichtiger Blick verriet: statt kraftstrotzender Männlichkeit ein schlaffes, nutzloses Weichtier ... durch keine Anstrengung wieder gutzumachen.
Ann hatte die Veränderung ebenfalls gespürt. Sie öffnete die Augen und begriff sofort. Ich weiß nicht, ob es die ungewohnte Hilflosigkeit meines Gesichtsausdrucks war, denn mein ganz persönliches Versagen war das Letzte,

womit ich an diesem Abend gerechnet hatte: Sie zog mich an sich, umfing mich sanft und wiegte meinen Körper zwischen Armen und Beinen, summte dabei eine kleine Melodie – wie eine Mutter zu ihrem unglücklichen Kind.
Es wurde eine seltsame Nacht. Mein sorgfältig ausgearbeiteter Plan war gescheitert, und ich wusste nicht einmal, ob ich mich enttäuscht fühlen sollte. Wir lagen lange eng umklammert, wortlos, sprachlos, die Gesichter aneinander geborgen, jeder in den Atem des anderen versenkt, und schliefen in der Umklammerung ein.
Irgendwann musste sie sich von mir gelöst haben, hatte die herunter gerutschten Laken aufgenommen und mich zugedeckt; denn als ich am nächsten Morgen aufwachte, lag sie entfernt von mir unter ihrem eigenen Tuch, das Gesicht halb in der rechten Armbeuge verborgen. Ich erhob mich leise, schlüpfte in den Morgenmantel und ging ins Bad.
‚Guten Morgen, Jason, das Frühstück wartet auf dich.'
Ich öffnete die Balkontür und sah: Während ich mich noch in meinem Bad aufhielt, war der Zimmerservice mit dem Frühstück erschienen, Ann hatte ihre Morgentoilette im angrenzenden Bad beendet und sich angekleidet. Sie fächelte mir mit der Serviette zu: ‚Keine Müdigkeit vorschützen. Nach dem Essen wartet ein volles Programm: Xochicalco und Malinalco.'
Wir erreichten die Akropolis von Xochicalco, den *Ort des Blumenhauses* gegen Mittag und standen vor den drei Kopien des Stelentempels, deren Originale wir schon im Anthropologischen Museum bewundert hatten.
‚Sieh nur, die Opferung Quetzalcóatls, durch die er die Sonne des fünften Zeitalters schafft,' flüsterte Ann. Wahrhaftig, sie flüsterte, wirkte bewegt durch die stilisierte Darstellung des Gottes, dessen Kopf über gespaltener Zunge aus dem Rachen der Federschlange blickte: Geopferter und Sieger, Gott und Dämon zugleich. Später

umrundeten wir den zentralen Quetzalcóatltempel der Nordzone, bevor wir in seinem Schatten einen Konzentratriegel öffneten und während des frugalen Mahls die Flachreliefs hinter uns zu deuten suchten. Ann kam erneut auf die dritte Stele zu sprechen:
‚Quetzalcóatl, immer wieder Quetzalcóatl! Überall preisen sie sein Opfer, und trotzdem genügte es den Priestern nicht. Ist denn der Durst nach Menschenblut unersättlich?'
Was sollte ich ihr antworten? Diese Zeiten waren längst vorbei, und mir war das Problem von Original und Kopie wichtiger. Vor den originalen Stelen im Museum von Mexiko-City hatte ich mich jener besonderen Strahlkraft überlassen, die als Kennzeichen des Originals gilt, und war doch nicht ganz zufrieden. Hier im Zeremonialzentrum erkannte ich, warum. Die unbekannten Schöpfer der Anlage hatten in ihrem magischen Universum einen Kultort geschaffen, wo jedem Gegenstand sein fester Platz zukam. Versetzte man ihn an einen fremden Ort, gar zur musealen Aufbewahrung, dann ging die ursprüngliche Aura verloren. Was mich im Museum so tief berührt hatte, war nicht die Aura selbst, sondern der Schatten ihres unwiederbringlichen Verlustes.
Wir verließen den Ort des Blumenhauses am Nachmittag und erreichten Malinalco kurz vor der Dämmerung. Der Weg war beschwerlich. Nach einem fast halbstündigen Fußmarsch auf staubiger Piste zögerte ich, und vor dem Bau des verlassenen Augustinerkonvents schlug ich Ann vor, unsere Besteigung der aztekischen Kultstätte auf den nächsten Tag zu verschieben. Statt einer Antwort legte sie einen Zeigefinger über ihre Lippen und hob die andere Hand: Zeichen zum Stillesein! Jenseits der alten Klostermauern klang eine einsame Flöte, spielte fast ohne Modulation eine getragene, archaische Melodie. So waren die Gebäude doch noch nicht ganz verlassen. Wir näherten uns dem kunstvoll gearbeiteten, schmiedeeisernen Tor und blickten hindurch.

Auf einem einzelnen Stein inmitten des ehemaligen Klostergartens saß ein älterer Indianer und blies auf einer Rohrflöte. Er mochte unsere Schritte vernommen haben; wie in einer Geste der stummen Abwehr kehrte er uns den Rücken zu, ohne sein Lied zu unterbrechen. Schweigend hörten wir zu, bis Ann mir mit einem Handzeichen bedeutete, dass sie weitergehn wollte. Wie von einer dunklen Energie getrieben, beschritt sie den Stufenweg hinauf zum Heiligtum der längst vergangenen Adler- und Jaguarritter. Hinter uns zurück blieb der verlassene Konvent der christlichen Eroberer. Überreste zweier Kulturen.

Die kleine Flötenmelodie begleitete uns noch eine Weile, wurde schwächer und verwehte, fast wie die Illusion einer gleichberechtigten Versöhnung beider Welten, die es in Wirklichkeit nicht gab.

Der Weg war gut ausgebaut, trotzdem galt es 300 Fuß zu überwinden, und ich wollte mir gegenüber der flinken Gefährtin keine Blöße geben. Mein beschämendes Versagen vom Vorabend rumorte buchstäblich in Geist und Lenden, auch wenn weder Ann noch ich ein Wort darüber verloren. Eine Schwäche wie nach Erklimmen der Sonnenpyramide von Teotihuacán verbot ich mir außerdem, nahm Schritt für Schritt die Stufen, ohne rechts und links zu blicken, konzentrierte mich auf die gleichmäßige Anstrengung meiner Muskeln, der Lunge und des Herzens und blieb trotzdem hinter ihr zurück.

Sie erwartete mich mit dem letzten Tageslicht, stand über dem Steilabfall zum Tal. Am Rand der zweistufigen Pyramide streckte sie die Arme hoch empor, der untergehenden Sonne und dem aufsteigenden Mond entgegen. Das Licht färbte ihr Haar, wob um die ganze schlanke Gestalt im Neoprenanzug eine eigentümliche Mischung aus Gold und Silber, als gehöre sie beiden an: Sonne und Mond, Tag und Nacht, Leben und Tod.

Obwohl ich leise auftrat, mein Atem wenig stärker als üblich ging, hörte sie mich kommen. Sie senkte die Arme, stand noch einen Moment wie versunken und wandte sich zum Treppenabgang.
‚Dies ist ein ganz besonderer Platz.' rief sie zu mir hinunter. ‚Doch sollten wir zuerst hinüber zum Haupttempel gehn, solange das Tageslicht es erlaubt.'
Der Felstempel von Malinalco: Kreisrund wie ein steinerner Adlerhorst thront er über dem Tal, den strohbedachten Sakralraum bewachen Adler und Jaguar wie zur Zeit seiner Erbauung vor fast 600 Jahren. Gemeinsam stiegen wir die dreizehn heiligen Stufen zum Tempel empor, schritten durch den geöffneten Schlangenrachen des Bogens hinein in den Innenraum, ließen uns auf der Steinbank nieder. Ann strich gedankenverloren über das steinerne Haupt des Jaguars, dessen Augen auf den Eingang gerichtet waren, Symbol der nachts unsichtbaren Sonne. Neben mir breitete ein liegender Adler weit die steinernen Schwingen aus, und sein Gegenüber lagerte in gleicher Haltung auf der Felsbank: Sonnenvögel, welche die Geister der gefallenen Krieger erwarteten, bereit, sie im täglichen Lauf des Gestirns zu begleiten.
‚Sie warten schon lange vergeblich', sagte Ann, die meine Gedanken erriet.
‚Lass uns wieder hinüber zur Pyramide gehn.' Inzwischen war die Sonne hinter dem Horizont verschwunden, und ich fragte mich, ob Ann die ganze Nacht auf dem Berg verbringen wollte. Bleich und silbern stand die Scheibe des vollen Mondes über der Pyramide.
Und wieder ein ungerufener Gedanke an den geheimnisvollen Gott: Quetzalcóatl, die sich verschlingende Federschlange, sich opfernder König und Gottmensch, wieder geboren als Morgenstern, Windgott für Himmel und Erde,

als aufrechter Zwilling und Doppelgänger die Gottheit der Mißgeburten, war er nicht auch der Gott des Mondes? Auf der Plattform angekommen, zog Ann ein schmales Päckchen aus der Schultertasche und faltete es auseinander, bis ein etwa zwölf Quadratfuß großes Thermovlies den steinernen Boden bedeckte, und setzte sich mit gekreuzten Beinen darauf. Ein neuer, ungerufener Gedanke meldete sich: Hatte Ann diese Vollmondnacht so eingeplant, wir zwei allein, ungestört auf einem verlassenen Kultplatz der Azteken? Mir schwante, dass nicht nur ich es verstand, eine Liebesbegegnung präzise zu planen. Wenn dem so war, wollte ich ihr die nächsten Schritte überlassen. Ich ließ mich an ihrer Seite nieder, und wortlos blickten wir ins Tal hinunter, schauten auf die Ortschaft, Äcker und brach liegendes Land, eingehüllt vom silbrigen Schein des Mondes, dazwischen tiefer Schattenwurf und Stille. Wir saßen hoch über den vertrauten Geräuschen des Alltags, dem Stampfen und Stöhnen des Viehs, den familiären Disputen, Klangfetzen der Unterhaltungsindustrie, über einer vereinzelten Flötenmelodie.

Sie seufzte tief, ein verhalten glucksender Laut. Plötzlich die Lippen, ihre Zähne auf meinem Hals, verstärken den Druck, lösen sich, berühren mich erneut – und beißen zu. Ich schrecke zurück, fühle den brennenden Schmerz und fasse ihre Handgelenke. Was soll der Angriff? Ist das die gleiche Ann, die mich vor einem Tag noch tröstend umschlungen und in den Schlaf gewiegt hat? Selbst wenn die Wunde nicht blutet, den tiefen Abdruck ihrer Zähne werde ich morgen im Spiegel sehn.

Sie schaut mich an, mit mondfunkelnden Augen, lächelnd. Ich spüre die Herausforderung im Blick, doch keinen Spott in ihrem Lächeln; es wirkt ernst und ein wenig traurig. Es ist dieses Lächeln, das den aufsteigenden Zorn besänftigt, und ich beginne die Situation zu beherrschen.

‚Warum tust du mir weh?'
‚Liebe tut weh. Wer bist du, dass du meinst, es gehe ohne Schmerzen ab? Du könntest ihnen entkommen? Weißt du so wenig von Liebe?'
In einer heftigen Bewegung schüttelt sie ihr Haar: ‚Du Narr, wie kannst du dich auf die Liebe einlassen und glaubst unversehrt davonzukommen?'
‚Und wer bist du, dass du mich ungestraft verletzen darfst?' sage ich, presse ihre Handgelenke unwillkürlich fester und denke: Was weiß ich von Liebe? Was weiß ich von der Angst, die sie begleiten kann, Angst um das geliebte Wesen? Von Krankheit und durchwachten Nächten? Sorge um das Wohlergehn des anderen, die nicht mehr nach dem eigenen Glück fragt. Was weiß ich von Liebe, die alle Schranken niederreißt, unbegrenzt nimmt und gibt, die selbst grenzenlos ist, ein Tanz gefährlich nahe an Abgründen entlang. Was weiß ich von Liebe, der ich in dieser Nacht selbst über einem Abgrund lagere?

Was folgte, bleibt unerklärlich, und seltsamerweise verspüre ich kein Bedürfnis, die Situation einer rationalen Analyse zu unterwerfen. Ich nehme sie an. Eben noch waren wir uns fremd, ein jeder unbeugsam in seinem Stolz. Dann, urplötzlich erfolgte der Umschlag: In einem übermächtigen Bedürfnis, wie einem Urzwang gehorchend, zog ich sie an mich, und warf sie sich in meine Arme.

Wortlos rissen wir uns die Kleidung vom Leib. Vielmehr, wir wollten es: ungeduldige Finger an Schließen und Verbindungen zerrend, Hände auf leichtem Gewebe, darunter sanft pulsierende Haut – und hielten inne, wie erstarrt in der ersten heftigen Bewegung, die Gesichter einander zugeneigt. Atmeten gegenseitige Nähe, bebende Nasenflügel aneinander schmiegend, Wimpern streichend über geschlossenem Auge, Berührung halb geöffneter Münder im stummen

Wissen, dass für einen unwiederholbaren Augenblick die Zeit für uns angehalten war.

Wir selbst hier auf verlassenem Kultplatz ausgesetzt, bewahrt auf einer Insel im Zeitstrom, und gleichzeitig im Zentrum des Alls. Unsere Bewegungen nicht mehr dem hetzenden Sekundentakt unterworfen, keine Geste, kein Wimpernschlag, wie leicht und winzig auch immer, verloren. Stillstand. Das Nichts, aus dem später – unbegreifliches, dunkles Wort – die Zeit geboren würde. Inmitten wir selbst, zeitlos – unsterblich.

Und dann, langsam wieder aufgenommen: die heilige Handlung. Herab glitt die Kleidung und mit ihr alle Maskerade und Verstellung.

Wir pressten uns aneinander, wie um ineinander aufzugehen, überdeckten unsere Körper mit Küssen, uns wieder aneinanderklammernd, achteten nicht den harten Steingrund, sein scharfkantiges Geröll unter dem Vlies. Zwei mondbleiche Körper, in dieser magischen Nacht geopfert auf der Pyramide von Jaguar und Adler – Mond und Sonne. Heilige Hochzeit von Himmel und Erde: Ich war der Jahreskönig, sie die Tochter des Mais, ich das männliche Prinzip, sie die weibliche Energie, Symbol göttlicher Schöpferkraft.

Im kultischen Vollzug reihten wir uns ein in den ewigen Kreislauf von Werden und Vergehn, und erfuhren in der Unterwerfung Moksha – Erlösung...

Trotz des harten Untergrunds war ich eingeschlafen, fand mich mit einem Mal im leeren, lichtlosen Raum. Weit entfernt ein heller Punkt. Er näherte sich, zuletzt mit rasender Geschwindigkeit, wurde zu einem Kreis, dann kugelförmigem Gebilde, das sich um eine unsichtbare Achse drehte, mich umhüllte und gleichzeitig in andere, für mich unverständliche Dimensionen vorzudringen schien. Ein Bildnis des

Vollkommenen, das Heilung und Trost für mich bereithielt. Vielleicht sogar Begegnung mit einem unbekannten Archetypus, höher und umfassender als die von C.G.Jung vorgefundenen, ohne Furcht vor dem Numinosen. In der Erinnerung an jenes Traumbild frage ich mich: Ist die Begegnung mit einem Archetypus nicht viel mehr Überwältigung durch diesen, der man sich willenlos, fraglos unterwirft? In dieser Nacht auf der obersten Plattform einer Pyramide liegend, im Zentrum des Universums fand ich mich im Lichte der Wahrheit und begriff sie nicht. Aber ich ahnte, dass die großen Wahrheiten keine Worte und Begriffe kennen, nur erfahrbar und letzten Endes nicht mitteilbar sind. Als ich die Augen aufschlug mit dem unbestimmten Gefühl, Empfänger einer außerordentlichen Botschaft gewesen zu sein, war der Platz neben mir leer.
Gegen den Nachthimmel hob sich Anns Silhouette ab: Sie tanzte am Rande des Abgrunds, auf Zehenspitzen die steinerne Kante entlang, dann in feierlich gemessenem Schritt; wirbelte plötzlich herum, als hätten die Gesetze der Schwerkraft für sie jede Gültigkeit verloren, und blieb regungslos, die Arme hoch empor zum Mond gehoben.
Wie sie so dastand, erschien sie mir plötzlich als Wiedergängerin jener Frauen aus Mythos und Sage, die einst den Zugang zur Anderswelt bewachten, Priesterin und Mittlerin zwischen den Welten, Herrin und Dienerin, Führerin und Myste in einer Person.
Später lag sie wieder an meiner Seite, in ihren weit geöffneten Augen schwamm bewusstlos der Mond. Ihr Blick schien aus unbestimmten Fernen zurückzukehren, zeigte allmähliches Erkennen und nahm mich in sich auf; langsam schloss sie die Augen.
Auftauchen und Neubeginn. Bildung von Worten. Begriffe.
‚Wir bleiben zusammen.'
‚Untrennbar.'

‚Eins.'
‚Bis der Tod uns scheidet.'
‚Auch er wird uns nicht trennen.'
‚Tat twam asi.'
‚Ich bin du, du bist ich.'

Kann eine Nacht die Welt verändern? Sie kann. Leicht rollte der junge Sonnenball über den Horizont, überschüttete uns mit rotgoldenem Licht, während wir innerlich schwerelos auf dem Vlies hockten und unser frisch hydriertes Morgenmahl verzehrten. Vielstimmig jauchzten die Vögel, als wir Hand in Hand die Stufen hinunterliefen, die steinernen Adler hatten ihr Gefieder zum Abschied im Morgenlicht ausgebreitet, mit prüfendem Blick verabschiedete uns der Jaguar. Wir würden alle Prüfungen bestehn. Gemeinsam. Hand in Hand. Ich schaue zur Seite, sehe sie an. Ann verstärkt den Druck ihrer Finger, fast schmerzhaft, lockert ihn wieder, gibt nach. Sie lächelt, wie wenn sie meinen Gedanken folgte, wüsste, was ich weiß. Und wenn es so wäre? Sind wir nicht eins, als wären wir es immer gewesen...?
Die Leichtigkeit ihrer Bewegungen erfasst mich, beschwingt meine Schritte, ihre Jugend verjüngt mich. Ich spüre ihre Kraft und Frische, sage ‚wie schön du bist' und denke, mag Glenn auch schöner sein, ihr fehlt etwas, das mich mit Ann verbindet, das ich nicht ergründen kann, noch nicht.
Ich sage ‚meine vollkommene Geliebte', denke, nur Vera kann vollkommener sein... Vera? Abrupt versinkt der beglückende Traum, vergeblich mein Bemühen ihn festzuhalten, und die Gedanken schwimmen zurück zur Oberfläche. Vera?
‚Eins' und wieder ‚eins' wispert es unhörbar, unüberhörbar in meinen Gedanken. Ich bin verwirrt und ahne, dass nichts die versunkene Zeit in ihrer ursprünglichen Fülle und Reinheit wiedergewinnen und für die Gegenwart retten kann, dass

vielmehr die gleiche Kraft, die uns in den Strom eintauchen lässt, das klare Wasser unwiderruflich trübt.
Vera! Vollkommenes Geschöpf des zentralen Rechners. Ich lasse dich in der Gegenwart und sinke nochmals hinab in die Erinnerung jenes glückhaften Tages.

Im Tal wartete der Mietwagen: weiche Polster für die kleinen Verletzungen, die scharfkantiges Gestein auf Rücken und Gesäß hinterlassen hatte...
Wir verbrachten den Tag in der ursprünglichen Berglandschaft des angrenzenden Nationalparks, schwammen in einem der zahlreichen Seen, wanderten auf gepflegten Wegen und sprachen über unsere Zukunft. Keine düsteren Indianergeschichten mehr, keine Museen mit furchterregenden chthonischen Göttinnen. Die Verheißungen der folgenden Tage hießen Strand, Meer und Caye Caulker, eine Insel vor der Küste von Belize City.

*

Belize: heitere, swingende, tanzende Karibik; vorbei die Zeiten der Abhängigkeit von europäischen Kolonialherren, später auch europäischem Schutz, die Zeiten von Drogentransfer, Kriminalität und verlotterten Holzhäusern auf Stelzen: malerischer Verfall, der notdürftig repariert wurde, von einem Hurrican zum nächsten. Auf Stelzen noch immer die neuen Holz imitierenden Kunststoffe, zitronengelb, hellgrün, rosa, eine Bonbontüte für anspruchsvolle Touristen – Saubere Karibik...
Ein künstlicher Damm über dem vorgelagerten Korallenriff schützt seit einigen Jahren die Küste samt den Gewinn bringenden Cayes vor dem ansteigenden Meeresspiegel. Die Insel selbst: Spiel mit einem längst vergangenen alternativen Ruf; hochgewachsene Rastafaris unter traditionellen grün-gelb-roten Strickmützen begrüßen die Neuan-

kömmlinge, flanieren über die frisch betonierte Hauptstraße, Animateure, Touristenfänger, längst nicht mehr Propheten der freien Liebe, seit die Aids-Katastrophe ihre Moral diktierte und vor nordamerikanischem Druck das gemeinsame Sakrament des Rausches in den Untergrund wanderte. Die Korallenriffe erholen sich langsam von der Überwärmung der letzten Jahrzehnte, obgleich alte Anwohner noch von der reichen Unterwasserwelt vergangener Zeiten schwärmen.

Reggaeartige Klänge am Strand, aus den Restaurants, im Blut. Alle mexikanische Schwermut möchte von uns abfallen, und doch sprechen wir über Mexiko, das Diktat der Zeit, dem sich jene Völker unterworfen sahen, den noch immer anhaltenden Schock der Conquista.

‚Hast du gemerkt, wieviel wacher die Menschen in der Karibik sind, wieviel schneller sie gehn, selbst wenn keine Arbeit wartet? Dabei haben sie ebenfalls eine Welt verloren.'

‚Ich habe es auch gemerkt. Vielleicht sind die Afroamerikaner widerstandsfähiger als die indianische Urbevölkerung. Bartholomé de Las Casas meinte das bereits im 16. Jahrhundert. Vielleicht ist der Absturz in die Bedeutungslosigkeit viel dramatischer für die indianischen als die afrikanischen Menschen gewesen. In der Literatur kennt man den Begriff der tragischen Fallhöhe: je tiefer der Sturz aus Selbstgewissheit und Macht, desto furchtbarer das Ereignis.'

‚Hast du in ihre Gesichter geschaut? Selbst in der Hauptstadt wirkten sie verloren wie in einem tiefen Traum, den sie seit der Kolonisierung träumen; laufen wie Schlafwandler über die Straßen, als gehörten sie immer noch nicht in unsere Zeit.'

‚Wovon mögen sie träumen?'

‚Vielleicht vom Unwiederbringlichen, das damals verloren ging und nur noch in unbewussten Träumen lebt, von vergessenen Sitten und Bräuchen, schließlich gab es nicht nur die abstoßenden Blutopfer.'

‚Von Codices, vom Flötenspiel, Poesie und Kunst, von allem, was sie in ihren Schulen und Ausbildungsstätten lernten.'
‚Vom Handwerk: Von der Kunst des Städtebaus, in der sie Meister waren, stucküberzogene, reich bemalte Wände von Wohnhäusern, Palästen und Tempeln, geschnitzte Möbel, vielfältig gewebte Teppiche, Vorhang- und Kleidungsstoffe, jedes Muster trug Bedeutung, jedes Zeichen Sinn.'
‚Von der Kunst, die hauchzarten Gewänder und Umhänge aus Vogelfedern zu fertigen. Von irdenen, liebevoll bemalten Gefäßen für Alltag und Festtage.'
‚Von bunten, lebhaften Märkten, auf denen Schalen und Krüge verkauft wurden, zusammen mit Obst und den Früchten der Neuen Welt: Mais, Bohnen und Kürbis, Tomaten, Kakao, Tabak und Baumwolle, bei deren Anbau sie übrigens große Fertigkeit bewiesen.'
‚Und das alles ohne Pflug und Rad, ohne metallene Gerätschaften, im Grunde eine Steinzeitkultur: Es ist unfasslich.'
‚Obwohl sie Rad und Metallverarbeitung kannten: Spielzeuggefährte auf Rädern, prächtigen Gold- und Silberschmuck. Man bedenke, was das bedeutet: Die Menschen nutzten Rad und Metallverarbeitung allein im Dienst von Kinderspiel und Schönheit. Interesseloses Wohlgefallen...'
‚Sie träumen von den Tieren, mit denen sie sich umgaben, in den großzügigen zoologischen Gärten ihrer Städte, und in ihren eigenen Behausungen und Stallungen. Tiere, die ihnen zur Nahrung dienten, andere, an deren Gesellschaft sie sich erfreuten.'
‚Von ihrer Liebe zu den Farben der Erde und des Himmels, zu Blumen und Vögeln, zu den vergessenen Liedern, die sie sangen an Tagen der Freude und der Trauer.'
‚Von Fürsorge und ihrer Liebe zueinander, Liebe von Eltern für ihre Kinder, von Bruder und Schwester, Freund und Freundin, Lust und Liebe der glücklichen Paare, die wieder Eltern werden und so fort...'

‚Da sind auch andere Träume, vergessene Erinnerungen, die sie bedrücken: von Angst und Tod, dem unausweichlichen Sterben der fünften Sonne, vom notwendigen Opfer, wie es die strengen Priester predigen, von Krieg und Unterdrückung,'
‚Von fremder, unbegreiflicher Gewalt, Krankheit und sinnloser Zerstörung der Herrlichen, Unvergleichlichen, auf deren geschändeten Mauern sie nun unwissend leben.'
‚Von den im Dschungel versunkenen heiligen Stätten, die noch ihrer Wiederentdeckung harren.'
‚Von der strengen Herrschaft neuer Priester und ihren autodafés, den neuen Göttern und ihren unverständlichen Riten, und wieder der Angst, diesmal vor ewigem Tod und ewiger Verdammnis.'
‚Von den Denk- und Erinnerungsverboten, dem Raub der Seelen.'
‚Gelähmt durch schwere Arbeit und lang fortdauernde Entrechtung. So gehn sie träge und gebeugt unter dem unsichtbaren Joch der Geschichte.'
Wir tauschten unsere Meinungen und Erkenntnisse aus, sahen mehr und mehr unter dem Offensichtlichen das Verborgene, hinter der Heiterkeit die Schwermut, ahnten in der Zeitlosigkeit des glücklichen Augenblicks den Abschied.
Der Abreisetag rückte näher, und ich begann für die nächsten Wochen nach unserer Rückkehr in die Staaten zu planen...

Der siebente Tag

„Guten Morgen, Dr. Brandt. Ihr Frühstück ist vorbereitet. Hoffentlich hatten Sie einen angenehmen und erholsamen Schlaf." Gleichbleibend freundliche Vera, gleichbleibend das allmorgendliche Ritual der Reinigung und Essensaufnahme, gefolgt von Gehversuchen und gymnastischen Übungen, alles unter Aufsicht und Mithilfe einer gleichbleibend freundlichen Krankengymnastin. Und ich? Ich bebe im Nachklang der nächtlichen Erfahrung; scheue mich gleichzeitig, ihre Inhalte zu erforschen und verschiebe die Analyse auf später, wohl ahnend, dass ich noch tiefer hinabtauchen muss zum Grund des Vergessens.
Äußerlich füge ich mich in die verordneten Heilungsrituale, registriere, wie die Kraft allmählich zunimmt, der Appetit sich an der Speisenvielfalt und ihrer Präsentation erfreut.
‚Blick in dich!' Der belächelte Ratschlag jenes sogenannten Propheten kommt mir in den Sinn. Seit meinem ersten Erwachen versuche ich ihn zu befolgen, und blicke in mich, indem ich die Funktion der Manschette für mich nutze und sie betrüge, nachdem ich sie durchschaut habe.
Dr. Servant ahnt nicht, wie weit ich bereits das Öffnungs- und Verschlusssystem beherrsche. Wie der Gefangene im mittelalterlichen Kerker werde ich vor den Wärtern still halten in der nutzlos gewordenen Fessel, um sie im geeigneten Moment abzuwerfen und in die Freiheit zu entkommen.
Meine Freiheit liegt in der vollständig zurückgewonnenen Erinnerung, und ich bin zufrieden, wie mit jedem Tagtraum, jeder Nacht Splitter der verlorenen Zeit sich einfinden und

zusammenschließen, bis ich immer größere Teile des verborgenen Musters erkenne.
„Dr. Brandt!" Veras Stimme unterbricht meinen Gedankenfluss. Wahrscheinlich hat die Kontrollautomatik gemeldet, dass ich zwar wach, doch äußerlich untätig bin, also mit eigenen Gedanken beschäftigt. Unkalkulierbare Denkprozesse scheinen sie nicht zu mögen, haben mir prompt Vera mit einem Vorschlag auf den Hals geschickt. Ich öffne die Augen und ahne bei ihrem Anblick, was mir blüht. Sie trägt wieder ihre Outdoor-Ausrüstung: perfekte Nachahmung eines Synprenreiseanzugs, Sonnenschutz gegen virtuelle UV-Strahlung und das gewohnte strahlende Lächeln.
„Dr. Brandt," wiederholt sie, „ich habe einige interessante Reisen für Sie zusammengestellt. Überzeugen Sie sich selbst!"
Schon erscheint das Angebot auf der Bildwand: Zuerst eine Rundreise zu den archäologischen Stätten Mexikos. Ausgerechnet Mexiko: zu jeder Zeit, nur nicht jetzt! Ich fühle mich immer noch angestrengt, ja, beunruhigt von den mexikanischen Erfahrungen der letzten Nacht. Immerhin kennen sie nicht den Inhalt meiner Träume, stelle ich erleichtert fest, sonst hätten sie mir schwerlich dieses Angebot unterbreitet...
„Weiter!"
Es folgen einige asiatische ‚highlights', von Borobuddur über Ayuttya und die Tempel von Bangkok zu Madurai und Varanashi. Eine Pilgerfahrt nach Varanashi mit dem obligatorischen Bad im Ganges werde ich mir für später vormerken, zumal ich eine reale Reise an diesen Ort immer als ästhetische Zumutung betrachtet habe... Zum jetzigen Zeitpunkt stört mich selbst der virtuelle Geruch des Todes mit kokelnden Leichenfeuern und im Fluss treibenden verkohlten Kadavern.
„Weiter!"

Paris, London, Petersburg, Rom und Venedig: europäische Kulturhauptstädte in bunter Folge. Ich wähle die Lagunenstadt, stülpe mir den Empfänger über den Kopf, befestige zwei Sensoren, und schon startet Vera das Programm: Frühling in Venedig!
Angenehme Luft, elegant gekleidete Menschen in Straßencafés, Gerüche von Mittelmeer und Espresso, eine durchaus gelungene Komposition.
„Zum Markusplatz!" befehle ich, und kaum gesagt, befinde ich mich dort. In meinem Bett, bekleidet mit einem pastellfarbenen Kliniknachthemd stehe ich mitten auf dem Markusplatz. Es muss ein Programmierfehler sein! Unversehens fühle ich mich an peinliche Träume meiner Kindheit erinnert, in denen ich mich regelmäßig im zu kurzen Nachthemd auf einem öffentlichen Platz fand, erfasse gleichzeitig, dass die Menschen, ohne mich in meinem Bett zu beachten, an mir vorbeigehn. Aber wie gehn sie? In hohen, bis zum Schritt reichenden Gummistiefeln! Wie fremd sieht der Markusplatz aus, und wo sind die berühmt berüchtigten Taubenschwärme, die bisher allen Ausrottungsaktionen widerstehn? Träge schwappen schmutziggraue Wellen an der Synprenmatratze hoch, am Fußende schwimmt die Hälfte meines Lakens bereits in den Fluten.
„Venedig im Frühling!" kommentiert Vera, die in einer schnittigen Gondel herbeigerudert ist. Sie wirft eine Leine über den Bettpfosten und vertäut sie sorgfältig, sodass unser beider Gefährte nebeneinander schwimmen.
„Seit der Meeresspiegel weltweit angestiegen ist, liegen viele Küstenstädte unter Wasser, wenn sie nicht durch moderne Deiche vor Überschwemmungen bewahrt sind, und die Lagune von Venedig stellt trotz Eindämmung ein besonders empfindliches Ökosystem dar. Die Petrochemie des letzten Jahrhunderts hätte ihm fast den Garaus gemacht."

„Aber das Mittelmeer ist doch längst bei Gibraltar und am Suezkanal durch Staudämme und Schleusen geschützt." wende ich ein. Vera fährt unbeirrt dozierend fort:
„Ursprünglich wollten die Anrainerstaaten den alten Wasserstand des Mittelmeeres erhalten und planten entsprechende Deichsysteme. Nach ernstzunehmenden Terrordrohungen entschloss man sich, den Mittelmeerspiegel stärker dem Wasserstand der angrenzenden Meere anzupassen und hob ihn um eineinhalb Fuß an: einen knappen halben Meter europäischer Maßeinheit, damit es bei einem größeren Unfall oder Anschlag im Dammbereich nicht zu unabsehbaren Zerstörungen kommen kann."
„Schaden die häufigen Überschwemmungen nicht dem realen Tourismus und damit den Einkünften Venedigs?"
„Nicht mehr, seit die Stadt an jeder virtuellen Reise finanziell beteiligt wird, wie alle anderen Reiseziele auch. Die Einkünfte kommen Infrastruktur und Verbrechensbekämpfung zugute, und damit dem realen Tourismus, der inzwischen einen exquisiten Ruf genießt, obgleich die Zahl der Risikogebiete seit den großen Terrorwellen eher zugenommen hat. Echte Reisen, die Sicherheit und Erholung gleichermaßen garantieren, sind für die Masse der Kleinverdiener sowieso nicht mehr bezahlbar. "
„Wie Interkontinentalflüge mit Düsenjets, nachdem das knappe Flugbenzin überall besteuert wird." pflichte ich ihr bei und denke an die meisten Geschäftsbesprechungen, die seit Jahren über internationale Visophonschaltungen laufen. Eine Ausnahme bilden politische Konferenzen, zu denen die Inhaber staatlicher Ämter gern persönlich anreisen, sachlich nicht gerechtfertigte und überflüssige Veranstaltungen, wie ich weiß, da alle Diskussionspunkte in Ausschüssen und Konferenzschaltungen vorher geklärt werden. Doch ist kaum mit ihrem Ende zu rechnen: Neben der Pflege menschlicher Kontakte bieten die Treffen ein interessantes Rahmen-

programm, von bester Unterbringung und Verpflegung aus Steuermitteln ganz zu schweigen.

„Neben der Nutzung von Wasserstoff hat vor allem Alkoholtreibstoff den Flugverkehr verändert. Die wiederbelebten Propellersysteme sind zwar nicht so schnell, aber billig und zuverlässig," beantwortet Vera meine nicht ausgesprochenen Fragen.

„Nicht zu vergessen die Zeppelinflotten der Kreuzfahrtgesellschaften. Nachdem die Zeit, welche Reisende in der Luft verbringen, wieder länger geworden ist, setzt man auf Bequemlichkeit."

Ich nicke unwillkürlich zustimmend; kaum vorstellbar die menschenquälerischen Praktiken noch vor Jahrzehnten, als sogenannte Economy-Reisende auf engstem Raum zusammengepfercht wurden, ohne Möglichkeit, sich die Füße zu vertreten, mit einem meist phantasielosen Einheitsessen abgespeist, dafür mit großformatigen Informationsblättern versorgt, die sie kaum lesen konnten, ohne den bedauernswerten Mitreisenden zur Linken und Rechten Kinnhaken zu versetzen...

Ich fühlte mich bei Bildern jener Großraumflugzeuge stets an Sklaventransporte des 18. und 19. Jahrhunderts erinnert, mit dem Unterschied, dass der Großteil der Reisenden sich freiwillig in solch unbequeme Situation begab. Mein psychologisches Interesse war sofort geweckt worden, und ich hatte herausgefunden, dass neben einem unstillbaren Reisetrieb geschickte Formen des Konsumterrors für diese Fehlentwicklung verantwortlich waren. Wie angenehm leben wir dagegen in unserer Zeit mit ihren modernen Methoden der Bedürfnissteuerung und ihrer Befriedigung.

„Noch eine Frage, liebste Vera, warum hast du mich in meinem Bett nach Venedig entführt? Handelt es sich etwa um einen Programmierfehler?" Bis heute war ich der Überzeugung, dass man ein künstliches Wesen nicht beleidigen

kann, doch wie ich den Ausdruck von Verletztheit in Veras Gesicht bemerke, bin ich mir nicht mehr so sicher, und bequeme mich zu einem begütigenden:
„Wie auch immer, es gefällt mir."
Sie übergeht meinen Einwurf:
„Ich wollte Sie mit der Programmvariante überraschen. Außerdem, wünschen Sie wirklich, dass Ihnen die gefühlsechte Erfahrung nasser und kalter Füße vermittelt wird?" Ein System mit Humorfaktor? Ich bin gespannt auf Veras weitere Erklärungen.
„Die meisten unserer Klienten schätzen Reisen im Bett, alternativ auf dem Sofa oder im Sessel. Eine Atlantiküberquerung im Bett kann ein großes Erlebnis sein, vor allem bei entsprechendem Seegang! Einer unserer Patienten unternimmt zur Zeit eine Weltreise; er dürfte sich im Augenblick samt Klinikbett auf dem Gipfel des Mount Everest befinden. Ohne Sauerstoffflaschen!" Ich überlege: eine überzeugende Vorstellung! Bestimmt werde ich eines Tages auf diese Art des Reisens zurückkommen.
„Übrigens haben Sie mit Ihrer anfänglichen Vermutung nicht ganz Unrecht. Die erste virtuelle Reise im Bett erfolgte tatsächlich aufgrund eines Programmierfehlers. Der Teilnehmer war so begeistert, dass wir die Variante seitdem regulär anbieten."
Sieh da, meine perfekte Vera! Ich meine tatsächlich eine leichte Verlegenheitsröte auf ihren Wangen zu bemerken. Aber vielleicht ist auch diese nur Teil einer überaus geschickten Wirklichkeitsinszenierung. Jedenfalls entdecke ich bald die Vorzüge der neuen Reiseform. Die Gondoliere von Venedig akzeptieren problemlos mein Bett. Einer springt auf und stakt mich an einer Reihe der Palazzi entlang, auch Vera folgt in ihrer Gondel; unter der Seufzerbrücke warten wir kurz, und ich gedenke der vielen Unglücklichen, die über sie hinweg zu den berüchtigten Bleikammern geführt wurden.

Der Reisetag endet bei Sonnenuntergang mit einem schmachtenden Liedvortrag des Gondoliere. Nun ja, welches Reiseprogramm ist schon vollkommen...

Nach der insgesamt befriedigenden Venedigreise studiere ich den aktuellen Ausstellungsführer der Westküste, wende mich dann der virtuellen Gemäldesammlung zu und suche Anregungen für die Gestaltung der Zimmerwände. Seit zwei Tagen spiele ich mit dem Gedanken an eine kleine Portraitgalerie, die von der italienischen Renaissance bis in unser Jahrhundert reichen soll, selbstredend nur Männerköpfe. Ich vertiefe mich im Angebot repräsentativer Gestalten des 15. und 16. Jahrhunderts, meide Heilige, Knaben und Greise und lasse probeweise das Profil des Herzogs Federigo da Montefeltro auf der gegenüberliegenden Wand erstehn, daneben ein Bildnis Cosimos I. de Medici. Skeptisch und überlegen der Blick, beherrscht die Gesichtszüge, so waren sie – Machtmenschen, Tatmenschen, und vor allem Herren ihres Schicksals: Renaissancefürsten nach meinem Geschmack! Und weitere vertraute Portraits ziehen meine Aufmerksamkeit an, Kaufleute, Patrizier und erstmals Künstler, sie alle aus mittelalterlichen Bindungen gelöste, selbstbewusste Persönlichkeiten, Tatmenschen auch sie.
Eben will ich mich für eines der bekannten Selbstbildnisse Albrecht Dürers entscheiden, da steigt ein anderes Gesicht in mir auf, legt sich schattengleich über die selbstgewissen, längst vergangenen Zeugen jener Epoche. Der schwarzhaarige junge Literat, dessen Namen zu erkunden ich bisher versäumt habe. Fest geschlossen die schmalen Lippen, schmal auch die Nase, darüber brennende Augen, dunkles Feuer mir entgegen, nein, nicht entgegen, sondern verloren der Blick und hoffnungslos wie in vergeblicher Frage an mir vorbei. Ich bin verwirrt, spüre ein leises Unbehagen und lösche in plötzlichem Entschluss sämtliche Bilder der Galerie,

ersetze sie durch Stadtansichten Canalettos: Venedig, London, Dresden... Das Unbehagen will nicht verschwinden, lauert hinter den beruhigenden Impulsen meines Psychoformers, und wieder meine ich in das fremde Gesicht, in dunkle Augen zu schauen.
Vera muss helfen und findet seinen Namen: Franz Kafka.
Den Nachmittag verbringe ich in Decken eingehüllt auf dem Balkon. Heute wäre nichts gegen ein Streitgespräch mit Dr. Servant einzuwenden, doch hat er sich seit einer kurzen Visophonschaltung nicht mehr blicken lassen.
So widme ich mich bis zur Abendmahlzeit und danach ins Abenddunkel dem Musikprogramm, höre Zelenkas 5. Triosonate F-Dur, die dem Fagott ganz neue Aufgaben stellt – und frage mich: Was zieht mich mehr und mehr zur Musik des Barock? Es muss mit der Struktur, dem stabilen Gleichmaß zusammenhängen, die sich günstig auf meine Stimmung auswirken, wohlwollend gefördert von Dr. Servant, der mich gestern auf die Einspielungen hinwies, – unterstützt schließlich von dem unscheinbaren Gerät am linken Handgelenk.
Heute finde ich Gelegenheit und Muße, meine Wissenslücken über den böhmischen Barock zu füllen, vor allem über Zelenka – und bin überrascht. Als Musiker ebenso unzeitgemäß kontrapunktisch wie Bach, reicht er auf seine Weise nahe an diesen heran. Wie der Deutsche bietet er viele harmonische, doch weit mehr rhythmische Überraschungen, und ich höre die Triosonate zweimal an, vielleicht, weil mir Zelenka als ein Querdenker bis hin zur Eigenbrötelei erscheint. Dass von ihm kein Portrait existiert, bestätigt meinen Eindruck.
Die letzten Töne sind längst verklungen; einige Zeit vergleiche ich Bach und den Böhmen noch in Gedanken, bedauere, dass ein Großteil der Kompositionen Zelenkas während der Bombardierung Dresdens verbrannte – unrettbar verloren –

und spüre: Bald nahen die Stunden der Erinnerung! Mein Armband habe ich durch gezielte Gefühle der Vorfreude bereits eingestimmt und frage mich, während ich in mein Bett hinüberwechsle, an welches Erleben meine Träume heute Nacht anknüpfen werden...

*

Chicago. Millionenstadt der Superlative, von denen für mich vor allem drei zählen: Architektur, Kunst und der Blues.
Ann und ich bummelten die Michigan Ave entlang, erfreuten uns an den Auslagen der Geschäfte und an unserer Gegenwart. Wir waren seit zwei Tagen in der Stadt. Eine Vertragsverhandlung, zu der mein persönliches Erscheinen erforderlich war, bot die günstige Gelegenheit, Ann in meinem Flugcar mitzunehmen. Sie wohnte seit dem Mexikourlaub bei mir, ein Privileg, das ich bisher niemand, nicht einmal Glenn zugestanden hatte. Während ich an zwei Tagen die Verhandlungen führte, war Ann unterwegs in den ihr wichtigsten Museen gewesen, und ich muss gestehn, dass ich mich genau wie sie entschieden hätte: für die Sammlung französischer Impressionisten im Art Institute, für das Adler Planetarium, das erst jüngst durch einen Nachbau der Marsstation ergänzt wurde, und das Field Museum of National History, wo sie sich vor allem für die Mumien und die dort ausgestellten Saurierskelette interessierte.
‚Wer weiß, ob unsere Art nicht eines Tages genauso schnell verschwindet?' beendete sie ihren Bericht.
‚Bitte erst nach uns!' Meine Antwort entsprach ehrlicher Überzeugung.
Inzwischen waren wir, wie von mir geplant, am Bootsanleger des Wacker Drive angelangt. Eines der eleganten Luftkissentaxis wartete dort auf uns, und wir gingen an Bord. Der zweite Punkt des Besichtigungsprogramms: Sonnenuntergang und Chicago Skyline würden einen nachhaltigen

Eindruck auf Ann machen. So war es in der Tat. Vom Michigan See bot sich ein unvergleichlicher Ausblick auf die Wolkenkratzer der Stadt und das neue kunststoffüberdachte World Shopping Center, dessen riesige Hülle unter den Strahlen der untergehenden Sonne in allen Farben des Spektrums aufflammte.

‚Wer die neue Mall von Chicago nicht sah, kennt Amerika nicht,' sagen die stolzen Einwohner gern. Zu Recht, wie ich eingestehn musste. Zwei Stunden fuhr das Bootstaxi die Strandlinie entlang, wir sahen die Sonne untergehn, und die Innenbeleuchtung der Wolkenkratzer bis in die obersten Stockwerke aufflammen, fast verschwand der Mond hinter den Glanzlichtern unserer Zivilisation.

Noch mächtiger ragten deren Wahrzeichen über uns in den Nachthimmel, noch kleiner fühlte sich der Einzelne in den Schluchten des technischen Fortschritts, als wir durch die Flats der Innenstadt zum Chicago River fuhren.

Ich wies empor: ‚Bis vor wenigen Jahren blieben die oberen Etagen bei Nacht dunkel, weil Energie knapp war. Dank Wissenschaft und Technik stellt sich das Problem nicht mehr: Du siehst, wir leben in der besten aller möglichen Welten!'

Spiritual, Gospel, Blues – für die schwermütige, meist ‚schwarze' Musik habe ich eigentlich nichts übrig. Ich bin kein Rassist, allerdings mehr aus Gleichgültigkeit denn aus Überzeugung; weshalb mich nicht die Herkunft aus schwarzem Sklavenmilieu befremdet, sondern ihre unreflektierte Emotionalität, ganz zu schweigen von der Glaubensseligkeit der Spirituals und Gospels. Es spricht für unsere aufgeklärte Zeit, dass Letztere wieder dorthin verbannt wurden, wohin sie gehören: in die Gemeindesäle und Kirchen. Mit dem Blues verhält es sich etwas anders, was mich selbst immer wieder überrascht. Meine Einstellung zu dieser Musik ist gespalten.

Die Improvisationen über zwölftaktigem Grundschema mit festem Wechsel zwischen Tonika, Subdominante und Dominante bereiten mir ein gewisses intellektuelles Vergnügen, wenngleich ich die slanggesättigten Texte nur unvollkommen verstehe. Doch bleibt gerade deshalb etwas mir Unerklärliches in und hinter der Musik, das mich gleichermaßen anzieht und befremdet. Vielleicht der Grund, warum kein Chicagoaufenthalt vergeht, ohne dass ich einen der übriggebliebenen ‚Blues-Schuppen' aufsuche, auf der Suche nach seinem Geheimnis, und jedesmal wieder gehe in dem Gefühl, es berührt, aber nicht entschlüsselt zu haben.

Ann und ich fanden Einlass in einem versteckten *Club Off Loop*, außerhalb der Innenstadt. Ich kannte ihn von meinem letzten Chicago-Aufenthalt, als ein Geschäftspartner ihn als jüngsten Geheimtipp der Musikszene empfahl: authentischer Blues mit – wie er vollmundig behauptete – den besten Interpreten auf amerikanischem Boden. Noch vor drei Generationen hätte sich kaum ein Weißer in dieses Clublokal verirrt. Doch inzwischen haben sich die Lebensbedingungen der weißen und schwarzen Besitzarmen weitgehend angeglichen. Fast unterschiedslos werden sie vom Staat alimentiert, und dass die Arbeitslosigkeit den white trash etwas weniger betrifft, regt niemanden wirklich auf: Man sieht sich in vollständiger Bedeutungslosigkeit vereint, dazu weitgehend befriedet durch Cyberspace und andere Ablenkung.

‚Hier trifft man sich in ganz bestimmtem Einverständnis', erläuterte ich Ann, die unsere Umgebung aufmerksam musterte: ‚Man will echte Musik hören, fühlt sich sogar als verschworene Minderheit in der gemeinsamen Ablehnung des öffentlichen Angebots. Wer hierher kommt, sucht Authentizität, nicht multimediale Reizgewitter für Cyberheads.' Der Club war gut besucht, an die achtzig Leute mochten es sein. Schon lange bedeutete ein Besuch für

Gäste wie mich keine Mutprobe mehr, und meine erste Beklemmung löste sich rasch unter den träge interessierten Blicken des Publikums. Die Räumlichkeiten waren noch so, wie ich sie von meinem letzten Hiersein erinnerte. Alles machte auf den ersten Blick einen etwas vernachlässigten, ja, heruntergekommenen Eindruck. Abgestoßenes altertümliches Mobiliar, dazu grellfarbene, schmuddelige Vorhänge und Bezüge, abgegriffenes Metallzubehör, Messing, wie auf einem Flohmarkt erstanden. In einiger Entfernung von der Bühne hatte man Stühle mit Ablagen für Drinks und Snacks gruppiert. Doch die meisten Gäste zogen es vor zu stehn, zumal sie sich auf den Geländern der halbkreisförmigen Galerie aufstützen konnten. Fotos und Karikaturen von Interpreten bedeckten die Wände, dazwischen weiße Flecke, wo jemand eines der Bilder abgerissen, beziehungsweise ein kleineres auf den leeren Platz geklebt hatte. Kurz, für das ungeschulte Auge ein heruntergekommener Schuppen, nicht weit von Auflösung und Sturz in den Orkus des endgültigen Vergessens. Wer allerdings wie ich einen geübten Blick für Original und Nachahmung hat, bemerkte die Absicht, das wohlüberlegte Spiel mit Vergangenem. Wohl für den ersten Eindruck chaotisch, aber schmutzig war es hier nicht, schon aus Rücksicht auf die überaus strengen Gesundheitsbestimmungen. Hinter einer gläsernen Abtrennung vor zweiflügeligen, weit geöffneten Fenstern kräuselten sich bläuliche Schwaden. So umging man das Rauchverbot in öffentlichen Räumen.

Ann steuerte auf einen freien Randplatz zu, und ich besorgte mir an der Bar einen Klappstuhl, musterte dabei unauffällig das Publikum: neben einigen Zufallstouristen vor allem Insider. Auch sie in jenem gewollt nachlässigen Erscheinungsbild, das die Umgebung auszeichnete. Hier und da auch sorgfältig gekleidete Mitglieder der meinungs-

bildenden Oberschicht, die wie ich einen Geheimtipp erhalten hatten. Wie immer der Anfang vom Ende jeder Ursprünglichkeit! Sie würden die Medienmaschinerie mit sich ziehen, die Veranstaltungen infiltrieren, propagieren, dann okkupieren und ihren eigenen Bedürfnissen anpassen. Wer von den Musikern würde sich dann den Verlockungen des großen Geldes widersetzen? Das Showgeschäft konnte beginnen...
Von unseren Randplätzen hatten wir gute Sicht aufs Podium.
‚Eine Ausstattung für Musikarchäologen, das wird was geben', bemerkte Ann sarkastisch.
Und tatsächlich standen da ungemein abgeschabte Racks mit veralteten Konusschallwandlern eher unordentlich vor der Rückwand herum, als wüssten die Musiker nicht, dass man sich aus Rücksicht auf sein Gehör besser hinter solchem Folterinventar verschanzt. Vorne waren Mikrophone aufgebaut, wie sie Cineasten aus historischen Elvis-Presley-Filmen kennen. Aus derselben Epoche schienen die eigenwillig geformten Gitarren zu stammen, und eine hochglanzpolierte Hammondorgel stand in seltsamem Kontrast zur sonstigen Vernachlässigung. Schließlich ein echtes altes Schlagzeug statt Drumpads. Kein Zweifel, als die eigentliche Vorstellung begann, war mein Interesse längst geweckt.
Die Musiker schlenderten zur Bühne, derart lässig, dass man hätte meinen können, sie seien versehentlich dorthin geraten. Aus dem Publikum kamen vereinzelte Zurufe überwiegend zweideutiger Art, die mit eindeutigen Gesten oder auch völlig unbewegt quittiert wurden – auch hier hatte sich wenig geändert. Bis auf einen hochgewachsenen Farbigen mit – ich möchte fast sagen – arrogantem Ausdruck schienen mir die Burschen eher unscheinbar und zu klein geraten. Zunächst machten sie sich an den altertümlichen

Verstärkern zu schaffen und erzielten nach einigen Knacksern einen vernehmlichen Netzbrumm.

‚Wann fangen sie an?' fragte Ann. ‚Ist dieses manuelle Herumstimmen wirklich nötig?'

‚Wahrscheinlich gehört es zu nostalgischen Vorstellungen solcher Art, sieh dich um! Das übrige Publikum scheint es nicht zu stören.' Sie starteten mit einigen Bluesstandards in enger Anlehnung an die Vorbilder, soweit ich das beurteilen konnte, mischten aber auch andere, stimmungsähnliche Songs ein. Allmählich verdichtete sich die Atmosphäre. Das Publikum ging sichtlich mit, und eine Art Wechselwirkung stellte sich ein. Die Intensität wuchs, und mir fiel auf, wie die Musiker zunehmend aufeinander reagierten, immer mehr in ihrem Tun aufgingen. Schließlich schien alles neu zu klingen. Das war keine Nostalgieveranstaltung, wie das historische Inventar anfangs vermuten ließ: Diese Musik lebte und berührte, was in uns lebendig war.

Der hochgewachsene Schwarze trat vor, ein eher karibischer Typ, und ich muss gestehn, seine Erscheinung beeindruckte mich: die ungezähmte, dunkle Lockenpracht, ebenmäßige Gesichtszüge mit einer leicht gebogenen Nase und schmalen Nüstern, als verbinde er afrikanisches und indianisches Erbe. Die vollen Lippen verächtlich geschürzt, musterte er das Publikum lange, bis leise Unruhe aufkam. Als prüfe er, wer seines Vortrags unwürdig und hinauszuweisen sei.

Was gezielt eingesetzte Arroganz betrifft, so nehme ich es mit jedem auf, trotzdem fühlte ich in diesem Augenblick leise Beklemmung, dass sein Verweis mich treffen könnte. Der Hochgewachsene nickte zufrieden und begann. Bereits mit dem Intro sank der Geräuschpegel im Club schlagartig ab, mir schien, als hätten alle auf dieses eine Stück gewartet.

Die Strophe hielt sich im Bluebel-Idiom, wie es in den vierziger Jahren aus Belize kam, in einem eigenartig verschleppten Rhythmus, dichter Textur mit alterierten Akkorden

in eigenwilliger Abfolge, dazu fett im Klang und mit laut growlenden Saxophonen. Darüber falsettierender Gesang: Treibhausatmosphäre...
Die Texte interessierten mich weniger. Irgendetwas über mehr oder weniger schlechtes Zurechtkommen im Leben, noch dazu in schwer verständlichem Slang.
Mit dem ersten Ton in einem warmen und doch seltsam gebrochenen Bassbariton verstummte jedes andere Geräusch. Es war die bridge, die jedesmal die Strophen verband: ‚Sometimes I feel like a motherless child' – und der alten Gospelmelodie konnte sich niemand im Raum entziehen. Unerwartet setzte nach einigen Cymbalschlägen ein ungewöhnlich zurückgenommener, nur leicht swingender Moll-Blues ein. Ganz reine, liegende Akkorde ohne Septime in der angezerrten Orgel, ein meist akkordgebundener walking-bass, und doch staute sich Spannung durch eine chromatische, immer wieder zur flat five geführte, expressiv vorgetragene Melodie auf:

> Sometimes I feel like a motherless child
> I'm nothing but an orphan straycat's cry
> in the dead-end-streets of a motherless child
> I'm really lost, and I don't care, why.

Nur ‚cry' kommentierte eine schneidend gezogene Gitarre, während das korrespondierende ‚why' ohne jede Begleitung für sich wirkte, und das auf der großen Septime: welcher virtuelle Akkord ihr zugrundeliegen mochte, wurde auch durch das nach langer Generalpause hereinbrechende Modulationsgewitter nicht klarer: Eindruck völliger Verlorenheit.
Die letzte Strophe verklang in einem kaum vernehmlichen Wimmern: erstickte Klage über jahrhundertelange Not und Rechtlosigkeit, verklungen in den Zwischendecks der Skla-

venschiffe, auf den Baumwollplantagen des Südens, in den Ghettos der großen Städte. Klage schließlich aller Entrechteten dieses Planeten, die sich fortsetzte, immerfort weiter in die sich öffnende graue Zukunft...
Ich begann, wie ich es in Momenten unerwünschter Rührung immer tue, das Erlebte zu analysieren. Zugegeben, es handelte sich um eine packende Verknüpfung von Altbekanntem und Neuem. Zwar konnte die Bildsprache des Textes schwerlich als originell gelten, indes erschien sie durch die völlige Vereinzelung in ungewohntem Licht, wo sonst der Blues seinen fiktiven Dialog mit den stereotypen ‚you, babe, man,‘ oder mit sich selbst führt.
Während des gesamten Vortrags saß Ann still neben mir, wiegte nur kaum merklich den Oberkörper, bewusstlos, wie in einem schweren Traum versinkend. Ich sah ihr Gesicht im Profil; es war dem Sänger zugewandt, unbeweglich, fast starr, und ich meinte in der schwachen Beleuchtung eine fein glitzernde Spur auf ihrer Wange zu sehn; sie verlief am Nasenflügel vorbei und verlor sich im Mundwinkel. Das weit aufgerissene Auge blickte ebenfalls starr, über den Wimpern des unteren Lides schimmerte es feucht, zitterte einen Augenblick lang, und eine Träne rollte auf derselben Spur hinab. Sie weinte.
Ich war verblüfft. Auch mich berührte der Vortrag mehr als erwartet, doch hätte ich der rationalen Ann eine solche Gefühligkeit nicht zugetraut. Sie starrte bis zum Ende der Vorstellung unverwandt auf die Künstler, und wie mir schien, vor allem auf den hochgewachsenen Sänger. Die Gruppe war kaum hinter einem Vorhang verschwunden, als sie aufstand und mit einer gemurmelten Entschuldigung verschwand.
‚Frauen‘, musste ich unwillkürlich denken. ‚So gebildet sie auch sein mögen, sie neigen einfach zur Rührseligkeit. Erst Tränen vergießen, dann in den Sanitärräumen ihre Spuren

übertuschen.' Ich ging zur Bar und bestellte ein Getränk. Zehn Minuten später war das Glas halb gelehrt und Ann noch nicht zurück. Sie nahm sich viel Zeit, dabei wusste sie genau, wie sehr ich Unpünktlichkeit verabscheue. Nach weiteren fünf Minuten zahlte ich und machte mich auf die Suche nach ihr. Ein Blick zu den Rauchern hinter der gläsernen Trennwand zeigte mir, dass sie sich dort nicht aufhielt. Ich folgte dem Hinweis zu Sanitärräumen und Künstlergarderobe, traf am Eingang der Damentoiletten eine Frau, die ich nach Ann fragte. Sie schüttelte verneinend den Kopf, öffnete sogar für mich noch einmal die Tür und wies auf die leeren Räume. Einige Schritte weiter, neben der Künstlergarderobe befand sich eine weitere Tür. PRIVAT stand auf einem Messingschild in Augenhöhe.
Trotzdem drückte ich, ohne zu klopfen, die Klinke herunter. Die Tür öffnete sich nach innen, und ich spähte in einen matt erleuchteten Gang mit einem riesigen, mehr als mannshohen Spiegel an seinem Ende. Vorher zweigten links und rechts zwei Türen ab, und ein schmales Regal mit Aschenbecher und einer Art Setzkasten darüber reichte fast bis zu mir. Im Aschenbecher glimmte eine Zigarette mit regenbogenfarbiger Banderole. Bläulicher Rauch kräuselte sich empor und hätte in mir zusammen mit dem Inhalt des Setzkastens Erinnerungen wachgerufen, wenn nicht...
Ich sah mich im Spiegel und staunte selbst über den Ausdruck fassungsloser Überraschung in meinen Augen. Keine fünf Schritte vor mir und gleichzeitig überdeutlich gespiegelt stand Ann gegen das Regal gelehnt, nein, nicht nur gelehnt: vielmehr weit zurückgebogen, den Kopf im Nacken, die Augen geschlossen, und über sie gebeugt der farbige Sänger, sein Zigarettenatem über ihrem Gesicht, sein halbgeöffneter Mund an ihrem. Mit der Linken umfing er sie, die Hand um ihre Hüfte gelegt, als müsse er sie vorm Zusammensinken bewahren. Die Rechte – eine dunkle,

nervige, eine starke Hand, ich hatte sie bei einem Gitarrensolo bewundert, – lag an ihrem Hals. Einem ersten Impuls folgend hatte ich mich umdrehen wollen, die Tür hinter mir zuschlagen, zurück in mein Hotel fahren, ohne sie heim nach L.A., sie niemals wieder sehn. Doch sie öffnete die Augen und schaute mich an, mit einem langen verständnislosen Blick.
‚Ann!' sagte ich, ‚Ann! Wie kannst du nur?' Sie suchte sich gegen das Gewicht des Mannes aufzurichten und wandte sich von ihm ab, als sei sie sich erst jetzt seiner Nähe bewusst geworden, blickte mich wieder an, mit einem bisher nicht gesehnen Zug der Ratlosigkeit im Gesicht. Der Bluessänger sah zu mir hinüber, zu ihr hinunter, und – ich möchte es beschwören – auch er wirkte einen kurzen Moment überrascht. Er richtete sich ebenfalls auf, entließ sie aus dem festen Griff seiner Linken, nahm die Rechte von ihrem Hals und kam in tänzelnden Schritten auf mich zu. Ich machte mich bereits auf einen Fausthieb, einen Stich mit blitzschnell hervorgezogener Klinge gefasst und verspannte mich in unwillkürlicher Angst. Indes griff er nur nach der brennenden Zigarette, legte mir im Vorbeigehn die Rechte leicht auf die Schulter.
‚Oh, man...', und war zur Tür hinaus, ehe ich reagieren, geschweige denn einen klaren Gedanken fassen konnte.
Was an Ungesagtem mochte er in dieses ‚Oh, man...' gelegt haben?
Ich begriff es nicht.
Wortlos richtete Ann ihre Kleidung, und schweigend fuhren wir zurück zum Hotel. Im Wagen kreisten meine Gedanken um die beste Vorgehensweise, und ich nahm nur unterschwellig wahr, dass auch sie geraucht haben musste.
‚Warum hast du das getan?' fragte ich an der Tür zu meinem Schlafraum, nur um nicht ganz ohne Erklärung zu bleiben,

wenn ich auch entschlossen war, jede billige Entschuldigung zurückzuweisen.
‚Da war ein Gefühl von Verwandtschaft', begann sie zögernd, ‚spürtest du es nicht?', fuhr fort: ‚Ich war mir so sicher' und schloss resignierend: ‚Es war wohl ein Irrtum.' Mir dämmerte eine Einsicht. Sie war zu dem Sänger gegangen, weil sie in ihm und seiner Musik etwas suchte, und er hatte die Situation ausgenutzt, sie für eine Art Groupie gehalten. Andererseits schufen ihre Worte neue Unklarheiten; denn bisher hatte ich sie für kaukasisch gehalten, ebenso wie mich.
‚Hast du etwa farbige Vorfahren?'
‚Nein,' sie dehnte die Antwort, ‚nicht dass ich wüsste. Und du?'
‚Natürlich nicht.' Was für eine Frage? Ich spürte, wie sich meine Geduld wieder erschöpfte. Wenn wir nicht auf ein endgültiges Zerwürfnis zusteuern wollten, brauchten wir jeder für sich einige Stunden der Besinnung. Seltsam, ich wollte sie nicht verlieren, fühlte mit einem Male eine unvernünftige Angst davor, trotz ihres an Treuebruch grenzenden Verhaltens. Als wüsste sie von meinen Überlegungen, sagte sie: ‚Vergiss nie, unser beider Leben sind verbunden, und ich will dich nicht verlieren', schenkte mir einen ihrer unergründlichen Blicke und wandte sich um.
Während ich einige Papiere sichtete, hörte ich sie im Bad hantieren, lange stand sie unter der Dusche, und bevor sie auf Zehenspitzen zu ihrem Schlafraum ging, löschte sie das Licht. Unser kurzes Gespräch wirkte in mir nach. Vielleicht hatte der Sänger in ihr doch nicht eine Art Groupie gesehen. Wenn ich sie richtig verstand, hatten beide aneinander etwas gesucht, eine Verwandtschaft zu erkennen geglaubt und dann, wie aus einem Irrtum erwacht, sich wieder getrennt, unsicher, ob die Erkenntnis des Irrtums nicht auch Selbsttäuschung war.

Ich kam zu keinem Ergebnis und beschloss, gleichfalls schlafen zu gehn, knöpfte mein Jackett auf und zog es aus, wollte es eben über die Sessellehne breiten.

Dann in einem unwiderstehlichen Impuls hob ich den Stoff vor mein Gesicht, und dort, wo die Rechte des Bluessängers kurz auf meiner Schulter gelegen hatte, sog ich tief die Luft ein, roch Tabakschweiß von einer braunen Männerhand, vermischt mit dem schwach metallischen Geruch von Gitarrensaiten. Darüber ein leiser, fast verwehter Dunst, ein zurückgebogener Hals, willenloses Einverständnis, ihr Parfum..., und das Kleidungsstück noch immer zwischen den Händen haltend, sank ich auf die Knie, fand mich vor dem Bette liegend, das Schulterstück in gleichzeitig tief empfundener Lust und tiefstem Abscheu an Nase, Mund und Wangen gepresst.

Ich weiß nicht, wie lange ich in dieser unbequemen und wie ich zugeben muss, auch würdelosen Haltung lag. Eine Minute? Oder zwei? Vielleicht auch weniger...

Unbewusst hatte mein Gehirn weiter gearbeitet, die sensorischen Erlebnisse des Abends gesammelt und verknüpft: zartblauer Rauch von einer Zigarette mit dem unverwechselbaren regenbogenfarbenen Schriftzug – *Sind Sie bereit?* – Spuren desselben Rauchs an einer dunklen Männerhand und an ihr, vielfarbige Zigarettenschachteln angeordnet in einem Setzboard. Keine Verpackung wie die andere, bis auf jene schillernden Banderolen und den Namen: *RISK*. Weit sprang das Tor zu einer Jahre zurückliegenden Erinnerung auf:

Vor etwa zwanzig Jahren war es: Heftiger denn je tobte der Krieg um Nikotin und Teer, jene Krankheit und Sucht auslösenden Inhaltsstoffe des Tabaks. Seit damals wird Nikotinismus nur noch in den eigenen vier Wänden und wenigen ausgesuchten Clubs erlaubt. Den Gesundheitsfanatikern war auch das noch zu viel, doch die Regierung scheute ein vollständiges Verbot, wollte teure Misserfolge wie beim *war on drugs* vermeiden, abhängige Raucher nicht in die Illegalität abdrängen.

Da tauchte sie plötzlich auf: *RISK*, die Zigarette mit dem wechselnden Geschmack und der unkalkulierbaren Wirkung, eroberte im Sturm legale wie illegale Märkte und ist aus der alternativen Kultur nicht mehr wegzudenken. Die Hersteller nutzten neueste Erkenntnisse, um bei ausgesuchtem Geschmackserlebnis das gesundheitliche Risiko zu vermindern, warben erfolgreich mit dem in jeder Schachtel verborgenen Überraschungseffekt unterschiedlichster sensorischer Art. Ich hatte mich gerade zum Verzicht durchgerungen, trotzdem veranlasste mich die Neugier von Zeit zu Zeit, eine Schachtel *RISK* zu kaufen, selbstverständlich nicht in einer der halbstaatlichen Tabakabgabe- und Kontrollstellen. *RISK* hat ein eigenes Vertriebssystem, die kunstvoll gestalteten Schachteln sind beliebte Sammlerobjekte, und selbst der Inhalt ist vom gesundheitlichen Standpunkt meistens genauso unbedenklich – oder auch nicht – wie andere Tabaksorten.

Meistens; denn *RISK* macht seinem Namen alle Ehre! Vielleicht jede tausendste, andere sagen jede hundertste Zigarette enthält ein euphorisierendes Halluzinogen, über den genauen Anteil wird seit Bestehn heftig diskutiert, manche behaupten schon mehrfach ein sogenanntes Glückslos gezogen zu haben, andere, enttäuschte Konsumenten, die jahrelang im Rauch vergeblich nach Erleuchtung suchten, sprechen von einem besonders raffinierten Marketingtrick.

Die Ermittlungsbehörden zeigen sich machtlos, weil es buchstäblich die Nadel im Heuhaufen zu finden gilt. Mir selbst wurde allerdings von einem Regierungsvertreter diskret bedeutet, die Behörden wüssten sehr wohl, was es mit *RISK* auf sich habe, und das von Anfang an.

‚Denken Sie an das antike Rom: Brot und Spiele – ein geniales Konzept! Es beschäftigte die Massen und hielt sie von staatsfeindlichen Umtrieben fern.'
An jenem Nachmittag vor zwanzig Jahren ahnte ich nichts davon. Ich hatte in den letzten Tagen bereits mehrere Zigaretten mit Vergnügen, aber ohne besondere Empfindungen darüber hinaus geraucht und gönnte mir wieder den mit einer leichten Spannung verbundenen Genuss. Beim zweiten Lungenzug geschah es: ‚Plop' machte etwas in meinem Kopf, und vielfarbig explodierte die erste Rakete eines mentalen Feuerwerks. Der magische Schriftzug *Risk* auf der Schachtel hob sich von seinem Untergrund, als wolle er mir im nächsten Moment entgegen fliegen, und von der Banderole funkelte es mir zu: *Sind Sie bereit?*
Ich war wider Erwarten nicht bereit, drückte die Zigarette aus und rückte unwillkürlich von ihr ab. In den nächsten Müllcontainer damit! Meine erste Eingebung. Sie aufheben, bis ich mich bereit fühle, die zweite. Ich werde mir ein Testobjekt suchen und die Wirkung an ihm studieren, der dritte Gedanke – und so geschah es. Auf einer Bank an einem ruhigen Abschnitt der Strandpromenade legte ich die Schachtel samt angerauchter Zigarette aus und hockte mich selbst in einiger Entfernung an den Strand. Zwar war der Streit um Nikotinmissbrauch in der Öffentlichkeit längst entschieden, doch bekanntlich macht Gelegenheit Diebe, und ich brauchte nur zu warten.
Ein jugendlicher Läufer trabte herbei. In früheren Zeiten nannte man sie Jogger, jetzt ist die Bewegung zugunsten virtueller Aktivitäten abgeflaut.
Noch zwanzig Jahre später erinnere ich mich an die weit ausgreifenden Schritte, das leichte Keuchen und den typischen, nach innen gekehrten Läuferblick. Nicht so weit nach innen, wie ich vermutete. Er musste aus den Augenwinkeln die auffällige Schachtel bemerkt haben, und obgleich

schon halb vorbei, verlangsamte er seinen Lauf, hielt an und kehrte um. Einen Augenblick lang wog er die Schachtel unschlüssig in der Hand, dann blickte er sich um, zog das Zünderstäbchen heraus, rieb es an der piezoelektrischen Kontaktfläche, und mit einem tiefen Atemzug entzündete er an dem Flämmchen meine und nun seine Zigarette. Nach dem zweiten Atemzug setzte er aus und starrte auf den schmalen Glimmstängel in seiner Hand. Vielleicht erlebte er Ähnliches wie ich eine Stunde zuvor, doch im Gegensatz zu mir ließ er sich nicht abschrecken, nahm einen erneuten tiefen Zug und noch einen. Er setzte seinen Weg fort, indes nicht mehr laufend und pustend, sondern tanzend und singend. Ja, nach einigen missglückten Jodlern im Falsett, zu denen er sich mit ausgebreiteten Armen im Kreis drehte, sang er aus Leibeskräften, tänzelte weiter im Wechselschritt, entwickelte einen angenehmen Bariton, schmetterte schließlich und wahrhaftig unsere Nationalhymne. Ich folgte ihm, gespannt, wie sich die Ereignisse entwickeln würden.

Natürlich erregte er an den belebteren Strandabschnitten Aufsehn: Die Menschen blieben stehn, zeigten auf ihn und lachten. Plötzlich waren zwei uniformierte Ordnungshüter zur Stelle, wahrscheinlich von einem der gaffenden Zuschauer alarmiert. Ich sah, wie der Größere von beiden ihn ansprach, wie der Tänzer im Freizeitanzug sich auf Zehenspitzen hob, blitzschnell den Polizisten an beiden Ohren fasste, seinen Kopf zu sich herunterzog und ihm einen herzhaften Kuss mitten auf den zu einer Ermahnung oder bereits fassungslos geöffneten Mund gab. Das folgende kurze Gerangel endete damit, dass Handschellen sich im Rücken um zwei wild gestikulierende Hände schlossen und dass die Uniformierten den Läufer mit festem Griff zum Bereitschaftswagen schleppten, beide sichtlich bemüht, sich vor einer erneuten Kuss-Attacke zu schützen. Das Testergebnis beeindruckte mich.

Als wenige Wochen später, nach dem zweiten Atemzug eine sanft schimmernde Wolke mich einhüllen wollte, entfloh ich ihr abermals zu jener Bank und legte den angerauchten Köder aus. Diesmal war der Effekt weniger spektakulär. Das Opfer, ein unauffällig gekleideter Mann mittleren Alters, rauchte bedächtig einige Züge, steckte den Rest in die Brusttasche, legte sich auf die Bank und schlief ein. Ich näherte mich vorsichtig der bewegungslos liegenden Gestalt, in der unterschwelligen Angst, er könne doch Schaden genommen haben. Sein Anblick beruhigte mich: Er lag in Embryonalhaltung, den rechten Daumen im Mund, auf dem Gesicht hatte sich ein beseligtes Säuglingslächeln ausgebreitet.

Es war meine letzte außergewöhnliche Erfahrung mit *RISK*. Zwar kaufte ich im Laufe der nächsten zwei, drei Jahre noch einige Schachteln, rauchte sie ohne besondere Ergebnisse, dann ließ ich es sein...

Meine alten Erinnerungen verbanden sich mit der Gegenwart, ich sah deutlich die bunte Sammlung im Setzkasten, roch den aromatischen Zigarettenrauch, und über zwei unruhige Stunden, bevor ich endlich einschlief, reifte in mir die Überzeugung, dass *RISK* für Anns provozierendes Verhalten verantwortlich war.

Am nächsten Morgen begrüßten wir uns, als wäre nichts geschehen.

Der achte Tag

Was hat mich aufgeweckt? Jedenfalls keine Klinikgeräusche; ich muss mich anstrengen, Laute aus entfernteren Kliniktrakten zu identifizieren. Nach den dunklen Wolkenschichten zu urteilen, kann die Sonne noch nicht lange aufgegangen sein.
Ich lasse meine Blicke durch den Raum wandern, nochmals entlang der Fensterfront: nichts, hefte sie kurz auf die Schrankwand mit der integrierten Tür: nichts, und kehre zur leeren Projektionsfläche zurück, die ich bei der ersten Prüfung nur oberflächlich gestreift hatte. Das war es: Sie flimmert wie immer, bevor von der unsichtbaren Zentrale auf Übertragung geschaltet wird, und ich meine ein leises Summen zu hören, unterbrochen von unverständlichem Gebrabbel...
Das Flimmern verschwindet, und ein Bild formt sich unter meinen Augen: ein Raum, genauer ein Raum dieser Klinik, wie ich an den überall einheitlich gestalteten Schrankwänden erkenne. Wie üblich mit dem Kopfende zur Wand steht das Klinikbett, ein umlaufendes Gitter soll vor dem Hinausfallen schützen. In frisch verschmutzten Laken liegt ein Mensch, wenn man dieses erbärmliche Wesen mit den unstet zuckenden Augen, dem sabbernden Mund und seinen krallenartigen, ans Bettgitter gefesselten Händen überhaupt einen Menschen nennen kann. Ich meine bei dem abstoßenden Anblick des fremden Geschöpfs den Gestank von Erbrochenem, von Kot und Urin zu riechen und spüre Übelkeit aufsteigen. Das unmelodische Summen und Brabbeln, das mich anscheinend geweckt hat, fließt aus

seinem Mund, zusammen mit unkontrolliertem Speichel. Ich möchte mich abwenden, gebe den Befehl, das Bild zu verdunkeln, doch es verschwindet nicht. Stattdessen eine wohlbekannte Stimme:
„Sieh her, alter Mann, Das bist du!"
‚Alter Mann!' Niemand anders nennt mich so als das bärtige Abbild meines Sohnes! Er wird also noch in der Klinik festgehalten, und trotz technischer Überwachung muss es ihm gelungen sein, die Anlage für seine Zwecke zu manipulieren. Kurzzeitig registriere ich eine Regung paradoxen Stolzes: Familienintelligenz. Mit uns muss man rechnen! Bevor ich mich frage: Was will er mir sagen?
Aber ich weiß es längst. Ehe ich es verhindern konnte, hat sich der Schrecken an einem Bild aus meiner Studienzeit festgemacht und mir die Antwort gewiesen: ein hochbegabter, gut aussehender Kommilitone, nach einem Autounfall mit schwersten Hirnverletzungen zum Apalliker geworden, den man zwar aus der Stasis, doch nicht mehr zurück in die Normalität holen konnte. Sein Gesicht verlor alle menschliche Schönheit, veränderte sich mit dem Ausfall wichtiger Hirnfunktionen zur Unkenntlichkeit, bis er ähnlich diesem Wesen im Klinikbett zu einem sabbernden, seiner Körperfunktionen nicht mehr mächtigen Bündel Elend herabgesunken war. Ecce Homo?
Ich ahne, wer da gefesselt und verkrümmt in seinen Exkrementen liegt: Der erste meiner beiden Klone, der ihnen misslang, und ich höre die Stimme Dr. Servants.
War es bei einem unserer Gespräche vor Wochen oder gar Monaten? Damals war etwas schiefgegangen, ein unvorhergesehener Zwischenfall: Mein zweiter Spender mit einer Bombe in die Luft gesprengt, buchstäblich pulverisiert. Entgegen dem Vertrag stand kein weiterer Klon zur Verfügung. Weitschweifige Erklärungen aus weißem Kittel: ‚Der Erste als Spender leider ungeeignet. Eine vom Transportvirus

ausgelöste Stoffwechselerkrankung, welche auf das Gehirn übergriff.'
Nein, die letzten Worte unterschlug er, wollte mir den Gedanken an mein zum Idioten gewandeltes alter ego ersparen, Material für ihre Experimente, bis zum Zeitpunkt der Entsorgung...
Ich habe genug gesehn:
„Schalt aus! Bitte schalte es weg!" Und diesmal entspricht er meiner Bitte. Das Bild erlischt, und die Wand erscheint genau wie vorher. Aber nichts ist mehr wie vorher:
Tat twam asi. Auch das bin ich.

Die aus der Erkenntnis geborene Lähmung weicht während des ganzen Tages nicht von mir. Ich esse deutlich weniger als an den vorhergehenden Tagen, kaue lustlos, lasse das meiste zurückgehn. Als Dr. Servant sich mit mir unterhalten will, stelle ich mich müde und vermeide den Augenkontakt: kein Blick in sein besorgtes Gesicht, keine oder nur schläfrig gemurmelte Antworten auf seine Fragen, bis er aufgibt.
„Wir werden uns näher unterhalten müssen, mein lieber Jason, wenn nicht heute, dann morgen oder übermorgen, wann immer Sie wollen. Sie wissen doch, ich habe für Sie Zeit. Fürs Erste, wenn ich Ihnen einen Vorschlag machen darf, lassen Sie sich von unserer liebreizenden Vera unterhalten." Bevor die Projektionsfläche erlischt, nehme ich aus halb geschlossenen Augen sein Kopfschütteln wahr.
Mein lieber Jason! Das bin ich für ihn: s e i n lieber Jason, wertvoller Besitz, unverzichtbares Forschungsmaterial, über das er frei verfügen kann, wie er über den Körper meines unglücklichen Klons verfügt. Doch warum die besorgte Miene? Warum sein Kopfschütteln? Vielleicht tue ich Servant Unrecht: aus meinem zufälligen Halbwissen heraus oder weil die kaum erträglichen Zumutungen dieses Morgens meinen Verstand getrübt haben. Gewöhnlich lasse ich mich nicht so

leicht aus der Fassung bringen, und ich frage mich, wo sind heute meine Vernunft und mein klares Urteil geblieben? Besser mich nicht damit belasten, nicht daran denken; jedenfalls heute nicht! Vielleicht morgen oder an einem der nächsten Tage. Servant hat Recht: Vera wäre nunmehr die geeignete Zerstreuung.

Doch auf Veras Reisepläne reagiere ich diesmal gereizt, breche ihre Romanlektüre nach wenigen Seiten ab, verschließe meine Ohren vor dem Musikprogramm und entlasse sie, indem ich wieder Müdigkeit vorschütze. Oder bin ich doch müde, zu müde, einen Entschluss zu fassen, zu müde selbst zum Grübeln? Wie meine Stimmung ohne die ausgleichende und aufhellende Wirkung der Manschette wäre, mag ich mir gar nicht vorstellen. Im Augenblick sieht es so aus, als würde ich mehr Trost aus Erinnerungsträumen gewinnen, und nach dem Mittagessen stimme ich mich erneut ein, gleite bemüht sorglos hinüber in einen leichten Halbschlaf...

Ann tanzt. Barfuß, zu den Klängen eines unbekannten Stücks: Elektronische Musik, sich wiederholende Tonfolgen, dazu ein mitreißender, treibender Rhythmus, der sich entgegen dem mathematischen Zeittakt zu beschleunigen scheint, mich hineinzieht und in ewiger Wiederkehr zum Ende drängt. Sie hat im großen Salon den Tisch zur Seite geschoben und den Kalenderteppich aus Mexico ausgebreitet, getreues Abbild des aztekischen Kalendersteins. Sie trägt das federleichte Seidenkleid vom Opernbesuch im Palast der Schönen Künste. Es legt sich sanft schimmernd um ihren Körper, passt sich funkelnd jeder Bewegung an und schwingt tellerförmig in schillerndem Farbspiel, als sie sich immer schneller um ihre Achse dreht. Sie bemerkt mich nicht, oder meine stille Gegenwart stört sie nicht. Ihre Augen blicken nach innen und gleichzeitig in unbekannte Fernen, in

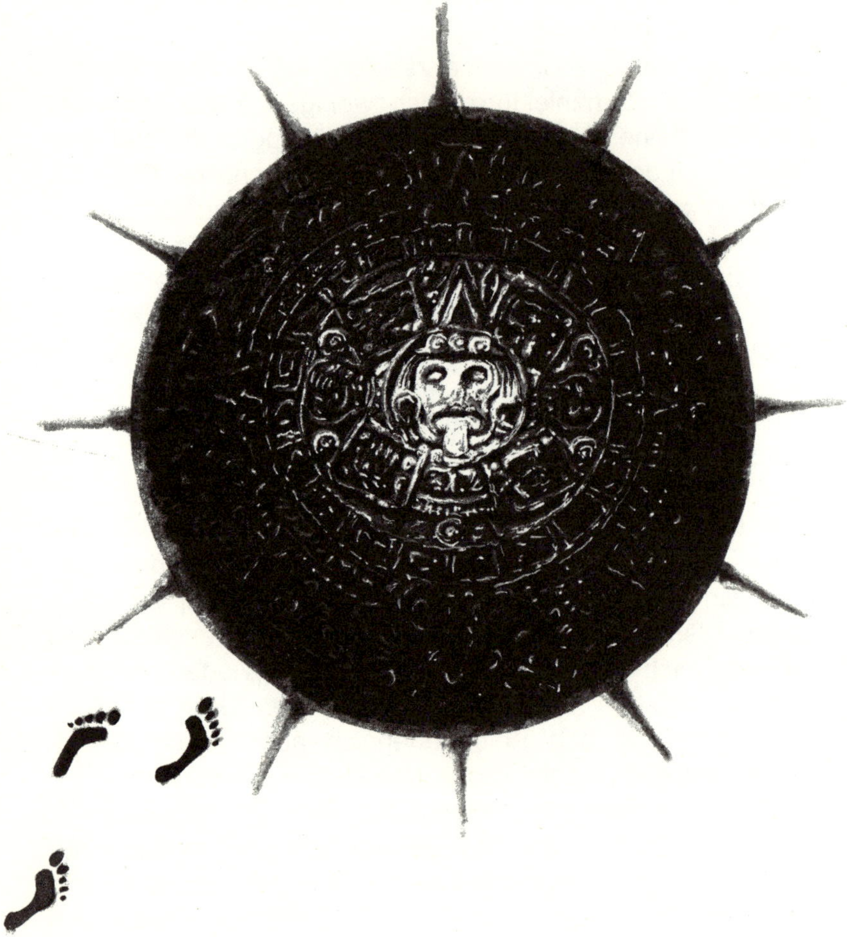

Trance. Die bloßen Füße wirbeln, treten zum drängenden, sich immer neu wandelnden Rhythmus der Musik. Ann tanzt über den Insignien der Zeit: dem Zyklus der zweiundfünfzig Jahre inmitten des fünften Zeitalters. Sie tanzt über der täglich erneuerten, Leben spendenden Sonne im Zentrum, über dem Unabwendbaren, das Schicksal heißt. Sie schwingt sich über den Abgrund der fünf Unglück verheißenden hohlen Tage, landet endlich wieder im Sonnenzentrum, sinkt dort mit ausgebreiteten Armen zusammen, der Atem kaum merklich schneller, das Haupt wie zum Opfer gesenkt über dem magischem Rund der Kalenderzeichen. Abrupt endet die Musik.

Ich hatte ihr schweigend zugesehn. Erst, als sie den Kopf hob und mich anschaute, sprach ich sie an, die alte Frage: ‚Wer bist du?'

‚Nie sollst du mich befragen!', lautete die sibyllinische Antwort...

Wer war sie? In jedem Fall eine intelligente Person, die es verstand, Herkunft und Identität so meisterhaft zu tarnen, dass nicht einmal meine Detektei ihr auf die Spur kam. Ich selbst hätte es an ihrer Stelle nicht besser gekonnt.

Der neunte Tag

„Und eins und zwei und drei und vier, gut so, und jetzt dasselbe noch einmal!" Vera im Gymnastikanzug blickt streng auf mich herab, und ich grinse unwillkürlich verlegen. Die gymnastischen Übungen helfen zwar die Langeweile zu vertreiben, doch würde ich lieber heute als morgen mein Krankenzimmer für einen ersten Rundgang verlassen. Dr. Servant hat versprochen, mich persönlich zu begleiten, doch weiß ich, dass er bis zum Spätnachmittag beschäftigt ist.
„Unabkömmlich", sagt Vera strikt, und ich ergebe mich in mein Schicksal, übe weiter Radfahren und Beinscheren im Bett.
Aber das Schicksal meint es überraschend gut mit mir. Dr. Servant sucht mich gleich nach dem Frühstück persönlich auf, studiert meine Daten am Fußende des Betts, als hätte er sie nicht längst in seiner Zentrale abgelesen, lässt sich von meinen Fortschritten erzählen und verkündet aufgeräumt, während er seine Hände knetet:
„Ich habe noch bei einem anderen Patienten vorbeizuschauen. Danach, in einer halben Stunde erwarte ich Sie ausgehfertig."
„Doch nicht in einem dieser Trainingsanzüge", wage ich einzuwenden. Die Bilder hinfälliger Patienten, die sich in Schlafanzug und Morgenmantel über Krankenhausflure schleppen oder im Trainingsanzug die Bänke der Klinikgärten besetzen, habe ich stets als ästhetische Zumutung betrachtet.
„Aber nicht doch, verehrter Dr. Brandt. Ihr Hausmeister, heißt er nicht Shultz? Also, Herr Shultz hat auf unsere Anregung

hin einen Koffer mit Kleidungsstücken und persönlichen Utensilien zusammengestellt. Überzeugen Sie sich selbst!" Mit großartiger Gebärde weist er auf einen Schrank, spricht sein *Sesam öffne dich*, und ich kann mich überzeugen, dass er wirklich nicht übertreibt.
Ich erkenne unter anderem Wäsche, zwei Hausanzüge, einen Synprenanzug, Pullover für kühle Abende auf dem Balkon und meinen bequemen Hausmantel. Da es sich um meinen ersten Ausgang handelt, entscheide ich mich für den grauen Hausanzug, winde ein gemustertes Seidentuch um den Hals und schlüpfe in den wollenen Hausmantel. Zwar fällt jede Bewegung noch schwer, aber als ich „Spiegel!" kommandiere und meine Erscheinung betrachte, bin ich zufrieden. Meinem Gesicht sieht man den fortschreitenden Heilungsprozess deutlich an, und den Kopf bedeckt bereits feiner blonder Flaum.
Dr. Servant applaudiert anerkennend, als er mich abholen kommt, reicht mir einen Stock für die Rechte und stützt meine Linke, während wir langsam den Gang entlangschreiten.
Vor dem Fahrstuhl halten wir an, und er legt eine Hand auf die matt schimmernde Sensorfläche.
„Mit dem Treppensteigen müssen wir nicht gleich beim ersten Ausgang beginnen." Sagt's und geleitet mich vorsichtig in die Kabine. Wir fahren ein Stockwerk nach oben, gehn wieder einen langen Gang entlang und stehn vor einer Tür mit einem schmalen Namensschild: Dr. Henry Servant, Privatdozent, darunter eine ähnliche Sensorfläche.
Er berührt sie leicht, ein kaum vernehmliches Knacken, und die Tür gleitet zur Seite: „Mein persönliches Reich, lieber Jason! Na ihr beiden, habt ihr mich vermisst?" Er verbeugt sich, eine Hand ausgestreckt. „Da lernen Sie gleich die Gefährten meiner Mußestunden kennen." Die Gefährten seiner Mußestunden lassen sich von ihm kraulen, umschmei-

cheln uns schnurrend mit hoch erhobenen, buschigen Schwänzen. Zwei blauäugige Katzenschönheiten: halblanges Fell, weiße Pfoten, dunkle Maske und dunkler Schwanz, einmal schwarzbraun, einmal blaugrau gefärbt.
„Das sind wohl Perser?", vermute ich. „Ein Pärchen?"
Servant wehrt lachend ab: „Sita und Ashoka sind Nestgeschwister, nicht geklont und selbstverständlich entschärft: Ohne den Sexualtrieb lebt es sich besser. Außerdem keine Perser, sondern Heilige Birma." Er schüttelt nachsichtig den Kopf, „Sie scheinen nicht allzuviel von Katzen zu verstehn.", beobachtet schmunzelnd, wie der Dunklere die Hosenbeine meines Hausanzuges beschnüffelt, aus tiefblauen Augen zu mir aufschaut und mit einer eleganten Dehnung des Körpers seinen Kopf an meinem rechten Knie reibt. „Keine Angst, beide sind verträglich und ausgesprochen menschenfreundlich. Bitte nehmen Sie Platz und fühlen Sie sich bei uns zu Hause. Ich werde derweil einen Tee bereiten." Ich versinke in einem geblümten altväterlichen Sessel und entspanne mich, nachdem Servant mit den Worten: „Hier bin ich Privatmensch" aus dem Arztkittel geschlüpft ist. Auch seine Brille legt er ab. Er nimmt japanisches Teegeschirr aus dem Regal, füllt heißes Wasser in die Kanne und misst vier Teelöffel voll für den Porzellanfilter ab: „Für Sie als Rekonvaleszent nicht zu stark."
Während der Tee zieht, mustere ich so unauffällig wie möglich die Einrichtung. Den Blick aus dem Fenster über Gras- und Buschland, Klippen und Meer kenne ich zur Genüge, wenn er aus größerer Höhe auch eindrucksvoller wirkt. Was mich noch mehr fasziniert, ist die riesige Bücherwand, die über gut achtzehn Fuß eine ganze Raumbreite einnimmt, und neben der andere Einrichtungsgegenstände fast bedeutungslos erscheinen. Ich erkenne Klassikerausgaben in aufwendiger Bindung, einige davon im fremdsprachigen Original.

„Jeder Besucher bestaunt meine Büchersammlung", sagt Dr. Servant und schenkt mir eine Tasse Tee ein: „China-Keemun, zart und blumig, wie ich ihn am Nachmittag schätze."

„Nach welchen Prinzipien haben Sie Ihre Bücher geordnet? Nach meinen Erfahrungen ist es schwierig, mit einem traditionellen Bücherberg Ordnung und Übersicht zu verbinden."

„Das mag sein, ich verbringe regelmäßig Zeit mit Sichten und Lesen. Bücher wollen angefasst sein."

„Zu den obersten Fächern brauchen Sie eine Leiter. Was findet dort Platz?"

„Zum Beispiel Werke der Antike, entsprechend ihrer Herkunft und Entstehungszeit geordnet." Er weist auf mehrere Bände mit Lederrücken und Goldprägung und beginnt die Titel vorzulesen. Ich folge unwillkürlich seinen Augen hin zu den Büchern im obersten Fach: Buchstaben und Namen, zu klein und zu weit entfernt, als dass ich sie mit eigenen Augen entziffern könnte. Dr. Servant liest sie, ungenutzt liegt derweil seine Brille auf dem Schreibtisch.

„Was ist mit Ihren Augen geschehen?" frage ich verblüfft. „Oder kennen Sie alle Titel auswendig?" Er schaut im ersten Augenblick ertappt, bequemt sich dann zu einer Erklärung: „Tatsächlich, lieber Dr. Brandt, liegt meine Sehschärfe seit längerem einhundertfünfzig Prozent über dem Normalwert. Nur konnte ich mich von meinen Brillen nicht trennen. Sie besitzen auch Vorteile, und schließlich hat der Mensch seine Gewohnheiten..."

Ich greife zur altertümlichen Sehhilfe und blicke hindurch: Einfaches Glas oder zumindest ein glasähnliches Material. Vielleicht versteckt er sich hinter den gespiegelten Gläsern.

Es braucht Zeit, die unerwartete Auskunft zu verdauen, und ich wechsle das Thema: „Ich hätte mehr medizinische Fachliteratur erwartet."

„Die vollständige Fachliteratur besitze ich auf Memospeicher, jederzeit abrufbar, sie hat bis auf wenige Ausnahmen, an denen ich persönlich hänge, in dieser Bibliothek nichts zu suchen. Schließlich bin ich Grundlagenforscher, kein Aasgeier, der sich über die Ausbeute von Kollegen hermacht. Sie werden von mir nur wenige schriftliche Abhandlungen finden, schon aus Gründen der Diskretion."
„Sollten Sie nicht besser Geheimhaltung sagen?"
„Wie sie wollen, jedenfalls bin ich Praktiker, und in meinem Fach einer der besten. Überhaupt: Sekundärliteratur gleich welcher Art werden Sie hier vergeblich suchen." Er bemerkt meinen zweifelnden Blick:
„Gut, bis auf einige Ausnahmen. Prinzipien sind dafür da, manchmal durchbrochen zu werden."
Er lacht, wird ebenso schnell wieder ernst: „Sie sollten mich am besten verstehn mit Ihrer Vorliebe für das Original in der bildenden Kunst. Ihre Mitgliedschaft im erlauchten Kreis der Kunstleaser dürfte Sie einen beachtlichen Jahresbeitrag kosten. Habe ich Recht?" Er hat Recht.
„Sie müssen wissen, dass ich während des Studiums auch Literaturwissenschaft belegt hatte. Ein Fehler, ich hätte besser die Dichter lesen sollen. Warum? Man vernachlässigt die Literatur und dringt nicht zu den Quellen vor, liest stattdessen ihre Interpreten, diese selbsternannten Brunnenwächter, – ach, was sage ich? Brunnenvergifter! Falsche Vorkoster, die ihren eigenen Geschmack diktieren, Ladenhüter des Geistes und allzu oft abhängig von ihren Geldgebern. Dann ist es nicht einmal der eigene Geschmack, den sie uns diktieren wollen." „Aber sie können eine Hilfe sein für den unerfahrenen oder zu beschäftigten Leser, der nicht lange um Aussagekern und Sinn herumrätseln will."
Triumphierend reckt er den rechten Zeigefinger in die Höhe:

„Sie sagen es! Zu beschäftigt, das heißt denkfaul, wenn es nicht um die Alltagsverrichtungen geht, virtual reality, Multimediaterminals, alles was das Leben vereinfacht und uns das Denken abnimmt. Wissenschaftler in einer Wissensgesellschaft wollen diese Leute sein? Dass ich nicht lache! Händler von Informationen nach den wechselnden Bedürfnissen des Marktes sind sie: biedern sich an als Führer, um uns zeitliche Umwege abzunehmen. Verführer, Zeitdiebe sind sie, die sich als Wissende gebärden, uns Kultur aus dritter Hand liefern, einseitige Urteile, bequeme Zusammenfassungen, aus dem Zusammenhang gerissene Textfragmente. Denken Sie nur an die heiß begehrten erotischen Anthologien. Da wird Erotik zur Pornographie." Er lehnt sich zurück, zieht geräuschvoll Luft durch die Nase. Eine verächtliche Handbewegung. „Das Thema ist für mich beendet. Unterhalten wir uns lieber über Ihre jüngst geleasten Objekte."

Mir ist klar, heute will er nicht mit mir über Gesundheit reden, schon gar nicht über missglückte Klonungen, und der abgeworfene weiße Kittel ist Programm: Metamorphosen eines Arztes.

Wir sitzen in unseren Sesseln, jeder eine Tasse Tee vor sich und einen von Servants Gefährten auf dem Schoß. „Er mag Sie", Servants einziger Kommentar, als der Dunkle, zweifellos Ashoka mit einem federnden Satz auf meinen Knien landet, sich zusammenrollt und nach herzhaftem Gähnen den Kopf auf seinen Vorderpfoten ablegt, die Augen schließt. ‚Er mag Sie'. Das kenne ich doch...

„Prächtige Tiere," sage ich. „Sie sollten beide klonen, ihnen damit die sprichwörtlichen sieben Leben einer Katze schenken. Wäre das keine Verlockung für Sie? Ich meine, Sie könnten dann zwei, drei Katzenleben lang, ganz wie Sie wollen, über beide verfügen: stets dieselben Gefährten Ihrer Mußestunden."

„Nicht dieselben! Einander ähnlich wären sie schon, vielleicht sogar gleich wie eineiige Zwillinge, aber dieselben? Niemals."
„Auch Katzen erkranken und sterben irgendwann. Wie gehn Sie damit um?"
„Ihre Krankheiten werden von mir behandelt, vor dem Tod kann selbst ich sie nicht bewahren und mich nicht vor dem Trennungsschmerz. Alles andere wäre Illusion." Servant krault das Nackenfell seiner Katze. Schweigt.
Krankheit und Tod, das Herzweh: für mich lauter vernünftige Gründe, mein Leben nicht mit dem eines Haustieres zu verbinden.
So wechsle ich das Thema, befrage ihn zu Ästhetik und Funktion der Klinikanlage und lobe die flexible Gestaltung meines Zimmers; wir diskutieren die zeitgenössische Architektur, unterhalten uns über verschiedene Kunstobjekte, meine Libellensammlung, um schließlich bei Fauna und Flora der Insel zu enden.
„Ein Paradies, in dem wir für eine paradiesische Zukunft forschen und arbeiten. Sie, lieber Jason, gehören zu den bevorzugten Nutznießern unseres Programms."
Ashoka schläft, sein warmes, nicht einmal unangenehmes Gewicht auf meinem Schoß. Erst gegen Ende des Gesprächs wecke ich ihn vorsichtig und schicke ihn mit einem freundlichen Klaps fort. Wieder schmunzelt Dr. Servant.
Wir stehn beide an der Tür zum Gang, ich auf die Gehhilfe gestützt, er noch mit dem Schließmechanismus seines Arztkittels beschäftigt. Dann bietet er mir den Arm, und ebenso, wie vor fast zwei Stunden gekommen, gelange ich wieder zurück zu meinem Zimmer.
In mir wühlt es: Fast zwei Stunden haben wir verplaudert, doch jene Frage nicht berührt, die mir seit gestern auf der Seele brennt. Dr. Servant geleitet mich zum Sessel neben meinem Bett, rückt ihn für mich zurecht, wartet, bis ich

bequem sitze. Erst als er sich verabschieden will, bricht es aus mir hervor: „Sie wissen doch vom Psychoterror dieses Klons gestern früh; warum verschweigen Sie das? Wieso hält er sich überhaupt hier auf, beziehungsweise wird hier noch festgehalten?"

„Lieber Jason, ich spreche zu allen Themen, sobald Sie bereit dazu sind, und merken Sie nicht, dass Sie Ihre Frage soeben selbst beantworteten? Wie sein Urbild ist er labil und droht aus dem Ruder zu laufen. Die bizarre Selbstvernichtung Ihrer Imago hat ihn zusätzlich destabilisiert, und wir müssen trachten, ihn aufzufangen, bevor wir ihn der Gesellschaft zurückgeben. Dies braucht Zeit." Mit heimlicher Genugtuung stelle ich fest, diesmal weicht Dr. Servant meinem Blick aus, sonst würde mich seine vorgebliche Selbstsicherheit mehr erbosen:

„Finden Sie nicht, dass Ihnen in letzter Zeit etwas zu viel aus dem Ruder gelaufen ist?"

Seufzend bequemt er sich zu einer Erklärung: „Ob es uns gefällt oder nicht, Sie, mein lieber Jason, sind offensichtlich der Einzige aus Ihrer Familie, der unsere Anstrengungen zu würdigen weiß, alle anderen widersetzen sich. Die Zeit scheint reif, Ihnen Grundsätzliches zu erklären:

Naturgemäß besteht bei allen Imagines die Gefahr einer erhöhten Labilität. Nicht jedermann bejaht das Leben und dankt es seinen Eltern, und was die Imagines betrifft: Schon ihre Entstehung, mehr noch ihr Lebenszweck muss ihnen als blanke Willkür erscheinen. Allerdings, und darauf sind wir stolz, im Allgemeinen können wir sie mit ihrer Aufgabe, und das bedeutet, mit ihrem Leben versöhnen. Kein Leben, auch nicht das eines geklonten Geschöpfes, darf sich in Zwecken erschöpfen; den persönlichen Sinn freilich müssen die Imagines wie jeder Mensch letztlich selbst finden."

„Mag sein, doch wie erklären Sie diesen Ausbruch von Aggression, ja, Hass, gestern früh?"

„Die Folge persönlicher Krisen. Wir sind stets bestrebt, Aggressionen zu kanalisieren und zu entschärfen. Dazu gehört regelmäßige sportliche Betätigung. Selbst ausgefallene, teure Sportarten fördern wir, sofern sie keine größeren Verletzungsrisiken bergen. Übrigens: Mehr als Sport und Spiel, zu denen ja auch nicht ein Jeder zu jeder Zeit aufgelegt ist, leisten hier Cyberspiele, von denen unsere Welt ja durchdrungen ist. Sie werden gerne angenommen, und einige unserer Schützlinge spielen in bekannten Clans."
Servant zieht den zweiten Sessel zu sich, nimmt umständlich Platz, und ich denke an Cybermatadore, die ähnlich den herkömmlichen Spitzensportlern gefeiert werden und als Profis viel Geld verdienen. Noch vermag ich mich nicht dafür zu begeistern, selbst bevorzuge ich traditionelles Schach; was nicht ausschließt, dass mich im Ruhestand das eine oder andere komplexe Strategiespiel reizen könnte.
Anfang des Jahrhunderts hatte man den shootern noch Amokläufe angelastet – meiner Meinung eine billige Ausrede für sozialpolitische Unterlassungen; ich erinnere mich an einen in Deutschland lächerlich ignorant diskutierten Fall, wo ein Jugendlicher infolge verfehlter Schulpolitik sich aller Lebensperspektiven beraubt sah und unter Lehrern und Mitschülern ein Blutbad anrichtete. Für mich handelt es sich bei den Ursachen solcher Amokläufe stets um ein multifaktorelles Geschehen. Deshalb und um ähnliche Katastrophen zu verhindern, ist für hochrealistische Szenarien seit Jahrzehnten der Einbau irrealer Elemente Vorschrift, verbunden mit subliminalen Suggestionen, die auf den Spielcharakter als solchen verweisen. Exzesse wie das Ballern auf Cyberleichen sind allgemein verpönt. „Ich hoffe, ich störe Ihre Gedanken nicht, möchte aber doch meine Überlegungen zu Ende führen." Natürlich, Dr. Servant!
Er hat die Beine ausgestreckt, seine Hände über dem Bauch gefaltet und erwartet meine ungeteilte Aufmerksamkeit.

„Da ja die Spieler nicht mehr von außen, sondern innerhalb des Spiels selbst agieren wollen, sind sie auf Cyberhauben, besser noch Multisensanzüge angewiesen. Dabei werden eine ganze Reihe physiologischer und neuronaler Parameter abgegriffen, sowie auffällige Profile unverzüglich gemeldet. Worauf sich die staatliche Psychohygiene solcher potentiell gefährlichen Spieler annimmt. Tatsächlich haben wir damit ein hervorragendes diagnostisches Instrument der Prävention und mittlerweile auch ausreichende Therapiemöglichkeiten."
Mir als Anwalt muss er den Nutzen für unsere Gesellschaft nicht erklären, schließlich habe ich die Entwicklung mitbetreut.
Scheinheilig stimme ich ihm zu: „Wie Recht Sie doch haben. Zumindest bei uns in den Staaten ist die Jugendgewalt stark rückläufig, und die früher so gefürchteten Jugendbanden leiden unter Mitgliederschwund: alles dank technisch induzierter Psychohygiene." Pause. Dann meine wohlvorbereitete Frage: „Warum schaffen Sie die menschliche Aggression nicht gleich ganz ab?"
Er lächelt sanft, spricht dozierend wie zu einem begriffsstutzigen Kind: „Aber Jason, Sie wissen doch, dass ein gewisses Maß natürlicher Aggression unverzichtbar ist und untrennbar mit der Evolution verbunden. Wo blieben sonst unsere Selbstbehauptungs- und Überlebensstrategien? Auch Ihre und meine. Es kommt nur darauf an, Auswüchse und Fehlleitungen zu verhindern. Nehmen Sie die modernen shooter. Sie erfordern nicht nur wie früher Feinmotorik, schnelle Reaktion und Teamfähigkeit, sondern viel mehr Taktik und Strategie, vorausplanende Intelligenz; schließlich bewegen sich die Spieler in zunächst wenig bekanntem Gelände voller Tarnung und möglicher Fallen und müssen komplexe Aufgaben wie Geiselbefreiung in erheblich längeren Runden meistern. Das Urbild Counterstrike nahm sich dem gegenüber arg schlicht aus.

Heute ist der Jugendschutz eingelöst, da das Equipment eine genaue biometrische Altersbestimmung vornimmt, sogar über Schutzschaltungen gegen exzessive Übernutzung verfügt. Und die Forschung schläft nicht.
Wo uns die genannten Möglichkeiten nicht genügen, erproben wir modifizierte Simulationen des Militärs, die infolge ihres Realismus höhere Stressfaktoren bieten, zum Beispiel Hitze, Kälte, straffe Befehlshierachie – und auch spürbaren Schmerz bei Treffern auslösen. Sie liefern uns sehr detaillierte Aufschlüsse zur menschlichen Natur.
Zugegeben, kein Menschenwerk ist perfekt, und damit wären wir wieder beim Problem Ihrer Imago. Trotz aller erdenklichen Vorkehrungen konnte sie uns irreführen. Offensichtlich auf mentalem Wege, während wir einseitig in unsere technischen Möglichkeiten vertrauten, vielleicht unser amerikanisches Erbe." Er grinst entschuldigend. „Leider verstehn wir die Situation noch nicht voll, nach meinem Eindruck hat er ähnlich einem Helden des deutschen Idealismus gehandelt: Er warf sein Leben weg und hielt die Nase, die er uns und Ihnen damit drehte, offenbar für einen moralischen Sieg. Wir konnten es nicht verhindern. Wie wir überhaupt die Selbsttötungen in unserer Gesellschaft zwar stark eindämmen können, jedoch niemals besiegen, es sei denn, wir setzten alle Menschen unter Psychodrogen.
Schließlich bietet die Möglichkeit des Freitodes ein letztes, vielleicht sogar Leben erhaltendes Element menschlicher Freiheit und Selbstverantwortung. Jedenfalls, wenn die Tat nicht Ergebnis eines geistigen Kurzschlusses ist; im Idealfall sollte ihr wie bei den alten Philosophen intensives Nachdenken vorangehn. Es mag zum Lebensüberdruss führen, der Überzeugung, genug gelebt zu haben, wie bei Zeno, oder aber zum Stolz des Sisyphus, sich nicht aufzugeben in einer absurden Welt."
„Und er? Welches Motiv schreiben Sie ihm zu?" Ich vermeide das Wort Imago, ohne mir darüber Rechenschaft abzulegen.

„Weder an Lebensüberdruss noch eine Kurzschlusshandlung kann ich glauben. Seinen Kameraden gegenüber gab er sich stets freundlich und gelassen, lediglich gegenüber uns Autoritäten wurde manchmal eine leichte Aufsässigkeit spürbar. Indes wollen wir unsere Schützlinge aus Prinzip möglichst wenig bevormunden, und wir wurden nicht misstrauisch, als er von einem Tag zum anderen das Cyberspiel aufgab. Leider waren wir zu sehr auf Aggression nach außen fixiert und mussten dazulernen."

Servant hat seine Hände gelöst und die offenen Handflächen zum Himmel gekehrt, als erwarte er von dort Absolution für die Fehlschläge und Katastrophen der jüngsten Zeit.

Eine priesterliche Gebärde, denke ich und, da kann er lange warten, außerdem weiß ich, es ist nur die ratlose Gebärde des Agnostikers. Und ich? Mich schmerzt entgegen aller Erwartung der gleichsam zweite Verlust meines Sohnes, ein Schmerz, dem sofort der tröstliche Gedanke folgt, wir können Kontakt zueinander aufnehmen, wenn alles überstanden ist, und uns versöhnen.

Natürlich, der Psychoformer. Ehe ich mich weiter über meine ausufernde Versöhnungsbereitschaft wundern kann, stemmt sich Dr. Servant tief ausatmend aus seinem Sessel und schließt das Thema mit einem optimistischen „Wie es auch sei, wir werden unsere Methoden weiter verfeinern: Die Rätsel von heute sind die Gewissheiten von morgen."

„Beehren Sie mich bald wieder", sagt er zum Abschied, die Augen hinter spiegelnden Gläsern verborgen.

„Aber sicher, Herr Dr. Servant", sage ich und denke, wer hat hier eigentlich wen beehrt?

Ich wechsle in mein Bett, strecke und dehne mich in den sauberen Laken und sinne noch kurz über die Thematik nach und dass der Cyberspace dem jugendlichen Geltungsdrang weit mehr Publikum verschafft, als dies ein paar Straßenschlachten je vermöchten...

Bald ermüden mich die fruchtlosen Gedanken. Ich denke an Ann. Wo ist sie, und warum meldet sie sich nicht? Man hat Glenn mit mir sprechen lassen, warum nicht Ann? Weiß sie denn nicht, wo ich bin und dass ich sie vermisse, sie nirgends finden kann als im Traum, – und ich beginne zu träumen...

...Ich tanze. Mit weiten Schritten durchmesse ich den Kreis, umschreite die heilige dreizehn, die zweiundfünfzig Jahre der Kalenderrunde, ich, Xochipilli, Gott der Liebe und des Tanzes. Blumen überdecken mein Gewand, und als ich mich schneller drehe, mit ausgebreiteten Armen über den Zeitstein wirbele, fliegen bunte Vögel herbei, allen voran ein Quetzal mit prächtig wogendem Gefieder, Boten des Paradieses von Tlaloc. Blütenblätter schweben um mein Haupt, von blühenden Bäumen und Frühlingssträuchern herabgeschüttelt, bilden farbige Spiralen.
Durch sie taucht schemenhaft Anns Gesicht auf, ihre Hand fasst die meine, und wir tanzen gemeinsam über der Zeit. Tanzen eng und enger umschlungen, hinter uns versinken Tempel und Paläste im Dschungel, das fünfte Zeitalter neigt sich dem Ende zu. Noch fester umfasst sie mich, und ich ringe in der Umklammerung nach Luft. Dann ist sie plötzlich fort, und ich tanze alleine. Nicht mehr allein, wie ich im ersten Augenblick meine. Sie ist wieder bei mir: ihre klare Stirn über meiner Stirn, ihre sanft gebräunten Wangen auf meinen Wangen, ihr weit offener Mund mit den eben noch vollen, schön geschwungenen Lippen über meinem Mund, und ich blicke durch die ausgeschnittenen Höhlungen, durch die eben noch ihre Augen zu mir herübersahen. Ihr Hals, der helle Leib, ihre Brüste mit lichtbraunen kleinen Höfen und mein Körper: Endlich vereint! Ich tanze in der heiligen Kommunion unserer Leiber, für immer aufgehoben in ihr, –

und hochgestreckt in beiden Armen halte ich ihr Herz, biete es zum Opfer der müden Sonne.
Und dann bin ich die Sonne, nehme das Leben spendende Opfer an, fühle meine schwindenden Kräfte sich erholen: Neubeginn und Ewigkeit. Ja, ewig andauern wird das fünfte Zeitalter...

Der zehnte Tag

Ich erwache schweißbedeckt, und mein erster Handgriff gilt dem Psychoformer am linken Handgelenk. Er sitzt unverändert fest, ein Ring ohne Anfang und Ende. Als ich an ihm horche, meine ich das gewohnte schwache Pulsieren zu vernehmen und bin für einen Moment ratlos. Noch lebt die Erinnerung an den Traum und wie er mich im aztekischen Opferritus tanzen ließ, – tanzen unter der abgezogenen Haut meiner Geliebten. Ich frage mich: Warum hat das Gerät eine solche Ungeheuerlichkeit zugelassen und sie nicht wie andere schmerzvolle Erlebnisse in Harmonie und Vergessen versenkt? Und kenne die Antwort: Wie hätte ein Gerät reagieren sollen, das vor allem geschaffen ist, unangenehme Gefühle zu orten und sie zu löschen oder in angenehme umzuformen? Denn in meinem Traum war nicht Schmerz und Trauer, auch kein Gefühl von unwiederbringlich Verlorenem, sondern tiefe, nicht enden wollende Lust, Verschmelzen im Tanz des Lebens selbst...

Wahrscheinlich werde ich nie wissen, ob Dr. Servant in dieser Nacht ungewöhnliche Daten von meiner ‚Zaubermanschette' erhielt und ob er mich deswegen sprechen will. Er fragt, ob ich auch den Riesenschwarm der Pelikane beobachtet hätte, wie sie tief über dem Meer fliegend, sich den Wellen anpassend, gleichsam selbst zur Woge geworden seien, und bietet mir für den frühen Nachmittag einen gemeinsamen Spaziergang an. Verliert kein Wort über meinen Gesundheitszustand.
„Eine Stunde habe ich für Sie Zeit. Falls Sie danach noch länger an der frischen Luft bleiben wollen, schicke ich einen Pfleger, der sie später wieder zu Ihrem Zimmer geleiten

wird." Einen Pfleger. Etwa von der Sorte, die unlängst jenen schnurrbärtigen Eindringling zusammenschlugen?
„Ich bin mehr für Damenbegleitung", sage ich.
Ehe er die Verbindung unterbricht, meine ich seinen forschend nachdenklichen Gesichtsausdruck zu bemerken. Ich antworte mit ungerührt harmloser Miene. Gegen meinen Willen hat noch niemand etwas von mir erfahren!
Bin selbst ratlos, was der Traum der vergangenen Nacht bedeuten soll: kein Wahrtraum und doch so klar, gleichzeitig voll kranker Symbolik, dass ich ihn meinen Ärzten lieber verschweige. Was ist geschehen?

Wieder kleide ich mich sorgfältig für meinen Ausgang, wähle einen leichten Wollpullover zu Hemd und Synprenhose, und wieder geleitet mich Dr. Servant zum Fahrstuhl, der uns hinunter zur Eingangshalle bringt. Die Halle ist großzügig konzipiert: Marmortische und bequeme Sitzmöbel im passenden Design. Grünpflanzen bedecken einen Teil der Fensterfront, davor eine moderne Brunnenfigur. Ich erkenne die Plastik eines Kindes, das sich vom Wasserstrahl berieseln lässt. Nein, ich berichtige mich, es sind zwei Kinder: Knaben, vielleicht Brüder, von denen der eine fünf oder sechs Jahre zählt. Der andere ist gerade dem Säuglingsalter entwachsen. Dr. Servant bemerkt mein Interesse und führt mich zur Brunnenplastik:
„*Adam 2000*", bemerkt er und weist auf eine platinfarbene Plakette. Da steht es auch eingraviert: *Adam 2000*, und ich frage mich unwillkürlich: Welches von beiden Kindern ist Adam?
„Erkennen Sie ihn?", fragt Dr. Servant. Die Antwort fällt mir nicht leicht. Gegen alle Erwartung steht der Jüngere der beiden aufrecht in einem Ausdruck von Kraft und Aktivität. Er lächelt halb zu uns, halb zu dem Älteren herab, der im Wasser zu seinen Füßen liegt und in einer Hilfe suchenden

Geste die Arme zu ihm emporstreckt. Es mag am Wasser liegen, dass die Konturen des Größeren zu verschwimmen scheinen und er den Eindruck von Schwäche hinterlässt.
„Nun passen sie auf!" Dr. Servant streicht mit der Hand über die Plakette, und mit einem Male beginnt das Wasser erst weiß, dann bläulich zu schimmern, und ich sehe eine zweite Flüssigkeit: Ein golden bewegter Strang, der von der rechten Armbeuge des Jüngeren zum Herzen des Älteren fließt, in stetem Fluss Spender und Empfänger verbindet.
„Natürlich fließt kein Wasser und auch keine Körperflüssigkeit," erklärt Dr. Servant. „Nicht einmal der Stein ist echt. Alles Illusion, aber eine mit Bedeutung! Wissen Sie jetzt, wer *Adam 2000* ist?"
„Im biblischen Mythos war Adam der erste Mensch, dem alle nachfolgenden Generationen ihr Leben verdanken. Also müsste der aufrecht Stehende, selbst wenn er jünger scheint, *Adam 2000* sein."
„Bravo, Sie haben sich vom Paradoxon nicht täuschen lassen, dass der Jüngere von beiden Leben spendet." Er klopft mir tatsächlich lobend auf die Schulter.
„Wir ehren mit dieser Plastik den ersten genoptimierten Spender und jene Wissenschaftler, die damals mit Hilfe von Präimplantatsdiagnostik und DNA-screening einen erbgesunden Adam schufen. Er kam auf die Welt, weil nur er aufgrund seiner genetischen Verwandtschaft seinen erbkranken Bruder heilen konnte. Er war der erste, ihm folgen seitdem viele Kinder, die geboren werden, um ihren Eltern und älteren Geschwistern Gesundheit zu spenden. Wir übertragen Blut, Rückenmark, Haut- und Nervenzellen, was immer benötigt wird. Selbstverständlich, ohne die Spender dauerhaft zu schädigen. Ich darf sagen: Eine stolze Bilanz!"
„Wenn ich mich recht entsinne, gab es auch Gegner des Verfahrens."

„Anfangs schon. Man sprach entweder dem Menschen das Recht ab, eigenmächtig göttliche Schöpfungspläne abzuändern, oder machte sich zum Anwalt der vorgeburtlich Behandelten, die ungefragt zum Spenderdasein bestimmt werden. Allerdings haben spätere Befragungen ergeben, dass mit ganz wenigen Ausnahmen die Spender ihre Aufgabe bejahen. Der Mensch ist nicht so eigensüchtig, wie ihn viele hinstellen möchten. Dieser kleine Adam hat seinem Bruder das Leben gerettet. Ist es nicht ein schöner Gedanke, dass die familiären Bindungen so gestärkt werden? Außerdem, wer einen Spender braucht, ändert sehr schnell seine Meinung. Selbst wenn er vorher zu den Gegnern gehörte."
„Außer den Fundamentalisten", werfe ich ein.
„Außer den Fundamentalisten", sagt er nach einigem Zögern. Wir wenden uns zum Ausgang und sehn, dass Wolken aufgezogen sind. Der Wind fährt rücksichtslos über den Vorplatz mit den Ruhebänken, und ich fröstele unwillkürlich. „Sollten wir nicht besser unseren Spaziergang auf windstille Zeiten verschieben?" schlage ich vor. Der Arzt nickt und führt mich zurück zum Aufzug. Als wir an der Brunnenplastik vorbeigehn, lächelt *Adam 2000* mir zu: Es ist das sanfte Lächeln der Heiligen, ja, des kleinen Jesuskindes auf Gemälden des europäischen Mittelalters. Derweil strömt der goldene Fluss von seiner rechten Armbeuge unvermindert weiter zum Herzen des Bruders. Im Vorbeigehn berührt Dr. Servant erneut die Metallplakette: Der Lebensstrom zwischen den Brüdern erlischt.

Eine freundliche Krankenschwester liefert mich – wie gewünscht – in meinem Zimmer ab. Mein Angebot, ihr bei einer Tasse Tee Gesellschaft zu leisten, überhört sie und verschwindet sofort wieder. Wahrscheinlich hat sie nicht erfasst, dass ich eigentlich um ihre Gesellschaft bitte. Nun

sitze ich im Sessel alleine vorm Fenster und beobachte den Himmel: zarte Pastelltönungen um eilige Wolken, Schwärme von Zugvögeln, die sichtlich gegen den Wind ankämpfen. Jedenfalls erscheint es mir so. Oder spielen sie mit dem Wind? Kann ich meinen Augen noch trauen, mich auf meine Sinne verlassen? Ich bin mir nicht mehr sicher seit gestern, als ich durch Dr. Servants falsche Brille sah. Auch die Brunnenplastik der beiden Brüder: aufgebaut auf Sinnestäuschungen, wo Wasser nicht mehr Wasser, Stein nicht Stein ist. Wahr allein die Botschaft! Das Hohe Lied von angewandter Forschung und Familienbindung, – Doc Servant hat es mit so großer Überzeugung vorgetragen...
Ich strecke die Füße auf der Unterlage und senke die Rückenlehne des Sessels weiter ab, zwar nicht das neueste Modell, aber durchaus bequem. Halb liegend schaue ich weiter auf Meer und Himmel, wie sich die Wolken verdichten, die Wogen tiefgrau färben, das Weiß der Schaumkronen abdämpfen und vom Festland her allmählich zum Abend überleiten. Kaum unterscheidbar bald die kleine dem Strand vorgelagerte Felsgruppe, gischtumsprüht. Zuletzt erkenne ich nur noch zwei von ihnen, wie zwei Brüder...

‚En garde! Treffer!' Die dünne Klinge des Floretts zielt auf meine Brust und berührt sie. Ich denke noch: ‚Perfekte Haltung' und meine, durch den Plastikschutz hindurch die scharfe Spitze zu spüren. Mit ausgebreiteten Armen sinke ich auf die Knie.
‚Gnade, ich ergebe mich.'
‚Gewährt!'
Ann nimmt das Florett zurück, senkt die eben noch erhobene Linke, während sie das weit zurückgestreckte linke Bein mühelos vorzieht. Mein Salon taugt zwar nicht zum Turnierraum, ihr Synprenanzug wirkt unpassend, doch habe ich sofort erkannt, dass sie eine geübte Fechterin ist.

‚Woher hast du das Florett?'
‚Aus dem Schrank in der Halle. Shultz gab es mir. Ich fragte ihn nach Sportgeräten.'
‚Woher kannst du so gut fechten?'
‚Es gehörte zu meiner sportlichen Ausbildung: für Gesundheit und Selbstbeherrschung: pro sanitate et temperantia...'
‚Interessant! Aus dem gleichen Grund habe auch ich fechten gelernt.'
‚Wer ist dein Fechtpartner?'
‚Ich habe keinen Partner.'
‚Und wem gehört das?' Sie geht mit drei, vier schnellen Schritten zur Wand, mich nicht aus den Augen lassend, greift hinter sich und streckt mir ein zweites Florett entgegen. ‚Beide hingen im Schrank, und beide tragen Initialen im Griff. Hier die Anfangsbuchstaben deines Namens: J. B.' Sie hält mir mein Florett unter die Nase. ‚Und hier: D.B.! Wer ist D.B.?'
‚Mein Bruder', sage ich schlicht, und dann: ‚Mein Zwillingsbruder Denis.' Damit sind bereits viele Fragen beantwortet. Sie starrt mich an:
‚Das haben sie mir nicht gesagt', und ich merke, wie es in ihr arbeitet.
‚Wer hätte dir etwas über mich erzählen sollen?' Sie überhört meine Frage.
‚Was ist mit deinem Bruder? Lebt er noch?'
‚Nein', ich merke, wie mir das Sprechen zunehmend Mühe bereitet: ‚Er ist vor vielen Jahren gestorben. Es war ein Unfall.' Das Atmen fällt plötzlich schwer. Ich habe Angst zu straucheln und greife unsicher nach der Lehne des zunächst stehenden Stuhles. Da ist sie schon bei mir.
Bevor ich noch einmal tief und schmerzhaft zitternd Atem holen kann, hat sie die Waffen auf dem Teppich abgelegt und führt mich in ihren Armen zur Couch. Dort liege ich nun,

sie birgt meinen Kopf in ihrem Schoß und streicht mir sanft über die Augen.
‚Erzähl,' sagt sie leise. ‚Ich höre dir zu.' Und ich erzähle:
‚An meine Mutter erinnere ich mich nicht. Sie ging mit einem Fremden fort, als Denis und ich noch sehr klein waren. Es muss eine unmenschliche Liebe gewesen sein, dass sie dafür ihre beiden Söhne verließ. Mein Vater heuerte Kindermädchen an und sorgte materiell für uns, später schickte er uns auf ein Internat. Er wusste wohl nicht, wie man mit Kindern umgeht. Einmal brachte er uns zwei kaum entwöhnte junge Kätzchen, deren Mutter unter einen Wagen geraten war. Sie waren freundlich und verspielt, aber wir durften sie nicht trennen. Stundenlang lagen sie eng aneinander geschmiegt, jedes ein Stück Fell des anderen im Maul, an dem es hingebungsvoll sog. Sie trösteten sich gegenseitig und wuchsen zu gesunden Katzen heran.
So waren auch Denis und ich. Wir teilten nicht nur die äußere Erscheinung, sondern unsere Gedanken und Wünsche. Alles unternahmen wir gemeinsam. Was ihm gefiel, das mochte auch ich, und sein Schmerz war meiner. Wir blieben während der Schulzeit unzertrennlich und später im Studium. Unsere Freundschaften teilten wir und unsere Mädchengeschichten. Ja, wir wechselten uns sogar bei unseren dates ab, ohne dass die Mädchen etwas merkten. Vielleicht hätte ich Beth nie geheiratet, wenn Denis am Leben geblieben wäre.'
‚Du wirst auch ohne einen reichen Schwiegervater deinen Weg machen', sagte er einmal. Wahrscheinlich zu Recht.
Es war nach unserem bestandenen Examen. Beide mit Bestnoten. Der Vater hatte uns einen vierwöchigen Auslandsurlaub geschenkt: Neuseeland. Unser Traum: Bunjeejumping, Paragliding und Ballonflüge, Fallschirmspringen und Boatsrafting, Helicopterflüge über den Gletschern, Skilaufen im ewigen Eis. Wir jagten von einem sportlichen Abenteuer zum nächsten. Kurz vor dem Heimflug erzählte jemand über

eine Wanderung: von der Gletscherhöhe hinab bis in den Regenwald, ein Erlebnis, einmalig auf der Welt, und wir waren Feuer und Flamme. Als ich mit dem Piloten sprach, empfahl er eine Gruppentour. Das Eis sei für Ortsfremde nicht ohne Risiko. Ich hörte nicht auf ihn, erzählte Denis nicht von der Warnung. So ließen wir uns vom Helicopter auf dem Franz-Josef-Gletscher absetzen, vorschriftsmäßig ausgerüstet, mit einem Routenvorschlag in der Hand.
Als wir den Abstieg begannen, lag strahlender Sonnenschein über dem Eis, der Blick reichte weit hinunter, zum Gletscherende im Flussbett, über die urtümlichen Farnwälder hin zu Küste und Meer. Eine Stunde später zogen Wolken und Nebel auf, die Sicht wurde schlechter, und dann müssen wir von der sicheren Route abgekommen sein. Denis ging voran, prüfte mit dem Eispickel, wenn der Untergrund verräterisch schien, und winkte mir, ihm zu folgen. Darin mochten wir uns unterscheiden. Er war etwas mutiger, vielleicht auch nur draufgängerischer als ich, und wenn ich mich trösten will, sage ich mir, dass er die Warnung des Piloten ebenfalls missachtet hätte...
Ich sehe ihn vor mir, wie er sich zu mir umdrehte und sagte: ‚Es ist gar nicht so schlimm', einen Schritt zurücktrat – und verschwand. In einer Gletscherspalte. Verschwand ohne ein Wort. Ich hatte immer gedacht, ein Mensch, der abstürzt, muss schreien: die ganze Strecke eines Wolkenkratzers hinab, eine Felswand entlang, auch bis zum Grund einer Gletscherspalte. Furchtbar schreien. Denis schrie nicht, er verschwand einfach, tonlos...
Ich war es, der schrie. Zuerst seinen Namen, immer wieder seinen Namen, dann sinnlose Fragen, ob er mich höre, was ihm fehle, ob er sich etwas gebrochen habe; dann ebenso sinnlose Versprechen. Ich würde ihn herausholen, er müsse nur Geduld zeigen. Dabei spürte ich Furcht, feige Furcht, selbst einzubrechen.

Keine Stunde später waren die Helfer bei mir, ließen einen Detektor zu ihm hinab, der Lebenszeichen feststellen sollte. Sie studierten die Anzeigen und schüttelten den Kopf:
‚Kein Leben mehr da unten', war alles, was sie sagten. An Bergung sei nicht zu denken, bei dem unbeständigen Wetter...
Sie bargen ihn eine knappe Woche später, ich ließ seinen Leichnam verbrennen, habe ihn nicht mehr ansehn wollen. Was von meinem Bruder blieb? Ein Häufchen Asche – und die letzten Worte: ‚Es ist gar nicht so schlimm'...
Diese Worte! Ich wurde sie jahrelang nicht los, sagte sie mir immer wieder vor und wusste doch, Denis hat sich geirrt. Wahrscheinlich erkannte er es selbst in dem Moment, als er stürzte, und die Erkenntnis seines Irrtums verschloss ihm den Mund.
Es ist schlimm, das Schlimmste, was mir im Leben zustoßen konnte. Ich weiß es seit jenem verwünschten Tag, darum will und kann ich dem Tod nicht mehr ins Antlitz blicken.
Und sonst? Ich stürzte mich mit ganzer Kraft in meine junge Karriere und heiratete Elizabeth.'
Sich erinnern in der Erinnerung: Zweimal die tiefe, unerwartete Erleichterung, die mein Geständnis und seine Befreiung aus dem Vergessen begleitet.
Mein Kopf liegt nicht mehr in Anns Schoß. Sie hat sich neben mir ausgestreckt und wiegt mich in ihren Armen, fast wie damals, in jener mexikanischen Nacht...

Mein Nacken schmerzt: Man ruht nicht gut auf der Couch. Wie lange habe ich in Anns Armen geschlafen? Ich taste zur Seite und spüre sie nicht mehr. Sie ist fort.
Als ich die Augen öffne, ist es dunkel. Langsam schälen sich Konturen aus dem Schattenreich: ein hochbeiniges Bett mit hellen Laken, Ablageflächen, Fächer einer Schrankwand und neben mir im Fenster: riesengroß der Nachthimmel. Ich liege

nicht auf der Couch im Salon, sondern bin in meinem Sessel eingeschlafen. Der Sessel steht nicht im Haus in Palos Verdes, sondern im Inselsanatorium, es ist nicht Herbst, sondern Frühling, und ich bin allein. Mit steifen Gliedern taste ich mich hinüber zu meinem Bett, schlüpfe hinein und strecke die Arme seitlich aus, falte sie vor der Brust zusammen, breite sie erneut weit aus und nehme sie nach vorn: vier, fünf Mal, bevor ich sie unter den Laken links und rechts neben meinem Körper ablege. Langsam kehrt die Müdigkeit zurück. Bevor sie mir wieder die Augen schließt, werfe ich einen letzten Blick auf das Meer. Es ruht silberweiß und spiegelglatt im Mondlicht, als hätte es nicht den Nachmittag mit Wind und Wellen gegeben. Fast wie zu Eis gefroren, denke ich im Einschlafen...

‚Kehr um, solange noch Zeit ist!' Der Brief lag in meinem Postfach, in drei Wochen drei gleichlautende Botschaften, mit jedem Wochenanfang eine. Gewöhnlich befördere ich anonyme Nachrichten in den Abfallcontainer, aber diesmal war ein Photo dabei. Es zeigte Ann, zweifellos Ann, die vorsichtig sichernd über die Schulter blickte, nicht ganz scharf, wie aus einer Vergrößerung geschnitten. Über das Bild liefen dünne Linien, wie bei einem Puzzle, zerteilten ihre Arme, trennten den Kopf vom Hals, zerteilten ihren Körper. Es sah aus, als hätte jemand die Photographie in einem ersten Impuls zerrissen und dann die einzelnen Teile sorgsam wieder zusammengeklebt. Warum? Und wer konnte etwas gegen unsere Verbindung haben? Oder – in jähem Schrecken – war es nicht vielmehr eine Drohung, die Anns Sicherheit, ihrem Leben galt? Was in den vergangenen Tagen nicht über ein loses Planungsstadium gelangt war, drängte nun zur Entscheidung: Ann musste vorerst aus L.A. verschwinden, und ich wusste bereits wohin. Es traf sich gut,

dass mein Haus in den Bergen noch nicht verkauft war, obwohl ich es in den letzten Jahren kaum mehr nutzte und lieber Geschäftspartnern überließ, die ich mir verpflichten wollte.
Sie würde dort auf mich warten, bis ich meine Geschäfte abgeschlossen hätte und jenen unangenehmen Termin bei Dr. Servant hinter mich gebracht. Ein wirklich unangenehmer Termin: Servant selbst hatte sich bei mir gemeldet und eine ‚kleine Operation' vorgeschlagen:
‚Zur Sicherheit, bis sich eine bessere Lösung bietet. Nein, kein Kunstherz, nur eine Fortentwicklung des altbekannten Herzschrittmachers, kombiniert mit einer kleinen Pumpe, die Ihre linke Herzkammer unterstützt.'
Kleine Operation, kleine Pumpe; seine optimistische Häufung der Diminutiva irritierte mich, weckte sogar Befürchtungen.
Ich musste es Ann verheimlichen; sie sollte in mir keinen alten Mann sehn; denn keine Vorstellung war mir unangenehmer, als mich von ihr wie ihr alter Vater behandelt zu fühlen. Wenn ich es richtig bedachte, hatte die anonyme Warnung insofern ihr Gutes, als sie meine Entscheidung beschleunigte.
‚Winterurlaub in den Bergen? Wandern, Skilaufen, Hüttenabende am Kamin? Ob ich einverstanden bin? Und ob!' Ann fiel mir um den Hals, fragte:
‚Wann fahren wir?', und ich breitete meine Pläne vor ihr aus, natürlich nur jene, in die ich sie einweihen wollte..
Ihr Wohnmobil stand seit den Sommermonaten auf meinem Grundstück bei Santa Clarita. Sie würde es mit Vorräten für die nächsten zwei Wochen beladen und über die 395 geradewegs zum Haus fahren, wohin ich ihr später mit meinem Flugcar folgen wollte. Ein guter, ein perfekter Plan!

Oktober in L. A. Vor einer Woche hatte ich Ann zu ihrem Camper gebracht, ihr Geschichten von wichtigen Geschäfts-

terminen aufgetischt und versprochen, mich täglich zu melden.
‚Wir sehn uns bald wieder?'
‚Wir sehn uns wieder.' Ich verabscheue diese Abschiedsszenen, versuche sie so kurz wie möglich zu halten, und Ann schien ähnlich zu denken. Sie küsste mich, wandte sich um und ging zu ihrem Fahrzeug, ohne noch einmal zurück zu blicken, so wie auch ich es immer gehalten habe. Am nächsten Morgen war ich bei Servant und zwei Tage später frisch operiert. In seiner Klinik auf dem Festland.
Dr. Servant stand vor meinem Bett, einen Zeigefinger mahnend erhoben: ‚Noch sind Sie kein Fall für die Insel. Binnen einer Woche stabilisieren wir Sie, machen Sie fit für den Alltag.' Er blickte unerwartet streng.
‚In der ersten Zeit ist es absolut notwendig, dass Sie über die Sensoren Ihres Walking-Doc-Systems mit uns verbunden sind. So können wir auf alle Unregelmäßigkeiten reagieren. Keine Sorge, die mechanische Hilfe ist zuverlässig. Ich trage sie selbst seit einem Jahr.'
Die überraschende Auskunft beruhigte mich mehr als alles andere; Servant würde sich nie selbst einem Heilmittel im Erprobungsstadium ausliefern. Er setzte sich, sprach davon, dass er seine Termine auf dem Festland auf ein Mindestmaß beschränken wolle. ‚Warum? – Ich schätze das gesunde Klima der Insel.' Mehr ließ er sich nicht entlocken, wie er sich überhaupt nicht gern in die Karten schauen lässt.
An der Wand hing ein Luftbild der Insel, und er zeigte darauf: ‚Schauen Sie nur genau hin. Wenn ich mich nicht täusche, werden Sie noch einige Male auf die Insel kommen, wo der Tod seine Macht verloren hat, – fast verloren', schränkte er nach kurzem Nachdenken ein, griff den Gesprächsfaden wieder auf: Erinnern Sie sich noch an unsere erste Unterhaltung vor Vertragsabschluss? Und was ich sagte?'
‚Ich erinnere mich.'

‚Alle die zu uns kommen, wollen dem Tod entfliehen, dabei vergessen sie, auch wenn wir ihren eigenen Tod fernhalten und je länger wir dies tun, der Tod wird ihr ständiger Begleiter, außer, sie wählen die Einsamkeit. Denn um sie wird weiter gestorben, Verwandte, Freunde, ihre Lieben, ausgenommen, sie sind selbst im Programm.'
‚Ich erinnere mich.'
‚Ihre Frau wollte damals nicht zu uns. Hieß sie nicht Elizabeth?' Nachdenklich strich er sich über den Kopf, glättete das schüttere, um einen imaginären Punkt am Hinterkopf gekämmte Haar.
‚Seltsam, zu uns kommen nur wenige Frauen. Dabei hängen doch alle Menschen am Leben.'
Wieder strich er übers Haar, strich es glatt vom rechten Ohr nach hinten, stützte den Hinterkopf in der Hand und lehnte sich zurück.
‚Vielleicht ergeben sich Frauen eher in ihr Schicksal als Männer, sind weniger kämpferisch. Vergessen Sie nicht: Sisyphos ist ein Mann!'
‚Sie mögen Recht haben.' Er schaute aus dem Fenster, und ich überlegte, worin die Eitelkeit eines Menschen bestand, den ich nur im Arztkittel von stets gleichem Zuschnitt kannte, dessen Haarfarbe über Jahrzehnte fast unverändert blieb, der Toupets und Haarwurzelverjüngung ablehnte, immer noch eine Brille trug.
‚Ich bemühe mich, die Gaben der Natur pfleglich zu verwalten', hatte er mir einmal ironisch geantwortet, und seitdem fragte ich nicht mehr. Seine Eitelkeit, sein Ehrgeiz lagen auf anderem Gebiet, und vielleicht war es gut, wenn ein Mensch, der so intensiv am Fortschritt und an der Veränderung unserer Welt arbeitete, sich wenigstens äußerlich gleich blieb. Er verabschiedete sich wie üblich gut gelaunt: die fröhliche Wissenschaft in Person.

*

Nichts lag näher, als Ann schnellstmöglich zu unserem Refugium in den Bergen zu folgen. Doch kaum war sie aus meiner unmittelbaren Gegenwart verschwunden, stellte sich eine seltsame Ambivalenz ein: Einerseits drängte ich mit jeder Faser meines Körpers in ihre Nähe, gleichzeitig genoss ich die unzweifelhaft größeren Freiheiten des Alleinseins. So sprach ich zwar täglich über Visophon mit ihr, schützte aber weiterhin nicht aufschiebbare Termine vor, und sie schien mir zu glauben, berichtete selbst von ihren Aktivitäten in Haus und Umgebung.
Nachts träumte ich von ihr, und tagsüber ging ich meinen gewohnten Beschäftigungen nach, ja, an einem Wochenende versuchte ich sogar, Glenn zu erreichen. Sie war nicht daheim, und ich hinterließ keine Nachricht.
Die mechanische Hilfe arbeitete zuverlässig, täglich erhielt das Institut meine medizinischen Werte, und ich fuhr fort mit dem, was ich seit Jahren erfolgreich getan hatte, koordinierte fremde Handlungen, verdiente gut dabei, öffnete im Wochenabstand anonyme Sendungen mit Bibelzitaten und warf sie in den Abfallcontainer.
So wäre es noch länger weitergegangen, wenn nicht die Küchenautomatik eben diese Getreideflocken angefordert und vom Wochenservice erhalten hätte. Ich öffnete das Fach mit dem Frühstücksbedarf und blickte in Anns Gesicht. Ann blickte zurück aus der für Suchmeldungen üblichen Rahmung, in der vermisste Kinder, aus dem Elternhaus entlaufene Teenager, vermutete Verbrechensopfer abgebildet wurden. Jetzt sie.
Ich las den Text: *A. Tizón! Du wirst gebraucht!*
Tizón! So lautete ihr richtiger Familienname; das klang spanisch. Also war sie doch eine gebürtige Latina, im Süden Kaliforniens eigentlich keine Überraschung. Nur schade, dass man ihren Vornamen abgekürzt hatte, ich erinnerte

mich auch nicht mehr an den sicherlich falschen Namen, den sie mir bei unserer ersten Begegnung nannte. Für mich blieb es bei Ann. Was mich mehr überraschte, das plötzliche, heftige Gefühl, das mich beim Anblick des Photos überfiel: Ich brauchte sie, mehr als meine alltäglichen Pflichten und Zerstreuungen, mehr als die Bequemlichkeiten meines Hauses und Gartens in Palos Verdes, mehr auch als die unproblematischen Dienste Glenns.

Am gleichen Tag noch begann ich zu packen, schloss Unaufschiebbares ab und verständigte meine Geschäftspartner: Ein Erholungsaufenthalt aus gesundheitlichen Rücksichten. Man verstand und wünschte mir gute Besserung.

Das nächste Gespräch mit Ann war kurz.

‚Wann kommst du?'

‚Morgen.' Wir lachten uns an und unterbrachen beide gleichzeitig die Verbindung. Was bedurfte es weiterer Worte?

Sonne begleitete meine Abreise am nächsten Tag. Ich programmierte den Autopiloten zum nächsten Startplatz, hob ab in strahlendes Blau und flog über der 365 nach Norden.

Mit dem Einschalten des Autopiloten hatte auch der Audiowandler eingesetzt, überschwemmte mich mit ungewohnten, rockigen Klängen. Ich horchte auf, vermutete einen Programmierfehler. Für das fast abgestorbene Genre des Rock´n Roll hatte ich mich nie erwärmen können. Es existiert noch in veralteten Schallkonserven, führt ein Scheinleben am äußeren Rande der musikalischen Szene. War es reine Bequemlichkeit, die mich nicht zum Ausschalten bewog?

Ich hörte zu. Mehr noch! Bereits nach wenigen Takten gestand ich mir ein, diese Leute waren nicht nur handwerklich ausgezeichnete Musiker, sie wussten tatsächlich, was sie taten, und zwar, ohne dass Atmosphäre und

Spontaneität gelitten hätten. *Eloy* nannte sich diese Formation aus dem letzten Drittel des 20.Jahrhunderts, und es ging um Raum, Zeit und allerlei Irrationales. Um das, was damals Bewusstseinserweiterung hieß.
Nein, dass ich dieses Programm empfing, war keine fehlerhafte Abstimmung: Alsbald lieferte ein sachverständiger Kommentator nicht nur eine Strukturanalyse, sondern dozierte weiterhin über *Art-Rock*, insbesondere über die raffinierte Scheinnaivität der frühen Pink-Floyd-Aufnahmen. Gegen meinen Willen bin ich fasziniert von solcher Rückgewinnung des Märchenhaften, wenn nicht mythischer Dimension. Schließlich will ich mich dieser Musik nicht mehr entziehen, überlasse mich mit geschlossenen Augen den suggestiven Klängen. Als ein Song von geradezu elementarer Trägheit mich zu einem faulen Sommermittag an einem Kirchhof entführt, ermahnt mich der Autopilot, mit dem mich Sensoren verbinden. Sonst wäre ich in den nächsten Minuten eingeschlafen.
Kein Zweifel, – das ist Kunst, verdient unsere Erinnerung, und vielleicht sollte ich mich irgendwann näher damit befassen.
Der Kommentar spricht von alten, ewig jungen Träumen.
Forever young: Ewig jung. Sehnsucht der frühen Jahre und schließlich Leitmotiv meines Lebens, wiedergefunden in jener trivialen Textzeile, Botschaft, die mein Erwachen aus dem Koma begleitete. Die Zeitebenen verschmelzen und ein Kreis will sich schließen, dann störend hinein der Gedanke: Was, wenn auch mein Kampf gegen das Alter, die Sucht zu überdauern, trivial ist – ja, letztlich wertlos? Unangenehme Vorstellung und... Gedankenflucht. Zurück zu meinen Überlegungen an einem spätherbstlichen Tag, grübeln über die unüberhörbare musikalische Unbildung der Massen, für die Rechner Wegwerfmaterial ohne Belang produzieren.

Die Entwicklung schien mir zwangsläufig, da Hörgewohnheiten nicht zu durchbrechen sind. Nachdem die populäre Musik Stilrichtungen aus aller Welt zu einem Einheitsbrei verkocht hat, klingt alles nahezu gleich und irgendwie bekannt. Neues ist unmöglich geworden, und so haben sich die Konsumenten an solche pasticcios gewöhnt, wenn sie nicht Altes vorziehen.
Während meine Gedanken mehr und mehr von der Außenwelt abschweiften, wurde die Sicht schlechter, und als zwei Stunden nach meinem Abflug im sonnigen Kalifornien erste Schneeflocken die Fenster umtanzten, landete ich. Auch auf der gut ausgebauten Staatsstraße blieb es bei Schnee und schlechter Sicht. Die Schneeflocken verdichteten sich zum Schneetreiben, der Autopilot gab audiovisuelle Warnzeichen, und auf der Zufahrtsstraße, keine zwei Meilen vor meinem Winterquartier, saß ich endgültig fest. Ich verständigte Ann.
‚Keine Sorge, ich hole dich raus!'
Es dauerte wenige Minuten, und zwei Scheinwerfer kündigten die kleine Schneefräse an. Ann sprang dick vermummt heraus, küsste mich auf die Nasenspitze und befestigte das Abschleppseil.
‚Und jetzt volle Kraft voraus!' Wirklich, eine tatkräftige Person! Die Fräse hatte eine leidlich befahrbare Spur freigeräumt, und dank ihrer Zugkraft rollte ich sicher in Anns Schlepptau, hin zu meiner alpinen Zuflucht.
Hinter der Zufahrt mit Natursteinmauer und elektronischer Kontrolle lag sie. Der großzügige Bau in Stein und Holz unter einer Schneehaube geduckt, zu Füßen einiger hoch ragender Nadelbäume.
Durch die Fenster schimmerte goldenes Licht: Heimkehr.
Ann war in den vergangenen Wochen nicht untätig gewesen. Sie hatte das Haus buchstäblich auf den Kopf gestellt, Textilien gelüftet, und Möbel nach ihrem Geschmack umgestellt. Eine unausrottbar weibliche Eigenschaft, doch

das Ergebnis gefiel mir. Die Zimmer machten einen wohnlicheren Eindruck als zuvor. Mit sicherem Gespür wies sie mir den Schlafraum zu, den ich auch sonst benutzte. Ein zweites Zimmer mit Fenstern nach Südwesten hatte sie für sich zu Schlafplatz und Atelier umfunktioniert. Denn Ann malte.
Neben der Musik interessiert mich die Malerei am meisten. Über Jahrzehnte habe ich mich zum Kunstkenner und -liebhaber entwickelt, dabei aber meine gewiss vorhandene Kreativität vernachlässigt. Offensichtlich war Ann bei ähnlicher Veranlagung den umgekehrten Weg gegangen. Sie musste seit ihrer Ankunft jede freie Stunde genutzt haben: Einige Dutzend Landschaftsaquarelle und Skizzen lagen auf dem Tisch ausgebreitet. Farben, Pinsel und handgeschöpfte Papiere waren neben anderem Zubehör sorgfältig in Regalen geordnet. An den Wänden lehnten vier vollendete Bilder: Polymer auf Leinwand, in einem expressiven Farbenrausch, jedes etwa drei mal sechs Fuß messend; ein fünftes befand sich in fast fertigem Zustand auf der Staffelei. Ich erkannte das Motiv wieder. Es befand sich auch unter den zahlreichen Aquarellskizzen in ihrem Zimmer: eine weiß bewegte, stark abstrahierte Gestalt vor grauem Hintergrund, mit einer leichten Beimischung von Blau. Als ich näher trat, schienen die Konturen zu verschwimmen, das umgebende Grau rückte näher, das Weiß löste sich vor meinen Augen auf, zerlegte sich für Sekundenbruchteile in sämtliche Spektralfarben und verband deren Halo erneut zu Spielarten von Weiß. Gleichzeitig war mir, als gehe vom Grau, wenn nicht eine Bedrohung, so doch eine paradoxe Beunruhigung aus. Das Bild irritierte mich, je länger ich auf die einsame Gestalt im Vordergrund starrte.
‚Wie willst du es nennen?' fragte ich Ann, die mir schweigend zusah.
‚I've got the blues.'

Ich wusste, an welchen Blues sie beim Malen dieses Bildes gedacht hatte, und wusste nicht, wie ich darüber mit ihr sprechen konnte. So wandte ich mich den Landschaftsaquarellen zu: Bäume und fallende Blätter im Herbstwind, Sonnenuntergänge, Tierspuren im ersten Schneefall: mit starkem Pinsel und entschiedenem Strich gebannte Vergänglichkeit.

‚Alles Primamalerei, sogenannte Fünfzehn-Minuten-Bilder', erklärte Ann: ‚Nur so konnte ich das Wesen des Augenblicks in der Landschaft einfangen, oder ihre Seele.'

‚Seele der Landschaft oder Landschaften der Seele, ich glaube keines von beiden.'

‚Dort ist der Beweis!' Sie wies auf ihre Bilder, und ich gestand mir ein, wenn Seele existierte, so hatte sie diese malend eingefangen, um mich gleich darauf gedanklich zu widerrufen: Sie malte, als ob Seele existierte.

Ann kochte für uns. Gemüse aus der Tiefkühlung, eine schmackhafte Kartoffelbeilage von dehydrierten Vorräten, frischer Salat und Synthosteaks bester Qualität vom Servicepoint, zum Abschluss Käse und Mousse au chocolat. Prüfend und dann anerkennend schmeckte ich das Fleisch: ‚Wirklich, ein hervorragendes Produkt der Biochemie! Du siehst, unsere Wissenschaft forscht nicht vergebens, und die mühselige Aufzucht des Viehs, ganz zu schweigen vom unappetitlichen Geschäft des Schlachtens und Zerteilens ist auf ein Minimum reduziert."

Ich hob mein Weinglas gegen das Licht, brummte anerkennend: „Übrigens, woher hast du den Rotwein? Eleganz verbunden mit enormer Fülle. Ich könnte mir heute keinen besseren zum Fleisch denken.' Sie holte die Flasche, so dass ich das Etikett sah:

‚Ein 51-er Viader! Der erste heimische Wein von klassischer Linie, auch wenn er einem Cheval Blanc noch immer nicht

gleichkommt. Im letzten Jahrhundert von einer fähigen Frau an die Weltspitze gebracht. Ich habe ihn bewusst für dich ausgewählt, weil ich merke, dir fehlt das weibliche Element.'
‚Aber ich habe doch dich!' Ich griff nach ihrer Hand.
‚Es fehlt dir nicht nur, du unterschätzt und missachtest es.'
Sie zog die Hand zurück, nicht verstimmt, eher ein wenig traurig, und ich dachte kurz an die Fremdheit zwischen den Geschlechtern, die eine Verständigung letzten Endes unmöglich macht. Verständnislose Fremdheit, die allzu leicht in Kampf und Feindschaft mündet.
‚Immerhin wirkt dieser Wein doch vergleichsweise maskulin, er muß also in größerer Höhe stehn, wie sich das gehört. Offensichtlich lieben Frauen doch das Männliche.'
Paradoxie des Lebens: Zum Abschluss brachte Ann einen verführerischen Monbazillac von barocken Ausmaßen, einen unzweifelhaft weiblichen Wein, indes von einem Mann gemacht. Nun ja, die Franzosen sollen sich schon immer auf die weibliche Psyche verstanden haben...
Wir spielten Schach. Seit meiner Jugend ist das königliche Spiel eines der liebsten intellektuellen Vergnügen für mich: Planung und Strategie, Reaktionen des Gegners voraussehen und berechnen, seine Möglichkeiten unmerklich begrenzen, ihn mit jedem Spielzug dem ‚Schach!' näher bringen. Kurz: Herausforderung und Übung für meine analytische Begabung.
Ann und ich waren ebenbürtige Gegner. Anfangs gewann ich noch nach heftigem Kampf, dem sich unser beider Stolz nicht beugen wollte, stets nahe am Unentschieden. Siege, wohl nur aufgrund meiner größeren Erfahrung. So schien sie es auch zu sehn, gab nicht nach und holte nach einigen Tagen auf. Es fiel mir schwer, die Niederlage einzugestehn, als ich das erste Mal gegen sie verlor. Gewiss, ich schätze intelligente Frauen, aber in den entscheidenden Lebensfragen gilt stets mein Wort, muss ich dominieren... Kaum zu

Ende gedacht, spottete ich über den Gedanken: Sollte ein Sieg im Schach bereits zu den entscheidenden Beweisen männlicher Dominanz gehören? Bei meiner zweiten Niederlage war die Enttäuschung bereits schwächer, – Ann spielte mit Weiß ausschließlich Damenbauerneröffnungen, die mir widerstrebten, – bei der dritten regte sich mein gekränktes Selbstgefühl kaum noch. War ich dabei, mich zu verändern? Und etwas anderes änderte sich: Nach einer Phase, in der wir im Wechsel gewannen und verloren, endeten die meisten Spiele nun in einem gemeinsam errungenen Remis.
Wir schliefen zusammen. Abwechselnd in ihrem und meinem Zimmer. Sie hing einige ihrer Aquarelle über meinem Bett auf, und mir war, als würden beide Zimmer einander ähnlicher werden, von Tag zu Tag und Nacht zu Nacht, – austauschbar das Mobiliar, die Bilder und Teppiche, wir selbst...

Wir träumten. In tiefer Mitternacht versunken ineinander: Ihre Augen – mein Blick, ihre Ohren – mein Gehör, ihr Mund – mein Lobpreis des Lebens.
‚Meine Tochter, meine Freundin, meine Geliebte!'
Meine Nase in ihrer Halsbeuge, Hauch ihres Parfums, ich atme ihn ein. Sanft streicht Ihr Atem über meinen Nacken. *Ach, die Welt ist tief.* Lang entbehrtes Glück ihrer Nähe. *Tief ist ihr Weh.* Die süße Last, süße Lust. *Lust tiefer noch als Herzeleid.* Ich presse sie an mich, will sie nicht mehr lassen. *Ja, Lust will aller Dinge Ewigkeit, will tiefe, tiefe Ewigkeit!*
Versunken ineinander. Jeder des anderen Selbst.
Die Landschaft um uns lag seit dem frühen Wintereinbruch tief verschneit, und die Schneeberge wuchsen. Täglich schien das Haus etwas tiefer zu sinken, als würde es langsam von der Erde aufgenommen, und ich hatte die nicht unangenehme Vorstellung, ich fiele aus der Zeit heraus und

zusammen mit meiner Geliebten hinein in einen seligen Winterschlaf. Wenn Ann nicht bereits am frühen Morgen die Schneefräse angeworfen und den Weg zum Servicepoint an der Hauptstraße geräumt hatte, frühstückten wir aus unseren Vorräten. Wir bedienten uns gegenseitig. Zuerst wollte ich abwehren: In den Jahren meines Alleinseins war mir Unabhängigkeit selbst in den kleinen Verrichtungen des Alltags immer wichtiger geworden. Sie ließ sich nicht abweisen:
‚Ich tue es für mich!'
‚So wie ich.' Wir lagen uns lachend in den Armen.
Nach den heftigen Schneefällen der ersten Tage schien wieder die Sonne, und eines Morgens standen zwei Paar Tourenskier, Skistöcke und Schuhe in der Diele. Ann strahlte mich an: ‚Ich habe ein Paar im Geräteraum gefunden und das andere vorausplanend besorgt. Gleich nach meiner Ankunft.'
Klug vorausplanende Ann, ich hätte es nicht besser gekonnt! Ich lobte sie.
Sie strahlte immer noch, sah mich gleichzeitig erwartungsvoll an: ‚Und was sagst du zu mir?'
Ich wusste nicht, was sie meinte, und beschloss abzuwarten.
‚Na?' Als ich nicht sofort antwortete, trat sie zwei Schritte zurück und begann sich trällernd um ihre Achse zu drehen.
‚Er ist blind, er ist blind, er ist tatsächlich blind.'
Erst jetzt fiel es mir auf: Sie trug einen neuen Skianzug, und was für einen: weißes Gewebe, das im wechselnden Licht der Drehung, mit jeder Bewegung gar sich veränderte, schließlich sämtliche Spektralfarben spiegelte, bis sie in eine gleißende und glitzernde Wolke gehüllt war: ein strahlend bunter Schneekristall im Sonnenlicht, nein, ein Schneekolibri, berichtigte ich mich. Passendes Paradox für ihre Erscheinung und überstrahlt nur vom Glanz ihrer Augen, wie mir schien.

‚Der letzte Schrei der Wintermode', verkündete sie stolz. ‚Willst du auch einen Blick auf deinen neuen Skianzug werfen?'
Ich machte mich auf weitere Überraschungen gefasst, doch hatte sie für mich ein Stück in traditioneller Farbgebung ausgewählt, wie ich erleichtert feststellte. Noch staunend über das farbige Wechselspiel verglich ich beide im Geiste: manchmal ließ sich der Altersunterschied zwischen uns nicht verleugnen. Ob sie es auch so sah? Und wenn, mit welchen Konsequenzen? Zur ersten Erleichterung über ihre Wahl gesellte sich eine leichte Unruhe. Sie schnitt meine Gedanken ab. ‚Nach dem Frühstück gehn wir mit den Skiern hinaus, und merke dir – Ausreden werden nicht angenommen!'
Ann hatte wieder für mich entschieden, und ich fügte mich gerne, gespannt auch, wie mein Schneekolibri sich in der Kälte dieser Zeit behaupten würde.
Vor zwei oder drei Jahren, beim Hallenski war ich das letzte Mal auf Skiern gestanden: sportliche Ertüchtigung für Großstädter, die wie ich sich nicht der Mühen weiter Anreisen und unbequemer Unterbringung unterziehen wollen. Außerdem gilt mein Interesse heute eher Kultur und Zivilisation als ungezähmter Natur.
Wild und ungezähmt wirkte die Natur an diesem Morgen zwar nicht, aber unberührt. Schweigend nahm sie uns auf, lag hingestreckt zu unseren Füßen, während unsere Skier eine erste Spur zogen. Kanten und Härten der Landschaft verschwanden in sanften Schwüngen, weiß zugedeckt. Pulverschnee barg alte Verletzungen. Weiße Pracht bis zum Horizont. Über Nacht hatte es gereift, und Schneekristalle bedeckten das Geäst von Bäumen und Büschen, funkelten und glitzerten. Eis brach das Sonnenlicht in unzählige kleine Regenbögen.

‚Sieh nur!' Ann wies auf eine winzige Spur, die quer über dem Weg verlief. Zarte Abdrücke im Viererrhythmus vor unseren Skiern.
‚Spur einer Maus', sagte sie, ‚so ein winziges Tier und genau wie wir im täglichen Kampf ums Überleben.'
Ganz gegen meine Gewohnheit war ich gerührt.
Ann lief fast so gut, wie sie plante, und ich hatte in meiner Jugend einmal die Schulmeisterschaften gewonnen, wenn mir auch die Übung fehlte. So konnten wir uns messen, ohne unseren Stolz zu sehr herauszufordern. Trotzdem war es Rücksichtnahme, als sie sich nach einer Stunde zu mir umwandte:
‚Ich glaube, es reicht. Außerdem ist die Sauna programmiert.'
Wir liefen in unseren Spuren zurück, erreichten nach einer dreiviertel Stunde das Haus, und während ich die Tür aufschloss, begann Ann sich schon aus ihrem Anzug zu schälen. Ich ließ mir Zeit, entledigte mich in meinem Zimmer meiner Kleidung, sorgfältig, wie ich es gewohnt bin, schlüpfte in Hausschuhe und Bademantel und ging hinüber zum Saunaraum. Ann stand bereits eingeseift unter der Dusche, ein überwältigendes Bild von Jugend, Schönheit und Kraft.
Für einen Moment kam mir alle kühle Überlegung abhanden: sehnsuchtstrunken nach diesem jugendfrischen Körper greifen, ihre Brüste umfassen! Ich mache einen Schritt und unüberlegt auf nassem Grund noch einen, gleite aus, falle hilflos rudernd vornüber und schlage mit der Stirn auf den steinernen Rand der Duschwanne. Ärger über meine mangelnde Vorsicht, ein greller Schmerz, dann versinke ich in tiefer, erinnerungsloser Schwärze. Bewusstlosigkeit...

Dunkel am Ende der Nacht. Licht vor Beginn der Morgendämmerung. Nicht mehr Nacht. Noch nicht Morgen.

„Wie fühlen Sie sich, Dr. Jason Brandt?" Veras Stimme. Sanfte Worte, die mich rechtzeitig in den Wachzustand zurückholen. Rechtzeitig? Nein, zu früh. Schon ist der geträumte Schmerz erloschen, mit ihm die Erinnerung, als hätte es sie nie gegeben, und statt erleichtert zu sein, spüre ich, wie die Enttäuschung aufsteigt, den vom Schmerz verlassenen Leerraum ausfüllen will.
„Warum weckst du mich so zeitig?"
„Ich habe sie eben aus einem unangenehmen Traum befreit."
Vera blickt von der Wand und weist auf einen Monitor mit farbigen Anzeigen.
„Sehn Sie die orangefarbene Linie? Sie steht für Mißempfindungen aller Art, die heftigen Ausschläge kennzeichnen Ärger. Leider können wir die Ursachen noch nicht eingrenzen, aber letzten Endes spielt es keine Rolle, warum oder worüber Sie sich ärgern. Wir beseitigen jeden Schmerz und jeden Ärger, der über die Wahrnehmungsschwelle tritt, indem wir ihn gegen eine positive Empfindung austauschen oder aus Ihrer Erinnerung löschen. Wir können Sie wecken, wie eben geschehen, oder Sie in einen tiefen Schlaf überführen. Wir nennen es das Dornröschenprinzip."
„Wo ist Dr. Servant?"
„Dr. Servant hält sich zur Zeit auf dem Festland auf und hat mich beauftragt, für Ihr psychisches Wohlergehn zu sorgen."
Zwar weiß ich das meiste von dem, was sie mir gerade erzählt hat. Indes, wenn ich geschickt genug frage, wird sie mir vielleicht mehr verraten, als ich von Dr. Servant erfahren würde.
„Sprich weiter, Vera!"
„Nach unserer Überzeugung ist jeder Schmerz, nachdem er erst einmal registriert wurde, unnütz, vor allem, wenn er Schmerzmittel mit all ihren Nebenwirkungen erzwingt. Ebenso begrenzen wir unangenehme Erinnerungen oder

selbstquälerische Skrupel, falls sie erforderliche Handlungen behindern."

„Was entscheidet, ob eine Handlung erforderlich ist?"

„Die sachliche Notwendigkeit."

„Vergessen mag im Einzelfall angenehm sein, aber verliert der Mensch mit den Erinnerungen nicht einen unverzichtbaren Teil seiner Persönlichkeit?"

„Sicher. Darum löschen wir Gedächtnisinhalte im allgemeinen nur zeitweilig; wir helfen auch bei ihrer Rückgewinnung, steuern gezielt und stufenweise das volle Erinnerungsvermögen unserer Patienten an."

Ich bin mit einem Male hellwach:

„Wie in meinem Falle?"

„Wie in Ihrem Falle."

Vera schweigt, wartet offensichtlich auf eine Antwort, meine nächsten Fragen und Anweisungen; doch ich brauche Zeit, muss mich von dem unerwarteten Gefühlssturm erholen, in den mich ihre Eröffnung gestoßen hat. Also war die Erinnerungsleistung der letzten Abende und Nächte, das Auftauchen versunkener Bilder und Worte, worauf ich so stolz war, kein persönliches Verdienst, auch kein Zufall, vielmehr Ergebnis eines medizinischen Programms. Und ich? Nicht Handelnder, Herr meiner Erinnerungen und meines Schicksals, sondern bloßes Objekt.

„Herr Dr. Brandt?" Veras Stimme reißt mich aus meinen Überlegungen. Ich möchte schwören, dass Besorgnis daraus klingt, sich in ihren Zügen malt, und suche mich zu fassen. Nichts merken lassen von meiner Überraschung, jedenfalls nicht mehr, als meine organischen Werte ihr verraten könnten. Nur, was bliebe mir danach?

„Wer ist Nutznießer des Unternehmens?" beeile ich mich zu fragen.

„Bisher nur einige Testpersonen wie Sie."

„Danke, Vera, dass du so ehrlich bist. Sag mir, wie soll es danach weitergehn?"
„Wenn sich die Erprobungsphase bewährt, erhält jeder Bürger auf Wunsch ein auf seine Werte abgestimmtes Gerät. Endziel ist eine schmerz- und sorgenfreie Gesellschaft. Frei natürlich nur von unnützen Sorgen, anders litte die Lebensführung. Nur Kriminelle sollen keinen Zugang zum vollen Programm erhalten, der Schwere ihrer Tat entsprechend, und bei schlechter Führung werden sie zurückgestuft."
„Ich danke dir, Vera. Darf ich jetzt schlafen?"
„Schlafen Sie beruhigt wieder ein. Wir werden über Ihren Erinnerungen wachen und Ihnen alle Schmerzen nehmen."
Und ich schlafe ein, tauche erneut hinunter in den Abgrund der verlorenen Zeit...

... tauche langsam, mühevoll wieder auf aus der Bewusstlosigkeit, spüre Blut über meine Augen rinnen, auf meinem Gesicht. Mein rechter Arm liegt eigentümlich verkrümmt. Sicher ist er mehrfach gebrochen. Mein Körper halb durch die Gurte gerutscht, die Beine gefühllos, vor mir die zertrümmerte Motorhaube, Zweige eines blühenden Baumes. Etwas stimmt nicht mit meiner Erinnerung. Was ist geschehen? Warum hat die Sicherheitsschaltung des Wagens nicht funktioniert? Mein Atem geht schwer, und ich ahne, dass ich sterben muss. Die Vorstellung lässt mich irgendwie kalt. Mühsam wende ich den Kopf zur Seite. Erst jetzt sehe ich sie neben mir, der Körper vom Airbag aufgefangen, unverletzt. Nur der Kopf... Ich blicke in ihr Gesicht und weiß, ich dürfte nicht hier sein, nicht in diesem Traum in einem fremden Wagen, in dieser Straße mit dem blühenden Baum. Es ist die falsche Zeit, in die mich keine Erinnerung mehr zurückbringen sollte, das falsche Bild am falschen Platz.

Nie mehr wollte ich es ansehn müssen, – und blicke doch unverwandt auf ihr Gesicht, weil ich weiß, dass nur der Schmerz mich erlösen kann von diesem Bild: Die Augen sind offen, haben den Ausdruck des Lebens, der Blick ist ruhig und überzeugt, durch die Stirn geht die Spitze des großen eisernen Stachels.
Und der Schmerz kommt...

Kurzes Erwachen. Der Schmerz ist fort, verschwunden mit ihm sind alle unangenehmen Gefühle. Langsam weicht die Schwärze von meinem Geist, ich tauche aus der Bewusstlosigkeit auf, gleite sofort hinüber in eine zweite Ohnmacht, wache wieder auf und weiß nicht: Ist es Traum oder Wirklichkeit? Das Geräusch fließenden Wassers im Saunavorraum, ein erschrockener Aufschrei, Seifenduft, Seifenschaum auf nackter Gestalt, die neben mir kniet, aufspringt und für endlose Sekunden verschwindet. Dann ist Ann wieder da: schaumgeborene Venus mit einer Erste-Hilfe-Tasche. Beugt sich über mich und untersucht die Verletzung: ‚Keine Sorge, Kopfwunden bluten stark, meist scheint es schlimmer, als es ist.'
‚Und wenn es schlimmer ist?'
‚Dann erhältst du von mir eine Bluttransfusion.'
‚Seltsamer Vorschlag. Du kennst nicht einmal meine Blutgruppe!'
‚Oh doch, ich kenne sie.' Sie schlüpft in ihren Bademantel und öffnet die Tasche. Schon hält sie ein schmales Messer in der Hand, streicht ein Gel auf und rasiert das Haar um die Kopfwunde. Geschickt hantiert sie mit Salben und Spray, legt fachgerecht einen Druckverband um meinen rechten Knöchel. Nur einen winzigen Moment erstarre ich in Erinnerung an Spritzbesteck und Stechflasche in ihrer Handtasche und schäme mich sofort für mein Misstrauen. Ein vorwurfsvoller Blick trifft mich.

‚Nach den neuesten Erkenntnissen ist dein Arzneischrank nicht eingerichtet. Ich habe dich aus meinen Vorräten versorgen müssen.' Der kaum erträgliche Schmerz im Gelenk hat sich schnell in ein schwaches Pochen verwandelt. Es kann nicht nur am Druckverband liegen.
Ann hilft mir aufstehn, stützt mich, und dankbar nehme ich die Stütze an, lasse mich von ihr in mein Zimmer führen, zu meinem Bett. Sie schlägt die Wolldecke zurück, und als ich liege, deckt sie mich zu. Blickt in zärtlicher Sorge auf mich herab:
‚Ruh dich aus, während ich den Arzt verständige und dir einen Tee bereite', verlässt mit leichtem Schritt das Zimmer. Die Tür bleibt angelehnt, ich höre ihre vertraute Stimme vom Nebenraum und suche in meiner Erinnerung, wann war ich krank und geborgen in ähnlichem Wohlgefühl? Schließe die Augen und muss weit zurück gehn,... noch weiter... bis...

                        Mom?

Der elfte Tag

*Denn das Schöne ist nichts
als des Schrecklichen Anfang*
Rainer Maria Rilke

Als ich wieder die Augen öffne, ist es hell. Morgennebel liegt über dem Meer, und alle Anzeichen weisen auf einen sonnigen Tag hin. Fast sieben Uhr. In einigen Minuten wird Vera sich melden, mich an die Morgentoilette erinnern und nach besonderen Wünschen für mein Frühstück fragen. Vorher will ich die Zeit nutzen und die Träume der vergangenen Nacht zu meinem Besitz machen, solange sie noch frisch sind.
Ich erinnere mich deutlich an meinen Sturz vor der Duschwanne, den verstauchten Fuß, die blutende Kopfwunde und wie Ann mich versorgte. Ich weiß auch, dass Sekunden nach dem Sturz unterschiedliche Bilder in mein träumendes Bewusstsein gelangten: zuerst der jähe Schmerz, aus dem mich Vera zu früh riss. Hatte sie mir auf meine vorwurfsvolle Frage nicht gesagt, dass Dr. Servant sich auf dem Festland aufhalte und mein Wohlergehn ihrer technischen Kompetenz anvertraut habe? Weckte sie mich deshalb wie eine überängstliche Krankenschwester, sobald mein Psychoformer ungewöhnliche Empfindungen anzeigte? Wohl zu Recht, ein verstauchter Knöchel kann auch im Traum weh tun. Müde, wie ich mich fühlte, war ich gleich darauf wieder eingeschlafen und in jenem grässlichen Alptraum gestrandet, an den ich mich kaum erinnere.

Heilloses Geschehen, aus dem mich paradoxerweise der übermächtige, qualvolle Schmerz erlöst und zurückgeschleudert hat ins alltägliche Missgeschick des ersten Traums.

Dort versorgte Ann im Saunavorraum meine Wunden und tröstete mich, während der Psychoformer den stechenden Schmerz wegnahm, meinen Ärger über die eigene Dummheit besänftigte. Doch zwischen der klaren Erinnerung an meinen Sturz und Anns Fürsorge spüre ich den Schatten jenes anderen Bildes drohen: Blut, Schmerz und Entsetzen, vor dem Hintergrund eines blühenden Baumes!

Das Schreckensbild verschwand ebenso schnell, wie es aufgetaucht war, als gehöre es nicht in meine nächtliche Erinnerungssuche. Doch ich bin misstrauisch geworden, lasse mich von vordergründigen Gedächtnisinhalten nicht abspeisen und spüre dem verdrängten Geschehen nach.

War das erinnerte Entsetzen so groß, dass nur ein anderer, einfacher Schmerz es verdrängen konnte, ein Schmerz, der in Trost und Beglückung mündete, wie nach meinem Sturz vor der Duschwanne, als Ann meine Wunden liebevoll versorgte?

Das Dornröschenprinzip! Veras eigenwillige Formulierung arbeitet in meinem Geist. Es ist alles da, Bruchstücke zwar, aber ich kann sie logisch zusammensetzen, und Logik ist meine Stärke. Das alte Märchen von der Königstochter, dem Fluch der dreizehnten Schicksalsfee. Tot umfallen wird sie, wenn sie der Stich der Spindel trifft.

Dann die Wandlung, Abschwächung des Fluches: Tod zu Schlaf, Schmerz zu Vergessen. Hundert Jahre schlafen muss Dornröschen, ehe sie reif wird zur Erlösung, und auch ich muss vergessen, bis ich die Wahrheit ertragen kann, die niemand vor mir aussprechen will, nicht Dr. Servant, nicht die freundlichen Schwestern, auch Vera nicht.

Jener Fremde, der aussah wie mein Sohn, er wollte es mir sagen. Sie haben ihn fortgeschleppt, zusammengeschlagen und mit einer Spritze betäubt. Ich höre noch den dumpfen Schlag. Höre das charakteristische Geräusch von Füßen, die über den Boden schleifen.
Ja, alles ist da, funktioniert nach den Gesetzen der neuen Ordnung. Sie lässt das Grauen verschwinden, kehrt das alte Dichterwort um, und das Schreckliche wird zum Anfang des Schönen...
Ich dämmere in den Tag hinein.

„Dr. Servant möchte Sie sprechen. Sind Sie bereit?"
„Natürlich bin ich bereit", sage ich, denke, welcher Patient würde seinem Arzt, zumal einer Koryphäe wie Dr. Servant, ein Gespräch verweigern? – und sage in sein virtuelles Abbild:
„Sie sind zeitig zurück. Hat es Ihnen auf dem Festland nicht gefallen?"
„Ach, mein lieber Dr. Brandt. Die Insel ist ein wahrer Jungbrunnen. Ich kann es jedes Mal kaum erwarten, bis ich wieder hier bin. Und wie geht es Ihnen?" Er mustert mich durch die spiegelnden Augengläser.
„Hoffentlich gab es keine unangenehmen Erinnerungen während meiner Abwesenheit?"
„Nichts Ernstes", sage ich, „eine kleine Schmerzreaktion. Vera hat mich umsorgt wie eine echte Krankenschwester," und denke, ist Vera in ihrer Art nicht auch echt?
„Gott sei Dank!", sagt er. Erstaunliche Worte für einen bekennenden Freigeist und langjährigen Funktionsträger im Club der Freien. ‚Leitende Autorität mit Befehlsgewalt', wie er mir einmal bekannte, den Ton leicht absenkend, als schäme er sich für die Ehre. Ein Freigeist mit Prokura...

„Sie haben es offensichtlich gut überstanden, und sollten ernstere Probleme auftauchen, so können Sie sich immer noch für eine partielle Löschung entscheiden."
„Was heißt partiell?"
„Wir wählen aus, löschen nur die schmerzvollen, belastenden Erinnerungen. Wir können sogar entscheiden, ob physischer, ob psychischer Schmerz, und ab welcher Schmerzintensität wir eingreifen. Nicht zu vergessen der oft paradoxe Einfluss der Zeit. Es heißt, die Zeit heile alle Wunden, aber das stimmt nur bedingt. Manche unangenehmen Ereignisse bleiben frisch wie am ersten Tag, ja, sie können zu immer komplizierteren Schmerzreaktionen führen, das Leben selbst bei körperlicher Gesundheit aushöhlen und wie von innen zerstören. Diese Schäden wurden erstmals bei den Opfern des Holocaust untersucht, jenem Staatsverbrechen aus dem letzten Jahrhundert, Lehrstoff für jedes psychologische Seminar. Außerdem bei traumatisierten Opfern von Bürgerkrieg, Folter und Vergewaltigung. Ihnen bieten wir als letzten Ausweg das Vergessen. Wohlgemerkt, als letzten Ausweg, zum Beispiel bei akuter Suizidgefahr.
Bei Ihrer Persönlichkeitsstruktur sehn wir keine solche Gefährdung. Wir kennen sie als einen analytischen, kühl überlegenden Geist und durchsetzungsfähigen Charakter, bis zum – verzeihen sie mir die Anmerkung – bis zum rücksichtslosen Egoismus, allerdings perfekt getarnt durch Ihren persönlichen Charme. Sie brauchen nur etwas Zeit und können danach Ihr altes Leben wieder aufnehmen.
Und jetzt verlasse ich Sie. Mein Rat für das Abendessen: Verwöhnen Sie Ihre Geschmackspapillen und bestellen Sie eine indische Speisenfolge. Da haben Sie Jahrtausende alte Tradition und aktuellen Lebensgenuss in einem. Außerdem bekommen Ihnen die lebenswichtigen Gehalte über Mund und Magen besser als über die Venen."

Er zwinkert mir über den Brillenrand zu und verschwindet.
Ich befolge seinen Rat und bestelle ein indisches Menü, beginne mit Gemüse-Samosas als Vorspeise, gefolgt von einer Dhal Channa Suppe mit Puries, Pulao und Lamm-Korma mit einem delikaten Auberginen-Curry, danach ein Kokos-Chutney und Käsebällchen in Sirup. Dazu trinke ich Raita und zum Dessert aromatisierten Tee. Verbringe so fast zwei Stunden an meinem Esstisch auf dem Balkon, mit dem auf indischem Tablett in indischem Geschirr serviertem Menü, lausche den Sitarklängen der von mir ausgewählten Ragas – und bin mit mir zufrieden.

Anschließend besteht Vera auf einem realen – wie sie es nennt – Verdauungsspaziergang und schickt mir die freundliche Schwester vom Vortag. Gestützt von kräftigen Armen gelange ich in die Eingangshalle und an der Brunnenplastik vorbei ins Freie. Dort führt sie mich zu einer Gehhilfe auf drei Rädern, drückt mir einen Signalgeber in die Hand: „Für den Notfall", und fort ist sie.

Also mache ich meinen Rundgang allein. Warum auch nicht? Die Wege um die Klinikanlage sind gut ausgeleuchtet, Bewegung in milder Abendluft wird mir gut tun und für einen ruhigen Schlaf sorgen. Wie aus weiter Ferne höre ich die Brandung, ahne das Meer hinter Bäumen und steilem Abbruch. Denke wie viel besser ist doch die Sicht aus meinem Zimmer. Hinter dem Klinikgarten – einige Langzeitpatienten haben ihn unter wohlwollender Duldung der Leitung eingerichtet – kommt mir eine männliche Gestalt im Freizeitanzug entgegen. Ich erkenne den Mann erst, als er mit einem gemurmelten Gruß an mir vorbeigehn will.

„Guten Abend. Schön, Sie wieder zu treffen!" Ich stelle mich ihm in den Weg.

„Ja?" Er zwirbelt mit der Rechten den blonden Schnurrbart, wartet offensichtlich auf weitere Erklärungen.

„Sie wollten mich doch sprechen. Hier bin ich."

Er tritt einen Schritt näher, mustert mich zweifelnd, schüttelt den Kopf.
„Sie irren sich. Ich kenne Sie nicht." Sagt's, will an mir vorbei und bleibt dann doch stehn:
„Sie müssen mich entschuldigen!" Mit einem Male klingt seine Stimme viel weniger entschieden, fast unsicher.
„Ich bin hier Patient, hatte einen schweren Unfall mit Kopfverletzungen, danach Wahnvorstellungen. Kann sein, dass ich Sie in meiner Verwirrung angesprochen habe."
Schlägt einen kleinen Bogen um mich und geht endgültig weiter. Auf dem Weg zurück zum Eingang, später auf meinem Zimmer versuche ich, mir einen Reim auf sein seltsames Verhalten zu machen – und ahne etwas.
Wie von Vera beabsichtigt, hat der Spaziergang mich körperlich gestärkt und gleichzeitig auf die kommende Nacht mit ihren Träumen eingestimmt.
Noch bin ich nicht ganz eingeschlafen, liege entspannt, als erste Erinnerungsbilder in mir aufsteigen...

...Fern vom Alltag und geborgen unter schneeweißer Dachhaube lebten wir in meinem Ferienhaus und außerhalb der Zeit. Zwar konnte ich tagelang nur mit Mühe laufen, geschweige denn ans Skifahren denken – und fühlte mich trotzdem wohl wie schon lange nicht.
Seit meiner Kindheit war ich nicht mehr so verwöhnt worden, und wie ein Kind genoss ich Anns Fürsorge. Sie übermittelte meine Daten zum Servicepoint, und ich erhielt am nächsten Tag Arztbesuch von Dr. Wilbert, der ein Chalet in der Nachbarschaft bewohnte.
‚Eine Verstauchung des Knöchels, dazu eine Sehnenzerrung, die ihre Zeit braucht. Sie sind nicht der erste Skifahrer, dem ein Unfall passiert.'
Ich erklärte nichts. Warum sollte ich ihm auch erzählen, dass nicht die Skier mich zu Fall gebracht hatten, sondern mein

sinnbildlicher Griff nach den Äpfeln der Hesperiden, wobei ich weniger geschickt gewesen war als der antike Jason. Wir fanden uns sympathisch und verabredeten für den Neujahrstag einen Besuch.

Vorher jedoch musste die Verstauchung heilen. Humpelnd begleitete ich Ann auf verschneiten Wegen, fuhr für sie zum Servicepoint, um frische Lebensmittel abzuholen und neue zu bestellen, und wartete in innerer Unruhe, wenn sie auf Skiern unterwegs war. Den Empfangsteil meines persönlichen Terminals stellte ich ab, las und spielte mir einige Tondiscs vor, bis ich sie heimkehren hörte. Niemand sollte uns stören, und niemand störte uns in diesen Tagen.

Einmal schaltete ich auf der Suche nach einer bestimmten Sendung durch mehrere Bildprogramme und landete in der Schlussszene eines alten Spielfilms. Nach langer Trennung fand sich das Paar in einem geigenumjubelten, innigen Kuss.

‚Was siehst du?' fragte Ann, die unbemerkt hinzugetreten war.

‚Das Happy End: Vereinigung der Liebenden.'

Meine Antwort schien ihr eine Spur zu ironisch ausgefallen.

‚Die Vereinigung der Liebenden bedeutet nicht immer ein Happy End', bemerkte sie nüchtern. Natürlich gab ich ihr Recht. Die meisten Liebesflammen entpuppen sich als Strohfeuer, und unsere Eheverträge berücksichtigen dies seit langem. Moderne Paare finden sich schnell und trennen sich ebenso leicht und unkompliziert. Auch von Ann, die ich in diesen Wochen und Monaten liebte, würde ich vielleicht eines Tages getrennt werden...

Der nüchterne Gedanke machte mich traurig. Nichts und niemand durfte das Band zwischen uns zerschneiden. Ich dachte an Malinalco. Einen winzigen Augenblick, dann war der gedankliche Auslöser mitsamt der Trauer vergessen.

Vergessen auch Dr. Servant und die Klinik, bis zu seinem Anruf. Er meldete sich einen Tag vorm internationalen Friedensfest, wie die Weihnachtsfeiern offiziell genannt werden, sprach ohne Umschweife.

‚Wir sind mit Ihren Werten nicht ganz zufrieden', und: ‚Spätestens Mitte Januar erwarte ich Sie zu einer Nachbehandlung.'

Nein, ich müsse mir keine akuten Sorgen machen, aber es sei Zeit für eine endgültige Klärung verschiedener Fragen. Ann wurde zufällig Zeugin des Gesprächs. Zu meinem Leidwesen; denn nun konnte ich ihr meine Herzkrankheit nicht länger verheimlichen. Sie zeigte sich auf seltsame, mir unverständliche Weise gefasst.

‚Es musste eines Tages so kommen. Aber wir hatten eine glückliche Zeit.'

‚Beruhige dich, es besteht absolut keine Lebensgefahr. Mich behandeln die besten Ärzte unseres Landes.'

‚Das weiß ich.'

Spät in dieser Nacht erwachte ich und spürte sofort, dass Ann schlaflos neben mir lag. Ich streichelte ihren Arm, und sie strich sanft mit dem Zeigefinger über meinen Handrücken. Dann stützte ich mich auf und blickte ihr ins Gesicht. Durch einen Spalt in den Fenstervorhängen fiel das Licht des vollen Mondes, fiel offen auf ihr Gesicht wie an jenem magischen Abend in Malinalco.

Und wie an einem anderen magischen Abend in Chicago füllten sich ihre Augen mit Tränen. Für einen Moment sah ich wieder den Mond in ihnen schwimmen, dann schob sich eine Wolke vor das Gestirn, und ihr Gesicht lag im Dunkel.

‚Schlaf!', sagte ich. ‚Ja, Schlaf', hörte ich sie leise sagen, ‚und Schlafes Bruder...' Ich wollte fragen, was sie meinte, doch eine Hand legte sich leicht auf meine Lippen, und die Frage unterblieb. So legte ich mich zurück, schloss die Augen und war bald eingeschlafen.

Die schwermütige Stimmung wich in der folgenden Woche nicht von ihr; Ann wurde einsilbig, zog sich zum Malen öfter in ihr Zimmer zurück, und ich hatte das sichere Gefühl, sie rang um einen Entschluss.

Zudem achtete ich weniger auf ihre Stimmungen als vorher, konzentrierte meine Aufmerksamkeit seit Servants Anruf mehr und mehr auf mein krankes Herz und horchte jedem scheinbaren Aussetzen, jeder Unregelmäßigkeit des Herzschlags nach. Auch vor dem Anruf hatte es diese kleinen Störungen gegeben, doch nahm ich sie in unwissendem Glück kaum wahr. Nun, nachdem ich wieder zum Bewusstsein meiner Situation gekommen war, fragte ich mich, ob Wissen und Glück überhaupt vereinbar sind, ob jene Glücksmomente unseres Lebens, sofern sie sich mit reduziertem Bewusstsein, oder gar Nichtwissen verbinden, nicht bloße Illusion sind...

So kam der letzte Tag des Jahres herbei.

Sylvester, Jahresende, Kontenabschluss, Abrechnungstermin und Rückblick, gleichzeitig ausgelassene Fröhlichkeit in den reichen Ländern rund um den Erdball; Sterne verbergen sich vor der Pracht künstlicher Sonnen und feuriger Eruptionen am Nachthimmel. Hoffnungsfroher Ausblick.

‚Heute geht das glücklichste Jahr meines Lebens zu Ende, und um Mitternacht werden wir auf das nächste glückliche Jahr anstoßen.' Ich prostete Ann aufmunternd mit meinem Orangensaft zu, und bebend schlug ihr Glas gegen das meine. Halbbewusst nahm ich wahr, dass sie wieder das Medaillon mit den verschlungenen Initialen trug: SCM. Nach dem Frühstück fuhr sie zur Servicestation. Sie benutzte wie in den letzten zwei Wochen öfter ihr Wohnmobil. Das komplette Sylvestermenü und ein Geschenk für die Neujahrseinladung waren abzuholen.

‚Soll ich mitfahren?' ‚Nein.'

So blieb ich im Haus, schaltete, weil mir nichts Besseres einfiel, das Medienterminal an und ging auf internationalen

Empfang. In Europa war man dem Jahreswechsel schon neun Stunden voraus, und auf der Suche nach englischsprachigen Programmen landete ich in einem eigentümlichen Film: ein Zwei-Personen-Stück in simpler Schwarzweißtechnik gedreht. Das Bühnenbild war konventionell. Rechts führte eine Treppe vom oberen Stockwerk hinab auf die Bühne: eine Essdiele mit weiß gedecktem rechteckigen Tisch, dessen Längsseite fast den ganzen Bühnenraum einnahm. Links davon die Anrichte mit Tellern und Schüsseln für ein Festmahl. Die Einrichtung, Edelholzmobiliar, ein Orientteppich, zwei Ölbilder in schwerer, dunkler Rahmung, mochte aus dem späten 19. oder frühen 20. Jahrhundert stammen; auf die nämliche Zeit wiesen Frisur und Kleidung der einen von beiden Personen, einer gepflegten alten Dame. Gepflegt, um nicht zu sagen manieriert auch ihr Englisch; ‚sophisticated' nennen wir in den Staaten den Sprachstil der englischen Oberschicht, an dem sich unser Bostonenglisch früher gerne maß.

Ich folgte der Handlung mit mildem Interesse und begriff bald, dass es sich um eine Art Slapstickkomödie handelte, vielleicht noch vor der allgemeinen Verbreitung des Farbfilms aufgenommen: Ein greiser Butler bedient seine Arbeitgeberin und ihre Gäste während des Festmahles zu ihrem neunzigsten Geburtstag. Imaginäre Gäste; denn keiner von ihnen ist erschienen, wohl weil sie längst das Zeitliche gesegnet haben. Und so serviert der Butler nicht nur allen Gästen diverse Alkoholika, er schlüpft bis zum ironischen Schlussgag in deren Rolle, trinkt für sie und lässt mit wachsender Trunkenheit das Gelage chaotische Formen annehmen.

‚Hübsch', dachte ich und wartete unwillkürlich darauf, wie der Butler immer wieder über ein tückisch ausgelegtes Tigerfell stolperte. Gleichzeitig kam mir die Szene bekannt vor. Ich überprüfte meine Erinnerungen und wurde fündig. Mehr als

fünfundvierzig Jahre mussten seitdem vergangen sein. Ich befand mich im Rahmen eines Schüleraustauschs in der Europäischen Union, genauer gesagt in Deutschland. Zusammen mit Denis; denn nur unter der Bedingung, dass man uns nicht trennte, hatten wir damals eingewilligt.
Den Sylvesterabend verbrachten wir beide mit unserer Gastfamilie, ich und Denis. Denis...
Ich sah wieder alles vor mir: das Fernsehgerät, die Familie erwartungsvoll auf dem Sofa, unser Gastvater mit bedeutungsvoll erhobenem Zeigefinger.
‚Aufgepasst, das müsst ihr euch unbedingt ansehn!' Langsame Aussprache, überdeutliche Artikulation, wir sollten schließlich etwas Deutsch lernen. Für die nächsten Minuten im Programm waren allerdings keine deutschen Sprachkenntnisse erforderlich. Vielmehr schien der britische Sketch meine Überzeugung vom unaufhaltsamen Siegeszug des Englischen zu bestätigen.
Spätere Europaaufenthalte zeigten mir allerdings, dass sich die alten Umgangssprachen trotz zahlreicher Anglizismen weiter behaupten, und auch damals folgten nach der Schlusspointe des Films wieder Sendungen in der Muttersprache.
Über den Schluss war man geteilter Meinung. Die Jüngeren lachten, kopfschüttelnd schaute meine Gastmutter zu, und mit einem derben Dialektausdruck schlug der Großvater sich auf die Schenkel.
‚Himmisakra.' Heimlich befragte ich meinen Translator. Er konnte ihn nicht übersetzen.
Der Sketch hatte keine halbe Stunde gedauert.
Ich blickte auf die Uhr und fragte mich, wann Ann mit ihren Einkäufen fertig sein würde; darin unterschied sie sich kaum von anderen Frauen.
So nutzte ich die verbleibende Zeit, ließ den Sucher durch weitere deutschsprachige Sender wandern und erlebte eine

zweite Überraschung: Derselbe Film auf einem anderen Kanal, dieses Mal in perfekt elektronischer Färbung, und wenig später zum dritten Mal, wieder schwarz-weiß. Die Einwohner dieses Landes mussten einen Narren an dem Stück gefressen haben. Sein Motto *same procedure as every year* schien zum festen Bestandteil der Jahresabschlussriten geworden zu sein. Sowohl banale als auch tröstliche Versicherung der ewigen Wiederkehr des Gleichen in einer Welt des rasanten Fortschritts, deren Anforderungen sich täglich, stündlich ändern und immer neue Anpassungsleistungen von uns verlangen.

Inzwischen war es Mittag geworden und Ann immer noch nicht zurück. Ich begann mich zu sorgen. Als ich im Servicepoint anrief, um nach ihr zu fragen, meldete sich Lissy. Sie betreibt den Laden seit mehr als zehn Jahren, kennt alle Häuser im Umkreis, verwaltet außerdem das Nachrichtenterminal.

‚Ann?...' Für Sekunden herrschte Stille, Lissy musste den Atem angehalten haben; dann ein langes, zitterndes Ausatmen, bevor ich meine Frage wiederholen konnte. Sie räusperte sich und sprach weiter, nunmehr mit veränderter, leicht brüchiger Stimme. Im gleichen Moment mit mir hatte sie erfasst, dass Unvorhergesehenes geschehen war und fürchtete, etwas Falsches zu sagen:

‚Sie ist seit zwei Stunden fort, mit dem bestellten Menü. Der Herr hat ihr beim Tragen geholfen.' ‚Was für ein Herr?' ‚Mittelgroß, blond, ja, und einen Bart trug er. Ich kenne ihn jedenfalls nicht.' Ein Fremder mit Bart! Ich war alarmiert, und keine zwanzig Minuten später stand ich im Laden.

Lissy empfing mich sichtlich beunruhigt.

‚Wenn ich doch nur etwas geahnt hätte. Meinen Sie, er hat sie entführt? Für mich sah es aus, als wäre sie freiwillig mit ihm gegangen. Sie sind in ihrem Wohnmobil fortgefahren.' Sie rang die Hände.

‚Sonst schaue ich mir die Photos genau an. Ausgerechnet dieses nicht.'
‚Welche Photos?' Lissy griff eine Milchpackung aus dem Kühlregal: ‚Hier. Sie hat eine gekauft. Erst nach Ihrem Anruf kam ich dazu, es genauer anzuschauen.' Sie las die Schrift: ‚*A. Tizón. Wir brauchen dich*! – Was mögen sie damit meinen?', schüttelte ratlos den Kopf und sah mich fragend an. Ich antwortete mit einem Schulterzucken: ‚Ich weiß es auch nicht.'
‚Dabei habe ich mich schon gewundert, dass sie das nicht mitnehmen wollte.' Sie schob mir ein längliches Paket zu: das Neujahrsgeschenk für Dr. Wilbert.
‚Ist schon gut, Lissy, Sie können nichts dafür.'
‚Ein frohes neues Jahr, Dr. Brandt.' Der Glückwunsch war ihr unwillkürlich über die Lippen gerutscht, und die jähe Röte auf ihren Wangen zeigte an, dass sie ihn als unpassend empfand.
‚Ach, es tut mir so Leid.' Immer noch verlegen begleitete sie mich zur Tür, und ich sah im Rückspiegel, wie sie mir lange nachblickte.
Im Haus untersuchte ich Schränke und Fächer nach Anns Habseligkeiten. Das meiste war noch da, aber das, was fehlte, verriet mir, dass sie nicht wiederkommen wollte. Jedenfalls nicht in diesem Winter. Ich setzte mich an den Esstisch, starrte auf die Maserung des Holzes. Dort, wo sich am Morgen ihr Frühstücksgedeck befunden hatte, schimmerte es feucht: Orangensaft, verschüttet aus bebend gehaltenem Glas.
Gedankenflucht. Ein Satz, eine Warnung, vor vielen Monaten gesprochen: ‚Seien Sie vorsichtig in Ihren Kontakten! Terroristen pflegen für ihre Ideale sich und andere zu opfern.' Dr. Servants Worte, als er mir vom Sprengstofftod meines Klons erzählte. Ich verstand nichts mehr. Das hoffnungsfroh

begonnene Puzzle hatte sich aufgelöst und war in alle Winde zerstoben...
Probleme, die gegenwärtig unlösbar erscheinen, sollte man aus der Gegenwart verdrängen. Also verdrängte ich jeden Gedanken an die verschwundene Geliebte, einmal, weil sie sich gegen ihren Willen nicht finden lassen würde. Zum andern widerstrebte es mir, sie mit Gewalt zurückzuholen; denn ich spürte, sie war freiwillig mit dem bärtigen Fremden gegangen, der aussah wie mein Sohn...
Den Nachmittag vertrieb ich mir am Medienterminal, stieß nochmals auf den englischen Sketch und entschied mich schließlich für ein Musikprogramm. Es wurde Abend.
Das Kaminfeuer war inzwischen zur Glut herabgebrannt; ich sann nach über die Flüchtigkeit des Augenblicks und war in der inneren Leere froh für jede musikalische Ablenkung. Wieder überließ ich die Auswahl der Empathiesteuerung, und alsbald hob verhangen, schwermütig und unverkennbar Schostakowitschs VI. Symphonie in h-moll an. Wie so vieles von ihm liebe ich dieses Werk mit seiner klaren Anlage und besonders das Largo, das mir in ganz eigener und sehr russischer Weise den Geist Bachscher Variationskunst anverwandelt und übertragen zu haben scheint, ganz besonders in den oft nur zweistimmig geführten weitgespannten und einthematischen Melodiebögen in weiter Lage. Gewiss blieb die Satztechnik noch präsent, doch sog mich nun die Stimmung geradezu ein, mitten hinein in die Leere zwischen Melodie und Bass, und ich spürte erstmals, in welchem Ausmaß diese Musik ihre Mitte eingebüßt hatte.
Mich fröstelte, ich zog mich tief in den Sessel zurück und schloss ganz gegen meine Gewohnheit die Augen.
Sogleich fand ich mich wieder in einer weglosen, tief verschneiten Winterlandschaft, die sich zu endlosen Horizonten dehnte unter einem fahlen Himmel, aus dem nur gelegentlich ein gebrochener Sonnenstrahl drang, um sich in

Schnee- und Eiskristallen widerzuspiegeln. Nagende Kälte aus Schneewehen fraß sich ins Innere, und ich schritt oder vielmehr glitt windgleich über menschenleere Weiten, froststarre Ebenen, kaum gegliedert durch Überreste sibirischer Weidezäune, die vereinzelt aus dem Schnee staken, weiter hinten blattloses Gebüsch oder einsame Weiden am Ufer eines zugefrorenen Flusses. Die teilweise freigewehte, angeschrundete und vernarbte Oberfläche schimmerte matt, Verharschungen knackten, und beim Berühren schien das Eis kaum merklich zu vibrieren, es knisterte, und unter meinen vorsichtigen Schritten verästelte sich feines farbiges Geäder, in dem sich der Abendhimmel brach: mattgelb, kaltkarmesin und blauviolett.

Um mich die ungeheure Leere einer eingefrorenen Weidelandschaft, der Hirt und Herde fehlten, in der ich mich ganz verloren hatte, vergeblich suchte der Blick nach Zeichen am Horizont...

Da war vollkommene Verlassenheit und über ihr unbegrenzte Schwärze, dennoch, nicht quälend, sondern groß in ihrer Einsamkeit, die sich tröstend in notwendiges Nichts hinein auflöste.

Fast unwillig schreckte ich mit Beginn des Allegros hoch und beendete das Konzert: Mir war nicht nach einer übermäßig munteren, sarkastisch unterfütterten und lärmenden Selbsttherapie. Ich nahm mir das Recht auf nur diesen einen Satz.

Was war mir widerfahren? Hörte ich nun schon Musik wie Frauen, gefühlig und undiszipliniert? Bildhaft assoziierend zur Bedürfniserfüllung und in Einzelsätzen ohne Blick auf das Ganze?

Wohl doch nicht, denn mich beruhigte rasch die Einsicht, dass ich mich in synästhetischen Räumen verloren hatte, die geradezu idealtypisch Verlassenheit und Einsamkeit repräsentierten. Begriffe erschienen hier dürr und armselig, und noch weniger taugten Überlegungen zur biographischen

Situation des Komponisten. Immerhin begriff ich, dass hier eben nicht die fünfte fortgeführt wurde, sondern die Unbehaustheit der größeren vierten Symphonie, wenngleich mit plakativeren Metaphern.
Während dort zumal im Finale die Zeit quälend vertropfte, fror sie hier ein, blieb jedoch stets gegenwärtig, so wie Eiskristalle um ein totes Insekt. Angehalten oder gar aufgehoben wie im Schlusssatz von Mahlers Neunter wurde sie nicht. Also keine „metaphysische" Musik, doch dafür, wie ich fand, ungemein konkret in der Diagnose der *condicio humana*, die ich mehr und mehr als unmenschliche Bedingtheit empfinde, wofür die Musik als Kunst in der Zeit sowieso steht, und – wie es mir damals schien – genau auf meine Situation zugeschnitten.
Gleichzeitig registrierte ich, wie mir meine Neigung zur Reflexion über die Musik half; denn verfügt man erst über Begriffe, so scheint die Sache selbst bewältigt.
Mein Bedürfnis nach Musik war freilich noch nicht gestillt, und so wählte ich Liszts *Unstern*, um danach in die letzte Glut vor mich hin zu brüten...

...Zum zweiten Male, diesmal in meinem Krankenzimmer auf der Insel grüble ich über die Zukunft der Musik.
Ich frage mich, ob in unserem Zeitalter angewandter Psychohygiene und bequemer Lebensumstände die Komponisten aus Leiden und Leidenschaft nicht ausgestorben sind, und die letzten Symphoniker von Rang wie Petterson und Kantscheli, sie beide ohne Schostakowitsch undenkbar, nicht selbst schon Geschichte, für uns Nachgeborene unerreichbar...
Keiner macht sich mehr die Mühe, eine Großform zu bewältigen, und es fehlt sowieso ohrenfällig am Gegenstand. Die modischen Sonisten suhlen sich in langatmigen Klangsümpfen, deren Blasen man auch in sich selbst nach-

zuspüren habe. Begleitet von einem Chor Schwirrhölzer schleudernder, raunender Weiber versprechen sie vom Eindreschen auf ein Tam-Tam und einen Eimer Wasser Erweckungserlebnisse und berufen sich dabei sowohl auf einen sensiblen Konstruktivisten wie Webern, als auch auf jenen „sirianischen" Diplomingenieur, eigentlich einen Spätling der Oper, den sie hoffnungslos trivialisiert haben, und je geringer sich ihre verschwindende Anhängerschaft ausnimmt, desto elitärer dünken sie sich...
Manche Rätsel um die musikalische Rezeption und Wirkung bleiben ungelöst, obwohl man vieles messtechnisch erfasst, so dass hochgezüchteten Programme bestimmte Gefühlslagen, ja Entwicklungen stilsicher nachzuahmen vermögen. Wie damals komme ich in meinen Überlegungen zu dem Schluss, dass wir in einer Epoche der künstlerischen Nivellierung und Entindividualisierung leben, die es nicht mehr schafft, Originale, geschweige denn Genies hervorzubringen. Freilich wissen wir hier zu wenig über die unruhigeren Regionen des äußersten europäischen Ostens oder Eurasiens...

...Am nächsten Tag meldete sich Dr. Wilbert: Ob ich auch ohne Ann die Einladung wahrnehmen wolle? Ich sei außerdem jederzeit willkommen, als Nachbar ebenso wie als Patient.
Manche Nachrichten verbreiten sich in der Wildnis schneller als in der Großstadt, und Dr. Wilbert war mir sympathisch. Ich sagte zu und fuhr am frühen Abend mit meinem Geschenk bei ihm vor.
Ein kleineres, aber angenehm wohnlich eingerichtetes Gebäude, mehr im Stil der traditionellen Berghütten als mein eigenes Ferienhaus. Der Arzt stellte mir seine Frau und den ältesten Sohn vor. Aus einer zufälligen Bemerkung zu schließen, waren die beiden bereits über zwanzig Jahre ohne

Unterbrechung verheiratet. Ein erstaunliches Phänomen! Wir unterhielten uns angeregt und speisten ausgezeichnet zu Abend. Dr. Wilbert hatte es sich nicht nehmen lassen, mir seinen Lieblingsrotwein, einen Pinot Noir aus Oregon zu kredenzen. Zwar bin ich ein erklärter Bordeaux-Trinker, doch ließen Frucht und Charme dieses Weines mich nicht unberührt. Über Persönliches verloren wir kein Wort.

Am folgenden Tag sammelte ich alles ein, was mich an Ann erinnern würde und räumte es mitsamt ihren Bildern und Habseligkeiten in ihr Zimmer, schloss ab und deponierte den Schlüssel im Schreibtisch. Und dann verschloss ich eine Tür in meinem Inneren.

Den folgenden Tag verbrachte ich im Wesentlichen damit, meine Abreise vorzubereiten. Ich verständigte Shultz und meine Vertretung in L.A., verabschiedete mich kurz von Dr. Wilbert und Lissy und war am Abend des zweiten Tages wieder in meinem Haus im frühlingshaften Südkalifornien.

Dort wollte ich mit Anns persönlichen Utensilien ebenso verfahren wie in unserem Winterquartier, doch ich fand nichts. Sie hatte in meinem Haus buchstäblich keine Spuren zurückgelassen, und es war mir, nachdem ich sie in die Berge vorausgeschickt hatte, nicht einmal aufgefallen. Allein eine kleine Tonkonserve fiel mir in die Hände.

In Time war in ihrer klaren, schnörkellosen Schrift darauf vermerkt. Ich spielte das Stück im Wiedergabegerät an und erkannte es sofort wieder: der treibende Rhythmus, die mitreißenden, um sich kreisenden und gleichzeitig vorwärts drängenden Klänge zu ihrem Tanz über dem aztekischen Kalenderteppich. Vielleicht würde ich es mir später, irgendwann noch einmal anhören, doch nicht an diesem und nicht an einem der nächsten Tage. Mit innerer Anstrengung beendete ich die Übertragung, steckte den schmalen Gegenstand in meine Tasche und vergaß ihn.

Während der folgenden Tage beanspruchten der Termin bei Dr. Servant und mein angeschlagenes Herz stärkere Aufmerksamkeit.

*

‚Fragen Sie, was Ihnen auf dem Herzen liegt! Ich werde Ihnen Rede und Antwort stehn.' Dr. Servant lehnte sich im Sessel zurück, und ich fragte, warum mir entgegen den Verträgen ein genetisch identisches Herz verweigert wurde. Warum für mich kein passender Spender zur Verfügung stand. Was für Menschen, wenn überhaupt, die Spender waren. Vor gut acht Tagen hatte er das fehlerhaft arbeitende Gerät in meiner Brust ausgetauscht und mich für diesen Morgen zur Nachkontrolle in seine Stadtpraxis einbestellt, mir volle Aufklärung versprochen.
‚Was ist das?'
‚Die drei Grundregeln der Robotik. Lesen Sie nur!'
Dr. Servant hatte aus einem Schreibtischfach ein bedrucktes Blatt Papier gezogen und mir überreicht, und als wolle er mich beim Lesen nicht stören, schaute er aus dem Fenster. Ich las:
1. Ein Roboter darf kein menschliches Wesen verletzen oder durch Untätigkeit gestatten, dass einem menschlichen Wesen Schaden zugefügt wird.
2. Ein Roboter muss dem ihm von einem Menschen gegebenen Befehl gehorchen, es sei denn, ein solcher Befehl würde mit Regel Eins kollidieren.
3. Ein Roboter muss seine Existenz beschützen, solange dieser Schutz nicht mit Regel Eins und Zwei kollidiert.
‚Begreifen Sie?'
‚Nein', musste ich zugeben.
‚Dann werde ich es Ihnen erklären: Natürlich geht es hier nicht um Robotik, sondern um Logik. Der Schöpfer dieser drei Grundregeln, Isaac Asimov, war ein seinerzeit bekannter

Autor von Zukunftsromanen, aber vor allem war er Mathematiker.
Bei der Prägung unserer Imagines nutzen wir seine richtigen Überlegungen, zum Beispiel Grundregel Eins, die sogar für eine ideale menschliche Gesellschaft zu fordern wäre. Ich könnte Ihnen eine Reihe geschichtlicher Versuche zu ihrer Verwirklichung nennen. Allerdings scheiterten sie sehr schnell an den Realitäten des Lebens. Die dritte Regel betrifft unmittelbar den Spender; denn sein Leben steht im Dienste des Empfängers, dem er das eigene Wohlergehn unterzuordnen hat. Gute und ideale Grundsätze, die wir übernehmen. Gleichzeitig vermeiden wir die zeitbedingten Fehler.'
‚Welche Fehler?'
‚Erkennen Sie es nicht? Sie liegen in der zweiten Grundregel von Befehl und Gehorsam. Zur Lebenszeit Asimovs, im 20.Jahrhundert, beherrschten totalitäre Systeme weite Teile der Welt. Sie forderten von ihren Untertanen absolute Unterwerfung und von ihren Soldaten Gehorsam bis in den Tod. Kampf bis zum letzten Blutstropfen war eines ihrer Schlagworte...'
Er machte eine bedeutungsvolle Pause, und ich fühlte leichte Ungeduld aufsteigen. Was er von faschistischen und kommunistischen Diktaturen erzählte, wusste ich längst.
‚Krieg und Gehorsam sind untrennbar verbunden. Warum wohl fanden die meisten Kämpfe feindlicher Armeen auf freiem Felde statt? Bekanntlich spricht man ja von Schlachtfeldern.' Er beantwortete die Frage selbst:
‚Von wenigen Ausnahmen abgesehn, waren die Soldaten Söldner oder Gepresste. Für den Sieg erhielten sie mehr oder weniger reiche Beute versprochen. Ein unsicheres Versprechen; denn vorher, im Kampf drohten Verstümmelung und Tod. Jene, welche den Gehorsam verweigerten, vor allem Fahnenflüchtige, erwarteten Kriegsgericht und Tod.

Das heißt, die Hoffnung auf Sieg und Beute und die Angst vor dem Tod lagen in ständigem Widerstreit. Von allen kreatürlichen Impulsen aber ist der Selbsterhaltungstrieb der mächtigste, und wenn sich eine Gelegenheit ergab, verschwand der Soldat im nächsten Wald, schlug sich durch zum heimatlichen Herd und zu seinen Lieben. Andere verletzten sich absichtlich, zogen die Selbstverstümmelung dem Tod im Kampf vor.'
‚Und diejenigen, die nicht fliehen konnten?'
‚Ihnen blieb nichts übrig, als zu kämpfen und auszuhalten. Um sie für ihr blutiges Handwerk zu konditionieren und jeden Ungehorsam im Keim zu ersticken, gab man ihnen Drogen: in den Kriegen des 20.Jahrhunderts Nikotin und Alkohol, auch leistungssteigernde Amphetamine wie Pervitin und andere. Viele Soldaten lenkten sich ab, indem sie illegale Rauschmittel nahmen, die im Zivilleben geächtet waren, ich nenne ein Beispiel: Heroin, das ursprünglich entwickelt wurde als Schmerzmittel für die heroischen Kämpfer, – daher der Name. Die Befehlsgeber taten noch mehr. Sie versuchten der Trias von Gehorsam, Angst und Strafe ein positives Ideal gegenüberzustellen, priesen den Tod auf dem ‚Feld der Ehre', ehrten die Tapferen mit Orden und Medaillen und sangen das hohe Lied der Kameradschaft. Sie schufen Eliteverbände mit Sendungsbewusstsein und elitärer Behandlung einschließlich der Verpflegung, letzteres ein bewährtes Prinzip in der französischen Fremdenlegion: Haute Cuisine für harte Männer! Solche Anreize bot die spartanische Blutsuppe nicht.'
‚Und trotzdem waren die Soldaten bereit, für Sparta zu sterben.'
‚Für Sparta und oft für ihre männlichen Geliebten! Die antike Heeresleitung, wenn ich sie so nennen darf, schickte ganz bewusst Liebespaare gemeinsam in den Kampf. Was ich sagen will: Nichts ist unzuverlässiger als ein schlecht

bezahlter Söldner und ein Soldat wider Willen. Es reicht nicht, den Menschen Gehorsam einzubleuen und sie in einen unverstandenen Kampf zu zwingen, man muss ihnen Ideale vermitteln. Nur dann werden sie mit vollem Einsatz kämpfen. Wir haben Geschichte und Psychologie von Befreiungsbewegungen, sowie Volks- und Religionskriegen studiert, mit besonderem Augenmerk auf den Opfern, und sind zu einem Ergebnis gelangt: Man muss streng trennen zwischen dem oft stumpfen, sich wehrenden und wehrlosen Opfer fremder Gewalt und dem Opfer, das sich freiwillig in höchstem Bewusstsein anbietet zu einem großen Ziel.'
Ich folgte seinen Worten zunehmend interessiert, glaubte zu verstehn, worauf er hinaus wollte. Servant beugte sich vor, nahm seine Brille ab und sah mir unverhohlen in die Augen:
‚Sagte ich Ihnen nicht früher schon, dass alle Versuche mit intelligenzreduzierten Spendern oder gar solchen ohne Großhirn fehlgeschlagen sind? – Aus dem gleichen Grund, warum keine Armee ohne persönliche Opferbereitschaft ihrer Soldaten siegen kann. Darum sind wir einen ähnlichen Weg gegangen. Unsere Spender erhalten die volle Intelligenz. Ja, wir fördern sie, wo wir nur können.'
‚Ohne Gehorsam und äußeren Zwang?' fragte ich zweifelnd. ‚Wie bringen Sie intelligente Klone dazu, ihre Organe zu spenden?'
‚Intelligenz braucht Freiheit, und die geben wir ihnen. Nun verstehn Sie hoffentlich, weshalb es sich bei der zweiten Regel um längst überholte Vorstellungen handelt, selbst für die künstliche Intelligenz, die immer stärker mit frei operierenden, sich selbst vernetzenden Systemen arbeitet.
Übrigens vermeiden wir das Wort ‚Klon'. Wir sprechen lieber von Imagines, ein Begriff aus der Metamorphose der Insekten.' Er wies auf eine Graphik zu seiner Rechten: tatsächlich die akribische Darstellung eines Falters in den

Entwicklungsstadien von der Larve über die Nymphe zum farbigen Schmetterling:
‚Maria Sibylla Merian, 17. Jahrhundert. Als Frau, Weltreisende und Naturforscherin ihrer Zeit weit voraus, so wie wir der unsrigen.'
‚Mir scheint der Begriff des Opfers stark religiös vorbelastet. Ist das nicht eher nachteilig?'
‚Im Gegenteil. Darauf beruht seine Wirkung, selbst, vielmehr gerade in unserem gottlosen Zeitalter. Der Mensch ist eben ein hoffnungslos religiöses Geschöpf. Denken Sie an die Geschichte der Azteken, der Mayas: Völker, denen rituelle Menschenopfer selbstverständlich waren. Der Jahreskönig der Ackerbaukulte. Sein Blut sicherte die Ernte des nächsten Jahres, ein freudig erbrachtes und empfangenes Opfer. Nicht dem Verlierer, dem Sieger des indianischen Ballspiels fiel die Opferrolle zu, mit der man die Gottheit ehrte. Das sagt alles! Nehmen Sie die Azteken: Die Auserwählten wurden bestens behandelt bis, naja, bis zu ihrem zeremoniellen Ende, und alle Beteiligten waren sich ihrer Bedeutung bewusst: das erwartungsvoll bebende Opfer, die ekstatisch miterlebende Menge, der Priester, das noch zuckende Herz zur Sonne erhebend.'
‚Alles Ideologie!' entgegnete ich wider besseres Wissen: ‚Die Satis der indischen Witwenverbrennungen wurden mit Drogen ruhiggestellt, wenn sie sich nicht in ihr heiligmäßiges Schicksal fügen wollten.'
‚Mag sein. Aber dann war es kein freiwilliges Opfer; denn nur davon reden wir hier. Da wir von Mexiko sprechen: Vielleicht kennen Sie die Kapelle von Chapingo, nicht weit von der Hauptstadt.' Sicher kannte ich sie. Ohne eigenes Zutun stieg in mir das Bild jener dunklen Erdmutter auf: lässig im Erdengrund ausgestreckt, die eine Hand zum Friedensgruß erhoben, in der anderen ein junges Pflänzchen bergend.

,Ich erinnere mich', sagte ich zögernd. ‚Auch daran, dass die Maler sie der befreiten Erde widmeten und die mit Menschenblut, Knochen und Fleisch gedüngte Erde beschworen.'
‚Befreite Erde! Ein Ziel, das jedes Opfer wert ist!' Servant sprach langsam mit Betonung.
‚Befreite Erde? Der Begriff lässt verschiedene Interpretationen zu', wandte ich ein.
‚Richtig! Von der marxistisch revolutionären über die radikal ökologische bis zur nihilistischen, welche übrigens die älteste unter diesen dreien ist, – und immer noch nicht widerlegt. Sie schauen mich fragend an? Dann darf ich Ihnen aus einem Drama der griechischen Antike zitieren.' Er gab kurze Anweisungen, und ein Text erschien auf der Bildwand, aus dem er einige Zeilen vergrößerte. Ich las:
Wenn da die Menschen wie Ungeziefer sind / und ihre Tat ist Verbrechen und ist / nicht zu tilgen, als durch größeres Verbrechen / und nimmt so kein Ende, dann ist es besser, / es ist nichts mehr da, nur die leere / Erde und Wind drüber hin.
‚Die Troerinnen des Euripides', bemerkte Servant trocken. ‚Möchten sie ihn widerlegen?' Ich widersprach heftig: ‚Chapingo ist die Widerlegung. Riveras Lobgesang der Erde in ihrer *Tiefe, Schönheit, ihrem Reichtum und ihrer Schwermut*, so seine eigenen Worte.'
‚Also eine Erde, die jedes Opfer wert ist', wiederholte er bedächtig. ‚Wie ich sehe, sind wir uns im Grunde einig. Keine große Idee, keine Religion kann ohne den Opfergedanken überleben, – und sei es die unblutige Licht- und Blumengabe der buddhistischen Andachten. Außerdem lobt selbst der friedliche Buddhismus das freiwillige Blutopfer. Im 20. Jahrhundert verbrannten sich Mönche, um gegen den Vietnamkrieg zu protestieren, und Legenden preisen jenen mitleidigen Bodhisattva, der sich einer hungrigen Tigermutter

samt ihren Jungen zum Fraß anbot, ein Bild, das nicht nur Tierfreunde aller Zeiten berührt.'

‚Aber das Christentum?'

‚Reich an Opfertradition. Denken Sie nur an die Märtyrerlegenden, ob historisch wahr oder nicht, spielt in diesem Zusammenhang keine Rolle. Oder die Kreuzzüge: freiwillige Verpflichtung und Opfergang zu Ehren des einzigen Gottes. Ihr Lohn das Paradies.'

‚Für Mord und Totschlag an der wehrlosen Bevölkerung im sogenannten Heiligen Land. Wenn man ihren eigenen Berichten glaubt, wateten die frommen Kreuzritter im Blut der Erschlagenen, bevor sie einen feierlichen Dankgottesdienst abhielten. Und die heiligen Krieger Allahs waren nicht besser, ich erinnere Sie an die berüchtigten Selbstmordattentäter.'

‚Sie meinen die großen Terrorangriffe wie jene auf Pentagon und World Trade Center?'

Genau die meinte ich. Kaum ein Ereignis dieses Jahrhunderts, das die Selbstgewissheit unserer Nation ähnlich erschütterte, die spektakulärsten aus einer Reihe von Terroranschlägen, deren Folgen – mehr Kontrolle, weniger Freiheit – bis heute spürbar sind. Welcher Besucher New Yorks, der nicht im eindrucksvollen Memorial für die Toten des Terrorismus war, im angrenzenden Informationszentrum die Geschichte von Opfern, aber auch der verblendeten Täter studierte und im zentralen Filmsaal die dramatischen Ereignisse nochmals verfolgte.

Ich kenne die alten Bilder, sehe sie erneut vor mir: die Turmspitze, in Wolken gehüllt wie der Gipfel eines unerwartet ausgebrochenen Vulkans, und in leichtem Schrägflug gleitet der Passagierjet aus meiner Erinnerung hinein in den zweiten noch unversehrten Turm. Stählerner Vogel, Phönix, hindurchgetragen mit seiner menschlichen Fracht, sodass ich immer erwarte, ihn auf der anderen Seite seinen Flug fortsetzen zu sehn. Doch da ist nichts außer

Feuer und Rauch, der Vogel verbrannt und endgültig fort. Kein Phoenix.
Ich denke an die Erzählung eines Augenzeugen, der, was er sah, anfangs für eine Medieninszenierung hielt, – ein neuer Kick im Muster der damals beliebten Katastrophenfilme. Wie Wochen, ja, Monate danach die Szene in eine endlos scheinende Wiederholungsschleife geriet: Wieder und wieder stürzte der Jet in den Turm, ballten sich die Wolken, und gebannt hatten Millionen sich nicht lösen können von der Wiederkehr des Geschehens. Ganz als wollten Sender und Zuschauer sich der Wirklichkeit der Bilder versichern, während diese mit jeder Wiederholung sich aus der Realität zu verflüchtigen schienen, bis sie zum reinen Bild geworden waren: vom Vogel, der Mauern durchschnitt, im nächsten Moment unerreichbar war, – verschwunden aus Raum und Zeit. Schließlich die Höllenfahrt der beiden Kolosse, Wolkengebirge ausspeiend, die sich vor der Sonne auftürmen, sie verdunkeln: ein beklemmendes, ein atemberaubendes Schauspiel.
‚Die Zerstörung eines Symbols! Und gleichzeitig – welch faszinierender Anblick!'
‚Jason!'
Ich musste die letzten Worte laut ausgesprochen haben, und es war Dr. Servants Stimme, die mich aus der Flut erinnerter Bilder riss, eine tadelnde Stimme. Zwischen seinen Brauen hatte sich eine Falte gebildet.
‚Lieber Jason!', wiederholte er etwas freundlicher. ‚Auch wenn die Täter auf Symbole zielten, sie trafen Menschen. Finden Sie nicht, dass ästhetische Kategorien hier fehl am Platz sind?'
Die Falte glättete sich. Seltsam, sein freundlich vorwurfsvoller Ton reizte mich mehr zum Widerspruch, als es ein scharfer Tadel vermocht hätte. ‚Kann mich nicht ästhetisch befriedigen, was ich moralisch verurteile? Auch die Kultur der

Azteken beeindruckt, so mörderisch sie gewesen sein mag. Und vergessen Sie nicht die ungebrochene Vorliebe unserer Medien für die Ästhetik von schwarzen Uniformen und SS-Runen. Außerdem bin ich gewiss nicht der Erste, den der Anblick einer brennenden Stadt fasziniert. Denken Sie an Nero und den Brand Roms.'

‚Falsch. Die Wissenschaft hat längst nachgewiesen, dass Nero zur fraglichen Zeit nicht in Rom weilte. Sie müssen sich einen anderen Kronzeugen suchen.'

‚Wie wäre es mit William Turner? Zumindest hat er den Brand des englischen Parlaments mehrfach gemalt. Kein Faszinosum? Vor allem: welch prächtige Bilder, die Höchstpreise auf dem Kunstmarkt erzielen.'

‚Bilder von einer Brandkatastrophe. Wann werden Sie endlich den Unterschied zwischen Katastrophe und Verbrechen einsehn?'

‚Natürlich...', räumte ich in einem Anflug von schlechtem Gewissen ein, ‚waren diese Selbstmordattentate hinterhältig und feige.'

‚Hinterhältig wohl, aber nicht unbedingt feige. Diese religiöser Fanatiker – ich möchte sie pervertierte Idealisten nennen – waren überzeugt, das Leben sei der Güter höchstes nicht, und starben zusammen mit ihren unfreiwilligen Opfern. So verkommt ein altruistisches Ideal zur mörderischen Handlungsmaxime.'

Servant musterte mich prüfend, bevor er weiter sprach:

‚Das Leben ist der Güter höchstes nicht. Gefährliche Worte und nicht gerade Ihr Lebensmotto.' Ich gab den Blick äußerlich ungerührt zurück und fragte mich, was will er mir mit einem terroristischen Motto sagen, das meinen Überzeugungen gründlich widerspricht? Mein Leben und meine Gesundheit sind die mir wichtigsten Güter, und vom Institut erwartete ich, dass es beide schützt.

„Sie zweifeln an der Wirksamkeit dieses Satzes? Lassen Sie mich ein Beispiel erzählen.'

Er lehnte sich zurück, die Augen halb geschlossen, dehnte die ersten Worte, als suche er in seinen Erinnerungen:

‚Während meiner Ausbildung las ich den Bericht einer Ärztin aus dem 20.Jahrhundert, die mehrere Jahre in einem islamischen Staat gearbeitet hatte. Eines Tages brachten zwei junge Männer ein Kind mit zerschmetterter Hand. Um das Leben der Kleinen zu erhalten, es handelte sich übrigens um die Schwester der beiden, hätte man die Hand amputieren müssen. Jedoch die Brüder verhinderten die rettende Operation; denn, so sagten sie, ohne die Hand werde die Schwester dereinst im Paradies als Diebin gelten. Betrübt, aber gewiss, das Rechte zu tun, nahmen beide das Mädchen wieder mit sich, das heißt, sie opferten sie ihrer religiösen Überzeugung. Damals begriff ich erstmals, welche Macht der Opfergedanke hat. Wenn fromme Männer bereit sind, einen Menschen, den sie lieben, zum Tode zu verurteilen, – warum sollten sie Rücksicht auf Leben und Gesundheit jener nehmen, die ihnen gleichgültig sind, ja, die sie hassen? Ich nenne es die dunkle Seite des Glaubens. Sie beherrschte den aztekischen Kosmos, und auch das Christentum kennt sie. Wie anders ließen sich Folter und Tod für Hexen und Andersgläubige sonst erklären?'

Er öffnete die Augen, breitete in einer ratlosen Geste die Arme aus, und ich nickte stumm.

‚Übrigens, die Ärztin äußerte sich sehr freundlich über die Menschen in jenem islamischen Land, rühmte deren Herzlichkeit und Güte.'

‚Tröstlich...'

Er seufzte: ‚Und banal. Soviel zur menschlichen Natur. Unsere Politik hätte gut daran getan, viel früher beides zu berücksichtigen. Glaubenssysteme verleiten zum Missbrauch und produzieren sinnlose Opfer. Ich vergleiche sie gern mit der unklugen, unnützen Mildtätigkeit, von der Buddha in einer seiner Lehrreden sprach. Fürwahr ein großer Pragmatiker und Realist.'

Ich stimmte zu, ereiferte mich im Weitersprechen:

‚Mir scheint, die Geschichte kennt mehr Beispiele für den Missbrauch von Glauben und Idealismus als für ihren Nutzen. Haben sie nicht gesungen, die Freiwilligen des ersten Weltkrieges, wenn sie ins feindliche Feuer marschierten? Ritten sie nicht im zweiten großen Krieg mit Pferden gegen Panzer? Wenig später waren es japanische Kamikazeflieger und deutsche Hitlerjungen, die mit ihrem Opfer das Kriegsglück wenden wollten. Ideologien zur moralischen Rechtfertigung finden sich immer, und was sind diese anders als weltliche Religionen?'

‚Sie haben Recht. So ist der Mensch, egoistisch, kleinmütig, an seinem kurzfristigen Vorteil orientiert. Aber man gebe ihm Objekte für seine Liebe, seinen brennenden Hass, dazu etwas, das größer ist als er, einen Gott, ein hohes Ideal, die Hoffnung auf das Paradies, und er wird dem entgegenwachsen, über sich und sein kleines Leben hinaus. Gerade sein Missbrauch zeigt, wie erfolgreich der Appell an den Opfersinn sein kann.'

‚Zum Beispiel im Land Ihrer Vorfahren', entgegnete ich höhnisch: ‚So erfolgreich, dass in einem Land der Täter und Gaffer sich fast alle in der attraktiveren Opferrolle wiederfanden, nach der Niederlage wohlgemerkt.'

‚Ich weiß, ich weiß, schließlich kenne ich die Geschichte des zwanzigsten Jahrhunderts.' Sein Ton klang bekümmert, als leide er noch unter dem Versagen seiner Vorfahren. Vielleicht tat er es wirklich... und, führte ich meine Überlegung fort, vielleicht leiden auch Angehörige anderer Nationen unter dem, was ihre Vorfahren anderen Völkern angetan haben. Meine Aufmerksamkeit kehrte zu Dr. Servant zurück. Wie üblich hatte er sich schnell gefasst.

‚Lesen Sie, was ich zu unserem Thema gefunden habe!' Auf dem Monitor erschien ein Text und ich las:
Und er nahm den Kelch und dankte, gab ihnen den und sprach: Trinket alle daraus; das ist mein Blut des neuen Testaments, welches vergossen wird für viele zur Vergebung der Sünden.
‚Matthäus 26, das Abendmahl der christlichen Bibel, in dem Jesus seinen Sühnetod ankündigt, wahrscheinlich eine nachösterliche Ergänzung. Ich frage Sie: Können Sie mir eine eindrucksvollere Heiligung des Opfers nennen als in diesem Beispiel? Bedenken Sie, dass nach katholischer Lehre es der Priester mit jeder Eucharistiefeier wiederholt: die Opferung des Gottessohnes! Kann es ein größeres Vorbild geben?
Wir hingegen fordern keinen unserer Spender auf, sein Leben zu opfern. Natürlich sollen sie sich bereithalten, sobald sie erwachsen sind, was eine gewisse Einschränkung bedeutet. Aber sie erhalten Ersatzorgane in guter Qualität und werden medizinisch bestens versorgt. Eine leicht verkürzte Lebenserwartung müssen sie in Kauf nehmen, was zu akzeptieren ist, da sie uns ihr Leben verdanken. Eltern im traditionell biologischen Sinn besitzen sie ja nicht, die Wissenschaft ist ihre Mutter, der allein sie zu Dank verpflichtet sind.'
‚Ich dachte immer, sie würden von Frauen ausgetragen, wie normale Menschen.'
‚Werden sie auch. Weil es immer noch die billigste und sicherste Methode ist im Vergleich zum künstlichen Uterus. Wir mieten gesunde Leihmütter und entlohnen sie gut. Außerdem: Was ist heute noch normal? Denken Sie einmal über die ursprüngliche Bedeutung des Wortes nach!'
Er hatte Recht. Die Normen unserer Gesellschaft sind einem ständigen Wandel unterworfen.
‚Welche Bildung vermitteln Sie ihnen?'

‚Die bestmögliche. Unser Institut versorgt nur Spitzen der Gesellschaft, Wirtschaftsführer, Künstler, mehrere Nobelpreisträger. Wie gesagt, wir klonen keine Dummköpfe. Das verpflichtet uns gegenüber jedem ihrer Imagines. Es wäre schändlich, ihre Begabungen, die ja im Prinzip die gleichen sind, brachliegen zu lassen. Der für Sie vorgesehene Spender war zum Beispiel ein hervorragender Wirtschaftsmathematiker. Sein unerwarteter Tod hat eine Lücke hinterlassen, ähnlich, wie sie der Ihre hinterlassen würde.'
‚Und wenn ich plötzlich stürbe wie er, mein Körper zu stark zerstört, um wieder hergestellt zu werden?'
‚Dann wäre er von seiner Verpflichtung Ihnen gegenüber frei. Es passiert manchmal, aber glauben Sie mir, die Wenigsten ändern deshalb ihren Lebensplan. Es gab nur einmal Probleme. Als Ihr Sohn verschwand, da ging auch sein Spender, schlug sich zu den Traditionalisten, machte uns Schwierigkeiten. Wir führen es auf das Erbteil Ihrer Frau zurück, eine gewisse emotionale Labilität. Wir sollten uns später einmal darüber unterhalten.' ‚Ich kann mir nicht helfen. Für mich sind diese Klone' – ich sagte wieder Klone – ‚Kopien, Abziehbilder, aber keine vollwertigen Individuen.'
‚Aber nicht doch!' Servant ereiferte sich: ‚Die Anlagen sind zwar identisch, aber ihre Lebenswege verlaufen schon wegen des zeitlichen Abstandes verschieden. So gelangen die Anlagen zu unterschiedlicher Ausformung. Um es deutlicher zu machen: Ein Mozart würde mit Sicherheit eine hochmusikalische Imago produzieren, aber wahrscheinlich keinen zweiten Mozart. Allerdings forschen wir hinsichtlich der kreativen Begabungen noch.'
Ich gab nicht nach: ‚Was geschieht, wenn Sie vom Genmaterial eines hochmusikalischen Klienten einen zweiten Mozart produzieren? Wem geben Sie den Vorrang?' Die Frage schien ihm unangenehm.

‚Bisher hatten wir den Fall noch nicht, und wir sind an unsere Verträge gebunden. Sehn Sie', er griff vertraulich nach meiner Hand, und ich entzog sie ihm.
‚Wir suchen eine Welt zu schaffen, in der die meisten Fragen gelöst sind, bevor sie überhaupt gestellt werden können. Nun zu Ihnen: In Ihrem Dossier sind all Ihre für das Programm günstigen Eigenschaften aufgeführt. Ihr analytisches Vorgehn, Distanz in Gefühlsangelegenheiten, Ihr Stolz und der starke Lebenswille. Problematisch erscheint Ihre Neigung zu unbequemen Fragen, und selbst Ihr Lebenswille kann zu Schwierigkeiten führen, wenn er Ihre Imagines zu stark prägt. Da ist ein Widerspruch im Suizid Ihres Spenders, zu dem uns noch der Schlüssel fehlt.'
Es ist der Stolz, lieber Dr. Servant, der Stolz!, dachte ich, hütete mich jedoch, es laut auszusprechen. Sagte stattdessen: ‚Was stört Sie an meiner Neugier; oder was meinen Sie mit dem Hang zu unbequemen Fragen?'
‚Die meisten unserer Klienten fragen nicht nach ihren Spendern und der Art und Weise unseres Vorgehns, mag sein aus einer unbestimmten Scheu heraus. Wir unterstützen dieses Nicht-Wissen-Wollen ganz bewusst. Es erleichtert unsere Arbeit.'
‚Herrschaftswissen', sagte ich, eine Spur giftiger als geplant, ‚typisch für Ihren Stand! Aber Fragen waren schon immer Sand im Getriebe von Herrschaftssystemen, Brutkästen für Veränderungen, zumindest Anlass, Handlungen zu überdenken. Wieviel Unglück ist in der Geschichte geschehen durch fraglose Hinnahme des Fragwürdigen? Kurzum: Für mich als Juristen sind Fragen Anwälte der Gerechtigkeit!'
‚Gerechtigkeit, Gerechtigkeit... Sie ändert sich mit den Bedingungen. Wird sie nicht blind dargestellt, eine Hure der Verhältnisse?' ‚Nicht sie, Sie verwechseln sie mit der Justiz, und da mögen Sie Recht haben.'

Ich nahm es mit heimlicher Genugtuung wahr: Servant ärgerte sich, aber er gab nicht auf: ‚Wir schaffen und erhalten Leben, aber Sie können nicht verlangen, dass es zusätzlich gerecht sei. Schauen Sie sich um! Begabungen und Kräfte sind ungleichmäßig verteilt. Warum sollten wir sie gleich behandeln? Wir sind nicht inhuman. Keine Imago, einmal ausgetragen, wird getötet, auch wenn sie überflüssig sein sollte, die Erwartungen nicht erfüllt. Sie reden von ethischen Gesetzen und wissen doch genau: Menschen machen sie, und mit Menschen ändern sie sich. Luxuriöse Zugaben der Wohlstandsgesellschaften, die bereits unter kleinen materiellen Erschütterungen Schaden nehmen.

Ich erinnere Sie an die Zunahme der Demenzerkrankungen infolge der verlängerten Lebenserwartung, an Alzheimer oder die europäische BSE-Katastrophe des letzten Jahrhunderts, den sogenannten Rinderwahnsinn. Sie schauen verständnislos? Haben noch nie etwas davon gehört? Trösten Sie sich, lieber Jason, Sie sind damit nicht allein. In Europa war die Aufregung ungeheuer, der Rindfleischmarkt brach über mehrere Monate zusammen, und überall ging hysterische Angst vor einer Ansteckung um, vergleichbar mit Aids', ...– er machte eine bedeutungsvolle Pause – doch keine fünf Jahre nach den großen Vernichtungsaktionen war das Problem aus dem allgemeinen Bewusstsein verschwunden, fast, als hätte es nie existiert.'

‚Vernichtungsaktionen?'

‚Nun, sobald ein infiziertes Rind auffiel, tötete man den gesamten Bestand und verbrannte die Tiere. Ein Brandopfer von etwa sechs Millionen Rindern, Hekatomben im Interesse der Volksgesundheit. So wenigstens wurde die Aktion begründet.'

‚Sechs Millionen, was für eine Zahl! Man sollte sie nicht vergessen.' Servant nickte: ‚Und eine bürokratische Maßnahme von zweifelhaftem Wert. So ist es immer, wenn man

Lebewesen zu Sachen macht, so als würde man Menschen ihr Menschsein absprechen. Einfach die Grenzen verwischen, danach lassen sich viele Entscheidungen rechtfertigen, – bis hin zur industriellen Vermarktung und Ausrottung von Leben. Was zählt, ist der Gewinn. Glauben Sie mir, die Sklavenverschiffungen vor zweihundertfünfzig Jahren unterlagen ähnlichen Rentabilitätsrechnungen wie moderne Massenviehtransporte und waren kaum komfortabler.
‚Das sagen ausgerechnet Sie, der Sie Leben in industriellem Maßstab klonen und vermehren?'
‚Nicht doch, nicht doch.' Abwehrend hob er beide Hände: ‚Erstens schaffen wir Leben und vernichten es nicht. Zweitens bevorzuge ich ein individuell abgestimmtes Vorgehn, das sollten Sie am besten wissen, bei der Sorgfalt, die wir Ihnen angedeihen lassen.' Wieder der Vorwurf in Blick und Stimme. Ich gebe nicht auf: ‚Heute vielleicht noch individuell, morgen eine Genmanufaktur, schließlich die Klonindustrie. Was geschieht in einigen Jahren, spätestens unter Ihren Nachfolgern?'
‚Ich kümmere mich um das Machbare, schließlich bin ich Wissenschaftler, kein Moralphilosoph. Wo waren wir stehngeblieben? Ach ja, beim sogenannten Rinderwahn, verwandt mit der Kreuzfeld-Jacobschen Erkrankung und der Schafsseuche Scrapie: sämtlich Garanten für ein quälend langsames, zudem teures Dahinsiechen. Wundert es Sie, wenn mit einem Mal die Idee vom Gnadentod aus allgemeiner Ächtung wieder auflebte und die Euthanasiegesetze in mehreren Ländern den Verhältnissen angepasst wurden?
Kontrolliert und parlamentarisch überwacht, gewiss. Aber vergessen wir nicht, dass die größten Verbrechen aus äußerlich festgefügten Gesellschaften hervorbrachen: Inquisition und Conquista, die Hexenverbrennungen von

Mittelalter und früher Neuzeit, gerechtfertigt von Päpsten und Fürstbischöfen, ein gottgefälliges Werk. Der Holocaust des vergangenen Jahrhunderts kam aus der Mitte des gebildeten christlichen Abendlandes, zumindest hat es ihn nicht verhindern können. Vom russischen Gulag, der chinesischen Revolution und selbst den Menschenrechtsverletzungen unseres aufgeklärten 21. Jahrhunderts will ich jetzt nicht reden. Wo war da Ihr Ethos von der allumfassenden Gerechtigkeit; denn nur so, allumfassend hat sie Anrecht auf ihren Namen. Alles andere ist zufällig, unverdiente Gnade. Zum letzten Mal: Wir vernichten kein Leben, wir schaffen es, – und natürlich verdienen wir gut dabei.' Er hatte sich in Zorn geredet, nahm die Brille ab und putzte sie. Fixierte mich nicht mehr freundlich.

Dabei teilte ich seine Überzeugungen, hatte mit anfänglichem Vergnügen nur den advocatus Dei gespielt...

Unmerklich bin ich aus lebhaftem Traumgespräch in ruhigere Fahrwasser der Erinnerung geglitten, entsinne mich matt, wie Servant und ich uns versöhnlich die Hand reichten, ‚Auf Wiedersehn in Carmel' wünschten, und jeder danach in seine eigene Welt zurückkehrte.

Ich grüble, sind es vier oder sechs Wochen, die ich mit dem neuen Schrittmacher gelebt habe? Und die ganze Zeit kein Lebenszeichen von Ann, keine Antwort auf meine Fragen.

Sie blieb ein Rätsel für mich. Die unklare Herkunft, ihr mehrmaliges Verschwinden, ihre Verschwiegenheit in persönlichen Dingen, jene Suchmeldung im Fernsehn und schließlich der Aufdruck auf der Milchpackung: *Wir brauchen dich.* Auch ich brauchte sie. Aber mein Hilferuf auf Milchtüten und Getreidepackungen, öffentlich ausgestellt in Supermärkten, wandernd durch Hausfrauen- und Kinderhände, in Abfallcontainern schließlich entsorgt? Nein!

Oh Ann, – ich meinte dich so gut zu kennen wie mich und wusste doch nichts von dir.

Wenigstens die neue Hilfe für mein Herz arbeitete zuverlässig. Das Institut erhielt täglich meine medizinischen Werte, und ich tat, was ich seit Jahren getan hatte, leitete Besprechungen und Konferenzen, davon die meisten über Verbundschaltungen, koordinierte fremde Handlungen und mehrte mein Vermögen.

In meiner freien Zeit trieb ich Ausgleichssport, fuhr zum Angeln hinaus auf den Pazifik und erlegte auf Wanderungen einige seltene Käfer. Am Abend, während ich die kleinen Leichen präparierte, sagte ich mir: Warum nicht zusätzlich zu den Libellen eine Käfersammlung einrichten? Sicher eine lohnende Freizeitbeschäftigung über Jahre...

An Glenn dachte ich in diesen Wochen kaum, nahm mir vor, sie irgendwann nach dem Bachfestival anzurufen.

*

Carmel und seine Festivals. Zu den traditionellen Bachwochen im Juli und August und den Kunsttagen Mitte Mai hat sich seit einigen Jahren das sinfonische Frühlingsfest gesellt: ein zusätzliches musikalisches Opfer, nicht zuletzt zum Wohle der Gemeinde. Die Hotels sind ausgebucht, und mancher Kunstliebhaber muss sich sein Quartier in Monterey und darüber hinaus suchen.

Natürlich tragen zur Überfüllung und Raumnot auch einige Veranstaltungen bei, die Pseudokunst mit Pseudoerlösung verbinden; denn auch bei uns sterben die Dummen nicht aus, und eine geschäftige Esoterik lässt immer noch jede Menge Sumpfblüten an der Westküste wuchern. Da ich mich vernünftigerweise nicht in solches Gestrüpp begebe, geschweige denn in Untiefen verliere, ziehe ich es vor zu beobachten, wie erwachsene Toren und mehr noch Närrinnen von einem Seminar, Satsang, oder wie immer diese Veranstaltungen heißen mögen, zum nächsten laufen und sich das Geld aus der Tasche ziehen lassen. Unbelehrbare, die trotz der allgegenwärtigen Bedrohungen noch den Segnungen des Wassermannzeitalters vertrauen, als garantiere die Stärke ihres Glaubens seinen Wahrheitsgehalt. Manche dieser Unverbesserlichen landen schließlich in der Psychiatrie, die meisten in der Resignation nach all den fehlgeschlagenen Heilsversprechen.

Dennoch – sagte ich mir – während drunten verstreut und im Waldgrün fast verborgen, die Häuser Big Surs vorbeiglitten, dürfte der Aberglaube mit jedem neuen Wissenschaftsdurchbruch weiter abschmelzen, zumal Unsterblichkeitswahn und Jenseitsglaube der Religionen durch die realistischeren Angebote der Gentechnologie abgelöst werden. Zu Recht, wissen doch jene, die immer noch im Gebet ihre Ewigkeitshoffnung beschwören, zumeist nicht einmal die Leere eines verregneten Wochenendes auszufüllen.

Die neue, seriösere Psychoszene hilft bei der Bewältigung der unbequemen Einsicht, dass der Mensch nur das höchstentwickelte Tier ist, dem jede absolute Bedeutung fehlt; und asiatisches, vor allem buddhistisches Denken verbreitet sich weiter, da es dort seit jeher weniger auf das Individuum ankam.

Mir gefällt, dass die von Aberglauben überwucherten Formen des Mahayana zugunsten der klassischen Lehre zurückgehen, wenngleich mir der Buddhismus stets zu passiv erschien, nichts für Macher. Doch recht verstanden ist er eine Philosophie der Lebensführung, die nirgends zu unlösbaren Widersprüchen, weder in sich selbst, noch zur Wissenschaftswelt gerät.

Selbst die Wiedergeburtslehre sei ein populäres Missverständnis, wie mir ausgewiesene Kenner versicherten: Buddha habe, um zu wirken, nun einmal nicht über diese indische Grundüberzeugung hinweggehn können. Weil nun der Dharma Freiheit aus jeglicher Verstrickung und die Befreiung vom Ich gewähre, löse er notwendig auch jedes vorgebliche

Karma auf. So sei die Wiedergeburt eher gleichnishaft im Sinne des allmorgendlichen Erwachens aufzufassen, indes gestatte die buddhistische Toleranz auch andere Auffassungen.

Die ersten Häuser Carmels tauchten unter mir auf, und gleichsam als Bestätigung meiner Überlegungen sah ich das buddhistische Zentrum abseits am Waldrand ruhen, erkannte das kreisrunde Haupthaus, dessen speichenförmige Dacheindeckung das Rad der Lehre symbolisieren soll, daneben Wirtschaftsgebäude und Gärten, der große Parkplatz leer bis auf wenige Personenwagen und ein Wohnmobil. Das ganze Zentrum wie unbeeinflusst von den verschiedenen Strömungen des Zeitgeistes und internationalem Kunstschaffen, so wie ich es vor Jahren kennenlernte. Trotzdem kein Ort für mich. Damals hatte ich dort für einige Tage Za-Zen geübt, war unbefriedigt und mit schmerzendem Rücken wieder abgereist. Mir fehlt die Geduld für diese Spielart des Buddhismus, sie langweilt mich sogar, und in dem Maße, wie die Anlage aus meinem Gesichtsfeld schwand, richtete sich meine Aufmerksamkeit auf vorrangige Ziele.

Das Appartement am Ende der Ocean Avenue war seit langem reserviert, und ich stellte mich auf künstlerisch ergiebige Tage ein, vielleicht unterbrochen von einem oder zwei Vormittagen auf dem Golfplatz: Zweckvoll gebändigte Natur bei guter Luft und Bewegung, ein Angebot, das auch Dr. Servant zusagte. Er wohnte im gleichen Hotel und freute sich auf gemeinsame gepflegte Dinners nach dem musikalischen Genuss.

Schon im Landeanflug bemerkte ich das auffällige Firmenlogo des Flugcars. Dr. Servant musste mit einer der Institutsmaschinen angereist sein, und tatsächlich war er es, der im Empfangsgebäude auf mich zu eilte, mich zu seinen beiden Assistenten Dr. Woolfe und Dr. Katz zog und uns

aufgeräumt zu einem Umtrunk einlud: ‚Sie kennen sich ja bereits.'
Nur den zweiten kannte ich von der Tagesklinik in Rancho Palos Verdes, einen Draufgänger, und nicht unsympathisch. Unlängst hatte er sich dafür verantworten müssen, ausgerechnet mit seinem Dodge Carrier, einem wahren Museumsstück, öffentliche Straßen unsicher gemacht zu haben, und ich hatte ihm auf Servants Bitten einen guten Strafverteidiger vermittelt. Auch Katz erkannte mich wieder und grüßte mit einem schiefen Grinsen.
Beide, jungenhaft und dynamisch, hätte ich eher auf einem Baseballfeld vermutet als im Konzertsaal. Doch die sportlich heitere Maske mochte täuschen, Ärzte waren schon immer eine kulturbeflissene Minderheit und, wie ich wusste, so zahlreich in meinem Hotel einquartiert, dass man es allgemein den Club Med nannte. Etliche musizierende Jünger Äskulaps zählten dazu. Ihre Benefizkonzerte gehören seit Jahren zum Programm und werden von einer zeitweilig schwerhörigen Kritik großzügig gelobt, wobei sich das Lob vor allem auf die ausgewählten Komponisten und den wohltätigen Zweck bezieht. Nur einmal hatte es Unruhe gegeben, als ein ortsfremder Kritiker unflexible Grifftechnik und Tongebung der Streicher bemängelte.
Er wusste nicht,- was jeder Arzt weiß – dass elaborierte Vibrati den Gelenken schaden können.
Das Festival ist wohl seit den Anfängen religiös beeinflusst, doch nicht mehr auf Bach beschränkt, schon gar nicht konfessionell. Dennoch erschien der diesjährige Zyklus mehr als ungewöhnlich, da neben dem Namenspatron besonders Bruckner geehrt wurde, wobei man in Ermangelung anderer Anlässe dessen 200-jähriges Jubiläum als Symphoniker feierte.
Vielen gilt der Österreicher als überragender Vertreter dieser Gattung im späten 19.Jahrhundert, und zwar gerade auch

wegen seiner unfasslichen Neuerungskraft und formalen Meisterschaft. Zudem spricht es für Bruckner, dass unter allen Genies seine volle Anerkennung am längsten auf sich warten ließ.

Noch zur Zeit seiner Achten beschimpfte Mahler voller Unverständnis und Selbstbefangenheit Bruckners letzte Symphonie als „Gipfelpunkt des Unsinns"; so führte er Bruckner nur vereinzelt, und dann verstümmelt und retuschiert auf. Wo es in seinen eigenen Werken unverstellt um Religiöses ging, trachtete er, sein Publikum und sich selbst mit jedem erdenklichen Aufwand zu überreden; zumal seine II. und VIII. inszenieren mit hypertrophen Mitteln geradezu theatralisch das Trugbild naiven Glaubens. Bruckner hingegen überzeugt mit rein musikalischen Mitteln, wenn man ihm zu folgen bereit ist. Manche mögen freilich noch Schwierigkeiten haben mit den zyklopischen Bauformen. Sie reden gerne von „erratischen Blöcken" oder gar „Willkür" weil sie der ausdifferenzierten Binnenstruktur geistig nicht zu folgen vermögen oder grotesken Missverständnissen unterliegen.

Zunächst freilich sahen wir uns einem Sachzwang besonderer Art ausgesetzt: Hätte man einen „originalen" Bach spielen wollen, so wäre ein eigenes Ensemble nötig gewesen. Da schon ein großes Orchester verpflichtet war, bestritt man den ersten Programmteil mit einer Kuriosiät sondergleichen und brachte für Orchester eingerichtete Orgelwerke Bachs zu Gehör. Stokowski kannte ich bisher nur von seinen kongenialen Mussorgskyinstrumentierungen, doch was hier an Bombast hereinbrach, spottete jeder Beschreibung.

Dr. Servant zwinkerte mir vergnügt zu – Ärzte sind bekanntlich Zyniker –, während sich bei mir Assoziationen von Flutkatastrophen und Seebeben einstellten und ich schließlich im spätromantischen Klangmeer zu ertrinken drohte, zu dem der ursprüngliche Bach angeschwollen war. Lehrreich indes, dass seine Musik nicht umzubringen ist... Entsprechend gespalten reagierte das Publikum, doch schien das Vergnügen Empörung und Befremden zu überwiegen, und es war gut, dass sich eine längere Pause anschloss.

‚Ich hoffe, Sie haben heute Ihren Glauben an Bach nicht verloren', bemerkte Dr. Servant nach den donnernden Schlussakkorden der Passacaglia und Fuge c-moll.

‚Niemals!', formulierte ich mein Bekenntnis, ‚solange ich nicht seinen Glauben übernehmen muss.'

‚Intellektuell mögen Sie Recht haben, psychologisch kaum. Dann sollten wir zwei Agnostiker uns für Bruckners letzte Symphonie gehörig wappnen.' Wie Recht Dr. Servant mit seiner sarkastischen Warnung hatte.

Aus dem verschleierten Streichertremolo begann sich der Kopfsatz des Werkes in vielschichtiger Variantentechnik zu entfalten, in einer Überfülle rigoroser Klangereignisse und dennoch konzentriert bis zum Äußersten.

Fasziniert verfolgte ich, wie in den immer mehr zerfasernden ersten Themenkomplex der zweite in dröhnenden Posaunen über zwei Oktaven herniederfährt und unausgesprochen alles zu überformen beginnt, schon den Kontrapunkt des Gesangsthemas fast Mahlerisch abschattet und selbst der früher so bedeutsamen dritten Themengruppe einen nur noch dienenden Ort zuweist. Nach allen Verwicklungen der Durchführung lässt der Hauptgedanke beherrschend alles hinter sich, was man bisher über Reprise und Coda wusste, und beklommen bleibt dem nichts mehr entgegenzusetzen.

In andere, eher fiebrige Erregung führte das Scherzo, entließ mich nicht aus seinem Bann: ein unerhörtes harmonisches und rhythmisches Pandämonium. Zunächst bleiben Tonart und Tongeschlecht verborgen, und kaum hat sich ein dissonantes Stampfen als d-moll zu erkennen gegeben, nimmt ihm der anfängliche Vierklang – nunmehr im schweren

Blech mit zwiefacher Tritonusspannung – jedes Hausrecht, um sich dann darüber, wie mit dem Beil zerhackt, in Einzelnoten aufzuspalten und das Grundmotiv zur Strecke zu bringen: diabolus in musica. Vielleicht musste man fromm sein, um den Teufel so gut zu kennen... Selbst das Trio, vordem eine Heimstatt bukolischen Behagens, gerät nun spukhaft und bewegt sich auf ganz dünnem Eis.

Das Adagio hatte ich nie wirklich an mich herankommen lassen, und selbst die jüngste existentielle Bedrohung öffnete mich ihm nur im Ansatz. Hier spürte ich ein Leiden, weit größer, als ich je erfahren hatte, ein Leiden zum Tode. Wie sich Bruckner schließlich darauf einzulassen wusste, blieb mir verschlossen, und so bewunderte ich vor allem Anlage, Dichte und die zwittergestaltige Harmonik des Satzes.

Der Eindruck war überwältigend, – nicht ein Husten ließ sich vernehmen, und selbst der Applaus wuchs allmählich aus einer langen Stille, ein Triumph auch für den mir bisher unbekannten Dirigenten mit seinem unaussprechlich slawischen Namen.

Klar steht mir die anschließende Unterhaltung im Hotelrestaurant vor Augen, wo sich Katz zu uns gesellte. Den nachtdunklen Alto von 2042 hatte Servant mit dem Hinweis ausgewählt, seines Erachtens zählten die argentinischen Malbecs zu den besten der Welt. Er hob das halb gefüllte Glas unter die Nase, sog tief das Bouquet ein und nickte beifällig, schlürfte einen ersten Schluck und strahlte, um mit einem Male heftig den Kopf zu schütteln.

Indes war es nicht der Wein, der ihn zu solch entschiedener Abwehr veranlasste: ‚Wie zum Teufel können eigentlich gewisse Kreise Bruckner jenseits seiner Kirchenmusik als katholisch vereinnahmen? Wenn etwas katholisch ist, dann doch wohl Liszts *Elisabeth* oder Messiaen, aber gewiss nicht diese Symphonien! Undogmatischer als Bruckner kann man kaum verfahren. Denken Sie nur an das Scherzo.'

Ich pflichtete ihm bei: ‚Vielleicht bringt uns ein Vergleich weiter: Das Finale von Brahms' letzter Symphonie ist tragisch, es setzt sich ebenfalls mit dem Tod auseinander, aber auf ganz diesseitige Weise; wie man es von einem Agnostiker erwartet. Auf mich wirkt es seltsam objektiv, Kampf erscheint sinnlos. Hingegen Bruckners Adagio...'
‚Richtig, hier ist alles anders, da reißt wirklich ein heilloser Abgrund auf, die wunderbaren Schlusstakte können ihn für mich nicht überbrücken, geschweige denn aufheben. Hoffnung ja, aber trägt sie auch? Und wie verträgt sich tiefste Verzweiflung mit so inbrünstiger Hoffnung?' Servant grübelte über seinen letzten Worten, und auch ich verlor mich in Gedanken. Für kurze Zeit hantierten wir schweigend mit Messer und Gabel, bis er plötzlich innehielt und sein Messer dozierend erhob, breit grinste: ‚Da machte es sich der alte Sünder Wagner mit seiner Amfortas-Wunde wesentlich leichter, wenn er sich in einen heterodoxen Gnadenstand – wie immer – selbst katapultierte. Pecca fortiter, sündige tapfer! – Um dann schön büßen zu können! Sicher konnte nur Wagner diese Gralsbotin und *Höllenblume* Kundry erschaffen: Sie muss fortgesetzt verführen und gerät so immer tiefer in den Sündenpfuhl; denn Erlösung kann sie einzig finden, wenn ihren Reizen widerstanden wird. Paradox...'
‚Ja, ja, das schlechte Gewissen des Sünders', beeilte ich mich zu sagen. ‚Nur: Was ist dann katholische Musik?'
Servant zog die Stirne in Falten: ‚Das würde ich Ihnen gerne verraten, wäre es denn so einfach. Bei näherer Betrachtung versagen Schlagworte wie Mystizismus oder Irrationalismus. Ich schließe aus der protestantischen, zumal calvinistischen Unrast, dass die katholische Tugend, sofern es denn eine gibt, wohl die Geduld sein muss, auch in der Musik.'
‚Über Geduld verfügt Wagner in hohen Graden – und seine Gefolgschaft sowieso.'

‚Soviel ich hörte, muss man sich Wagner in Bayreuth buchstäblich ersitzen, ein Grund für mich, diesen Ort zu meiden.' Natürlich Katz, der zwischen Interesse und Unverständnis schwankend zugehört hatte.
Servant verzog kurz sein Gesicht, als hätte man ihn ebenfalls auf das harte Gestühl Bayreuths gesetzt: ‚Mehr Disziplin, meine Herren, kehren wir zurück zu Bruckner! Diese Symphonie ist jedenfalls alles andere als katholisch, es fragt sich sogar, ob wir sie überhaupt christlich nennen können, ungeachtet der unbegreiflichen Frömmigkeit ihres Schöpfers.' Hier hatte ich mein Stichwort, denn ich konnte nicht verstehn, wie höchstbegabte Menschen einem solch widersinnigen Aberglauben anhängen konnten:
‚Bekanntlich hat er die Neunte dem *lieben Gott* gewidmet, nur erkenne ich darin keinen lieben Gott, und überhaupt: Wechen Gott meinen die herunter donnernden Posaunen? Etwa den eifersüchtigen Wüterich des Alten Testaments? Doch wohl kaum den christlichen Vatergott? Wer behauptet, die drei Themenkomplexe stünden für die Dreifaltigkeit, soll sie sich einmal näher betrachten, und hier ist der triumphale Gestus der dritten Gruppe auch noch aufgegeben...'
‚Lassen Sie mich eine Erklärung aus meinem Fachgebiet versuchen.' Servant schob das halb gelehrte Glas zur Seite und beugte sich vor: ‚Bruckner litt zeitlebens unter einem Zählzwang und war meines Wissens deshalb sogar in einer Nervenheilanstalt. Zahlen hatten für ihn also ein Gewicht, das anderen verschlossen bleiben muß. Er mag die Dreizahl der Dogmatik abgeborgt haben, doch liegt eigentlich ein Fünferkomplex zugrunde, nachdem sich Zwei und Drei stets durchdringen, und zwar nicht etwa nur im Gegeneinander von Duolen und Triolen, sondern gerade auch im Großen. Es sind Formprinzipien seiner ureigenen Musikdogmatik, und hier war er stärker formbildend als jeder andere, als der einzige überlegene Architektoniker des späten 19. Jahr-

hunderts, und darum unerreicht und ohne Nachfolger. Mit Trinität hat das nichts, aber auch gar nichts zu schaffen. Was entgegnen Sie nun?'
Er lehnte sich wieder zurück, griff zu Messer und Gabel und warf mir einen auffordernden Blick zu, bevor er sich erneut seinem Steak widmete. ‚Lauter Primzahlen', sagte ich gedehnt, sicher keine Entgegnung, wie Servant sie von mir erwarten durfte, doch scheute ich vor der mir letztlich fremden Gedankenwelt Bruckners zurück und rettete mich in Kirchenkritik: Damit liegt man unter Intellektuellen nie ganz falsch. Noch vor einem Jahrhundert habe man von „musikalischen Kathedralen" gesprochen, eine gegenreformatorisch auftrumpfende Kirche herausposaunt, alles Sperrige und Moderne abgedunkelt und mit Weihrauch vernebelt, die langsamen Sätze bis zur Weinerlichkeit zerdehnt und ein idyllisches bis munteres Treiben in den Scherzi veranstaltet. Ich schloss mit einem entschiedenen: ‚Das nenne ich katholisch!'
‚Carne vale!', rief mein Gegenüber, während er einen Fleischbissen in seinem Schlund verschwinden ließ, um etwas undeutlicher weiter zu dozieren:
‚Vergessen wir nicht, dass sich im bäuerlichen Leben viel Heidnisches erhielt, und überall bei der una sancta schimmert Vorchristliches durch. Da waren die bilder- und mythenverliebten Katholiken stets duldsamer als die langweiligen Puristen von der Konkurrenz.
Gerade Bruckners Scherzi erwachsen aus einem bäuerlichen Urgrund aller möglichen Vegetationsgottheiten, und so sind sie heidnische Musik wie kaum eine zweite: alles andere als harmlos, mitunter dämonisch, wie heute erlebt. Dieses Scherzo kann einem Angst machen.'
‚Trotzdem fehlen die Ferkel unter den alten Göttern in seiner Musik. Soll man das nun bedauern?'. Offenbar machte der vorzügliche Wein mich leichtfertig.

‚Sicher nicht, nein, überhaupt nicht. Bruckners Musik wirkt merkwürdig frei von solchen Trieben, und das verleiht ihr eine weitere Sonderstellung. Dagegen erscheint gerade die katholische Mystik damit unauflöslich verquickt: Immer wieder brechen die verteufelten Fruchtbarkeitsgötter durch!'
Er hob sein Glas: ‚In diesem Sinne: Ut desint virgines, tamen est laudanda voluptas...
Kleiner Scherz zu Ovid: Wenn es auch an Jungfrauen fehlt, so ist dennoch die Lust zu loben! Prosit!'
Den Scherz hatte ich von ihm nicht erwartet; und Katz reagierte prompt: ‚Irgendwo habe ich gelesen, die Höhepunkte bei Bruckner besäßen Orgasmusstruktur.'
‚Da sieht man wieder, dass Leute Ihren Alters keine Klimax von einem Orgasmus unterscheiden können. Alles Unfug, mein lieber Katz, eher wie das Resurrexit seiner Messen', wies ihn sein Chef gutgelaunt zurecht: ‚Ja, wenn Sie damit Wagner gemeint hätten, schon in der Tannhäuser-Ouverture...'
Er hob sein Glas und beugte sich vertraulich vor:
‚Stellen Sie sich vor, Wagner wäre ein Tantriker gewesen, und wir müssten auf all seine schöpferische Hitze, ja Schwüle infolge seines schlechten Gewissens verzichten. Der Tristan wäre jedenfalls nie geschrieben worden, und das meiste andere auch nicht. Wagner würde gewiss anderweitig umwerfendes Theater veranstaltet haben, aber diesen Bruckner hätten wir definitiv nicht, womöglich nur einen handwerklich verblüffenden Akademiker: Er brauchte diesen unheiligen, weil stets erfolgreich versuchten Antonius, ohne dessen außermusikalische Wurzeln auch nur im mindesten zu verstehn.'
‚Ein solch überragendes Genie in einem so schlichten Menschen kann niemand begreifen.'
‚Nicht einmal die Medizin. Wie Bach und Mozart arbeitete er noch an seinem Todestag, und dass sein Musikverstand bei

sonst zunehmender Desorientiertheit, ja Anzeichen von Demenz unangetastet blieb, ist beispiellos, genauso wie seine bis fast zuletzt ungebrochene Innovationskraft und Bewältigung großer Formen. Doch passt dies zu seiner Biographie, man meint, man habe es mit einem völlig autonomen genial-musikalischen Komplex zu tun.'

‚Bedauerlich, dass wir nicht mehr Selbstzeugnisse besitzen, auch hier scheint er aus seinem redseligen und schreibwütigen Jahrhundert herauszufallen', warf ich ein.

‚Noch mehr, als Sie meinen; denn Bruckners Musik ist kaum jemals außermusikalisch motiviert.'

‚Dann hätten ja Bruckner und Brahms mehr gemein, als man so meint', meldete sich Katz.

‚Unbedingt, wenn auch von unterschiedlichen Ausgangspunkten her. Sie sind Kinder einer Zeit, man muss sie strukturell hören. Was also nützten uns mehr Selbstzeugnisse? Womöglich sind unsere diesbezüglichen Erwartungen naiv; wer sagt uns auch, dass er mit dieser Widmung ein Dankopfer darbrachte? Liegt nicht eine Bitte, vielmehr noch ein Flehen darin? Ich meine in diesem Adagio sogar die tiefste Verzweiflung der Gottferne zu erkennen, so, wie sie nur einen Gläubigen aufwühlen kann.'

‚Vielleicht ist sein Adagio christlich, nur weiß ich nicht, ob das auch für den Schluss gilt. Er kann Hoffnung, Ergebung oder beides meinen.' Servant unterbrach mich: ‚Leider fehlt das Finale und damit Bruckners letztgültige Antwort. Ich schlage vor, wir beenden das Thema für heute, schließlich sitzen wir hier nicht in Klausur.

Nur eines noch: In Wagner fand er zweifellos seinen Abgott. Ausgerechnet Wagner! Ob er diese seine Sünde jemals begriff?

Apropos Sünde: Sie vergehn sich am Tieropfer und an der Hotelküche, wenn Sie Ihr Fleisch kalt werden lassen. Guten Appetit!'

Danach widmete auch ich mich wieder meinem Steak und dem Wein; das Gespräch verflachte, und irgendwann sah ich Klingsors reizvollste Blumenmädchen vor meinem inneren Auge tanzen...

Später sann ich noch lange über solche Fragen nach, und selbst jetzt in meinem Klinikbett lassen sie mich nicht los. Das Wunder des Spätstiles. Wagner hatte jedem Werk das gemäße Gewand geschneidert, und so überrascht die neue Klangsprache des Parsifal nicht völlig. Den radikalen Spätstil Liszts konnte man immerhin aus der totalen Abkehr von brüchig gewordenen Musikidealen herleiten, wenn auch nicht erklären.

Bruckners IX. bleibt das Rätsel. Keine Rede davon, dass sie mit der VIII. zusammengehöre; diese sucht eher tastend nach Neuem und wirkt oft eigentümlich unentschieden, besonders im Kopfsatz.

Mit der IX. erscheint ein neuer geschlossener und ungeheuer suggestiver, ja, zwingender Stil, durchsetzt mit funktionsharmonisch nicht mehr fassbaren Akkorden, erschreckend verselbständigten Tonfolgen und einer herben, oft fahlen, ja harten Klanglichkeit. Dies alles scheint nur für sich selbst oder ganz anderes Unsägliches zu stehn. Wenn sich an dem Werk etwas fassen lässt, dann am ehesten mit den tiefsten Gedanken Nietzsches. Jegliche Volksnähe ist geschwunden, alles Plakative oder Auftrumpfende. Auch jeder naive Kommentar ihres Schöpfers fehlt. Wenn es dort einen Gott gibt, dann einen Deus absconditus...

Was trieb da am Ende des 19.Jahrhunderts die Greise um? Und wie lässt es sich demgegenüber an, dass fast alle bedeutenden Komponisten des 20.Jahrhunderts, in unserem 21.Jahrhundert sowieso, schon im besten Mannesalter immer konservativer wurden?

Vermutlich sind solche Fragen sinnlos, doch unterliege ich dem Zwang nachzusinnen, wo immer ich mich ausgeliefert und überwältigt fühle.

*

Der letzte Tag meines Aufenthaltes in Carmel kam. Ich war am Morgen nochmals durch meine bevorzugten Galerien geschlendert, hatte mit den Besitzern die neuesten Entwicklungen auf dem Kunstmarkt diskutiert und eine kleine Landschaft erstanden, das jüngste Werk eines der Neuen Sanften. Beim Mittagessen im Hotelrestaurant fehlte Dr. Servant. Ich bedauerte kurz, dass wir unsere Diskussion vom Vorabend nicht weiterführen konnten, und setzte mir entgegen meinen ursprünglichen Absichten ein neues Ziel: das buddhistische Zentrum.

Zwar drängte es mich nicht, die Innenschau im Sitzen zu wiederholen, aber der Anblick eines Sportschützen vor wenigen Tagen hatte eine andere Idee ausgelöst: Warum nicht die Kunst des Bogenschießens üben? Vielleicht entsprach dies eher meinem Naturell als Za-Zen und Atembeobachtung.

Wenn der Buddha Recht hatte mit seiner These vom unbeständigen Ich, mochte das spirituelle Angebot mich diesmal erreichen – oder auch nicht. Es schien mir einen Versuch wert.

Bei meinem letzten Aufenthalt war das Zentrum still gelegen, fast verlassen, wenn man es mit dem lebhaften Kunstbetrieb in Carmel verglich. Doch die Zeiten hatten sich geändert, und Ausläufer der lauten Touristenströme erreichten selbst die Stille.

Der Besucherparkplatz war mit Wagen verstellt, und ich fand nur mit Mühe einen freien Platz. Vielleicht ein Tag der offenen Tür? Eine Holztafel wies den Eingang, eine andere zu den Wirtschaftsräumen und zu einem Privatparkplatz.

Unschlüssig ging ich an der Umfassungsmauer entlang, bog um die Ecke zum zweiten Abstellplatz und sah neben einem älteren, silberfarbenen Wagen Anns Wohnmobil. Es war unverkennbar ihr Wagen, mit denselben Vorhängen und demselben notdürftig verputzten Schaden.
Der unerwartete Schock brachte mein Herz für einen Augenblick aus dem Takt. Mit zitternden Knien suchte ich Halt, ließ mich dann auf einem Mauervorsprung nieder. Es gab keinen Zweifel. Sie war hier, hatte Zuflucht im buddhistischen Zentrum gesucht wie Flüchtlinge früherer Zeiten in einem Kloster. Allmählich beruhigten sich meine Nerven wieder, und sobald ich mich bereit für eine Begegnung fühlte, folgte ich dem Weg zu den Wirtschaftsräumen. Er führte durch eine begrünte Anlage, kein typischer Zen-Garten, aber deutlich beeinflusst von japanischer Gartenkunst.
Im Schatten eines Laubbaumes fand ich sie sitzen. Sie trug ein weich fließendes rostbraunes Gewand über Sandalen und hatte ihre Haare im Nacken zusammengefasst. Ihre Hände lagen im Schoß locker ineinandergelegt, über einem aufgeschlagenen Buch. Beherrscht, ohne äußere Zeichen von Überraschung, blickte sie mir entgegen. Als ich mich wortlos an ihre Seite setzte, spürte ich sie kaum merklich zittern.
‚Jason?'
‚Du wusstest, dass ich nach Carmel kommen würde.'
‚Ja', sagte sie einfach.
‚Warum hast du mich verlassen?'
‚Es war notwendig. Ich musste ohne äußere Beeinflussung zu einem Entschluss gelangen.'
‚Und? Wie lautet deine Entscheidung?'
‚Ich war bereit, aber nun ist alles schwieriger geworden, ich trage Verantwortung.'

‚Natürlich, für mich! Weißt du nicht, dass ich dich brauche? Was heißt überhaupt „bereit", und weshalb bist du hierher geflohen?'
‚Aus dem gleichen Grund wie alle anderen, die ins Zentrum kommen. Das Leid der Welt bringt uns hierher, und wir suchen einen Weg heraus. Du kennst die Lehre von den Ursachen?'
‚Natürlich. Ursache des Leidens sind Gier, Hass und Verblendung. Wer sie beseitigt, beendet auch das leidvolle Anhangen des Ich an seine Existenz. Eigentlich das Gegenteil von dem, wofür ich stehe.
‚Ich weiß', sagte sie.
Eine Besuchergruppe betrat die Anlage, und obwohl sich alle sichtlich um Ruhe bemühten, fühlte ich mich gestört.
‚Wir müssen uns aussprechen', sagte ich im Aufstehn, und leiser drohend:
‚Außerdem habe ich ein Anrecht auf Erklärung. Draußen steht mein Wagen.'
Sie folgte mir, in der Hand das schmale Buch, in dem sie gelesen hatte. Vor dem Wohnmobil blieb sie stehn:
‚Wir nehmen meinen Wagen.' Widerstrebend stimmte ich zu, doch entgegen meiner Erwartung ging sie weiter zu dem silberfarbenen Kombi und öffnete die unverschlossene Tür.
‚Mein Wagen', sagte sie, ‚genauer, der von einem guten Bekannten.' Prompt erschien vor meinem inneren Auge der bärtige Fremde, und ein Heiligenbild an der Windschutzscheibe bestätigte meinen Verdacht: Christophorus, Schutzpatron der Reisenden, wie er das Jesuskind durch die Fluten trägt. Eine fast vergessene Legende, aber die Traditionalisten schienen sie noch zu pflegen.
‚Wohin sollen wir fahren?'
‚Auf einen ruhigen Platz über dem Meer oder zu meinem Hotel.'
‚Dann lieber ans Meer.' Sie schaltete den Autopiloten.

‚Übrigens, was macht deine Gesundheit?' Sie blickte mich nicht an, während sie sprach, obwohl der Autopilot den Wagen sicher führte. Ich berichtete von meiner zweiten Operation und dass zur Zeit kein Spender für mich vorhanden sei:
‚Eine undurchsichtige Geschichte. Dr. Servant, mein Arzt, verschweigt mir einiges, vor allem, was den vorgesehenen Spender betrifft.'
‚Was hältst du von seinen Methoden?' Sie schaute weiter starr auf die Straße.
‚Du meinst das Klonen, um genetisch identische Spender zu erhalten?'
‚Ja.'
‚Ohne Zweifel das schonendste Verfahren. Außerdem zahle ich viel Geld dafür und habe somit Anspruch auf die beste Versorgung.'
‚Und die Klone?'
‚Sie werden ebenfalls versorgt, nicht bestens, aber gut.'
Sie antwortete nicht, und ich spürte die Notwendigkeit, mich zu rechtfertigen. Argumentieren aus der Defensive liegt mir nicht; ich übernahm die Gründe Servants, verteidigte das medizinische Mehrklassensystem und formulierte aggressiver, als es in meiner Absicht gelegen war: ‚Aus diesem Grund können Klone nicht gleiche Rechte beanspruchen wie zweigeschlechtlich gezeugte Menschen. Für mich sind sie letztlich Kunstgeschöpfe.', schloss ich meine Rede.
‚Nein', sagte Ann, und noch einmal: ‚Nein.' Vor uns waren die ersten Häuser Carmels aufgetaucht, und wir bogen in die Ocean Avenue. Ich wollte sie gerade bitten, ihr Nein zu erläutern, als ich den auffälligen Flugcar des Instituts im Rückspiegel auftauchen sah: Dr. Servant. Die Lichtsignale konnten nur uns gelten, und ich gab Ann das Zeichen zum Anhalten. Sie reagierte nicht, hieb vielmehr mit aller Kraft auf den Autopiloten und schaltete ihn aus.

‚Was soll das?', brachte ich noch hervor, dann musste ich mich festhalten, denn Ann griff ins Steuer und riss den Wagen herum, hinein in eine Seitenstraße, die wir fast passiert hatten. Sie fuhr Höchstgeschwindigkeit, und das gegen alle Regeln des Leitsystems, das innerhalb der Ortschaft keine Überschreitung der Grenzwerte erlaubte. Jemand musste den Wagen frisiert haben, eine Person, die sich nicht dem Diktat automatischer Systeme unterordnen wollte, und ich ahnte auch, wer. Der Klon meines Sohnes, in dem technische Intelligenz und emotionale Abwehr der Moderne eine unglückliche Verbindung eingegangen waren.
Hinter uns flog das Ambulanzfahrzeug des Instituts, war ebenso schnell um die Kurve gerast und näherte sich unaufhaltsam. Ich wusste warum. Polizei- und Rettungsfahrzeuge sind aus verständlichen Gründen von den Geschwindigkeitsbegrenzungen des Leitsystems ausgenommen, und zwar bei eingeschaltetem Autopiloten. Ann dagegen bediente die Steuerung manuell. Es konnte auf Dauer nicht gut gehn!
‚Halt an!', schrie ich sie an, wagte aber nicht, ihr ins Steuer zu greifen. ‚Sie werden mich nicht kriegen', ihre Antwort, ‚noch nicht!', während sie ein langsames Fahrzeug überholte und weiter beschleunigte.
Nach wenigen hundert yards würden wir die letzten Häuser hinter uns gelassen haben, und danach bestand womöglich eine Chance, den Verfolgern zu entkommen. Aber warum dies ganze, wahnwitzige Unternehmen um Flucht und Entkommen? Ich verstand nicht und ahnte gleichzeitig ein fürchterliches, nicht wieder gut zu machendes Missverständnis.
Es gibt Ereignisse von Sekundenbruchteilen, die im unmittelbaren Erleben sich schier endlos erstrecken:
Plötzlich stand das Kind vor uns, eben noch laufend, unachtsam, im Vertrauen auf die langsamen Fahrzeuge der

verkehrsberuhigten Zone. Jetzt bewegungslos, wie erstarrt, die weit aufgerissenen Augen auf uns gerichtet, den Mund in zeitlupenhafter Dehnung zu einem Schrei geöffnet, der nicht kommt. ‚Stumm, wie damals mein Bruder Denis', denke ich noch und staune gleichzeitig: Welch ein phantastisches Organ ist doch unser Gehirn, dass es in Sekundenbruchteilen so viele Sinneseindrücke und Empfindungen sammelt und mit gedanklichen Abläufen verknüpft, ja, gleichzeitig über das uns Widerfahrende räsonnieren kann. Wie verlockend duftet ihr Parfum in diesem unvergänglichen Augenblick, warm und lebendig ist ihr Arm neben meinem, sind die schmalen und doch so energischen Hände, als sie mit aller Kraft das Steuer herumreißt, uns langsam, unsagbar langsam um das kleine Geschöpf herumführt, weiter zum Straßenrand über den Gehweg hinwegschleudernd, gegen das schmiedeeiserne Gitter des angrenzenden Grundstücks, es unter splitterndem Glas durchbricht, den eisernen Stachel mitreißt, bevor wir voll auf den blühenden Obstbaum prallen...

Blut über meinen Augen, meinem Gesicht. Der rechte Arm liegt unnatürlich verkrümmt, vermutlich ist er gebrochen. Mein Körper halb durch die Gurte gerutscht, die Motorhaube zusammengeschoben, zertrümmert, aber auch die Seitentür neben mir weit in den Innenraum gedrückt. Warum hat das Notfallsystem nicht funktioniert, was ist mit meinen Airbags?

Mein Atem geht schwer, ich weiß, dass ich sterben werde, und blicke zu Ann hinüber, in ihr Gesicht. Ihr Körper ist vom Luftsack aufgefangen, die Augen sind offen, haben den Ausdruck des Lebens, der Blick ist ruhig und überzeugt, durch die Stirn geht die Spitze des großen eisernen Stachels...

Der zwölfte Tag

Ich liege mit offenen Augen, regungslos, spüre beruhigende Ströme von meinem linken Handgelenk ausgehn – und weiß alles. Kenne den Inhalt jenes winzigen Zeitsplitters, als es geschah, ehe ich ins Koma fiel und hinein ins Vergessen. In der doppelten, der paradoxen Umkehrung des äußeren Zeitmaßes habe ich noch einmal alles erlebt. Während um mich das Leben gerann, zum Stillstand kam, flogen meinem rasenden Geist die verwehten Bruchstücke des Rätsels zu, an dessen Auflösung ich bisher gescheitert war.
Sie sammelten, ergänzten und verbanden sich zum ursprünglichen Bild, das damals, kaum entstanden, schon wieder verschwand, in mir versunken, zusammen mit meinem verdunkelten Ich. Dort wartet sie, Wahrheit, die sich endlich aus dem Vergessen befreien und in mein Bewusstsein durchkämpfen will:
Ann ist tot, und auch ich wäre ohne Dr. Servant gestorben. Dr. Servant, der im Rettungsfahrzeug der Klinik rechtzeitig zur Stelle war.
Weiß ich wirklich alles? Dr. Servant hat mir in den vergangenen zehn Tagen manches gesagt und anderes verschwiegen. Heute ist der zwölfte Tag, die zwölfte Stunde unter der Egge, und ich fühle mich stark genug, die ganze Wahrheit zu erfahren.
„Vera! Ich muss Dr. Servant sprechen." „Ich bedaure. Dr. Servant ist bis morgen Nachmittag auf dem Festland. Soll ich Sie mit seiner Vertretung verbinden?"
„Nein Vera, was ich zu sagen habe, geht niemanden außer Dr. Servant etwas an."

Zeit für ein letztes Bedenken. Ruhepause und Atemholen. Und mir ist, als ziehe sich auch das Schicksal für einen Tag zurück, ruhe aus und sammle seine Kräfte, bevor es mich endgültig hinwegfegen wird aus den Scheingewissheiten meines Lebens.
Nach dem Mittagessen möchte ich zu einem Spaziergang in den Klinikpark, hege die irrationale Hoffnung, dort auf das Abbild meines verschwundenen Sohnes zu treffen. Vera schickt mir wieder die junge Pflegerin, die mich vor Tagen schnöde allein gelassen hatte. Diesmal weicht sie während des Spaziergangs nicht von meiner Seite, achtet auf jeden meiner Schritte. Wahrscheinlich wurde sie für ihr Verhalten gerügt, bekam Ärger, weil sie nicht das Gespräch mit dem Schnurrbärtigen verhindert hatte.
Keine Chance, heute einem anderen Patienten allein zu begegnen! Sie beantwortet brav einige Fragen nach ihrem Berufsalltag. Ja, die Verdienstmöglichkeiten sind wesentlich besser als auf dem Festland, wo sie zuerst in Dr. Servants Tagesklinik arbeitete. Oh, sie verehrt und bewundert den Chef, ein Mann mit Visionen. Nein, über die anderen Klienten darf sie nicht sprechen, es ist auch nicht erwünscht, dass persönliche Kontakte entstehn.
„Dr. Servant meinte, dass Sie sowieso in einer Woche zur Nachbehandlung aufs Festland kämen." Die Nachricht überrascht und erfreut mich gleichermaßen. Also bin ich so gut wie geheilt!
Die junge Pflegerin freut sich pflichtschuldig mit mir und geleitet mich zurück zur Eingangshalle, vorbei an *Adam 2000* und zum Fahrstuhl.
„Soll ich Sie morgen Nachmittag wieder abholen?"
„Vielen Dank, aber morgen habe ich ein längeres Gespräch mit Dr. Servant." Ein Gespräch über meine tote Geliebte und die Zukunft. Ich werde wieder allein sein, für mich ein vertrauter Zustand. Ein Satz kommt mir in den Sinn: *Der*

Mensch ist ein einsames Wesen, und im Gedanken spreche ich ihn mir vor. Er lässt mich eigentümlich unberührt.
Falls die junge Pflegerin die Wahrheit sagte, ist die Zeit bald erfüllt, und mir bleiben nur noch wenige Tage auf der Insel: Spaziergänge unter der Obhut freundlicher Schwestern, Gespräche mit Dr. Servant und Vera, virtuelles Erleben, musikalische Zerstreuung, aber vor allem liegen und nachdenken und träumen in meinem Krankenzimmer mit seinen wechselnden Bildwänden und Projektionsflächen, dahinter verborgen die Überlebenstechnik.
Müßig lasse ich meinen Blick durch den Raum schweifen, verweile kurz bei dem holografischen Bernstein neben dem Bett, studiere das darin eingeschlossene Insekt – eine Illusion unter anderen – wandere ziellos weiter, die hellen Schrankwände und Regale entlang, zum Fenster – es ist wie meist in den letzten elf Tagen auf Durchsicht geschaltet – gleite hinaus auf die See, schließe über dem Wasser die Augen... – und heraus aus dunkler Flut taucht sie.
Die Nymphe: weiße Gestalt von Seerosen umkränzt, das nasse Haar glatt am Kopf anliegend, ihr Gesicht ein blass verschwommener Fleck im Widerschein des Lichts.
Yosemite! Der kleine See nahe bei den Tuolumne Wiesen, und wir beide allein...
Während meine Erinnerung sich klärt an einen längst vergangenen sommerlichen Tag, festigen sich die Konturen, bilden ohne mein Zutun den Mund, die Andeutung eines Lächelns, eine schmale, gerade Nase, graublaue Augen mit dunklen Brauen, die hohe, glatte Stirn. Ich blicke in das Gesicht – und erkenne darin mich selbst...
Endlich hat mich die Botschaft erreicht.
Elf Tage mühte sie sich nutzlos ab, durch innere Räume musste sie sich kämpfen, Widerstände überwinden, sich durch Hindernisse zwängen, schließlich vor den verschlossenen Pforten der Wahrnehmung warten.

Die Botschaft hat mich am zwölften Tage erreicht, wie der Delinquent zur zwölften Stunde unter der Egge kann ich mein Urteil entziffern, aber es berührt mich kaum.
Morgen werde ich mich damit befassen, heute Abend bin ich müde und erschöpft, habe Ruhe verdient. Ich lasse meine Gedanken unkontrolliert schweifen. Sie fließen wieder zu Dr. Servant. Einmal erzählte er mir, er sei in seiner Jugend bei einem Strategiespiel auf den Gedanken verfallen, auf irregulärem Wege zum Caesar aufzusteigen.
‚Ich hatte allerhand virtuelle Güter und Truppen nach Rom liefern sollen, unterließ dies aber und erwartete nun wohl gerüstet, eine militärische Strafaktion. Wie so mancher antike Provinzgouverneur wollte ich mich gewaltsam durchsetzen. Doch nichts geschah; denn mein Aufstand war im Spielaufbau nicht vorgesehn. Da bietet die Realität bessere Entfaltungsmöglichkeiten.'
Typisch für ihn; und ich? Recht bedacht, habe ich mich stets an Gesetze gehalten, im vorgegebenen Rahmen agiert, dessen Regeln zu schaffen ich mithelfe, habe kaum Gedanken an unsere plutokratische Scheindemokratie verschwendet, solange ich zu deren Nutznießern gehöre. Von den hintergründigen Motiven Servants weiß ich wenig, so wie ich mich nie für sein Privatleben interessierte. Mich interessierte allein der Service.

In dieser Nacht schlafe ich tief und traumlos. Die Wahrheit liegt offen vor mir, und meine Erinnerung ruht; denn alles ist bereits gesagt. Alles?

Der dreizehnte Tag

„Sitzen Sie bequem?" Dr. Servant kontrolliert die Automatik der Fußstütze und nimmt mir gegenüber Platz.
Ich sitze bequem, in demselben geblümten Sessel wie vor vier Tagen, als er mir den Tee bereitete. Der Sessel steht vor der eindrucksvollen Bücherwand, und das blauäugige Katzenpaar streicht um unsere Beine wie vor vier Tagen. Aber heute ist Bequemlichkeit das Letzte, was ich suche, und ich übergehe die Frage, spreche es aus: „Ann war mein Klon, nicht wahr?"
„Ihre Imago", verbessert er mich.
„Und weshalb informierten Sie mich nicht früher? Schließlich habe ich mit Ihnen einen Nutzungsvertrag geschlossen!"
Er sieht den Anflug von Ärger auf meinem Gesicht, wenn, ja wenn ich mich wirklich ärgern könnte, und bequemt sich zu einer Antwort:
„Der Vertrag behandelt nur die Verwertung von männlichen Klonen und das Verbot, Ihre Stammzellen zur kommerziellen Nutzung weiterzugeben. Daran haben wir uns gehalten."
Das verräterische Funkeln in seinen Augen weiß ich richtig zu deuten und bin verblüfft. An die Möglichkeit eines weiblichen Klons hatte ich beim Aufsetzen des Textes nicht gedacht, erinnere mich auch nicht mehr an die genauen Formulierungen. Als Anwalt in meinem eigenen Vertragswerk gefangen!
„Warum wurde überhaupt eine weibliche Imago für mich geschaffen, sahen Sie die Probleme denn nicht voraus?"
Servant räuspert sich: „Zugegeben, es war ein leichtfertiges Experiment, Separieren und Verdoppeln der X-Chromo-

somen aus Ihrem genetischen Material. Ich wollte mir wissenschaftlichen Lorbeer erwerben, ein junger Arzt, noch ohne großen Namen, aber fähig und ehrgeizig."

„Ich erinnere mich an entsprechende Meldungen: Schaffung weiblicher Embryonen aus männlichem Zellmaterial, allerdings ohne dass Ihr Name dabei gefallen wäre."

„Das Los des zu spät Gekommenen. Auch in der Wissenschaft." Er wiegt betrübt den Kopf:

„Evans war der Erste, mir zwar nur wenige Monate voraus, aber er veröffentlichte seine Ergebnisse rechtzeitig und erhielt die gebührende Aufmerksamkeit. Wer fragte da noch nach mir?"

Er merkt, ich bin mit seiner Antwort nicht zufrieden, und spricht begütigend auf mich ein:

„Später können wir das Problem ausführlich erörtern. Über meine Enttäuschung will ich jetzt gar nicht reden, und seien Sie versichert: Ann hatte es gut in unserer Obhut. Bedenken Sie, wie viele Kinder aus zweigeschlechtlichen Verbindungen werden leichtfertig in die Welt gesetzt, geschlagen und vernachlässigt...

Wir vernachlässigen unsere Imagines nicht. In gewissem Sinn war ich Anns Vater und sie mein Kind. Ich entschied über ihre Erziehung, ihre Ausbildung, ich leitete sie an. Ein Experiment, das fünfundzwanzig Jahre dauert, bleibt nicht mehr Experiment. Es wird zum Teil des Lebens. Sie war mein Stolz, und ich glaubte sie nicht opfern zu müssen."

Er macht eine Pause, nimmt die Brille ab und putzt sie. Wahrhaftig, seine Hände zittern leicht.

„Wir alle liebten sie. Wir haben sie bewundert für ihre Intelligenz, ihre Zähigkeit, ihren Charme und ihr Durchsetzungsvermögen, ihren unbeugsamen Stolz. Sie war eine Seelenfängerin, darin noch begabter als Sie! Wir liebten sie und merkten zu spät, wie sie ihre eigene Persönlichkeit entwickelte, den Opfergedanken umformte, transzendierte und ihrem Selbsterhaltungstrieb unterwarf. Es war unser Versagen, nicht ihres."

„Warum hat sie den Kontakt zu mir gesucht?", frage ich und schelte mich sofort für meine Dummheit. Es muss die gleiche genetische Grundlage gewesen sein, die mich zur Insel fliegen und meine männliche Imago aufsuchen ließ.

„Sie war neugierig, wissbegierig wie keine Zweite, wollte sozusagen ihr *alter ego,* ihren Animus kennenlernen. Vielleicht dachte sie daran, Sie zu töten, dann wäre sie theoretisch frei gewesen und hätte Schutz bei den Traditionalisten suchen können. Obwohl wir diesen Fall noch nie hatten. Wir arbeiten hier mit stärksten Prägungen. Niemand hat sie bisher durchbrochen, nicht einmal die Imago Ihres Sohnes, so seltsam er sich auch benahm."

Er mustert mich nachdenklich:

„Etwas muss ihren Sinn gewandelt haben, noch bevor sie sich verliebte. Lieber Jason, Ihre Imago besaß, was Sie besitzen, und mehr. Mag sein, dass etwas davon in Ihnen überleben wird."

„Gab es keine Rettung für Ann?"

„Nein. Fremde Organe hätten wir transplantieren können, darauf sind wir bei unseren Imagines vorbereitet. Aber die Hirnverletzungen waren zu schwer. Wir sollten an dieser Stelle auch von Ihren eigenen Verletzungen sprechen, lieber Jason. Sie waren bereits klinisch tot, als wir mit den Transplantationen begannen. Ohne die Ausstattung des Ambulanzwagens wären Ihre Chancen sehr viel schlechter gestanden. Ich habe Sie ins Leben zurückgebracht."

„Sie hätten auch einen stinkenden Lazarus aus dem Grab zurückgeholt!" Er versteht es als Kompliment, grinst freundlich: „Ihr Hirn war ebenfalls geschädigt, wenn auch nicht irreparabel. Ich konnte unverletzte Teile Ihrer Imago auf die rechte Hälfte übertragen. Sprachvermögen und bildhaftes Denken müssten sich seitdem bei Ihnen erweitern. Nehmen

Sie es als ungeahnte Chance zur Ganzheit; denn ehrlich gesagt haben uns Ihr Gefühlspanzer und Ihre rationale Selbstbeschränkung etwas Kummer bereitet."
So also verhält es sich mit der irritierenden Bilderflut der ersten Tage, an die ich mich nur langsam gewöhne.
„Warum verließ sie mich für diesen religiösen Spinner mit Bart, der mich ständig belästigte und sich plötzlich nicht mehr erinnert?"
„Nicht für, sondern mit ihm! Sie benutzte ihn, und er ließ es zu. Er hatte eine schwärmerische Zuneigung für sie gefasst, wollte sie möglicherweise vor mir und Ihnen retten. Sie wissen ja, das Erbteil Ihrer Frau."
Ich schaue betreten. Seit wann bin ich für den religiösen Spleen meiner Frau verantwortlich? So denke ich und fühle mich weiter unbehaglich.
„Übrigens mussten wir seine Erinnerungen glätten. Er belästigte nicht nur Sie und gefährdete das Projekt. Wenn die Behandlung abgeschlossen ist, kann er mit neuer Identität auf dem Festland leben."
„Wussten Sie, wo Ann sich verbarg?"
„Wir erfuhren es sehr bald. Übrigens hatte sie nie Kontakt zu den Traditionalisten, geschweige denn zum Terrorismus, wie Sie die ganze Zeit glaubten. Ihre Imago beließ Sie in dem Irrtum, ja, bestärkte Sie absichtlich darin; denn nichts fürchtete sie mehr, als ihre wahre Identität zu verraten. Übrigens, das Institut war stets darüber informiert, wo sie sich aufhielt, ob in Mexiko, Chicago oder in Ihrem Winterquartier in Utah. Fragen Sie mich nicht, woher. Auch wir hegen unsere kleinen Betriebsgeheimnisse."
Er lehnt sich zurück. Sichtlich zufrieden mit dem Schock, den seine Eröffnung bei mir ausgelöst hat. „Dann haben Sie über Monate Theater gespielt, als Sie mir die Geschichte vom verschwundenen Spender auftischten. Sie mit Ihren

Verbindungen hätten sie leicht wieder einfangen und zurückbringen können."
Er schüttelt missbilligend den Kopf:
„Sie verstehn noch immer nicht. Absolute Freiwilligkeit lautet unser Ehrenkodex. Sie musste freiwillig kommen oder gar nicht. Natürlich wollten wir ihre Entscheidung beeinflussen. Die Suchmeldung auf den Lebensmittelpackungen stammte von uns, und sie hat ja darauf reagiert."
„Ist vor Ihnen ins Kloster geflüchtet."
„Im Gegenteil! Sie musste sich nur zum inneren Einverständnis ihrer Pflicht durchringen, dazu brauchte sie Ruhe. Die schöne Seele: Harmonie von Pflicht und Neigung."
„Klingt sehr idealistisch..." bemerke ich bissig, und
„Schiller!", kommentiert Dr. Servant knapp: „Ein vormals viel zitierter Dichter der Deutschen."
Er zieht einen offenen Umschlag aus dem Schreibtischfach und reicht ihn mir: „Sie suchte Hilfe: Ich fand das Buch in den Trümmern des Wagens."
Ich erkenne den schmalen Band sofort wieder, den sie vom Garten des Zen-Zentrums mitnahm: Einige Lehrreden des Buddha. Schlage ihn auf und blättere bis zur handschriftlichen Markierung eines Kapitels: *Die Lehre vom Nicht-Ich.*
„Etwas verstehe ich noch nicht. Wenn Sie so großen Wert auf den freien Willen der Imago legen, wie konnten Sie Ann mit dem Klinikcar verfolgen, sie buchstäblich in den Tod hetzen?"
„Nicht ich habe sie gehetzt. Ich war an jenem Nachmittag in Point Lobos. Katz saß am Steuer und schätzte die Situation falsch ein. Er ist ein Draufgänger, für jedes Wettrennen zu begeistern. Nachdem das Unglück geschehen war, handelte er allerdings umsichtig, verständigte mich über Notruf und schloss Sie beide an das Erhaltungssystem an. Wir flogen sofort hierher zur Insel, wo das OP-Team uns bereits

erwartete. Übrigens, in dem Umschlag befindet sich noch etwas für Sie."

Ich greife hinein und halte den glänzenden Gegenstand in der Hand: das Medaillon mit den rätselhaften Buchstaben SCM, die Halskette ein Schlangenleib.

„Das ist für Sie. Jede Imago erhält dies Zeichen und trägt es voll Stolz: Scientia mater, – die Wissenschaft ist unsere Mutter. Es gehörte ihr, und da Sie nun dank medizinischer Technik ein neuer Mensch sind, ebenfalls ein filius scientiae, Sohn der Wissenschaft, steht es Ihnen zu."

Ich wiege das Geschenk in der rechten Hand, spüre glattes Metall und meine, einen Augenblick lang Anns zarte Haut, ihren Duft dahinter zu ahnen. Wie zum Hohn steigt in mir eine fast vergessene Operettenmelodie auf: *Willst du dein Herz mir schenken*?

Entschlossen lege ich das Schmuckstück zu Buddhas Lehren, zurück in den Umschlag.

„Sie behaupten, dass Katz sie verfolgte, war ein Missverständnis. Doch warum floh Ann vor dem Klinikwagen? Sie sei bereit, sagte sie mir im Zen-Garten, sprach dann von unerwarteten Problemen. Was meinte sie damit?"

Sein Blick geht durch mich hindurch, heftet sich an einen unsichtbaren Fleck hinter mir, wie immer, wenn er angestrengt nachdenkt. Der Blick kehrt zurück:

„Es bringt keinen Sinn, wenn ich es Ihnen verschweige. Wir wissen von der Leitung des Zentrums, dass sie Ende Januar zurück zur Insel, zu uns wollte. Dann revidierte sie ihren Entschluss, und wir konnten uns den plötzlichen Sinneswandel nicht erklären, bis wir sie auf dem Operationstisch hatten: sie war im dritten Monat schwanger. Deshalb war sie nicht mehr oder noch nicht bereit. Den Pflichten der Imago und der Liebe zu Ihnen stand die Verantwortung einer Mutter für ihr Kind entgegen. Sie wusste, wie immer sie sich entschied, ihre Entscheidung würde falsch sein, entweder Ihr Leben, lieber Jason, oder das ihres ungeborenen Kindes gefährden: eine unauflösliche Grenzsituation..."

„Nicht nur Ann tot, auch mein ungeborenes Kind?" Ich schreie die Worte heraus.

„Aber nicht doch. Ihr Sohn lebt." Dr. Servant strahlt mich an: „Er gedeiht prächtig im Bauch einer gesunden Leihmutter. Glauben Sie mir, das war ein hartes Stück Arbeit, die unerwartete Entdeckung während der Operation, den Embryo in einem künstlichen Uterus am Leben erhalten, bis eine passende Leihmutter gefunden ist. Aber wir haben es geschafft."

„Was geschieht nach der Geburt mit ihm?"

„Eigentlich gehört er uns; denn wir haben ihm das Leben ein zweites Mal gegeben. Scientia mater.

Jason, mein Freund", er beugt sich vor, in den Augen einen Ausdruck, den ich noch nie bei ihm gesehn habe: „Ich kenne die rechtliche Situation einigermaßen. Doch bitte ich Sie dringend: Geben Sie ihn in unsere Obhut. Bedenken Sie, er ist ebenso Anns Kind, wenn auch nicht das einzige, was von ihr bleibt. Wir lassen ihn zusammen mit den Imagines aufwachsen, und ich verspreche, ich schwöre Ihnen, es wird ihm an nichts fehlen. Natürlich bin ich neugierig, wie sich seine Gene verhalten werden, gerade um seinetwillen..."

Noch habe ich die Neuigkeit nicht verarbeitet, fühle mich hin und her gerissen zwischen Freude und Besorgnis. Trage ich als Vater nicht Verantwortung für mein Kind und gleichzeitig zweites Ich, gezeugt mit meinem weiblichen alter ego? In der Tat verwirrende Familienverhältnisse.

„Ich frage Sie, hatte Ann keine Bedenken vor einem inzestuösen Verhältnis, das jeden anderen Inzest weit in den Schatten stellt?"

„Warum sollte sie? Wir stürzen hier Jahrmillionen alte Gesetze des Lebens um und schaffen neue, ohne nach Sitte

und Moral zu fragen. Was tut da ein einzelner Inzest zur Sache?"
Ich muss ihm Recht geben, und weil ich dazu nichts zu sagen weiß, wechsle ich das Thema:
„Was ich Sie schon länger fragen wollte. Wie lautete Anns richtiger Vorname?" Servant reagiert verblüfft:
„Sie kennen nicht ihren wahren Namen? Das verstehe ich nicht."
Er schüttelt ungläubig den Kopf, legt beide Hände wie beschwörend vor die Brust. Die Finger weit gespreizt, kurze gepflegte Finger, die Nägel oval, das gleichmäßig schmale Band der Nagelränder. Zum ersten Mal sehe ich bewusst die Altersflecken auf den Handrücken, hellbraune Verfärbungen unter dem Flaum feiner blonder Haare. Ich höre ihn durch eine unsichtbare Wand weitersprechen, wie aus weiter Ferne und verstehe doch jedes Wort.
„Sie hatten ein sehr enges persönliches Verhältnis. Da musste ich annehmen, der richtige Name gefiel Ihnen nicht."
Aus weiter Ferne auch meine Antwort: „Ich nannte sie Ann, weil mir das praktisch erschien. Wie hieß sie denn wirklich?"
Dr. Servant lässt mich nicht aus den Augen, während er antwortet, langsam und feierlich: „Es konnte nur einen Namen für sie geben, und so haben wir sie genannt: Anima."

*

Seit Stunden liege ich wach, verfolge von meinem Bett, wie die Dämmerung aufzieht, die Sonne in einem Flammenkranz untergeht und wachsbleich die Mondsichel erscheint. Bis in den Nachmittag haben Dr. Servant und ich über die Wahrheit gesprochen, so viel und so lange, dass es nichts mehr darüber zu sagen gibt. Sanft einschläferndes Wohlbefinden umhüllt mich. Trotzdem bin ich nicht zufrieden, und ich spüre unter der glatten Oberfläche ein Unbehagen. Ahne es mehr, doch das Unbehagen wächst. Er hat es

ebenfalls gespürt. Als wir uns vor dem Fahrstuhl verabschiedeten – ich kann inzwischen ohne fremde Hilfe gehn – da sagte er fast resignierend: ‚Die Menschen wollen über die Wahrheit reden, aber sie nicht fühlen', und ich stellte ihm zum ersten Male jene Frage, die mich seitdem umtreibt. Er schwieg eine Weile, ehe er antwortete: ‚Wir können Ihnen einige Informationen liefern, aber herausfinden müssen Sie es selbst.'
Seit Stunden liege ich und grüble. Die junge Hilfskraft, die mir das Abendessen servierte, entgegnete auf meine Frage: ‚Sie sind unser Patient. Alles andere wissen Sie selbst doch am besten.' Ich frage Vera, und sie antwortet automatisch: „Sie sind Dr. Jason Brand, zweiundsechzig Jahre alt, amerikanischer Staatsbürger, wohnhaft in..."
Ich schalte sie ab.
„Spiegel!", befehle ich. Mein Spiegelbild: glattes, altersloses Gesicht, ebenmäßige Gesichtszüge, gleichmäßig kurzes, blondes Haar, die schlanke Gestalt, kaum Fettansatz, am linken Handgelenk ein mattschimmernder Reif: der Psychoformer. Natürlich! Der Psychoformer. Von ihm das glatte Wohlbefinden, das Fehlen starker Gefühle. Kein Schmerz. Dr. Servants Worte fallen mir ein, und ich begreife: Ich muss die Wahrheit fühlen, nur dann erkenne ich sie.
Es ist Nacht. Nur wenige Pfleger und Ärzte sind dienstbereit. Sie werden nicht ständig alle Werte aus den Krankenzimmern kontrollieren, nicht sofort merken, dass ich mich von der Fessel befreie, den matt schimmernden Armreif abstreife, wie ich es heimlich geübt habe.
Der aufgebrochene Ring liegt neben mir. Dann ist die Wahrheit da. Stürzt mit elementarer Wucht auf mich ein: das Adagio der IX. – reißt auf die glatte Oberfläche des Wohlbefindens, türmt sie zu schroffen Hängen und Schründen verborgener Landschaft, und heraus bricht der Schmerz.

Anima! Meine Tochter, meine Freundin und Geliebte, mein Selbst. Sie ist mir verloren und gleichzeitig auf entsetzliche Weise einverleibt. Wie kann ich mit dem Wissen weiterleben?
Und ich beginne zu rufen, rufe immer wieder die gleiche Frage, schreie sie hinaus, kümmere mich nicht darum, ob das System sie fortträgt in die Zentrale mit ihren Monitoren. Ich weiß, sie haben mich in der Hand, solange ich an diesem Leben hänge. Sie werden keinen Zwang ausüben, sondern an meine Vernunft appellieren, mich mit logischen Argumenten überzeugen, mir meinen ungeborenen Sohn entfremden für das alte Versprechen: Jugend ohne Alter, Leben ohne Tod. Schon morgen.
Erst morgen!
Aber heute. Jetzt. In diesem Augenblick. Zum letzten Mal vielleicht bin ich unvernünftig, unlogisch. Rufe und schreie, hetze meine Stimme gegen Veras freundlich besorgte Ermahnungen, gegen die aufflackernde Deckenbeleuchtung, die eiligen Schritte auf dem Gang. Wiederhole die Worte, schluchze und flüstere sie, als sich die Tür zu meinem Krankenzimmer öffnet, kräftige Männerfäuste mich packen, mich an Armen und Beinen halten, ein Betäubungsmittel in die Armvene treiben, rufe sie weiter, die ungelöste Frage, ehe sich der Ring um mein linkes Handgelenk schließt und ich in bewusstlose Schwärze versinke:

„Wer bin ich?"

Doch uns ist gegeben,
Auf keiner Stätte zu ruhn,
Es schwinden, es fallen
Die leidenden Menschen
Blindlings von einer
Stunde zur andern,
Wie Wasser von Klippe
Zu Klippe geworfen,
Jahrlang ins Ungewisse hinab.

aus Hyperions Schicksalslied
Friedrich Hölderlin

© 2006 I. L. Ruff

Die Anmerkungen
sollen neben Kurzinformationen Anregungen vermitteln:

MUSIK

Art-Rock anspruchsvollere Rock-Musik von Gruppen wie Gentle Giant, Yes u.a.

Bach, Johann Sebastian (1685-1750) musikalisches Ausnahmegenie des Spätbarock. Außer Oper alle Gattungen.

Beethoven, Ludwig van (1770-1827) Vollender und Überwinder der Klassik in besonderer Betonung subjektiver Individualität. Alle Gattungen. • Konwitschny, Szell, Wand

Bluebel, um 2040 in Belize entstandene Bluesspielart mit lateinamerikanischen Elementen und verschlepptem reggaeähnlichen Grundrhythmus.

Blues Akkordschema, nach dem Aufbau der Bluestexte meist in drei viertaktige Teile gegliedert. Harmoniefolge: I-IV- I-V- IV-I, oft abgewandelt.
Tonalität: Terz und Septime werden zwischen Dur und Moll intoniert (blue notes).
Flat(ted) five / fifth: als blue note intonierter Tritonus (verminderte Quinte).

Brahms, Johannes (1833-1897) Bruckners konservativer Antipode, alle Gattungen außer Oper; er überführte die klass. Entwicklungslogik in eine schlüssig wirkende fortgesetzte Variationstechnik.

Bruckner, Anton (1824-1896), österreichischer Komponist und Organist. Bedeutendster und singulärer Großsymphoniker der 2. H./ 19.Jh. Seine Variantentechnik besteht in ständiger Veränderung der Motive bei einem stabilen Parameter (meist des Rhythmus) und führt zu assoziativ-reihenden Bauformen.

Der Sonatenhauptsatz gliederte sich in (Themen-) Exposition – Durchführung – Reprise (der Exposition) und Coda (Schluss). Bruckner erweitert die klassischen zwei Themen zu drei umfassenden Themengruppen und misst (veränderter) Reprise und Coda

immer mehr Gewicht zu. Zumal in der IX. sind formal neue Wege beschritten, z.B in der Sprengung des Sonatensatzes.
Scherzo: Ablösung des klass. (3.) Menuettsatzes der Symphonie seit Beethoven, meist in ungeradem Takt. Bereits in Schumanns II. dämonisiert.
Finale/IX: die Skizzen schließen nicht aus, dass Bruckner mit Brahms und Tschaikowskij den vorher verbindlichen Finaloptimismus zugunsten der „Moderne" beendet hätte. Leider hinderten ihn Umarbeitungen früherer Werke an der Vollendung. • IX. B.Walter, Schuricht. Sonst auch Furtwängler, Wand, z.T. Solti
Cage, John (1912-1992), USA - Avantgardekomponist, Zufallsprinzip in der Musik.
Chávez, Carlos (1899-1978), mexikanischer Komponist und Pianist. Folkloreeinfluss.
Diabolus in musica, der die Oktave in zwei gleichgroße Tonräume teilende *Tritonus*, das verbotene dissonante Intervall des Teufels in der Musik, da in den antiken und kirchentonartlichen Modi nicht ableitbar. Erst mit der Dur-Moll-Funktionsharmonik der Neuzeit entdämonisiert: die wesentliche harmonikale Funktion des wichtigen Dominantseptakkords und seiner Vertreter liegt in der Tritonusspannung zwischen Terz und kleiner Septime (Akkordvertretung im Jazz).
Eloy unterschätzte deutsche Psychedelic-Rockformation um F. Bornemann ab 1972
Flat(ted) five/ fifth,als blue note intonierter Tritonus (verminderte Quinte) im Blues.
Graun, Carl Heinrich (ca. 1703-1759) Berliner Vorklassik; Libretto zu *Montezuma* von Friedrich d. Gr.
Händel, Georg Friedrich (1685-1759) wichtiger Barockkomponist, alle Gattungen; an ital. und frz. Stilen wachsend.
Haydn, Joseph (1732-1809), Hauptschöpfer der instrumentalen Wiener Klassik, alle Gattungen. Setzt Humor in der Instrumentalmusik durch. Motivische Arbeit.

Ives, Charles (1874-1954) lange verkannter, höchst origineller US-Komponist; sowohl Pop-Art als auch Postmoderne z.T. vorwegnehmend. . • Bernstein
Jarre, Jean-Michel (*1948) psychedelischer Synthesizer-Pop, ab 1977
Kantschelj, Giya (*1935) hochexpressiver georgischer Symphoniker, auch andere Gattungen. Einbindung georgischer Tradition, die eigentich europäischem Entwicklungsdenken entgegensteht. • Kakhidze, Gluschenko u.a.
Kontrapunkt selbständige Führung der Einzelstimmen nach bestimmten Regeln im Stimmengeflecht polyphoner Musik. [Gegensatz: Melodie mit Begleitung]
Liszt, Franz (1811-1886), stilbildender Pianist und Komponist; sein Spätwerk greift weit ins 20.Jh. voraus. *Unstern* ist ein typisches Beispiel. •Brendel
Mahler, Gustav (1860-1911), österreichischer Dirigent und einflußreicher programmatischer Großsymphoniker, die zentrale Figur um die Jahrhundertwende. In Satztechnik, Harmonik und Formenbau bleibt er lange hinter Wagner und Bruckner zurück; erst im Spätwerk schließt er teilweise auf und überholt sie dann in der Auflösung der Tonalität. Neu ist der Einbezug trivialer Musiksprachen, greller Farben und vor allem modernes Lebensgefühl.
• Bernstein/NY, Solti, Gielen
Manierismus in allen Künsten übermächtiger Gegensatz zum Klassizismus seit der Antike; die Welt wird als labyrinthisch bis zur Sinnentleerung verstanden, der eine subjektive, also willkürliche hochartifizielle Ordnung durch Stil und formale Strukturen aufgezwungen wird: Ordnung des Chaos durch den menschlichen Geist.
Hochmanierismus (ca. 1520 – ca.1620) Michelangelo und Zeitgenossen, sonst andernorts zu unterschiedlichen Zeiten (musikalisch bereits ab 15.Jh.).

Im Barock mischen sich klassizistische Sinnerfülltheit (Religion, Staat) und formaler Manierismus: El Greco, J.S. Bach, Zelenka, ähnlich im 19.Jh. Bruckner.
Häufiger treten diese Grundhaltungen in wechselnden Anteilen gemischt auf.
Neuere Manieristen: später Liszt, Mahler und die gesamte (echte) Moderne.
Mozart, Wolfgang A. (1756-1791) übertrug die Dramatik der Oper in die Wiener Instrumentalklassik. Sonst schlicht Synonym für Musikgenie.
Minimal music USA, 60-er Jahre /20.Jh. Variierende Wiederholung kurzer Motive.
Pachelbel, Johann (1653-1706) Nürnberger Komponist und Organist: gemeint ist Kanon und Gigue in D.
Petterson, Allan (1911-1980) schwedischer Großsymphoniker (17 S.) des chronischen Schwerschmerzes (und des Morphins) von hoher Originalität.   • Francis, Schmöhe
Pink Floyd, epochale britische Rockgruppe,1965 S.Barrett g (ab 68 D.Gilmour), R. Waters b, R.Wright keyb, N. Mason dr. Hier psychedelische Aufnahmen der ersten Phase; gemeint ist „Cirrus minor".
Psychedelic, oft hochinnovative Rockmusik in und zur Bewusstseinserweiterung, meist halluzinogeninduziert. Vor allem 60-er Jahre des 20.Jh.
Rihm, Wolfgang M. (*1952), bedeutender deutscher Komponist. Frühwerk mit deutlichem Bezug auf Schostakowitsch. Alle Gattungen.   • soweit greifbar
Ruff, E.J.Friedrich, Dr. phil., unbekannter Komponist und Musikkenner des ausgehenden 20. Jh. Durch Zufall trifft die Protagonistin der vorliegenden Erzählung Ann auf eine der wenigen erhaltenen Kompositionen, *In Time,* ein kleines, aber bemerkenswertes Stück elektronischer Musik.
Schostakowitsch, Dmitrij (1906 St. Petersburg-1975), sowjetischer Komponist. Hochbedeutende Werke aller Gattungen, anfänglich im

Westen als rückständig verkannt. Wichtigster Stilbildner in der Symphonie (15 S.) des 20.Jh. Petterson, Kantschelj, selbst Rihm sind ohne ihn undenkbar. ● Roshdestvenskij, Bernstein, Barshai Gewiss ist das Largo der VI. kein Naturbild, doch Ausdruck der Vereinsamung, und so sind solche eigentlich unstatthaften Assoziationen hier (!) nicht abwegig.

Schumann, Robert (1810-1856) Wichtigster dt. Hochromantiker aller Gattungen, ab 1854 Psychiatriepatient. Eigentlicher Stifter der romant. Kunstreligion und erster Vorkämpfer für Urheberrechte in der Musik. ● hier: Wunderlich

Sonismus um 2050 entstandene irrationalistische Musikrichtung, meditativ den einzelnen Klangereignissen nachspürend, wenngleich sekundär in Beziehungen setzend.

Stokowski, Leopold (1882-1977), US-Dirigent und Arrangeur. Disneys Fantasia. Hervorragende Mussorsky-Einrichtungen.

Symphonie im 19.Jh. Nachdem schon Haydn Einzelsätze motivisch verbunden und Mozart ganze S. einem bestimmten Ausdruckswillen unterworfen hatte, wurde die S. unter Beethoven zu einem gewachsenen Organismus. Die Entwicklungslogik der Sonatensätze löst die thematisch-motivische Arbeit ein, welche die Möglichkeiten der Motive (=Themensplitter) durchführt. Sie zwingt umso mehr, je konzentrierter der Prozess erfolgt, d.h. je größer die strukturelle Verwandtschaft der Motive ist: im Idealfall erweisen sich die Motive als verschiedene Aspekte einer Keimzelle. In Beethovens V. lässt sich dies ziemlich sinnenfällig über alle Sätze verfolgen. Nun war diese Methode nicht auf die geschlossenen Liedthemen der Romantik zu übertragen, sie können, da entwicklungsunfähig, allenfalls variierend entfaltet werden. Der Sonatensatz geriet zum bloßen Gliederungsschema, und eine Zusammengehörigkeit der Sätze (oft disparater Charakterstücke) wurde öfter nur durch ein Motto (Leitmotiv) suggeriert.

Mit 1. und 4.Satz geriet die S. in die Krise. Die großen Komponisten versuchten eigene Wege aus dem Dilemma, und sie sollten einzig an ihren Absichten, nicht an Beethoven gemessen werden:

die Romantik will nicht mehr den wachen, sondern den hingegebenen Hörer. Überwiegend setzte man entgegen klass. Verdichtung auf Wachstumsprozesse und Transformationen subjektiver Schlüssigkeit, nicht aber Logik: im Scherzo von Mahlers IX. mutiert z.B. ein Ländlerthema zu einem Totentanz.
Nach dem Umsturz im Weltbild seit Planck ist der akademische Vorwurf der Willkür oder gar Formlosigkeit unangemessen. Bruckner nahm die tiefsten Umformungen vor, der Traditionalist Brahms hingegen erreichte mit großer Kunstfertigkeit zumeist einen „natürlichen" Eindruck, indes verfolgt er weniger die Musiklogik, sondern oft gleichsam musikalische Wahrscheinlichkeitstheorien.
Bedacht sollte indes stets werden, daß musikalische „Logik" nicht apriorisch, sondern normativ, gleichsam eine Musikmoral ist und sich nach Abdanken der Funktionsharmonik / Tonalität radikal wandelte.
Auf der Mikroebene treffen sich Brahms und Bruckner in enorm strukturellem Denken und bereiten kompositionstechnisch die Moderne vor.
Veena südindisches Saiteninstrument der klassischen karnatischen Musik.
Wagner, Richard (1813-1883), Schöpfer des Musikdramas als Gesamtkunstwerk; epochemachender Komponist von weitestreichendem Einfluss. Musikalischer Drogendesigner.
Tristan und Isolde (1857-1859). Drama verbotener Leidenschaft, von Liebe und Tod • Keilberth, Furtwängler, Böhm
Parsifal, 1882 UA. Überdeutlich der Wagnersche Sexualschuld–Sühne- Komplex.
Amfortaswunde: Infolge seines Sündenfalles mit Kundry vom entheiligten Speer dem Gralskönig A. heillos geschlagen. Erlöst von Parsifals Mitleid. Kundry: einerseits Klingsors *Höllenblume*, andererseits büßende Gralsbotin, schließlich von Parsifal (in dessen Nachempfindung der Amfortaswunde) erlöst.

Klingsor: abgefallener Zauberer, Gegenspieler der Gralsritter, der über die *böse Lust* (Blumenmädchen) den Gral an sich reißen will.
• Keilberth, Knappertsbusch, Solti
Webern, Anton von (1883-1945), österreichischer Komponist, die Zwölftontechnik Schönbergs zur Serialität erweiternd. Abgott der Avantgarde nach 1945, doch oft entgegen seiner Sensibilität auf Formalismus verengt. • fast alles
Zelenka, Jan Dismas (1679-1745) weit unterschätzter böhmischer Barockkomponist am Dresdner Hof. Viele seiner Manuskripte verbrannten bei der Bombardierung Dresdens im Februar 1945. Noch mehr Manierist als Bach und nur von diesem wirklich anerkannt, dessen „jesuitisches" Gegenüber. Zu empfehlen Instrumentalwerke, da Kantoreneinspielungen m.M. den Großwerken nicht voll gerecht werden.

• Interpretationsempfehlungen, soweit sinnvoll
Einen Essay zu den musikalischen Reflexionen bietet: www.literatur.i.l.ruff.de.vu unter: Imago / Musikalisches

KUNST und LITERATUR

Canaletto (Giovanni Antonio Canal, 1697-1768) Venezianischer Städtemaler.
Dürer, Albrecht (1471-1528) Berühmter Nürnberger Renaissancekünstler.
Euripides (um 480 - ca. 406 v.d.Z.), griechischer Tragödiendichter, in seiner Rationalität und Skepsis den Sophisten nahestehend.
Federigo da Montefeltro, Bildnis von Piero della Francesca (um 1420 bis 1492).
Giger, Hansruedi (1940*) Schweizer phantastischer Surrealist, Aesthetik des Grauens. Erhielt 1980 Oscar für sein Alienmonster.
Hofmann von Hofmannswaldau, Christian (1616-1679), herausragender Lyriker der hochmanieristischen Zweiten Schlesischen Schule. Zitat: Lob-Rede an das liebwertheste Frauen-

Zimmer (Gedichte, Reclam UB 1964) Concetto: Hauptstilmittel des Hochmanierismus „Metaphernbruch", wörtliche Verwendung der Metaphern; zur Vertiefung weitere Busenconcetti ibid.:
Sie sind ein zeher Leim / woran die Sinnen kleben;
Sie sind ein Schnee-Gebürg / in welchem Funcken glimmen,
davon der härtste Stahl wie weiches Wachs zerfleust.
Sie sind ein Blasebalg, ein Feuer auffzufachen,
Hölderlin, Friedrich (1770-1843), Ausnahmelyriker von klassischer Formenstrenge und modernem Lebensgefühl in oft antikisierendem Gewande. Ab 1806 „geisteskrank".
Jean Paul, eigentl. Johann Paul Friedrich Richter (1763-1825), Romancier zwischen Klassik und Romantik. Zitat aus Titan. *(Solang' ein Weib...)*
Kafka, Franz (1883-1924), Prager Prosadichter und Weltliterat parabolischer Räume. Zitate: In der Strafkolonie [Das Urteil u.a. Erzählungen, Fischer TB 1963]
Kahlo, Frida (1907-1954), mexikanische Malerin, 1929 bis 1939 Ehefrau Riveras.
Kandinsky, Wassily (1866-1944), russischer Maler, Graphiker und Kunsttheoretiker. Wegbereiter der abstrakten Malerei.
Kirchner, Ernst Ludwig (1880-1938), expressionistischer Maler der „Brücke".
Metapher Übertragene, bildliche Wortbedeutung, z.B. Schneeballen für Brüste.
Neue Sanfte harmoniesüchtige, taoistisch beeinflusste Kunstrichtung ab 2055.
Nietzsche, Friedrich (1844-1900), Altphilologe und Dichterphilosoph, einer der einflussreichsten Denker für 20. und wohl auch 21. Jahrhundert, radikaler Kritiker überkommener und konventioneller Vorstellungen in Religion, Ethik und Moral. Zitate aus Werke,1999 Zweitausendeins.
Servant ist Nietzscheaner.
O'Keeffe, Georgia (1887-1986), amerikanische Malerin zumal symbolhafter Blumen- und Wüstenbilder.

Ovid(ius) (Publius O. Naso, 43 v.- ca. 17 n.), römischer Lyriker. Original Ep.ex P.3,4,79: *ut desint vires (Kräfte) tamen est laudanda voluntas (der gute Wille)*.
Picasso, Pablo (1881-1973), spanischer Maler und Bildhauer, einer der innovativsten und bedeutendsten Künstler des 20.Jahrhunderts mit umfänglichem Werk.
Platon (um 428 bis ca. 347 v.d.Z.), bis in die Neuzeit schulbildender idealistischer Athener Philosoph. Wiewohl er selbst komponierte und die Künste liebte, hielt er sie für charakterverderbend und sozialschädlich.
Rilke, Rainer Maria (1875-1926), symbolistischer österreichischer Dichter von weitreichender Wirkung. Zitate aus 1.Duineser Elegie,4f. / Vollendetes [die Gedichte, Insel 2.Aufl. 1986]
Rivera, Diego (1886-1957), mexikanischer Maler, dessen monumentale Wandgemälde (Muralismo) einen wesentlichen Beitrag zur lateinamerikanischen Kunst ausmachen. Als Mitglied der KP Mexikos bevorzugte er soziale Thematiken und eine verständliche Darstellungsweise: sozusagen atheistische Bilderbibeln.
Synästhesie: „Zusammenwahrnehmung", Verschmelzung von Sinneseindrücken, z.B. warmes Rot, vgl. Brentano: „Golden wehn die Töne nieder"(visuell, taktil, akustisch).

MYTHOLOGIE, RELIGION, SPIRITUALITÄT

Agnostizismus Erkenntnisunmöglichkeit vor allem in religiösen Fragen, Glaubensverzicht aus Überzeugung oder Unerheblichkeit.
Apollon delphischer Gott vor allem des Lichtes, der Vernunftklarheit (aber auch der Weissagung!) und der Künste. Vieldeutig mit lokalen Varianten.
Archetypus nach C.G.Jung (1875-1961) ererbtes psychisches Urbild im kollektiven Unbewussten. Dort personal erscheinend und mit dem „göttlichen Kind" als oberstem endend, wird hier auf eine höhere Reihe verwiesen: Solche „Archetypen" (der Begriff passt

hier nicht mehr) sind apersonal, abstrakt und transhuman; wie die Evidenz des schwarzen Lichts und der dunklen Energie.
Autodafé (portug. Glaubensakt) Vollstreckung von Inquisitionsurteilen.
Buddhismus von Siddharta Gautama im 6.Jh.v.d.Z. begründete philosophische Erkenntnis- und Lebenslehre, die rasch religiöse Züge annahm.
a) Theravada oder Hinayana: klassischer Buddhismus, eigentlich atheistisch.
b) Mahayana weitverbreitete Religionsgruppe des tätigen Mitleids (Bodhisattvas).
c) Tantrayana Sonderformen von b), meist asketisch, anders Sahajayana.
Chthonische (Erd-) dem Kreis von Zeugung, Geburt, Wachstum und Tod zugeordnete lokale Vegetations-, Fruchtbarkeits- und Unterweltdämonen, ursprünglich matriarchalischen Kulten zugehörig, zumeist in Höhlen u.ä. verehrt. Später in den Rang (zumeist weiblicher) Gottheiten erhoben, Magna Mater, Demeter, Kybele, Hekate, Durga, Kali, Tanat, Astarte, Isis, Coatlícue u.s.w.
Coatlícue aztekische Erd- und Fruchtbarkeitsgöttin, jungfräuliche(!) Große Mutter des Sonnengottes, auch mit schrecklichem Aspekt (Schmuck aus Köpfen und Händen, Schlangenrock).
Cihuatéotl Ce Cuauhtli Coatlícues Aspekt der im Kindbett Gestorbenen.
Dharma die ewige Wahrheit der buddhistischen Lehre, zu erlangen im achtfachen Pfad [im Hinduismus: Gesetz der kosmischen und der Heilsordnung].
Eleusinische Mysterien, bedeutender antiker Geheimkult. Demeter soll aus Freude über die wiedererlangte Tochter Persephone (Kore) die Mysterien gestiftet haben. Die Initiation fand jährlich innerhalb des Heiligen Bezirks statt, der nur von Geweihten (Mysten) betreten werden durfte. Im Zusammenhang mit dem Fruchtbarkeitskult standen drogeninduzierte lichtvolle

Wiedergeburtserfahrungen nach Fasten und Dunkelheit im Mittelpunkt.
Heterodoxie von der wahren Lehre abweichend, Ketzerei.
Huitzilopochtli, aztekischer Kriegs- und Sonnengott. Sein Name leitet sich von huitzilin (Kolibri der linken Seite) ab. Gefallene Kämpfer und Opfer werden zunächst zu Sonnenstrahlen, später als Kolibris wiedergeboren. Die Erdgöttin Coatlícue empfing ihn, nachdem sie im Schoß vom Himmel gefallene Kolibrifedern (die Seele eines gefallenen Kriegers) aufbewahrte. Herzen und Blut von Menschen dienten ihm zur Nahrung. Dargestellt meist als federngeschmückter Krieger.
Karma Summe der Taten und ihrer schicksalhaften Folgen im Rad der Wiedergeburten; im Theravadabuddhismus eher Folge der Unwissenheit.
Mictlantecuhtli im August 1994 bei Grabungen nördlich des Templo Mayor entdeckte monumentale Darstellung des Totengottes und Gottes der Unterwelt, wo die Knochen und Seelen der Verstorbenen ruhen. (gebr. Ton 176 x 80 x 50)
Nirvana Endziel indischer Spiritualität, nach Befreiung vom Ich (Moksha), Wesenlosigkeit, Aufgehen des atman (des unpersönlichen Selbst) im brahman (All-Einen). Vorstufe Nivandra, die Nichtunterscheidung (der Polaritäten, Subjekt/Objekt). Nur dies erreicht Brandt im temporären Ich-Verlust.
Quetzalcóatl vieldeutiger toltekischer und aztekischer Gott und legendärer Herrscher Mexikos, oft Federschlange genannt. Bis zum 9.Jh n.d.Z. toltekischer Gott der Bodenfruchtbarkeit in Teotihuacán, dann Morgen- und Abendstern zugeordnet. Später bei den Azteken auch Gott des Windes, als sein Zwilling Gott der Missgeburten, des Todes und der Wiederauferstehung, überhaupt der Verwandlungen.
Sisyphos griechische Mythengestalt, die zur Strafe ewig einen Felsen hangaufwärts wälzen muss, der stets vor dem Ziel entgleitet. Vgl. auch Camus: Le mythe de Sisyphe (1942, Der Mythos des Sisyphos. Ein Versuch über das Absurde).

Tantrismus (Tantra: Ritual) wesentlich esoterische Laienbewegung im Hinduismus: im entindividualisierenden Orgasmus wirkt das göttliche Schöpfungsprinzip, die Vereinigung wird zum Hierosgamos (göttlicher Hochzeit) von Lingam und Yoni, Shiwa und Shakti u.s.f. Ferner ritualisierte Regelverstösse und Tabubrüche wie Fleischgenuss. Vgl.auch Buddhismus.
Teonanacatl (Fleisch der Götter) Psilocybe mexicana und andere rituelle Rauschpilze von einschneidend halluzinogener Wirkung. Die Tryptaminderivate Psilocybin und Psilocin sind nahezu ungiftig, können aber psychisch Labile gefährden. Die mesoamerikanischen Kulturen basieren auf Halluzinogenen; außer T. prominent Ololiuqui (Trichterwindensamen), dann Zaubersalbei.
Tlaloc aztekischer Gott des Regenwolkenparadieses / Regens und Wassers, sein Symbol ist ein gleichschenkliges Kreuz. Äußerst stilisiert dargestellt.
Vagina dentata zahnbewehrte Vagina, kastrationsdrohendes Bildsymbol der Psychoanalyse, Trivialisierung des Archetypus der Großen (fressenden) Mutter.
Weltzeitalter /Relief der fünf Weltzeitalter/Sonnen/ Teil des aztekischen Schöpfungsmythos, demzufolge sich die Welt z.Zt. der span. Eroberung im fünften Zeitalter befand, das wie die vorhergehenden in einer Katastrophe enden würde.
Xiuhtecuhtli, Feuergott, „türkisener Herr", auch „Herr des Jahres", herrschte über die Zeit und lebte im Mittelpunkt des Universums.
Xochipilli (Blumenprinz) aztekischer Gott von Liebe, Tanz, Musik und Gesang. Vegetationsgottheit. Er wird blumengeschmückt, gleichzeitig mit einer Maske aus Menschenhaut dargestellt, symbolisiert beide Aspekte der Vegetationskulte: Schönheit und Schrecken.

Quellen: H.Stierlin, die Kunst der Azteken, Belser 1982 // Azteken, Du Mont Literatur und Kunst Verlag 2003// Cantares Mexicanos// DuMont Reiseführer Mexiko // Der Große Brockhaus // Eine Fülle von Einzeldarstellungen und Speziallexika // Eigene Studien, zumal über Musik // Die im Roman behandelten Werke des mexikanischen Malers Diego Rivera (siehe Rivera) finden sich bei Dietrich Reimer, Berlin (Diego Rivera 1886-1957 Retrospektive) und TASCHEN (Diego Rivera – Ein revolutionärer Geist in der Kunst der Moderne, Andrea Kettenmann, Köln 1997). Die drei Gesetze der Robotik von Isaac Asimov wurden zitiert mit freundlicher Genehmigung des Wilhelm Heyne Verlags, München

I. + F. Ruff

Illustrationen

I.L.Ruff: *quasi una fantasia I*

    zur großen Stadt Tenochtitlan von D.Rivera
    Namen der Götterfiguren unter dem Relief der fünf
    Weltzeitalter von links nach rechts: Xochipilli, Coatlicue,
    Miclantecuhtli, Xiuhtecuhtli (vgl. Anmerkungen)

S.8:   *quasi una fantasia II*

    zur Sonntagsträumerei im Alameda-Park von D. Rivera

S.33   *Mondansicht weiblich*
S.74   *Jaguar*
S.132 *‚I'*
S.175 *Mädchenkopf*
S.223 *Gestörte Harmonie*
S.228 *Kalenderstein: Tanz über der Zeit*
S.243 *Sonnenopfer*

I.L.Ruff:

LÜGE – WAHNSINN – DRUCKERSCHWÄRZE

Ein Lockruf zu geistigen Abenteuern bin ich, ja, das Abenteuer selbst für alle, die mir folgen wollen. Und das Beste: Meine Einfälle sind so zahlreich wie Flöhe im stachligen Fell des Igels.
Ungewöhnlich stellt sich dieses Buch vor: In der Tradition europäischer Schelmenromane erzählt es seinen Weg vom Augenblick der Zeugung durch den Geist bis zum Eintritt der Marktreife. Zahlreiche Prüfungen und Begegnungen begleiten seine abenteuerliche Ausfahrt zum geheimnisvollen Orte der Verheißung und der prompten Wunscherfüllung. Das Buch macht zwiespältige Erfahrungen mit dem modernen Verlagswesen, trifft unterwegs so unterschiedliche literarische Figuren wie Karl von Moor, Kapitän Nemo oder H. S. Thompsons Vegas-Freaks und lernt Autoren von Weltruf kennen, sowie einen Literaturkritiker auf der Suche nach dem vollkommenen deutschen Roman. Es verspottet die Persönlichkeitsspaltung seines Erzeugers und hat selbst ein Identitätsproblem, schwankend zwischen der vergänglichen Gestalt binärer Impulse und erträumter ewiger Natur. Die meist skurrilen Zwischenfälle kommentiert es respektlos, naiv und altklug, poetisch und gallig und bietet so ein ungewohntes Lesevergnügen.
    LÜGE – WAHNSINN – DRUCKERSCHWÄRZE
ist eine glänzende Satire auf den Literaturbetrieb und gleichzeitig ein Lobpreis des Lesens und wendet sich daher besonders an wahre Literaturfreunde.
ISBN 978-3-86582-301-4, 518 Seiten mit Originalillustrationen: 17,80 € **edition oc**topus   Monsenstein & Vannerdat, Am Hawerkamp 31, 48155 Münster. www. mv. buchhandel.de

Erweiterte Neuauflage:

I. L. Ruff

Tiger

essen keinen Salat

– Parabel –

Nordindien. Ein Tiger erkundet mit Mutter und Geschwistern den Dschungel, erlebt eine Sonnenfinsternis und trifft auf Menschen. Immer wieder begegnet er dem Tod, erfährt das Beuteschlagen als blutige Bedingung seiner Existenz und sieht die Ursachen des Leids – Gier, Hass und Verblendung. Schließlich erhält er die Antwort auf seine Fragen:
Warum essen Tiger keinen Salat?
Warum töten so viele Lebewesen?
Was kann der Tiger zu seinem Überleben tun?
Die Parabel endet mit einem Fragezeichen. Es liegt an uns, ob der Tiger überlebt und mit ihm seine natürliche Umwelt.
I. L. Ruff erzählt von Tigern und zugleich vom Menschen: das erfolgreichste „Raubtier" im Kampf gegen die Natur, deren Teil er ist.
Auszüge aus allen Texten und mehr finden sich auf:
www.literatur.i.l.ruff.de.vu